FOLIO JUNIOR

Harriet Beecher-Stowe

La case de l'oncle Tom

Traduit de l'anglais (États-Unis)

Notes et Carnet de lecture
par Jean-Noël Leblanc

GALLIMARD JEUNESSE

Collection dirigée par Jean-Philippe Arrou-Vignod

Pour en savoir plus :
www.cercle-enseignement.fr

I

Où le lecteur fait connaissance avec un homme vraiment humain

Vers le soir d'une froide journée de février, deux hommes étaient assis devant une bouteille vide, dans une salle à manger confortablement meublée de la ville de P..., dans le Kentucky[1]. Pas de domestiques autour d'eux : les sièges étaient fort rapprochés, et les deux hommes semblaient discuter quelque question de grand intérêt. La discussion était vive entre eux.

– Voilà comme j'entends arranger l'affaire, disait M. Shelby.

– De cette façon-là je ne puis pas, monsieur Shelby, je ne puis pas ! reprenait l'autre, en élevant un verre de vin entre ses yeux et la lumière.

– Cependant, Haley, Tom est un rare sujet ; sur ma parole, il vaudrait cette somme par toute la terre : un homme rangé, honnête, capable et qui fait marcher ma ferme comme une horloge.

1. Kentucky : État des États-Unis d'Amérique, généralement considéré comme appartenant au Sud, mais où les conditions d'esclavage étaient moins dures que dans les autres États sudistes.

– Honnête ! vous voulez dire autant qu'un nègre[1] peut l'être, reprit Haley en se servant un verre d'eau-de-vie[2].

– Non, je veux dire réellement honnête, rangé, sensible et pieux[3]. Je lui ai confié, depuis, tout ce que j'ai, argent, maison, chevaux ; je le laisse aller et venir dans le pays ; toujours et partout je l'ai trouvé exact et fidèle. Dernièrement je l'ai envoyé à Cincinnati[4], seul, pour faire mes affaires et me rapporter cinq cents dollars. « Tom, lui dis-je, j'ai confiance en vous. Je sais que vous ne me volerez pas. » Tom revint ; j'en étais sûr… Quelques misérables lui dirent : « Tom ! pourquoi ne fuis-tu pas ? Va au Canada !… – Ah ! je ne puis pas, répondit-il… Mon maître a eu confiance en moi ! » On m'a redit ça ! Je suis fâché de me séparer de Tom, je dois l'avouer… Allons ! ce sera la balance de notre compte, Haley… Ce sera cela… si vous avez un peu de conscience.

– J'ai autant de conscience qu'un homme d'affaires peut en avoir pour jurer dessus, dit le marchand en manière de plaisanterie, et je suis prêt à faire tout ce qui est raisonnable pour obliger[5] mes amis… mais les temps sont durs, vraiment trop durs.

Le marchand poussa quelques soupirs de componction[6]… et se versa une nouvelle rasade d'eau-de-vie.

1. Nègre : terme désignant un Noir à l'époque.
2. Eau-de-vie : boisson fortement alcoolisée obtenue par distillation.
3. Pieux : très croyant et qui respecte scrupuleusement les pratiques religieuses.
4. Cincinnati : ville importante d'un État voisin, l'Ohio.
5. Obliger : rendre service.
6. Componction : tristesse profonde (ironique).

– Eh bien, Haley, quelles sont vos dernières conditions ? dit Shelby après un moment de pénible silence.

– N'avez-vous pas quelque chose, fille ou garçon, à me donner par-dessus le marché, avec Tom ?

– Eh mais, personne dont je puisse me passer ; à dire vrai, quand je vends, il faut qu'une dure nécessité m'y pousse. Je n'aime pas à me séparer de mes travailleurs : c'est un fait.

À ce moment la porte s'ouvrit, et un enfant quarteron[1] de quatre ou cinq ans entra dans la salle. Il était remarquablement beau et d'une physionomie charmante. Sa chevelure noire, fine comme du duvet de soie, pendait en boucles brillantes autour d'un visage arrondi et tout creusé de fossettes ; deux grands yeux noirs, pleins de douceur et de feu, dardaient[2] le regard à travers de longs cils épais. Il regarda curieusement dans l'appartement. Il portait une belle robe de tartan[3] jaune et écarlate, faite avec soin et ajustée de façon à mettre en saillie tous les caractères particuliers de sa beauté de mulâtre[4] ; ajoutez à cela un certain air d'assurance comique, mêlée de grâce familière, qui montrait assez que c'était là le favori très gâté de son maître.

– Viens ça, maître Corbeau[5], dit M. Shelby en sifflant ; et il lui jeta une grappe de raisin… Allons, attrape !

1. Quarteron : personne métisse, n'ayant plus qu'un quart de sang noir.
2. Dardaient : perçaient.
3. Tartan : étoffe de laine à carreaux multicolores.
4. Mulâtre : personne née d'un parent blanc et d'un parent noir.
5. Maître Corbeau : allusion à Jim Crow (« corbeau » en anglais), personnage tiré de la chanson populaire *Jump Jim Crow* dans laquelle un acteur déguisé en Noir chantait, dansait et gesticulait de manière comique.

L'enfant bondit de toute la vigueur de ses petits membres et saisit sa proie.

Le maître riait.

– Viens ici, Jim[1] !

L'enfant s'approcha… Le maître caressa sa tête bouclée et lui tapota le menton.

– Maintenant, Jim, montre à ce gentleman comme tu sais danser et chanter…

L'enfant commença une de ces chansons grotesques et sauvages assez communes chez les nègres. Sa voix était claire et d'un timbre sonore. Il accompagnait son chant de mouvements vraiment comiques, de ses mains, de ses pieds, de tout son corps. Tous ces mouvements se mesuraient exactement au rythme de la chanson.

– Bravo ! dit Haley en lui jetant un quartier d'orange.

– Maintenant, Jim, marche comme le vieux père Cudjox, quand il a son rhumatisme.

À l'instant les membres flexibles de l'enfant se déjetèrent[2] et se déformèrent. Une bosse s'éleva entre ses épaules, et, le bâton de son maître à la main, mimant la vieillesse douloureuse sur son visage d'enfant, il boita par la chambre, en trébuchant de droite à gauche comme un octogénaire.

Les deux hommes riaient aux éclats.

– À présent, Jim, dit le maître, montre-nous comment le vieux Eldec Bobbens chante à l'église.

L'enfant allongea démesurément sa face ronde, et,

1. Jim : voir note 5, p. 9.
2. Se déjetèrent : se courbèrent.

avec une imperturbable gravité, commença une psalmodie[1] nasillarde[2].

– Hourra ! bravo ! quel gaillard ! fit Haley… Marché conclu… parole donnée. Il appuya la main sur l'épaule de Shelby… Je prends ce garçon, et tout est dit… Ne suis-je pas arrangeant… hein ?

À ce moment, la porte fut doucement poussée, et une jeune esclave quarteronne d'à peu près vingt-cinq ans entra dans l'appartement. Il suffisait d'un regard jeté d'elle à l'enfant pour voir que c'était bien là le fils et la mère.

C'était le même œil, noir et brillant, un œil aux longs cils. C'était la même abondance de cheveux noirs et soyeux. Sa mise, d'une irréprochable propreté, laissait ressortir toute la beauté de sa taille élégante. Elle avait la main délicate ; ses pieds étroits et ses fines chevilles ne pouvaient échapper à l'investigation rapide du marchand.

– Qu'est-ce donc, Élisa ? dit le maître, voyant qu'elle s'arrêtait et le regardait avec une sorte d'hésitation…

– Pardon, monsieur, je venais chercher Henry…

L'enfant s'élança vers elle en montrant le butin qu'il avait rassemblé dans un pan de sa robe.

– Eh bien, alors emmenez-le, dit M. Shelby.

Elle sortit rapidement en l'emportant sur son bras.

– Par Jupiter ! s'écria le marchand, voilà un bel article ! Vous pourrez avec cette fille faire votre fortune

1. Psalmodie : chant ou récitation de prière à l'église.
2. Nasillarde : dont le son évoque une voix qui parle du nez.

à Orléans quand vous voudrez ! J'ai vu compter des *mille*[1] pour des filles qui n'étaient pas plus belles.

– Je n'ai pas besoin de faire ma fortune avec elle, reprit sèchement M. Shelby ; et, pour changer le cours de la conversation, il fit sauter le bouchon d'une nouvelle bouteille, sur le mérite de laquelle il demanda l'avis de son compagnon.

– Excellent ! première qualité ! fit le marchand ; puis, se retournant et lui frappant familièrement sur l'épaule, il ajouta : Voyons ! combien la fille ?... qu'en voulez-vous ? que dois-je en dire ?

– Monsieur Haley, elle n'est point à vendre ; ma femme ne voudrait pas s'en séparer pour son pesant d'or[2].

– Hé ! hé ! les femmes n'ont que cela à dire parce qu'elles ne savent pas compter ! mais faites-leur voir combien de montres, de plumes et de bijoux elles pourront acheter avec le pesant d'or de quelqu'un, et elles changeront bientôt d'avis... je vous en réponds.

– Je vous répète, Haley, qu'il ne faut point parler de cela ; je dis non, et c'est non ! reprit Shelby d'un ton ferme.

– Alors vous donnerez l'enfant, dit le marchand ; vous conviendrez, je pense, que je le mérite bien...

– Eh ! que pouvez-vous faire de l'enfant ? dit Shelby.

– Eh mais, j'ai un ami qui s'occupe de cette branche de commerce. Il a besoin de beaux enfants, qu'il achète pour les revendre. Ce sont des articles de fantaisie : les

1. Des *mille* : des billets de mille dollars, beaucoup d'argent.
2. Pesant d'or : la valeur de son poids en or.

riches y mettent le prix. Dans les grandes maisons on veut un beau garçon pour ouvrir la porte, pour servir, pour attendre. Ils rapportent une bonne somme. Ce petit diable, musicien et comédien, fera tout à fait l'affaire.

– J'aimerais mieux ne pas le vendre, dit M. Shelby tout pensif. Le fait est, monsieur, que je suis un homme humain : je n'aime pas à séparer un enfant de sa mère, monsieur.

– En vérité ! Oui… le cri de la nature… je vous comprends : il y a des moments où les femmes sont très fâcheuses… j'ai toujours détesté leurs cris, leurs lamentations… c'est tout à fait déplaisant… mais je m'y prends généralement de manière à les éviter, monsieur : faites disparaître la fille un jour… ou une semaine, et l'affaire se fera tranquillement. Ce sera fini avant qu'elle revienne… Votre femme peut lui donner des boucles d'oreilles, une robe neuve ou quelque autre bagatelle pour en avoir raison. Ces créatures ne sont pas comme la chair blanche, vous savez bien : on leur remonte le moral en les dirigeant bien. On dit maintenant, continua Haley en prenant un air candide[1] et un ton confidentiel, que ce genre de commerce endurcit le cœur ; mais je n'ai jamais trouvé cela. Le fait est que je ne voudrais pas faire ce que font certaines gens. J'en ai vu qui arrachaient violemment un enfant des bras de sa mère pour le vendre… elle cependant, la pauvre femme, criait comme une folle… C'est là un bien mauvais système… il détériore la marchandise, et parfois la rend complètement impropre à

1. Candide : simple et naïf.

son usage… J'ai connu jadis, à La Nouvelle-Orléans[1], une fille véritablement belle, qui fut complètement perdue par suite de tels traitements… L'individu qui l'achetait n'avait que faire de son enfant… Quand son sang était un peu excité, c'était une vraie femme de race : elle tenait son enfant dans ses bras… elle marchait… elle parlait… c'était terrible à voir ! Rien que d'y penser, cela me fait courir le sang tout froid dans les veines. Ils lui arrachèrent donc son enfant et la garrottèrent[2]… Elle devint folle furieuse et mourut dans la semaine… Perte nette de mille dollars, et cela par manque de prudence… et voilà ! Il vaut toujours mieux être humain, monsieur ; c'est ce que m'apprend mon expérience.

Le marchand se renversa dans son fauteuil et croisa ses bras avec tous les signes d'une vertu inébranlable, se considérant sans doute comme un second Wilberforce[3]… Le sujet intéressait au plus haut degré l'honorable gentleman ; car, pendant que M. Shelby, tout pensif, enlevait la peau d'une orange, Haley reprit, avec une modestie convenable, mais comme s'il eût été poussé par la force de la vérité :

– Je ne pense pas qu'un homme doive se louer lui-même ; mais je le dis, parce que c'est la vérité… je crois que je passe pour avoir les plus beaux troupeaux de nègres qu'on ait amenés ici… du moins on le dit… Ils sont en bon état, gras, bien portants, et j'en perds aussi

1. La Nouvelle-Orléans : ville de l'État de Louisiane.
2. Garrottèrent : attachèrent.
3. Wilberforce : William Wilberforce (1759-1833), homme politique britannique qui se battit pour l'abolition de l'esclavage.

peu que quelque négociant que ce soit. Je le dois à ma manière d'agir, monsieur. L'humanité, monsieur, je puis le dire, est la base de ma conduite !

M. Shelby ne savait que répondre ; aussi dit-il :

– En vérité !

– Maintenant, monsieur, je l'avoue, on s'est moqué de mes idées, on en a ri… elles ne sont pas populaires… elles ne sont pas répandues… mais je m'y suis cramponné… et grâce à elles j'ai réalisé… oui, monsieur… elles ont bien payé leur passage… je puis le dire.

Et le marchand se mit à rire de sa plaisanterie.

Il y avait quelque chose de si piquant et de si original dans ces démonstrations d'humanité, que M. Shelby lui-même ne put s'empêcher de rire… Peut-être riez-vous aussi, cher lecteur ; mais vous savez que l'humanité revêt chaque jour d'étranges et nouvelles formes, et qu'il n'y aura pas de fin aux stupidités de la race humaine… en paroles et en actions.

Le rire de M. Shelby encouragea le marchand à continuer.

– C'est étrange, en vérité ; mais je n'ai pas pu fourrer cela dans la tête des gens. Il y avait, voyez-vous, Tom Loker, mon ancien associé chez les Natchez[1] : c'était un habile garçon ; seulement, avec les nègres, ce Tom était un vrai diable. Il fallait que chez lui ce fût un principe, car je n'ai pas connu un plus tendre cœur parmi ceux qui mangent le pain du bon Dieu. J'avais l'habitude de

1. Chez les Natchez : dans la région des Natchez, ville du Mississippi où vivait une tribu d'Indiens du même nom.

lui dire : « Eh bien, Tom, quand ces filles sont tristes et qu'elles pleurent, quelle est donc cette façon de leur donner des coups de poing ou de les frapper sur la tête ? C'est ridicule, et cela ne fait jamais bien. Leurs cris ne font pas de mal, lui disais-je encore : c'est la nature ! et, si la nature n'est pas satisfaite d'un côté, elle le sera de l'autre. De plus, Tom, lui disais-je encore, vous détériorez ces filles ; elles tombent malades et quelquefois deviennent laides, particulièrement les jeunes : c'est le diable pour les faire revenir… Ne pouvez-vous donc les amadouer[1]… leur parler doucement ? Comptez là-dessus, Tom ! un peu d'humanité fait plus de profit que vos brutalités et vos coups de poing ; on en recueille la récompense. Comptez-y, Tom ! » Tom ne put parvenir à gagner cela sur lui ; il me gâta tant de marchandise que je fus obligé de rompre avec lui, quoique ce fût un bien bon cœur et une main habile en affaires.

– Et vous pensez que votre système est préférable à celui de Tom ? dit M. Shelby.

– Oui, monsieur, je puis le dire. Toutes les fois que cela m'est possible, j'évite les désagréments. Si je veux vendre un enfant, j'éloigne la mère, et, vous le savez : loin des yeux, loin du cœur. Quand c'est fait, quand il n'y a plus moyen, elles en prennent leur parti. Ce n'est pas comme les Blancs, qui sont élevés dans la pensée de garder leurs enfants, leur femme et tout. Un nègre qui a été dressé convenablement ne s'attend à rien de pareil, et tout devient ainsi très facile.

1. Amadouer : flatter pour obtenir quelque chose.

– Je crains, dit M. Shelby, que les miens n'aient point été élevés convenablement.

– Cela se peut. Vous autres, gens du Kentucky, vous gâtez vos nègres, vous les traitez bien. Ce n'est pas de la véritable tendresse, après tout. Voilà un Noir ! eh bien, il est fait pour rouler dans le monde, pour être vendu à Tom, à Dick, et Dieu sait à qui ! Il n'est pas bon de lui donner des idées, des espérances, pour qu'il se trouve ensuite exposé à des misères, à des duretés qui lui sembleront plus pénibles… J'ose dire qu'il vaudrait mieux pour vos nègres d'être traités comme ceux de toutes les plantations. Vous savez, monsieur Shelby, que chaque homme pense toujours avoir raison ; je pense donc que j'agis comme il faut agir avec les nègres.

– On est fort heureux d'être content de soi, dit M. Shelby en haussant les épaules et sans chercher à déguiser une impression très défavorable.

– Eh bien… reprit Haley après que tous deux eurent pendant un instant silencieusement épluché leurs noix… eh bien, que dites-vous ?

– Je vais y réfléchir et en parler avec ma femme, dit M. Shelby. Cependant, Haley, si vous voulez que cette affaire soit menée avec la discrétion dont vous parlez, ne laissez rien transpirer dans le voisinage ; le bruit s'en répandrait parmi les miens, et je vous déclare qu'il ne serait pas facile alors de les calmer.

– Motus[1] ! je vous le promets ! mais en même temps je vous déclare que je suis diablement pressé et qu'il

1. Motus ! : silence !

faut que je sache le plus tôt possible sur quoi je puis compter.

Il se leva et mit son pardessus.

– Faites-moi demander ce soir, entre six et sept heures, dit M. Shelby, et vous aurez ma réponse.

Le marchand salua et sortit.

« Dire que je ne puis pas le jeter du haut en bas de l'escalier ! pensa M. Shelby quand il vit la porte bien fermée. Quelle impudente[1] effronterie[2] !… Il connaît ses avantages. Ah ! si l'on m'eût dit qu'un jour j'aurais été obligé de vendre Tom à un de ces damnés marchands, j'aurais répondu : "Votre serviteur est-il un chien pour en agir ainsi ?…" Et maintenant cela doit être… je le vois… Et l'enfant d'Élisa ! Je vais avoir maille à partir avec ma femme à ce sujet-là… et pour Tom aussi… Oh ! les dettes ! les dettes ! Le drôle[3] sait ses avantages… il en profite. »

C'est peut-être dans l'État de Kentucky que l'esclavage se montre sous sa forme la plus douce. La prédominance générale de l'agriculture, paisible et régulière, ne donne pas lieu à ces fiévreuses ardeurs du travail forcé que la nécessité des affaires impose aux contrées du Sud ; dans le Kentucky la condition de l'esclave est plus en harmonie avec ce que réclament la santé et la raison. Le maître, content d'un profit modéré, n'est pas poussé à ces exigences impitoyables qui forcent la main à cette

1. Impudente : insolente.
2. Effronterie : manière d'agir sans honte.
3. Drôle : personne rusée.

faible nature humaine partout où l'espoir d'un gain rapide est jeté dans la balance sans autre contrepoids que l'intérêt du faible et de l'opprimé.

M. Shelby était une bonne pâte d'homme, une nature facile et tendre, porté à l'indulgence envers tous ceux qui l'entouraient. Il ne négligeait rien de ce qui pouvait contribuer à la santé et au bien-être des nègres de sa possession. Mais il s'était jeté dans des spéculations[1] aveugles… il était engagé pour des sommes considérables. Ses billets[2] étaient entre les mains de Haley… Voilà qui explique la conversation précédemment rapportée.

Élisa, en approchant de la porte, en avait assez entendu pour comprendre qu'un marchand faisait des offres pour quelque esclave.

Elle aurait bien voulu rester à la porte pour écouter davantage, mais au même instant sa maîtresse l'appela : il fallut bien partir.

Elle crut cependant comprendre qu'il s'agissait de son enfant… Pouvait-elle s'y tromper ?… Son cœur se gonfla et battit très fort. Elle serra involontairement l'enfant contre elle d'une si vive étreinte, que le pauvre petit se retourna tout étonné pour regarder sa mère.

– Élisa ! mais qu'avez-vous aujourd'hui, ma fille ? dit la maîtresse en la voyant prendre un objet pour l'autre, renverser la table à ouvrage et lui présenter une camisole[3] de nuit au lieu d'une robe de soie qu'elle lui demandait.

Élisa s'arrêta tout d'un coup.

1. Spéculation : opération financière en vue de réaliser un profit.
2. Billet : document établissant une reconnaissance de dettes.
3. Camisole : sorte de chemise.

– Oh ! madame, dit-elle en levant les yeux au ciel ; puis, fondant en larmes, elle se laissa tomber sur une chaise et sanglota.

– Eh bien, Élisa, mon enfant… mais qu'avez-vous donc ?

– Oh ! madame, madame ! il y avait un marchand qui parlait dans la salle avec monsieur ; je l'ai entendu !

– Eh bien, folle, quand cela serait ?

– Ah ! madame, croyez-vous que monsieur voudrait vendre mon Henry ?

Et la pauvre créature se rejeta de nouveau sur la chaise avec des sanglots convulsifs.

– Eh non ! sotte créature ; vous savez bien que votre maître ne fait pas d'affaires avec les marchands du Sud, et qu'il n'a pas l'habitude de vendre ses esclaves tant qu'ils se conduisent bien… Et puis, folle que vous êtes, qui voudrait donc acheter votre Henry, et pour quoi faire ? Pensez-vous que l'univers ait pour lui les mêmes yeux que vous ? Allons, sèche tes larmes, accroche ma robe et coiffe-moi… tu sais, ces belles tresses par-derrière, comme on t'a montré l'autre jour… et n'écoute plus jamais aux portes.

– Non, madame… mais vous, vous ne consentirez pas à… à ce que…

– Quelle folie !… eh non, je ne consentirai pas… Pourquoi revenir là-dessus ? j'aimerais autant voir vendre un de mes enfants, à moi ! mais, en vérité, Élisa, vous devenez un peu orgueilleuse aussi de ce petit bonhomme… On ne peut pas mettre le nez dans la maison, que vous ne pensiez que ce soit pour l'acheter.

Rassurée par le ton même de sa maîtresse, Élisa l'habilla prestement[1] et finit par rire de ses propres craintes.

Mme Shelby était une nature supérieure, comme sentiment et comme intelligence. Son mari, qui ne faisait profession d'aucune religion plus particulièrement, avait la plus grande déférence[2] pour la religion de sa femme. Sans croire très fermement à la réversibilité des mérites des saints[3], il laissait assez voir qu'à son avis sa femme était bonne et vertueuse pour deux, et qu'il espérait gagner le ciel avec le surplus de ses vertus : ceci le dispensait de toute prétention personnelle.

Mme Shelby, ignorant complètement les embarras de son mari, et le sachant très bon au fond, avait été sincèrement incrédule devant les craintes d'Élisa : elle ne s'en occupa même plus. Elle se préparait à une visite pour le soir : le reste lui sortit complètement de la tête.

1. Prestement : rapidement.
2. Déférence : respect.
3. Réversibilité des mérites des saints : croyance selon laquelle les bonnes actions des saints peuvent sauver les autres hommes.

II
La mère

Élevée depuis l'enfance par sa maîtresse, Élisa avait toujours été traitée en favorite que l'on gâte un peu.

Ceux qui ont voyagé dans l'Amérique du Sud ont pu remarquer l'élégance raffinée, la douceur de voix et de manières qui semblent être le don particulier de certaines mulâtresses. Ces grâces naturelles des quarteronnes sont souvent unies à une beauté vraiment éblouissante, et presque toujours rehaussées par des agréments personnels. Elle avait été mariée à un jeune homme de sa condition[1], habile et beau, vivant sur une possession voisine. Il s'appelait George Harris.

Ce jeune homme avait été loué par son maître pour travailler dans une fabrique de sacs. Son adresse et son savoir lui avaient valu la première place. Il avait inventé une machine à tiller le chanvre[2]. Eu égard à l'éducation et à la position sociale de l'inventeur, on peut dire qu'il avait déployé autant de génie mécanique que Whitney[3] dans sa machine à coton.

1. De sa condition : de son rang social.
2. Tiller le chanvre : retirer l'écorce du brin de chanvre.
3. Whitney : Éli Whitney (1765-1825), inventeur américain d'une machine à séparer la graine du coton de sa fibre.

George était bien de sa personne et d'aimables manières ; c'était le favori de tous à la fabrique. Cependant, comme cet esclave, aux yeux de la loi, n'était pas un homme, mais une chose, toutes ces qualités supérieures étaient soumises au contrôle tyrannique d'un maître vulgaire, aux idées étroites. Le bruit de l'invention alla jusqu'à lui : il se rendit à la fabrique pour voir ce qu'avait fait cette chose intelligente ; il fut reçu avec enthousiasme par le directeur, qui le félicita d'avoir un esclave d'un tel mérite.

George lui fit les honneurs de la fabrique, lui montra sa machine, et, un peu exalté par les éloges, parla si bien, se montra si grand, parut si beau, que son maître commença d'éprouver le sentiment pénible de son infériorité. Quel besoin avait donc son esclave de parcourir le pays, d'inventer des machines et de lever la tête parmi les gentlemen ? Il fallait y mettre bon ordre… il fallait le ramener chez lui, le mettre à creuser et à bêcher la terre… on verrait alors s'il serait aussi superbe[1] ! Le fabricant et tous les ouvriers furent donc grandement étonnés d'entendre cet homme demander le compte de George, qu'il voulait, disait-il, reprendre immédiatement.

– Mais, monsieur Harris, disait le fabricant, n'est-ce point une résolution[2] bien soudaine ?

– Qu'importe ! n'est-il pas à moi ?

– Nous consentirons volontiers à élever le prix.

1. Superbe : fier, orgueilleux.
2. Résolution : décision.

– Ceci n'est pas une raison : je n'ai pas besoin de louer mes ouvriers quand cela ne me plaît pas.

– Mais, monsieur, il semble tout particulièrement propre aux fonctions…

– Possible. Je gagerais bien qu'il n'a jamais été aussi propre aux travaux que je lui ai confiés…

– Et puis, dit assez maladroitement un des ouvriers, songez à la machine qu'il a inventée…

– Ah oui ! une machine pour épargner la peine, n'est-ce pas ? C'est cela qu'il a inventé, je gage. Il n'y a qu'un nègre pour inventer cela. Ne sont-ils point eux-mêmes des machines ?… Non, il partira.

George était resté comme anéanti en entendant son arrêt[1] ainsi prononcé par une autorité qu'il savait irrésistible. Il croisa les bras et se mordit les lèvres ; mais la colère brûlait son sein comme un volcan, faisant couler dans ses veines des torrents de lave enflammée ; sa respiration était brève, et ses grands yeux noirs avaient l'éclat de charbons ardents. Il eût sans doute éclaté dans quelque emportement fatal, si l'excellent directeur ne lui eût dit à voix basse en lui touchant le bras :

– Cédez, George ; allez avec lui maintenant : nous tâcherons de vous reprendre.

Le tyran remarqua ce chuchotement ; il en comprit le sens, quoiqu'il n'en pût entendre les paroles, et il ne s'en affermit que davantage dans sa résolution de conserver tout pouvoir sur sa victime.

George fut ramené à l'habitation et employé aux plus

1. Arrêt : jugement.

grossiers travaux de la ferme. Il put sans doute s'abstenir de toute parole irrespectueuse; mais l'œil rempli d'éclairs, mais le front sombre et troublé, n'est-ce point là un langage aussi, un langage auquel on ne saurait imposer silence ? Signe trop visible qu'on ne peut faire de l'homme une chose !

C'était pendant l'heureuse période de son travail à la fabrique que George avait vu Élisa et qu'il l'avait épousée : pendant cette période, jouissant de la confiance et de la faveur de son chef, il avait pleine liberté d'aller et venir à sa guise. Ce mariage avait reçu la haute approbation de Mme Shelby, qui, comme toutes les femmes, aimait assez à s'occuper de mariage : elle était heureuse de marier sa belle favorite avec un homme de sa classe, qui lui convenait d'ailleurs de toute façon. Ils furent donc unis dans le grand salon de Mme Shelby, qui voulut elle-même orner de fleurs d'oranger les beaux cheveux de la fiancée et la parer du voile nuptial. Jamais ce voile ne couvrit une tête plus charmante. Rien ne manqua : ni les gants blancs, ni les gâteaux, ni le vin; on accourait pour louer la beauté de la jeune fille et la grâce et la libéralité[1] de sa maîtresse.

Pendant une ou deux années Élisa vit son mari assez fréquemment; rien n'interrompit leur bonheur, que la perte de deux enfants en bas âge, auxquels elle était passionnément attachée : elle mit une telle vivacité dans sa douleur qu'elle s'attira les douces remontrances

1. Libéralité : générosité.

de sa maîtresse, qui voulait, avec une sollicitude[1] toute maternelle, contenir ses sentiments, naturellement passionnés, dans les limites de la raison.

Cependant, après la naissance du petit Henry, elle s'était peu à peu calmée et apaisée ; tous ces liens saignants de l'affection, tous ces nerfs frémissants s'enlacèrent à cette petite vie et retrouvèrent leur puissance et leur force. Élisa fut donc une heureuse femme jusqu'au jour où son mari fut violemment arraché de la fabrique et ramené sous le joug[2] de fer de son possesseur légal.

Le manufacturier[3], fidèle à sa parole, alla rendre visite à M. Harris, une semaine ou deux après le départ de George. Il espérait que le feu de la colère serait éteint... Il ne négligea rien pour obtenir qu'on lui rendît l'esclave.

– Ne prenez pas la peine de m'en parler davantage, répondit Harris d'un ton brusque et irrité ; je sais ce que j'ai à faire, monsieur.

– Je ne prétends vous influencer en rien, monsieur ; je croyais seulement que vous auriez pu penser qu'il était de votre intérêt de me rendre cet homme aux conditions...

– Je comprends, monsieur... J'ai surpris l'autre jour vos menées[4] et vos chuchotements ; mais on ne m'en impose pas de cette façon-là, monsieur !... Nous sommes

1. Sollicitude : soins affectueux.
2. Joug : sous la domination.
3. Manufacturier : propriétaire d'une manufacture, ici une fabrique de sacs.
4. Menées : agissements secrets.

dans un pays libre, monsieur ; l'homme est à moi, j'en fais ce que je veux : voilà !

Ainsi s'évanouit la dernière espérance de George… Il n'a plus maintenant devant lui qu'une vie de travail et de misère, rendue plus amère encore par toutes les taquineries mesquines et toutes les vexations à coups d'épingle d'une tyrannie inventive.

Un jurisconsulte[1] humain disait un jour : « Vous ne pouvez faire pis à un homme que de le pendre. » Il se trompait : on peut lui faire pis !

III

Époux et père

Mme Shelby était partie. Élisa se tenait sous la véranda. Triste, elle suivait de l'œil la voiture qui s'éloignait. Une main se posa sur son épaule. Elle se retourna, et un brillant sourire illumina son visage.

– George, est-ce vous ? vous m'avez fait peur ! Oh ! je suis si heureuse de vous voir ! Madame est absente pour toute la soirée. Venez dans ma petite chambre ; nous avons du temps devant nous.

En disant ces mots, elle l'attira vers une jolie petite

1. Jurisconsulte : spécialiste des questions de droit.

pièce ouvrant sur le vestibule, où elle se tenait ordinairement, occupée à coudre, et à portée de la voix de sa maîtresse.

– Oh ! je suis bien heureuse… Mais pourquoi ne souris-tu pas ? Regarde Henry : comme il grandit !…

Cependant l'enfant jetait sur son père des regards furtifs[1] à travers les boucles de ses cheveux épars, et se cramponnait aux jupes de sa mère.

– N'est-il pas beau ? dit Élisa en relevant les longues boucles et en l'embrassant.

– Je voudrais qu'il ne fût jamais né, dit George amèrement ; je voudrais n'être jamais né moi-même.

Surprise et effrayée, Élisa s'assit, appuya sa tête sur l'épaule de son mari et fondit en larmes.

Mais lui, d'une voix bien tendre :

– C'est mal à moi, Élisa, de vous faire souffrir ainsi, pauvre créature ; oh ! c'est bien mal ! Pourquoi m'avez-vous connu ?… vous auriez pu être heureuse !

– George, George ! pouvez-vous parler ainsi ? Quelle si terrible chose vous est donc arrivée ? Qu'est-ce qui se passe ? Nous avons pourtant été heureux jusqu'ici.

– Oui, chère, nous avons été heureux, dit George.

Alors, prenant l'enfant sur ses genoux, il regarda fixement ses yeux noirs et fiers, et passa ses mains dans les longues boucles flottantes.

– C'est votre portrait, Lizy[2] ! et vous êtes la plus belle femme que j'aie jamais vue et la meilleure que

1. Furtifs : rapides, qui passent inaperçus.
2. Lizy : diminutif, surnom donné à Élisa.

j'aie désiré voir… et cependant je voudrais que nous ne nous fussions jamais vus !

– Oh, George ! comment pouvez-vous… ?

– Oui, Élisa, tout est misère, misère, misère ! Ma vie est misérable comme celle du ver de terre… La vie, la vie me dévore. Je suis un pauvre esclave, perdu, abandonné… Je vous entraîne dans ma chute… voilà tout ! Pourquoi essayons-nous de faire quelque chose, d'apprendre quelque chose, d'être quelque chose ? À quoi bon la vie ?… Je voudrais être mort !

– Oh ! maintenant, mon cher George, voilà qui est vraiment mal… Je sais combien vous avez été affligé[1] de perdre votre place dans la fabrique… Je sais que vous avez un maître bien dur… Mais, je vous en prie, prenez patience… peut-être que…

– Patience ! s'écria-t-il en l'interrompant… N'ai-je pas eu de la patience ? Ai-je dit un mot quand il est venu et qu'il m'a enlevé, sans motif, de cette maison où tous étaient bons pour moi ? Je lui abandonnais tout le profit de mon travail, et tous disaient que je travaillais bien.

– Oh ! cela est affreux, dit Élisa… mais après tout il est votre maître, vous savez.

– Mon maître ! Eh ! qui l'a fait mon maître ? c'est à quoi je pense… Je suis un homme aussi bien que lui ; et je vaux mieux que lui ! je connais mieux le travail que lui, et les affaires mieux que lui. Je lis mieux que lui, j'écris mieux, et j'ai appris tout moi-même sans lui en

1. Affligé : attristé, accablé.

devoir de gré[1]… J'ai appris malgré lui ; et maintenant quel droit a-t-il de faire de moi une bête de somme[2], de m'arracher à un travail que je fais bien, que je fais mieux que lui, pour me faire faire la besogne d'une brute ? Je sais ce qu'il veut : il veut m'abattre, m'humilier ; c'est pour cela qu'il m'emploie aux œuvres les plus basses et les plus pénibles.

– Oh, George ! George ! vous m'effrayez. Je ne vous ai jamais entendu parler ainsi ; j'ai peur que vous ne fassiez quelque chose de terrible… Je comprends ce que vous éprouvez, mais prenez garde, George, pour l'amour de moi et pour Henry !

– J'ai été prudent et j'ai été patient ; mais de jour en jour le mal empire ; la chair et le sang ne peuvent en supporter davantage. Chaque occasion qu'il peut saisir de me tourmenter et de m'insulter, il la saisit. Je croyais qu'il me serait possible de bien travailler, et de vivre en paix, et d'avoir un peu de temps pour lire et m'instruire en dehors des heures de travail… Non ! plus je puis porter, plus il me charge !… Il affirme que, bien que je ne dise rien, il voit que j'ai le diable au corps, et qu'il veut le faire sortir… Eh bien oui, un de ces jours ce diable sortira, mais d'une façon qui ne lui plaira pas, ou je serais bien trompé…

– Oh, cher ! que ferons-nous ? dit Élisa tout en pleurs.

– Pas plus tard qu'hier, dit George, j'étais occupé à charger des pierres sur une charrette ; le jeune maître,

1. Gré : reconnaissance.
2. Bête de somme : animal lourdement chargé ; homme que l'on fait travailler très durement (sens figuré).

M. Tom, était là, faisant claquer son fouet si près du cheval, qu'il effrayait la pauvre bête. Je le priai de cesser aussi poliment que je pus, il n'en fit rien ; je renouvelai ma demande, il se tourna vers moi et se mit à me frapper moi-même. Je lui saisis la main ; il poussa des cris perçants, me donna des coups de pied et courut vers son père, à qui il dit que je le battais. Celui-ci devint furieux, dit qu'il voulait m'apprendre à connaître mon maître ; il m'attacha à un arbre, coupa des baguettes, et dit au jeune monsieur qu'il pouvait me frapper jusqu'à ce qu'il fût fatigué. Il le fit… Et moi, je ne l'en ferais pas souvenir un jour !

Le front de l'esclave s'assombrit. Une flamme passa dans ses yeux ; sa femme trembla…

– Qui a fait cet homme mon maître ? murmurait-il encore : voilà ce que je veux savoir !

– Mais, dit Élisa tristement, j'ai toujours cru que je devais obéir à mon maître et à ma maîtresse.

– Vous pouvez avoir raison en ce qui vous concerne : ils vous ont élevée comme leur enfant, nourrie, habillée, bien traitée, instruite ; cela leur donne des droits. Mais moi, coups de pied, coups de poing, insultes et jurons… abandon parfois… c'était mon meilleur lot : voilà ce que je leur dois ! J'ai payé mon entretien au centuple ; mais je ne veux plus souffrir, non ! je ne veux plus…

Et il ferma le poing, en fronçant le sourcil d'un air terrible.

Élisa tremblait et se taisait ; elle n'avait jamais vu son mari dans un tel état, et toutes ses théories de douce persuasion pliaient comme un roseau dans l'orage de ces passions.

– Vous savez, reprit George, ce petit chien, Carlo, que vous m'avez donné ? C'était toute ma joie : la nuit il dormait avec moi ; le jour il me suivait partout ; il me regardait avec tendresse, comme s'il eût compris ce que je souffrais… L'autre jour, je le nourrissais de quelques restes, ramassés pour lui à la porte de la cuisine. Le maître nous vit et dit que je nourrissais un chien à ses dépens… qu'il ne pouvait souffrir[1] que chaque nègre eût ainsi son chien, et il m'ordonna de lui attacher une pierre au cou et de le jeter dans l'étang.

– Oh, George ! vous ne l'avez pas fait !

– Moi ? non ! mais lui l'a fait ! Lui et Tom assommèrent à coups de pierres la pauvre bête, qui se noyait… Carlo me regardait tristement, s'étonnant que je ne vinsse pas le sauver… J'eus le fouet pour n'avoir pas obéi… Qu'importe ? mon maître saura que je ne suis pas de ceux que le fouet assouplit… Mon jour viendra… qu'on y prenne garde !

– Oh ! que feras-tu ? George, ne fais rien de mal…

– Écoutez ! dernièrement le maître a dit qu'il avait eu grand tort de me laisser marier hors de sa maison ; qu'il déteste M. Shelby et les siens, parce qu'ils sont orgueilleux et qu'ils portent la tête plus haut que lui. Il dit que vous me donnez des idées d'orgueil, qu'il ne me laissera plus venir ici, mais que je prendrai une autre femme et m'établirai chez lui. Il se contenta d'abord d'insinuer et

1. Souffrir : supporter.

de murmurer cela tout bas : hier il me dit que j'aurais à prendre Mina dans ma cabane, ou qu'il me vendrait de l'autre côté de la rivière.

– Cependant vous êtes marié avec moi par le ministre[1], aussi bien que si vous eussiez été un Blanc, dit Élisa naïvement.

– Eh ! ne savez-vous pas qu'une esclave ne peut pas être mariée ? Il n'y a pas de loi là-dessus dans ce pays. Je ne puis vous garder comme femme s'il veut que nous nous séparions… Et voilà pourquoi je voudrais ne vous avoir jamais vue ! voilà pourquoi je voudrais ne pas être né… Ce serait meilleur pour tous deux, meilleur pour ce pauvre enfant qu'attend un pareil sort…

– Oh ! notre maître à nous est si bon !

– Oui, mais qui sait ? il peut mourir, et l'enfant peut être vendu on ne sait à qui. À quoi lui sert d'être si beau, si vif, si brillant ? Je vous le dis, Élisa, un glaive vous percera l'âme pour chaque grâce ou chaque qualité de votre enfant… Il vaudra trop pour qu'on vous le laisse…

Ces paroles mordaient cruellement le cœur d'Élisa. Le fantôme du marchand d'esclaves passa devant ses yeux… Comme si elle eût reçu le coup de la mort, elle pâlit, le souffle lui manqua… Elle jeta un coup d'œil vers le vestibule où l'enfant s'était retiré pendant cette grave et triste conversation. Le bambin cependant, superbe comme un triomphateur, se promenait à cheval… sur la canne de M. Shelby. Élisa aurait bien voulu confier ses craintes à son mari, mais elle n'osa.

1. Ministre : pasteur, membre du clergé protestant (voir note 4, p. 165).

« Non, pensa-t-elle, son fardeau est déjà assez lourd… pauvre cher homme ! Non, je ne lui dirai rien… Et puis, ce n'est pas vrai… ma maîtresse ne m'a jamais trompée ! »

– Allons, Élisa, mon enfant, dit le mari tristement, du courage et adieu ! je m'en vais…

– T'en aller ! t'en aller ! et où vas-tu, George ?

– Au Canada, dit-il en maîtrisant son émotion. Et, quand je serai là, je vous achèterai : c'est le dernier espoir qui nous reste. Vous avez un bon maître, il ne refusera pas de vous vendre : je vous achèterai, vous et l'enfant.

– Oh ! malheur ! Et si vous étiez pris ?

– Je ne serai pas pris, Élisa, je mourrai auparavant : je serai libre ou mort.

– Vous ne vous tuerez pas vous-même ?

– Ce n'est pas nécessaire : ils me tueront assez vite… Mais ils ne me livreront pas vivant aux marchands du Sud.

– George, pour l'amour de moi, soyez prudent ! Ne faites rien de mal… Ne portez les mains ni sur vous ni sur autrui ! Vous êtes bien tenté… oh ! bien trop ! Mais résistez… Soyez prudent.

– Oui, oui, Élisa ; mais écoutez mon plan. Mon maître s'est mis dans la tête de m'envoyer de ce côté avec une note pour M. Symmer, qui demeure à un mille[1] plus loin. Il s'attend que je viendrai ici pour conter mes peines. Il se réjouit de penser que j'apporterai quelque ennui chez

1. Mille : unité de mesure anglo-saxonne équivalant à 1 609 mètres.

les Shelby. Cependant je m'en retourne tout résigné, comme si c'était chose terminée. J'ai quelques préparatifs à faire. On m'aidera, et dans huit jours je serai du nombre de ceux qui manquent à l'appel. Allons ! adieu, dit George en prenant les mains d'Élisa et en fixant ses yeux sur ceux de la jeune femme…

Ils se tinrent un moment silencieux, puis il y eut les dernières paroles, les sanglots et les larmes amères… Ce sont là des adieux comme en savent faire ceux dont l'espérance du revoir est suspendue à un fil léger comme la trame de l'araignée…

Le mari et la femme se séparèrent.

IV
Une soirée dans la case de l'oncle Tom

La case[1] de l'oncle Tom était une petite construction faite de troncs d'arbres, attenante[2] à la *maison*, comme le nègre appelle par excellence l'habitation de son maître. Devant la case, un morceau de jardin, où, chaque été, les framboises, les fraises ou d'autres fruits, mêlés aux

1. Case : cabane sommaire, hutte où vivent les Noirs.
2. Attenante : qui touche.

légumes, prospéraient sous l'effort d'une culture soigneuse. Toute la façade était alors couverte par un large bégonia écarlate et un rosier multiflore[1] : leurs rameaux confondus, se nouant et s'élançant, laissaient à peine entrevoir çà et là quelques traces des grossiers matériaux du petit édifice. La famille brillante et variée des plantes annuelles, les chrysanthèmes, les pétunias, trouvaient aussi une petite place pour étaler leurs splendeurs, qui faisaient les délices et l'orgueil de la tante Chloé.

Cependant entrons dans la case.

Le souper des maîtres était terminé, et la tante Chloé, premier cordon-bleu[2] de l'habitation, après en avoir surveillé les dispositions, laissant aux officiers de bouche[3] d'un ordre inférieur le soin de nettoyer les plats, allait dans son petit domaine préparer le souper de son vieux mari. C'est bien elle qu'on a pu voir auprès du feu, suivant d'un œil inquiet la friture qui chante dans la poêle, ou soulevant d'une main légère le couvercle des casseroles, d'où s'échappe un fumet qui annonce quelque chose de bon. Sa figure est noire, ronde et brillante ; on dirait qu'elle a été frottée de blanc d'œuf comme sa théière étincelante. Sa face dodue rayonne d'aise et de contentement sous le turban[4] coquet. On y découvre cette nuance de satisfaction intime qui convient à la première cuisinière du voisinage. Telle était la réputation justement méritée de la tante Chloé.

1. Rosier multiflore : rosier qui porte de nombreuses fleurs.
2. Cordon-bleu : cuisinier de grande qualité.
3. Officier de bouche : personne qui s'occupe de la cuisine.
4. Turban : coiffure formée d'une étoffe enroulée autour de la tête.

Pour une cuisinière, c'était une cuisinière… et jusqu'au fond de l'âme ! Pas un poulet, pas un dindon, pas un canard de la basse-cour qui ne devînt grave en la voyant s'approcher ; elle les faisait réfléchir à leur fin dernière. Elle-même réfléchissait sans cesse au moyen de les rôtir, de les farcir ou de les bouillir : ce qui était bien propre à inspirer une certaine terreur à des volailles intelligentes. Ses gâteaux, qu'elle variait à l'infini, restaient un impénétrable mystère pour ceux qui n'étaient pas versés comme elle dans les arcanes[1] de la pratique ; dans son honnête orgueil, elle riait à se donner un point de côté quand elle racontait les inutiles efforts de ses rivales pour atteindre à cette hauteur.

L'arrivée d'une nombreuse compagnie à l'habitation, l'arrangement d'un dîner ou d'un souper de gala surexcitaient les facultés de son esprit. Rien n'était plus agréable à sa vue qu'une rangée de malles sous le vestibule ; elle prévoyait, avec les arrivants, l'occasion de nouveaux efforts et de nouveaux triomphes.

À ce moment de notre récit, la tante Chloé inspectait sa tourtière[2]. Abandonnons-la à cette intéressante occupation, et achevons la peinture du cottage[3].

Le lit était dans un coin, recouvert d'une courtepointe[4] blanche comme neige ; à côté du lit, un morceau de tapis assez large : c'était là que se tenait habituellement la tante Chloé. Le tapis, le lit et toute cette

1. Arcane : mystère, secret.
2. Tourtière : sorte de casserole destinée à faire cuire des tourtes.
3. Cottage : petite maison de campagne (emploi ironique).
4. Courtepointe : couverture de lit.

partie de l'habitation étaient l'objet de la plus haute considération. On les protégeait contre les dévastations et le maraudage[1] des jeunes drôles. Ce coin était le salon de la case. Dans l'autre coin il y avait également un lit, mais à moindre prétention ; celui-là, il était évident que l'on s'en servait.

Le dessus de la cheminée était décoré d'images enluminées[2], dont le sujet était emprunté à l'Écriture sainte[3], et d'un portrait du général Washington[4], dessiné et colorié de façon à causer quelque étonnement au héros, s'il se fût jamais rencontré avec son image.

Dans ce coin, sur un banc grossier, deux enfants à tête de laine, aux yeux noirs et brillants, aux joues rebondies et luisantes, étaient occupés à surveiller les premières tentatives de marche d'un nourrisson… Ces tentatives se bornaient du reste à se dresser sur les pieds, à se balancer un moment d'une jambe sur l'autre, puis à tomber. Chaque chute était accueillie par des applaudissements : on eût dit quelque miracle accompli.

Une table, dont les membres n'étaient pas complètement exempts de rhumatismes, était dressée devant le feu et couverte d'une nappe. On voyait déjà les verres et la vaisselle, d'un modèle assez recherché. On reconnaissait tous les symptômes qui signalent l'approche d'un festin.

1. Maraudage : vol de denrées alimentaires.
2. Enluminées : très colorées.
3. L'Écriture sainte : la Bible.
4. Général Washington : George Washington (1732-1799), homme d'État américain, premier président des États-Unis.

À cette table était assis l'oncle Tom, le plus vaillant travailleur de M. Shelby. Tom étant le héros de notre histoire, nous devons le daguerréotyper[1] pour nos lecteurs. C'était un homme puissant et bien bâti : large poitrine, membres vigoureux, teint d'ébène[2] luisant ; un visage dont tous les traits, purement africains, étaient caractérisés par une expression de bon sens grave et recueilli, uni à la tendresse et à la bonté. Il y avait dans tout son air de la dignité et du respect de soi-même, mêlés à je ne sais quelle simplicité humble et confiante.

Il était alors très laborieusement occupé : une ardoise était placée devant lui, et il s'efforçait, avec un soin plein de lenteur, de tracer quelques lettres. Il était surveillé dans cette opération par le jeune monsieur George, vif et pétulant[3] garçon de treize ans, qui s'élevait en ce moment à toute la dignité de sa position d'instituteur.

– Pas de ce côté, père Tom, pas de ce côté ! s'écria-t-il vivement en voyant que l'oncle Tom faisait tourner à droite la queue d'un *g* ; cela fait un *q*, vous voyez bien !

– En vérité ! dit l'oncle Tom en regardant avec un air de respect et d'admiration les *q* et les *g* sans nombre que son jeune instituteur semait sur l'ardoise pour son édification[4].

Il prit alors le crayon dans ses gros doigts pesants et recommença patiemment.

1. Daguerréotyper : donner à voir aussi bien qu'avec une photographie, qu'on nommait « daguerréotype » à l'époque.
2. Ébène : bois de couleur noire.
3. Pétulant : très dynamique.
4. Édification : instruction.

– Comme ces Blancs font tout bien ! dit la tante Chloé en s'arrêtant, la fourchette en l'air et un morceau de lard au bout ; elle regarda M. George avec orgueil. Il sait écrire déjà ! et lire aussi ! et chaque soir il veut bien venir nous donner des leçons… Que c'est bon à lui !

– Mais, tante Chloé, dit George, voilà que je meurs de faim… Est-ce que cette galette que je vois dans le poêlon n'est pas à peu près cuite ?

– Bientôt, monsieur George, dit Chloé en soulevant le couvercle… bientôt. Oh ! le brun magnifique ! Elle est vraiment d'un brun superbe ! Ah ! il n'y a que moi pour cela. Madame permit l'autre jour à Sally d'essayer… pour apprendre, disait-elle. « Ah ! madame, lui disais-je, ça me fend le cœur de voir ainsi gâter les bonnes choses. » Le gâteau ne monta que d'un côté… et plus ferme que ma savate… Ah ! fi[1] !

Et, après cette dernière expression de mépris pour la maladresse de Sally, la tante Chloé enleva le couvercle et servit un gâteau parfaitement réussi, dont aucun praticien[2] de la ville n'eût eu certes à rougir. Cette opération délicate une fois menée à bien, Chloé s'occupa activement de la partie plus substantielle[3] du souper.

– Allons, Pierre, Moïse, décampez, négrillons[4] ! Et vous aussi, Polly. Maman donnera de temps en temps quelque chose à sa petite… Vous, monsieur George,

1. Fi ! : interjection exprimant le désaccord.
2. Praticien : professionnel.
3. Substantielle : nourrissante.
4. Négrillon : terme désignant à l'époque un enfant noir.

laissez maintenant vos livres, et mettez-vous à table avec mon vieil homme… En moins de rien vous êtes servi.

– Ils voulaient me retenir à souper à la maison, mais je savais bien ce qui m'attendait ici, tante Chloé.

– Aussi vous êtes venu, mon cœur ! dit la tante Chloé en mettant le gâteau fumant sur l'assiette de George… Vous savez que la vieille Chloé vous garde les meilleurs morceaux ! Oh ! il n'y a que vous pour tout comprendre, allez ! Vous rappelez-vous ce pâté de volaille, quand vous reçûtes le général Knox[1] ? Moi et madame, nous nous querellâmes pour la croûte. Je ne sais ce qu'ont parfois les dames, mais c'est au moment où vous avez la plus lourde responsabilité sur la tête qu'elles viennent se mêler de vos affaires. Madame voulait me montrer comment je devais m'y prendre. À la fin je me fâchai presque… je lui dis : « Madame, regardez vos belles mains blanches et vos longs doigts, et toutes ces bagues étincelantes comme nos lis blancs avec leurs perles de rosée… Regardez maintenant mes larges mains noires… ne voyez-vous pas que Dieu a voulu nous créer, moi pour faire la croûte du pâté, vous pour rester dans votre salon ?… » Oui, monsieur George, j'étais sur le point de me fâcher…

– Et que dit ma mère ?

– Elle fixa sur moi ses grands yeux, ses beaux grands yeux, et elle dit : « Bien, mère Chloé, je crois que vous

1. Général Knox : Henry Knox (1750-1806), militaire et homme politique américain.

avez raison… » Et elle rentra dans le salon. Elle aurait dû me donner un coup de poing sur la tête pour mon insolence. Mais chacun à sa place… je ne puis rien faire quand il y a des dames dans la cuisine.

– Dans ce dîner vous vous surpassâtes, chacun le dit… je me le rappelle.

– N'est-ce pas ?… Moi, j'étais dans la salle à manger… je vis le général passer trois fois son assiette pour retourner au pâté… Il disait : « Vous avez là, madame Shelby, une cuisinière vraiment distinguée… » Dieu ! je me sentais gonfler d'orgueil ! Le général sait quelle cuisinière je suis, reprit Chloé en se rengorgeant[1]… un bien bel homme, le général ; il descend d'une des premières familles de l'ancienne Virginie[2]… il s'y connaît aussi bien que moi, le général. Voyez-vous, monsieur George, il y a plusieurs points à noter dans un pâté… tout le monde ne s'en doute pas… mais le général le sait, lui ; je m'en suis aperçue aux remarques qu'il a faites : il connaît le pâté !

Cependant M. George en était arrivé à ce point où un enfant même peut en venir (dans des circonstances exceptionnelles) à ne pouvoir avaler un morceau de plus. Il eut alors le temps de regarder toutes ces têtes de laine[3] et tous ces yeux brillants qui le contemplaient d'un air famélique[4], d'un angle à l'autre de l'appartement.

1. Se rengorgeant : se redressant et gonflant sa gorge en signe de vanité.
2. Virginie : État du sud des États-Unis.
3. Tête de laine : tête dont les cheveux frisés évoquent la laine.
4. Famélique : tourmenté par la faim.

– Ici, Pierre ; ici, Moïse !

Et il coupa de larges morceaux, qu'il leur jeta.

– Vous en voulez, n'est-ce pas ? Allons, Chloé, donnez-leur des gâteaux.

George et Tom se placèrent sur un siège confortable, au coin de la cheminée, tandis que Chloé, après avoir fait encore une pile de galettes, prit le *baby*[1] sur ses genoux, le faisant manger, mangeant elle-même, et distribuant les morceaux à Pierre et à Moïse, qui dévoraient en se roulant sous la table, criant, se pinçant et tirant les pieds de leur petite sœur.

– Plus loin ! disait la mère en allongeant de temps en temps un coup de pied sous la table, en manière d'avertissement, quand le mouvement devenait trop importun[2]... Ne pouvez-vous vous tenir décemment[3] quand les Blancs viennent vous voir ? Allez-vous finir ?

– Ils se sont tellement chatouillés, dit Tom, que maintenant ils ne peuvent plus se tenir tranquilles.

À ce moment les enfants sortirent de dessous la table, et, les mains et le visage pleins de mélasse[4], commencèrent à embrasser vigoureusement la petite fille.

– Voulez-vous bien vous en aller ! dit la mère en repoussant les têtes crépues[5]... Comme vous voici faits !... Cela ne partira jamais ! Courez vous laver à la fontaine.

1. *Baby* : tout petit enfant.
2. Importun : qui se produit mal à propos, gênant.
3. Décemment : avec correction, convenablement.
4. Mélasse : sirop constitué à partir des résidus de canne à sucre.
5. Crépues : frisées en touffes très serrées.

Et à ses exhortations[1] elle ajouta une tape qui retentit formidablement, mais qui n'excita autre chose que le rire des enfants, qui tombèrent l'un sur l'autre en sortant avec des éclats de rire joyeux et frais.

– A-t-on jamais vu d'aussi méchants garnements ? dit Chloé avec une certaine satisfaction maternelle.

Elle atteignit une vieille serviette destinée à cet effet ; elle prit un peu d'eau dans une théière fêlée, et débarbouilla les mains et le visage du baby. Elle les frotta jusqu'à les faire reluire, puis elle mit l'enfant sur les genoux de Tom, et fit disparaître les traces du souper. Cependant le marmot tirait le nez, égratignait le visage de Tom et passait dans les cheveux de son père ses petites mains potelées. Ce dernier exercice semblait surtout lui causer une joie particulière.

– N'est-ce point là un bijou d'enfant ? dit Tom en l'écartant un peu de lui pour mieux la voir ; et, se levant, il l'assit sur sa large épaule et commença de gesticuler et de danser avec elle, tandis que George secouait autour d'elle son mouchoir de poche, et que Moïse et Pierre cabriolaient comme de jeunes ours.

Chloé déclara enfin que tout ce bruit lui fendait la tête ; mais, comme cette plainte énergique se faisait entendre plusieurs fois par jour dans la case, elle ne réprima point la gaieté pétulante de nos amis : les jeux, les danses et les cris continuèrent, jusqu'à ce que chacun tombât d'épuisement.

1. Exhortation : demande insistante.

Pendant que cette scène se passait dans la case de l'esclave, une bien différente avait lieu dans la maison du maître.

Le marchand et M. Shelby étaient assis l'un devant l'autre dans la salle à manger, auprès d'une table couverte de papiers et de tout ce qu'il faut pour écrire. M. Shelby était occupé à compter des liasses de billets. Quand ils furent comptés, il les passa au marchand, qui les compta également.

– C'est bien, dit celui-ci ; il n'y a plus maintenant qu'à signer.

M. Shelby prit vivement les billets de vente et signa, comme un homme pressé de finir une besogne ennuyeuse ; puis il tendit au marchand l'acte signé et de l'argent. Haley tira d'une vieille valise un parchemin, qu'il présenta à M. Shelby après l'avoir un moment examiné. Celui-ci s'en empara avec un empressement qu'il ne put dissimuler.

– Maintenant, voilà qui est fait, dit Haley en se levant.

– C'*est fait !* reprit Shelby d'un air rêveur ; et, tirant de sa poitrine un long soupir, il répéta encore : C'*est fait !*

– Vous n'en paraissez pas bien ravi, à ce qu'il me semble, dit le marchand.

– Haley, répondit M. Shelby, j'espère que vous vous souviendrez que vous m'avez promis sur l'honneur de ne pas vendre Tom sans savoir entre quelles mains il ira.

– Eh mais, c'est justement ce que vous avez fait vous-même, dit le marchand.

– Vous savez quelle nécessité m'a contraint !

– Mais elle pourrait m'obliger aussi, *moi*, reprit Haley. Cependant je ferai de mon mieux pour donner une bonne place à Tom. Quant à le maltraiter moi-même, vous n'avez rien à craindre de ce côté-là. Si je remercie Dieu de quelque chose, c'est de ne m'avoir pas fait cruel.

Le marchand avait trop bien expliqué tout d'abord comment il entendait l'*humanité* pour rassurer beaucoup M. Shelby par ses protestations. Mais, comme dans les circonstances actuelles il ne pouvait exiger rien de plus, il le laissa partir sans observation, et il alluma un cigare pour se distraire.

V

Où l'on voit les sentiments de la marchandise humaine quand elle change de propriétaire

M. et Mme Shelby s'étaient retirés dans leur appartement pour la nuit.

Le mari s'était étendu dans un fauteuil confortable : il parcourait quelques lettres arrivées par la poste de l'après-dîner ; la femme était debout devant son miroir, déroulant les boucles et dénouant les tresses de ses cheveux, élégant ouvrage d'Élisa. Mme Shelby, remarquant la pâleur et l'œil hagard[1] d'Élisa, l'avait dispensée de ce service pour ce soir-là ; l'occupation du moment lui rappela la conversation du matin, et, se tournant vers son mari, elle lui dit avec assez d'insouciance :

– À propos, Arthur, quel est donc cet homme assez mal élevé que vous avez fait asseoir à notre table aujourd'hui ?

– Il s'appelle Haley, dit Shelby en se retournant sur son siège comme un homme mal à l'aise ; et il tint ses yeux fixés sur la lettre.

– Haley ! quel est-il, et qui peut l'attirer ici, dites-moi ?

– Mon Dieu ! c'est un homme avec qui j'ai fait quelques affaires la dernière fois que je suis allé aux Natchez, dit M. Shelby.

– Bah ! il s'est cru autorisé par là à venir s'installer chez nous et à nous demander à dîner ?

– Mais non ; c'est moi qui l'avais invité. J'ai quelques intérêts avec lui.

– C'est un marchand d'esclaves ? poursuivit Mme Shelby, qui observait un certain embarras dans les façons de son mari.

– Eh ! ma chère, qui a pu vous mettre cela dans la tête ? dit celui-ci en levant les yeux.

– Rien ! seulement, dans l'après-dîner, Élisa est venue ici, émue, bouleversée, tout en larmes ; elle m'a dit que vous étiez en conférence[2] avec un marchand d'esclaves,

1. Hagard : très troublé, égaré.
2. Conférence : discussion.

et qu'elle l'avait entendu vous faire des offres pour son enfant !… Oh ! la sotte créature !

– Ah ! elle vous a dit cela ? dit M. Shelby ; et il reprit sa lettre, qu'il sembla lire avec la plus grande attention, tout en la tenant à l'envers.

« Il faut que cela éclate, se dit-il en lui-même : aussi bien maintenant que plus tard ! »

– J'ai dit à Élisa, reprit Mme Shelby, tout en continuant d'arranger ses cheveux, qu'elle était vraiment bien folle de s'affliger ainsi, que vous ne traitez jamais avec des gens de cette sorte… et puis, que je savais que vous ne voulez vendre aucun de vos esclaves… et ce pauvre enfant moins que tout autre.

– Bien, Émilie ; c'est ainsi que j'ai toujours dit et pensé. Mais aujourd'hui… mes affaires sont dans un tel état… que je ne puis… ; il faudra que j'en vende quelques-uns…

– À ce misérable ! lui vendre… vous ! Oh ! c'est impossible… vous ne parlez pas sérieusement !…

– J'ai le regret de vous dire que je suis sérieux… j'ai consenti à vendre Tom.

– Quoi ! notre Tom… cette bonne et fidèle créature, votre fidèle esclave depuis son enfance… Oh ! monsieur Shelby ! Et vous lui aviez promis sa liberté… vous et moi, nous lui en avons parlé maintes fois… Ah ! maintenant je puis tout croire… je puis croire maintenant que vous vendrez le petit Henry… l'unique enfant de la pauvre Élisa…

Mme Shelby prononça ces mots d'un ton qui tenait le milieu entre la douleur et l'indignation.

– Eh bien, puisqu'il faut que vous sachiez tout… cela est. J'ai consenti à vendre ensemble Tom et Henry… Je ne sais pas pourquoi on me regarde comme un monstre parce que je fais ce que tout le monde fait tous les jours…

– Mais pourquoi ceux-là entre tous ?… Oui, si vraiment vous deviez vendre, pourquoi choisir ceux-là ?…

– Parce qu'ils me rapporteront les plus grosses sommes. Voilà pourquoi je ne pouvais en choisir d'autres, si vous en venez là. L'individu m'a offert un bon prix d'Élisa… si cela vous convient mieux ?

– Le misérable ! s'écria Mme Shelby.

– Je n'ai pas voulu l'écouter un moment… non ! à cause de vous je n'ai pas voulu l'écouter. Sachez-m'en quelque gré[1].

– Mon ami, dit Mme Shelby en se remettant, pardonnez-moi. J'ai été vive. Vous m'avez surprise. Je n'étais pas préparée à cela. Mais certainement vous me permettrez d'intercéder[2] pour ces pauvres créatures. Tom est un nègre, mais c'est un noble cœur et un homme fidèle. Je suis sûre, monsieur Shelby, qu'au besoin il donnerait sa vie pour vous…

– Oui, j'ose le dire… Mais, que voulez-vous ? il le faut !

– Pourquoi ne pas faire un sacrifice d'argent ? Allez ! j'en supporterai ma part bien volontiers. Oh ! monsieur Shelby ! j'ai essayé… je me suis efforcée d'accomplir

1. Sachez-m'en quelque gré : soyez-m'en un peu reconnaissante.
2. Intercéder : intervenir en faveur de quelqu'un.

mon devoir envers ces pauvres créatures, si simples, si malheureuses. J'en ai eu soin… je les ai instruites, je les ai veillées. Il y a des années que je connais leurs modestes joies et leurs humbles soucis… Comment pourrai-je élever la tête au milieu d'eux, si pour un misérable gain nous vendons ce digne et excellent Tom ? si nous lui arrachons en un instant tout ce que nous lui avons appris à aimer et à respecter ?… Oui ! je leur ai appris les devoirs de la famille, de père et d'enfant, de mari et de femme : comment supporter la pensée de leur montrer maintenant qu'il n'y a pas de liens, de relations, si sacrées qu'elles soient, que nous ne soyons prêts à briser pour de l'argent ? J'ai souvent parlé avec Élisa de son enfant et de ses devoirs envers lui comme mère… et maintenant… que puis-je dire, si vous le lui arrachez pour le vendre, corps et âme, à un profane[1], à un homme sans principes[2] ?… et cela pour épargner un peu d'argent ! Et je lui ai dit qu'une âme valait mieux que toutes les richesses du monde… Pourra-t-elle me croire en voyant vendre son enfant ? Le vendre, hélas ! pour la ruine de son corps et de son âme !

– Je suis bien fâché, Émilie, que vous le preniez si vivement. Oui, en vérité ; je respecte vos sentiments, quoique je ne puisse pas prétendre les partager entièrement. Mais, je vous le dis maintenant solennellement, tout est inutile ; c'est le seul moyen de me sauver… Je ne voulais pas vous le dire, Émilie… mais, voyez-vous,

1. Profane : impie, qui n'a pas de religion.
2. Sans principes : sans morale.

s'il faut parler net… ou vendre ces deux-là, ou vendre tout ! Ils doivent partir, ou tous partiront ! Haley possède une hypothèque[1] sur moi… si je ne la purge pas avec lui, elle emportera tout… J'ai économisé, j'ai gratté sur tout ; j'ai emprunté, j'ai fait tout, excepté mendier… et je n'ai pu arriver à la balance de mon compte sans le prix de ces deux-là… J'ai dû les abandonner. Haley avait un caprice pour l'enfant, il a voulu terminer l'affaire de cette façon et non d'une autre : j'étais en son pouvoir, j'ai dû obéir… Eussiez-vous mieux aimé les voir tous vendus ?

On eût dit que Mme Shelby venait de recevoir le coup mortel. Elle resta un instant immobile, puis elle se retourna vers sa table, mit sa tête dans ses mains et poussa comme un gémissement.

– Malédiction sur l'esclavage !… Amère, amère et maudite chose ! Malédiction sur le maître ! malédiction sur l'esclave !… J'étais folle de penser que je pouvais faire quelque chose de bon avec ce mal mortel… C'est un péché que d'avoir un esclave avec des lois comme les nôtres. Je l'ai toujours pensé ; je le pensais quand j'étais jeune fille, je le pense encore plus depuis mon mariage. Mais j'avais aussi pensé à dorer l'esclavage[2] ; j'espérais, à force de soins et de bonté, faire aux miens l'esclavage plus doux que la liberté même… folle que j'étais !

1. Hypothèque : droit d'un prêteur, si le remboursement ne s'effectue pas comme prévu, de devenir en compensation propriétaire d'un bien (ici, des esclaves) appartenant à l'emprunteur.
2. Dorer l'esclavage : rendre l'esclave plus heureux en améliorant ses conditions de vie.

– Ma femme, vous devenez tout à fait abolitionniste[1]… mais tout à fait.

– Abolitionniste ! S'ils savaient tout ce que je sais sur l'esclavage, ils pourraient parler. Nous n'avons pas besoin d'eux pour nous instruire. Vous savez que je n'ai jamais pensé que l'esclavage fût un droit ; je n'ai jamais eu volontairement d'esclaves.

– Vous différez en cela de beaucoup de gens pieux, dit M. Shelby ; vous vous rappelez le sermon[2] de M. B…, l'autre dimanche.

– Je n'ai pas besoin d'écouter de tels sermons, et je désire n'entendre plus jamais M. B… dans notre église. Les ministres ne peuvent pas empêcher le mal ; ils ne peuvent pas le guérir beaucoup plus que nous-mêmes. Mais le justifier ! cela m'a toujours paru une monstruosité, et je suis sûre que vous-même vous n'êtes point édifié de ce sermon.

– Mon Dieu ! j'avoue que parfois ces ministres poussent les choses plus loin que nous ne le ferions nous-mêmes, nous autres, pauvres pécheurs… Nous qui vivons dans le monde, nous sommes forcés, dans bien des cas, de franchir les strictes limites du juste ; mais nous n'aimons pas que les femmes et les prêtres nous imitent, et même nous dépassent, dans tout ce qui regarde les mœurs ou la charité. C'est un fait. Maintenant, ma chère, j'espère que vous voyez la nécessité de la chose et que vous conviendrez que j'ai agi aussi bien que les circonstances me le permettaient.

1. Abolitionniste : partisan de la suppression de l'esclavage.
2. Sermon : discours prononcé par un prêtre ou un pasteur.

– Oui, oui, sans doute, dit Mme Shelby en tournant sa montre en or entre ses doigts fiévreux et distraits. Je n'ai aucun bijou de prix, ajouta-t-elle d'un air pensif ; mais cette montre ne vaut-elle pas quelque chose ?… Elle a coûté cher… Pour sauver l'enfant d'Élisa, je sacrifierais tout ce que j'ai.

– Je suis désolé, Émilie, vraiment désolé que cela vous tienne si fort au cœur… mais cela ne servirait à rien. La chose est faite. Les billets de vente sont signés. Ils sont entre les mains de Haley. Rendez grâces à Dieu que le mal ne soit pas pire. Haley pouvait nous ruiner tous, et le voilà désarmé… Si vous connaissiez comme moi quel homme c'est… vous verriez que nous l'avons échappé belle.

– Il est donc bien dur ?

– Eh ! mon Dieu ! ce n'est pas précisément un homme cruel, mais c'est un homme de sac et de valise, un homme qui ne vit que pour le trafic et le lucre[1] ; froid, inflexible, inexorable[2] comme la mort et le tombeau. Il vendrait sa propre mère s'il en trouvait bon prix… sans pour cela souhaiter aucun mal à la pauvre vieille.

– Et c'est ce misérable qui achète le bon, le fidèle Tom et l'enfant d'Élisa !

– Oui, ma chère. Le fait est que cela m'est bien pénible… Je ne veux pas y penser. Haley viendra demain matin pour faire ses dispositions et prendre possession. Je vais donner ordre que mon cheval soit prêt

1. Lucre : cupidité, amour pour l'argent.
2. Inexorable : inflexible.

de très bonne heure ; je sortirai. Je ne pourrais pas voir Tom, non je ne pourrais pas. Vous devriez arranger une promenade quelque part et emmener Élisa. Il ne faut pas que cela se passe devant elle.

– Non, non ! s'écria Mme Shelby ; je ne veux en aucune façon être aide ou complice de ces cruautés ; j'irai voir ce vieux Tom ; je l'assisterai dans son malheur ; ils verront du moins que leur maîtresse souffre avec eux et pour eux. Quant à Élisa, je n'ose pas y penser. Que Dieu nous pardonne ! Mais qu'avons-nous fait pour en être réduits à cette cruelle nécessité ?

Cette conversation était écoutée par une personne dont M. et Mme Shelby étaient loin de soupçonner la présence.

Entre le vestibule et leur appartement il y avait un vaste cabinet[1]. Élisa, l'âme troublée, la tête en feu, avait songé à ce cabinet ; elle s'y était cachée, et, l'oreille à la fente de la porte, elle n'avait pas perdu un seul mot de l'entretien.

Quand les deux voix se furent éteintes dans le silence, elle se retira d'un pied furtif, pâle, frémissante, les traits contractés, les lèvres serrées… Elle ne ressemblait plus en rien à la douce et timide créature qu'elle avait été jusque-là. Elle se glissa avec précaution dans le corridor, s'arrêta un moment à la porte de sa maîtresse, puis tourna sur elle-même et rentra dans sa chambre. C'était un appartement calme et coquet, au même étage que celui de sa maîtresse. Voici la fenêtre, égayée, pleine de

1. Cabinet : pièce destinée au rangement.

soleil, où elle s'asseyait pour coudre en chantant : voici l'étagère pour ses livres ; voici, tout près d'eux, mille petits objets de fantaisie ; voici les présents des fêtes de Noël et la modeste garde-robe, suspendue dans le cabinet ou rangée dans les tiroirs… En un mot, c'était là sa demeure et, après tout, une demeure où elle avait été bien heureuse ! Sur le lit était couché l'enfant endormi. Ses longues boucles tombaient négligemment autour de son visage insoucieux encore, de sa bouche rose entrouverte ; ses petites mains potelées jetées sur la couverture, et sur toute sa face un sourire se répandait comme un rayon de soleil.

– Pauvre enfant ! pauvre être ! dit Élisa. Ils t'ont vendu, mais ta mère te sauvera.

Pas une larme ne tomba sur l'oreiller ; dans de telles angoisses, le cœur n'a pas de larmes à donner : il ne verse que du sang, saignant lui-même, silencieux et solitaire !

Élisa prit un crayon, un morceau de papier, et elle écrivit en toute hâte :

– Ah ! madame ! chère madame ! ne me prenez pas pour une ingrate ; ne pensez pas de mal de moi… d'aucune sorte. J'ai entendu ce que vous avez dit cette nuit, vous et monsieur. Je vous quitte pour sauver mon enfant. Vous ne me blâmerez pas. Je n'oublierai jamais votre bonté.

Elle plia rapidement sa lettre et y mit l'adresse ; elle alla ensuite vers un tiroir, fit un petit paquet de hardes[1] pour son enfant et l'attacha solidement autour d'elle avec un mouchoir ; puis, car une mère pense à tout, même

1. Hardes : vêtements en mauvais état.

dans les angoisses de cet instant, elle eut soin de joindre au paquet un ou deux de ses jouets favoris ; elle réserva un perroquet enluminé de vives couleurs pour le distraire quand il faudrait l'éveiller. Elle eut assez de peine à faire lever le petit dormeur ; enfin, après quelques efforts, il secoua le sommeil et se mit à jouer avec son oiseau pendant que sa mère mettait son châle et son chapeau.

– Mère, où allons-nous ? dit-il en la voyant s'approcher du lit avec sa petite veste et sa casquette.

Sa mère l'attira contre elle et le regarda dans les yeux avec tant d'expression qu'il devina tout d'un coup qu'il se préparait quelque chose d'extraordinaire.

– Chut ! Henry ; il ne faut pas parler si haut, ou l'on nous entendra. Un méchant homme allait venir pour prendre le petit Henry à sa maman et l'emmener bien loin, dans un endroit où il fait noir… mais maman ne veut pas le quitter, Henry. Elle va mettre la veste et le chapeau à son petit garçon et s'échapper avec lui pour que le méchant homme ne puisse le prendre.

En disant ces mots elle attachait et boutonnait l'habit de l'enfant et, le prenant dans ses bras, elle murmura à l'oreille :

– Sois bien sage !

Et, ouvrant la porte de sa chambre, qui donnait sur le vestibule, elle sortit sans bruit.

C'était une nuit étincelante, froide, étoilée ; la mère jeta le châle sur son enfant, qui, parfaitement calme, quoique sous l'empire[1] d'une vague terreur, se suspendit

1. Empire : emprise, pouvoir.

à son cou. Le vieux Bruno, grand chien de Terre-Neuve[1], qui dormait au bout de la véranda, se leva à son approche avec un sourd grognement. Elle l'appela doucement par son nom, et l'animal, qui avait joué cent fois avec elle, remua la queue, déjà disposé à la suivre, tout en se demandant, dans sa simple cervelle de chien, ce que pouvait signifier cette indiscrète promenade de minuit. La chose lui paraissait inconvenante : il sentit ses idées se troubler; il ne savait plus quel parti prendre. La jeune femme passa, le chien s'arrêta; il regardait alternativement la maison et l'esclave. Enfin, comme rassuré par quelque réflexion intime, il s'élança sur les traces de la fugitive.

Au bout de quelques minutes on arriva à la case de l'oncle Tom. Élisa frappa légèrement aux carreaux.

– Bon Dieu ! qui est là ? dit Chloé en se levant d'un bond; et elle tira le rideau. Sur ma vie, mais c'est Lisette ! Vite, habillez-vous, notre homme. Tom ! Le vieux Bruno aussi est là; il gratte à la porte… Mais qu'est-ce donc ? Allons, je vais ouvrir.

L'action suivit de près la parole, et la porte s'ouvrit. La lumière du flambeau, que Tom avait allumé en toute hâte, tomba sur le visage bouleversé et sur les yeux effarés[2] d'Élisa.

– Dieu vous bénisse, Lisa ! Vous faites peur à voir… Êtes-vous malade ? Que vous est-il arrivé ?

– Je m'enfuis, père Tom; je m'enfuis, mère Chloé… emportant mon fils… ; monsieur l'a vendu.

1. Chien de Terre-Neuve : gros chien originaire de l'île de Terre-neuve, au Canada.
2. Effarés : pleins de stupeur et de frayeur.

– Vendu ! répétèrent-ils comme deux échos ; et ils élevèrent leurs mains en signe de détresse.

– Oui, vendu, lui ! reprit Élisa d'une voix ferme. Cette nuit je m'étais glissée dans le cabinet de ma maîtresse ; j'ai entendu monsieur dire à madame qu'il avait vendu mon Henry… et vous aussi, Tom ! vendus tous deux à un marchand d'esclaves… Monsieur va sortir ce matin, et l'homme doit venir aujourd'hui même pour prendre livraison de sa marchandise.

Cependant Tom restait toujours debout, les mains tendues et l'œil dilaté[1], comme dans un rêve. Lentement, graduellement, comme s'il eût commencé à comprendre, il s'affaissa, plutôt qu'il ne s'assit, dans sa vieille chaise, et laissa tomber sa tête sur ses genoux.

– Ah ! je ne puis pas croire que cela soit vrai ! Mais qu'a-t-il fait pour que le maître le vende ?…

– Ce n'est pas cela… il n'a rien fait… et monsieur ne voudrait pas le vendre. Madame… oh ! elle est toujours bonne ; je l'ai entendue prier et supplier pour nous ; mais il lui disait que tout était inutile, qu'il était *dans la dette* de cet homme, que cet homme avait pouvoir sur lui… et que, s'il ne s'acquittait pas maintenant, il finirait par être obligé de vendre plus tard l'habitation et les gens… et de partir lui-même. Oui, je lui ai entendu dire qu'il était obligé de vendre ces deux-là ou de vendre tous les autres… L'homme est impitoyable… Monsieur disait qu'il était bien fâché ; mais madame ! Oh ! si vous l'aviez entendue ! Si ce n'est pas un ange, c'est qu'il n'y en a

1. Dilaté : dont la pupille s'est agrandie, sous l'effet de l'émotion.

pas !… Je suis une misérable de la quitter ainsi, mais je n'y pouvais pas tenir.

– Eh bien, pauvre vieux homme, dit Chloé, pourquoi ne t'en vas-tu pas aussi ? Veux-tu qu'on te porte de l'autre côté de la rivière, où l'on fait mourir les nègres de fatigue et de faim ? J'aimerais mieux mourir mille fois que d'aller là, moi ! Allons, il est temps… partez avec Lisa… Vous avez une passe[1] pour aller et venir en tout temps… Allons, remuez-vous ; je fais votre paquet.

Tom releva lentement la tête, regarda autour de lui tristement, mais avec calme, puis il dit :

– Non, je ne partirai point. Qu'Élisa parte ! elle fait bien, ce n'est pas moi qui dirai le contraire. La nature veut qu'elle parte. Mais vous avez entendu ce qu'elle a dit : je dois être vendu, ou tout ici, choses et gens, va être ruiné. Je pense que je puis supporter cela autant que qui que ce soit…

Et quelque chose comme un soupir et un sanglot souleva sa vaste poitrine, qui tressaillit convulsivement.

– Le maître, ajouta-t-il, m'a toujours trouvé à ma place… il m'y trouvera toujours… Je n'ai jamais manqué à ma foi, je ne me suis jamais servi de la passe contrairement à ma parole, je ne commencerai point : il vaut mieux que je parte seul que de causer la perte de la maison et la vente de tous. Le maître ne doit pas être blâmé, Chloé, il prendra soin de vous et de ces pauvres…

À ces mots il se tourna vers le lit grossier où l'on voyait paraître les petites têtes crépues, et ses sanglots

1. Passe : permission de circuler librement, sorte de passeport.

éclatèrent… Il s'appuya sur le dossier de sa chaise et se couvrit le visage de ses larges mains. Des sanglots profonds, bruyants, impétueux[1] ébranlèrent jusqu'au siège, et de grandes larmes, glissant entre ses doigts, tombèrent sur le sol.

– Et puis, dit Élisa, qui se tenait toujours auprès de la porte, j'ai vu mon mari cet après-midi… Je ne me doutais pas alors de ce qui allait arriver. Ils l'ont poussé à bout, et il m'a dit aujourd'hui qu'il avait aussi l'intention de s'enfuir. Tâchez de lui donner de mes nouvelles ; dites-lui comment et pourquoi je suis partie ; dites-lui que je vais essayer de gagner le Canada ; portez-lui tout mon amour, et, si je ne le revois pas, dites-lui…

Elle se retourna vers la muraille, leur déroba un instant son visage, puis elle reprit d'une voix brève :

– Dites-lui d'être aussi bon qu'il pourra !… Appelez Bruno, fermez la porte sur lui ; pauvre bête, il ne faut pas qu'il me suive !

Il y eut encore quelques dernières paroles, quelques larmes, quelques adieux bien simples, mêlés de bénédictions ; puis, soulevant dans ses bras son enfant étonné et effrayé, elle disparut silencieusement.

1. Impétueux : violents, qu'on ne peut pas maîtriser.

VI

Découverte

Après leur longue discussion, M. et Mme Shelby ne s'endormirent pas tout d'abord. Aussi, le lendemain, se réveillèrent-ils plus tard que de coutume.

– Je ne sais ce qui retient Élisa ce matin, dit Mme Shelby après avoir sonné plusieurs fois inutilement.

M. Shelby, debout devant sa glace, repassait son rasoir. La porte s'ouvrit, et un jeune mulâtre entra avec l'eau pour la barbe.

– André, dit Mme Shelby, frappez donc à la porte d'Élisa et dites-lui que je l'ai sonnée trois fois. Pauvre créature ! ajouta-t-elle tout bas en soupirant.

André revint bientôt, l'œil effaré.

– Dieu ! madame, les tiroirs de Lisa sont tout ouverts. Ses affaires sont jetées partout… je crois qu'elle est partie.

La vérité passa comme un éclair devant les yeux des deux époux. M. Shelby s'écria :

– Elle a eu des soupçons… et elle s'est enfuie.

– Dieu soit loué ! dit Mme Shelby de son côté. Oui, je le crois.

– Madame, ce que vous dites là n'a pas de sens : si

elle est partie, ce sera vraiment fâcheux pour moi. Haley a vu que j'hésitais à lui vendre cet enfant ; il pourra penser que j'ai été complice de la fuite : cela touche mon honneur.

M. Shelby quitta la chambre en toute hâte.

Depuis un quart d'heure c'était dans la maison un va-et-vient continuel, un bruit de portes s'ouvrant et se fermant, et un pêle-mêle de visages de toutes nuances et de toutes couleurs.

Une seule personne eût pu donner quelques éclaircissements, et cette personne se taisait : c'était la cuisinière en chef, Chloé. Silencieuse, un nuage de tristesse couvrant sa face naguère encore si joyeuse, elle préparait les gâteaux du déjeuner, comme si elle n'eût rien vu, rien entendu de ce qui se passait autour d'elle.

Bientôt une douzaine de jeunes drôles, noirs comme des corbeaux, se rangèrent sur les marches du perron, chacun voulant être le premier à saluer le maître étranger avec la nouvelle de sa déconvenue.

– Il en perdra la tête, je gage, disait André.

– Je suis sûr qu'il va jurer, reprenait Jean le Noir.

– Oui, il jure, faisait à son tour Mandy Tête-de-Laine. Je l'ai entendu hier à dîner ; j'ai entendu tout, je m'étais fourré dans le cabinet où madame met la vaisselle… j'ai entendu !

Haley apparut enfin, botté, éperonné[1]… De tout côté on lui jeta au nez la mauvaise nouvelle.

1. Éperonné : pourvu d'éperons, petites piques fixées à l'arrière des bottes et destinées à piquer les chevaux pour les faire avancer.

Les jeunes drôles ne furent pas désappointés[1] dans leur attente : il jura, il jura avec une abondance et une facilité de paroles qui les réjouissaient fort ; ils avaient soin cependant de se baisser et de se reculer de façon à être toujours hors de la portée de son fouet. Ils roulèrent bientôt les uns sur les autres avec d'immenses éclats de rire, se débattant sur le gazon flétri de la cour, gesticulant, criant et hurlant.

– Oh ! les petits démons ! si je les tenais, murmura Haley entre ses dents.

– Mais vous ne les tenez pas, dit André avec un geste de triomphe accompagné d'indescriptibles grimaces, après toutefois que le marchand eut tourné le dos et qu'il ne lui fut plus possible de l'entendre.

– Eh bien, Shelby, voilà qui est assez extraordinaire, dit Haley en entrant brusquement dans le salon : il paraît que la fille a décampé avec son petit.

– Monsieur Haley… Mme Shelby est ici, dit celui-ci avec dignité.

– Pardon, madame, dit Haley en saluant légèrement et d'un air renfrogné, mais je répète ce que je disais tout à l'heure : on fait courir un singulier bruit !… Est-ce vrai, monsieur ?

– Monsieur, répondit Shelby, si vous voulez conférer[2] avec moi, gardez un peu la tenue d'un gentleman. André, prenez le chapeau et le fouet de M. Haley… Asseyez-vous, monsieur… Oui, monsieur, j'ai le regret

1. Désappointés : déçus.
2. Conférer : discuter.

de vous dire que cette jeune femme, qui a entendu ou soupçonné ce qui l'intéressait… a enlevé son fils et est partie la nuit dernière.

– J'espérais, je l'avoue, qu'on agirait loyalement avec moi dans cette affaire, reprit Haley.

– Quoi ! monsieur, dit Shelby en s'approchant vivement de lui, que dois-je entendre par là ?… À celui qui met mon honneur en question je n'ai qu'une réponse à faire.

À ces mots le trafiquant devint beaucoup plus humble et dit en baissant le ton :

– Il est pourtant bien dur, murmura-t-il, pour un homme qui vient de faire un bon marché, de se voir berné[1] de cette façon.

– Monsieur, dit Shelby, si je ne comprenais que vous avez quelque sujet de désappointement, je n'aurais pas toléré la grossièreté de votre entrée dans mon salon ce matin, et j'ajoute, puisque l'explication semble nécessaire, que je ne tolérerai pas la plus légère insinuation de votre part : on ne suspecte pas ma loyauté, monsieur ! je me crois cependant obligé de vous donner aide et protection. Prenez mes gens et mes chevaux, et tâchez de retrouver ce qui est à vous. En un mot, Haley, continua-t-il en quittant tout d'un coup ce ton de dignité froide pour revenir à sa franche cordialité, ce que vous avez de mieux à faire, c'est de reprendre votre belle humeur… et de déjeuner ; nous aviserons après.

Mme Shelby se leva et dit que ses occupations ne lui permettaient pas d'assister au déjeuner ; et, chargeant

1. Berné : trompé.

une digne mulâtresse de préparer le café et de servir les deux hommes, elle quitta l'appartement.

– La vieille dame n'aime pas démesurément votre serviteur, dit Haley, faisant un laborieux effort pour paraître très familier.

– Je ne suis pas habitué à entendre parler si familièrement de ma femme, dit Shelby assez sèchement.

– Pardon ; mais ce n'était qu'une plaisanterie, vous le savez bien.

– Les plaisanteries sont plus ou moins agréables, dit Shelby.

– Il est diablement libre maintenant que ses papiers sont signés, murmura le marchand ; comme il est devenu grand depuis hier.

– Ohé, Samuel ! ohé Sam ! m'sieu a besoin de vous pour seller *Bell* et *Jerry*, dit André en appelant son camarade Samuel.

– Ah ! et pour quoi faire, petit ?

– Bah ! vous ne savez donc pas que Lisa a décampé avec son petit…

– Tu veux en remontrer[1] à ton grand-père, dit Samuel avec un mépris superbe… Je savais cela bien avant toi. Ce nègre n'est pas si sot qu'on pense.

– Bien ; mais m'sieu veut qu'on apprête à l'instant *Jerry* et *Bell*. Vous et moi, nous allons accompagner m'sieu Haley et tâcher de la reprendre.

– Bon ! voilà donc une occasion, dit Samuel ; c'est maintenant Sam qui a la confiance ! c'est moi, le nègre !

1. En remontrer : donner des leçons.

Vous allez voir si je ne la reprends pas… Ah ! on va voir ce que Sam est capable de faire !

– Eh mais, Samuel, vous feriez mieux d'y regarder à deux fois ; madame ne veut pas qu'on la reprenne ; ainsi, gare à vous !

– Oh ! fit Samuel, ouvrant de grands yeux, comment sais-tu cela ?

– Moi-même, ce matin, en allant porter l'eau pour la barbe dans la chambre de monsieur, je l'ai entendue ; elle m'a envoyé voir pourquoi Lisa ne venait pas l'habiller, et, quand je lui ai dit qu'elle était partie, elle a dit : « Dieu soit béni ! » et monsieur a été comme fou ; et il lui a répondu : « Vous ne savez ce que vous dites ! » Mais elle le ramènera, allez ! je sais bien comment cela se passe… il vaut mieux être du côté de madame ; c'est moi qui vous le dis !

Le noir Samuel gratta sa tête crépue, qui ne renfermait pas sans doute une profonde sagesse, mais qui contenait beaucoup de cette chose particulière qu'on souhaite aux hommes politiques de tous les pays et sous tous les régimes, et qui consiste à savoir de quel côté le pain est beurré… Samuel se mit donc à réfléchir, en remontant encore une fois son pantalon : c'était le procédé dont il se servait habituellement pour faciliter les opérations de son cerveau.

– Il ne faut jamais dire *jamais* dans ce monde, murmura-t-il enfin.

Le mot *ce* fut murmuré avec toute l'emphase[1] d'un

1. Emphase : exagération.

philosophe, comme si Samuel eût véritablement connu beaucoup d'autres mondes, et que cette conclusion fût le résultat de ses comparaisons.

– J'aurais pourtant cru, fit-il d'un air pensif, que madame aurait mis toute la maison sur pied pour reprendre Lisa.

– Eh oui ! elle aurait, répondit l'enfant ; mais ne pouvez-vous voir à travers une échelle, vieux nègre noir ? Madame ne veut pas que ce M. Haley emmène l'enfant de Lisa… Voilà la chose !

– *High*[1] *!* fit Samuel avec une intonation impossible à noter pour les oreilles qui ne l'ont pas entendue chez les nègres.

– Et maintenant j'espère que vous irez vite chercher les chevaux. Ne perdez pas de temps. Madame vous a déjà demandé, et voilà que vous restez à jaser[2].

Samuel se hâta, en effet ; il revint bientôt en triomphateur, ramenant au galop *Bell* et *Jerry*. Il sauta à terre pendant qu'ils couraient encore, et les aligna le long du mur, comme on fait dans un tournoi. Le cheval de Haley, qui était un jeune poulain ombrageux[3], rua, hennit et secoua son licou[4].

– Oh, oh ! dit Samuel… Farouche ! vous êtes farouche !… Et son noir visage brilla d'un éclair de malice… Je vais bien vous faire tenir en place.

1. *High !* : interjection exprimant une émotion forte.
2. Jaser : parler de manière inutile ou indiscrète.
3. Ombrageux : se dit d'un cheval facilement effrayé par ce qui le surprend.
4. Licou : lien passé autour de la tête du cheval pour l'attacher.

Un large frêne ombrageait la cour : de petites faînes[1], triangulaires et tranchantes, jonchaient le sol. Samuel en prit une, s'approcha du poulain, le flatta, le gratta, comme s'il eût voulu l'adoucir et le calmer ; et, sous prétexte d'ajuster la selle, il glissa fort adroitement en dessous la petite faîne, de telle façon que le moindre poids posé sur la selle dût exciter la sensibilité nerveuse de l'animal, sans laisser la moindre trace de blessure ou d'égratignure.

– Là, dit-il en roulant ses gros yeux et faisant une grimace, nous verrons s'il ne sera pas tranquille maintenant…

Au même instant Mme Shelby apparut sur le balcon, et lui fit un signe. Samuel s'approcha, déterminé à lui faire sa cour, comme un solliciteur[2] au moment d'une vacance[3] à Washington[4] ou au palais de Saint-James[5].

– Pourquoi avez-vous tant tardé, Samuel ? j'avais envoyé André pour vous presser.

– Madame, on ne pouvait pas prendre les chevaux en une minute ; ils ont couru jusqu'au bout de la prairie.

– Allons, c'est bien. Maintenant, Samuel, vous allez accompagner M. Haley pour lui montrer le chemin… pour l'aider… Ayez bien soin des chevaux, Samuel ; vous savez que, la semaine passée, *Jerry* était un peu boiteux… Ne le faites point marcher trop vite.

1. Faîne : fruit du hêtre.
2. Solliciteur : personne qui demande un emploi.
3. Vacance : place disponible.
4. Washington : capitale des États-Unis.
5. Palais de Saint-James : palais situé à Londres, devenu résidence des souverains britanniques jusqu'en 1837.

Mme Shelby prononça ces derniers mots à voix basse et avec une certaine intonation.

– Pour cela, rapportez-vous-en à ce nègre, dit Samuel en tournant deux yeux pleins de commentaires…

– Maintenant, André, dit ce dernier en retournant à son poste sous le hêtre, je ne serais pas du tout surpris quand le cheval du monsieur se mettrait à danser un peu au moment où il montera en selle. Vous savez, André, les bêtes ont quelquefois de ces idées-là – et, en guise d'avertissement, il donna à son camarade un coup de poing dans les côtes.

– *High !* fit André avec le signe d'un homme qui a compris tout à coup.

– Vous le voyez, André, madame veut gagner du temps. Cela est visible, même pour l'observateur le plus ordinaire… elle aura ce qu'elle veut, je m'en charge ! On peut lâcher les chevaux pour qu'ils paissent[1] tous ensemble auprès de nous et jusqu'au bois ; je ne pense pas que cela fâche monsieur.

André fit une grimace.

– Vous voyez, André, vous voyez, dit Samuel ; s'il arrivait quelque chose au cheval de M. Haley, nous quitterions nos montures et nous irions à lui pour le secourir. Oui, nous lui porterions secours ; oh oui !

Samuel et André branlèrent[2] leurs têtes noires d'une épaule à l'autre et se livrèrent à un rire inextinguible[3], dont ils tempéraient toutefois les éclats ; puis ils firent

1. Paissent : broutent l'herbe.
2. Branlèrent : remuèrent, secouèrent.
3. Inextinguible : que l'on ne peut arrêter.

claquer leurs doigts, et trépignèrent[1] avec une sorte de ravissement.

Haley apparut sur le perron. Quelques tasses d'excellent café l'avaient un peu adouci. Il était d'assez bonne humeur ; il s'avança en souriant et en causant ; les deux nègres saisirent certaines feuilles de palmier qu'ils avaient l'habitude d'appeler leurs chapeaux, et s'élancèrent vers les chevaux pour être prêts « à aider le m'sieu ».

Les feuilles du chapeau de Samuel n'avaient plus, sur les bords, aucune prétention possible à la tresse. Elles retombaient de tous côtés, éparses et raides, ce qui lui donnait un air de révolte et d'indépendance superbe. On eût dit un chef de tribu.

Les bords de la coiffure d'André avaient complètement disparu ; mais un ingénieux coup de poing l'avait arrangée en couronne sur la tête. Il en paraissait fort charmé et semblait dire : « Qui prétend donc que je n'ai pas de chapeau ? »

– Bien, mes enfants. Maintenant, du vif ! nous n'avons pas de temps à perdre.

– Pas une minute, m'sieu, dit Samuel en lui tendant les rênes et en tenant l'étrier, pendant qu'André détachait les deux autres chevaux.

Au moment où Haley toucha la selle, le fougueux animal bondit du sol, par un élan soudain, et jeta son maître à quelques pas de là sur le gazon sec et doux, qui amortit la chute.

1. Trépignèrent : tapèrent des pieds en sautant.

Samuel s'élança aux rênes avec un geste frénétique[1], mais il ne réussit qu'à fourrer son bizarre chapeau de palmier dans les yeux de l'animal : la vue de cet étrange objet ne pouvait guère contribuer à calmer ses nerfs ; aussi il échappa violemment des mains de Samuel renversé, fit entendre deux ou trois hennissements de mépris, et, après quelques ruades vigoureusement détachées, s'élança au bout de la prairie, suivi bientôt de *Bell* et de *Jerry*, qu'André n'avait pas manqué de lâcher, hâtant encore leur fuite par ses terribles exclamations.

Il s'ensuivit une indescriptible scène de désordre. Andy[2] et Sam criaient et couraient ; les chiens aboyaient ; Mike, Moïse, Amanda, Fanny, et tous les autres petits échantillons de la race nègre qui se trouvaient dans l'habitation, s'élancèrent dans toutes les directions, poussant des hurlements, frappant dans leurs mains et se démenant avec la plus fâcheuse bonne volonté et le zèle le plus compromettant du monde.

Le cheval de Haley, vif et plein d'ardeur, parut entrer dans l'intention des auteurs de cette petite scène avec le plus grand plaisir. Il avait pour carrière une prairie d'un quart de lieue, descendant de chaque côté vers un petit bois : il se laissait donc volontiers approcher ; quand il se voyait à portée de la main, il repartait avec une ruade et un hennissement, comme une méchante bête qu'il était, puis il s'enfonçait bien loin dans quelque allée du bois. Samuel n'avait garde de l'arrêter avant le moment qu'il

1. Frénétique : exalté, hors de contrôle.
2. Andy : surnom, diminutif d'André.

jugerait convenable. Il se donnait une peine vraiment héroïque. Pareil au glaive de Richard Cœur de Lion[1], qui brillait toujours au front de la bataille et au plus épais de la mêlée, le chapeau de palmier de Samuel se montrait toujours là où il y avait le plus petit danger[2] de reprendre le cheval. Il n'en criait pas moins à pleins poumons : « Là ! ici ! prenez ! prenez-le ! » de telle façon cependant qu'il augmentait à chaque fois le désordre et la confusion.

Haley courait aussi à droite et à gauche, maudissant, jurant et frappant du pied. M. Shelby, du haut de son perron, essayait en vain de donner des ordres. Mme Shelby suivait la scène, de la fenêtre de sa chambre, riant et s'étonnant… quoique au fond elle se doutât bien de quelque chose.

Enfin, vers deux heures, Samuel apparut, triomphant, monté sur *Jerry*, tenant en main la bride du cheval de Haley, ruisselant de sueur, mais l'œil ardent, les naseaux dilatés et laissant voir que son ardeur et sa fougue n'étaient pas encore domptées.

– Il est pris ! s'écria-t-il fièrement ; sans moi ils en eussent été pour leur peine : ils n'auraient jamais pu !

– Sans vous ! grommela Haley d'un ton bourru, sans vous tout cela ne serait pas arrivé !

– Moi ! répondit Samuel d'un air contrit[3]… moi qui me suis mis en nage[4] pour votre service !

1. Richard Cœur de Lion : surnom du roi Richard Ier d'Angleterre (1157-1199).
2. Danger : ici, chance.
3. Contrit : chagriné.
4. En nage : en sueur.

– Oui, dit Haley, vous m'avez fait perdre trois heures par votre bêtise ! Maintenant partons, et trêve de sottises !

– Ah ! monsieur, s'écria piteusement Samuel, vous voulez donc nous tuer net, bêtes et gens ! nous n'en pouvons plus, et les chevaux sont sur les dents… M'sieu restera bien jusqu'après dîner… Il faut que le cheval de m'sieu soit bouchonné[1] ; voyez dans quel état il s'est mis… *Jerry* boite… et puis, je ne pense pas que madame veuille vous laisser partir ainsi. Nous n'avons rien à perdre pour attendre. Lisa n'a jamais été une bonne marcheuse.

Mme Shelby, que cette conversation divertissait fort, descendit du perron pour y prendre part. Elle s'avança vers Haley, exprima très poliment ses regrets de l'accident, l'engagea instamment à dîner à l'habitation, assurant qu'on allait immédiatement servir.

Haley, tout bien considéré, se détermina donc à rester, et prit d'assez mauvaise grâce le chemin du salon. Sam, roulant les yeux avec une expression que nous ne saurions décrire, conduisit gravement les chevaux à l'écurie.

1. Bouchonné : frotté avec un bouchon de paille pour être nettoyé.

VII

Les angoisses d'une mère

Jamais une créature humaine ne se sentit plus malheureuse et plus abandonnée qu'Élisa, au moment où elle s'éloigna de la case de l'oncle Tom. Les souffrances et les dangers de son mari, le danger de son enfant, tout cela se mêlait dans son âme avec le sentiment confus et douloureux de tous les périls qu'elle-même allait courir en quittant cette maison, la seule qu'elle eût jamais connue, en quittant une maîtresse qu'elle avait toujours aimée et respectée. N'allait-elle pas quitter aussi tous ces objets familiers qui nous attachent, le lieu où elle avait grandi, les arbres dont l'ombre avait abrité ses jeux, les bosquets où elle s'était promenée, le soir des jours heureux, à côté de son jeune époux ? Tous ces objets, qu'elle apercevait à la lueur froide et brillante des étoiles, semblaient prendre une voix pour lui adresser des reproches et lui demander où elle pourrait aller en les quittant.

Mais, plus puissant que tout le reste, l'amour maternel la rendait folle de terreur en lui faisant pressentir l'approche de quelque danger terrible. L'enfant était assez grand pour marcher à côté d'elle ; dans toute autre circonstance, elle se fût contentée de le conduire par la main : mais alors la seule pensée de ne plus le serrer dans ses bras la faisait tressaillir ; et, tout en hâtant sa marche, elle le pressait contre sa poitrine avec une étreinte convulsive.

La terre gelée craquait sous ses pas : elle tremblait au bruit ; le frôlement d'une feuille, une ombre balancée lui faisaient refluer le sang au cœur et précipitaient sa marche. Elle s'étonnait de la force qu'elle trouvait en elle. Son enfant lui semblait léger comme une plume. Chaque terreur nouvelle augmentait encore cette force surnaturelle qui l'emportait.

Ô mère qui me lisez, si c'était votre Henry à vous qu'on dût vous enlever demain matin ; si vous eussiez vu l'homme, le brutal marchand ; si vous eussiez appris que l'acte de vente est signé et remis… si vous n'aviez plus que de minuit au matin pour vous sauver… et le sauver… quelle serait la rapidité de votre fuite ! combien de milles pourriez-vous faire dans ces quelques heures… le cher fardeau à votre sein, sa petite tête endormie sur votre épaule, ses deux petits bras confiants noués autour de votre cou !

Car l'enfant dormait.

D'abord l'effroi, l'étrangeté des circonstances le tinrent éveillé ; mais la mère réprimait si énergiquement chaque parole, chaque souffle, l'assurant que, s'il voulait seulement être tranquille, elle le sauverait, qu'il se serra paisiblement contre elle en lui disant seulement, quand il sentait venir le sommeil :

– Mère, faut-il que je reste éveillé, dites, faut-il ?

– Non, cher ange, dors si tu veux.

– Mais, si je dors, tu ne vas pas me laisser, mère ?

– Oh ! Dieu, te laisser ! non, va !

Et sa joue devint plus pâle, et plus brillant le rayon de ses yeux noirs…

– Vous êtes sûre, mais bien sûre ?

– Oui, bien sûre ! reprit la mère d'une voix qui l'effraya elle-même, car elle lui sembla venir d'un esprit intérieur qui n'était point elle.

L'enfant laissa tomber sa tête fatiguée et s'endormit… Le contact de ces petits bras chauds, cette respiration qui passait sur son cou donnaient aux mouvements de la mère comme une ardeur enflammée. Chaque tressaillement de l'enfant endormi faisait passer dans ses membres comme un courant électrique. Sublime domination de l'esprit sur le corps, qui rend insensibles les chairs et les nerfs, et qui trempe les muscles comme de l'acier, pour que la faiblesse devienne de la force ! Les limites de la ferme, le bosquet, le bois, tout cela passait comme des fantômes… Et elle marchait, marchait toujours, sans s'arrêter, sans reprendre haleine… Les premières lueurs du jour la trouvèrent sur le grand chemin, à plusieurs milles de l'habitation.

Souvent, avec sa maîtresse, elle était allée visiter quelques amis dans le voisinage jusqu'au village de T…, tout près de l'Ohio[1] : elle connaissait parfaitement ce chemin. Mais aller plus loin, passer le fleuve, c'était pour elle le commencement de l'inconnu.

Quand les chevaux et les voitures commencèrent à circuler sur la grande route, elle comprit, avec cette

1. Ohio : État du nord des États-Unis.

intuition rapide que nous avons toujours dans nos moments d'excitation morale, et qui semble une sorte d'inspiration, elle comprit que sa marche égarée et sa physionomie inquiète allaient attirer sur elle l'attention soupçonneuse des passants. Elle posa donc l'enfant à terre, répara sa toilette, ajusta sa coiffure, et mesura sa marche de façon à sauver du moins les apparences. Elle avait fait provision de pommes et de gâteaux. Les pommes lui servirent à hâter la marche de l'enfant ; elle les faisait rouler à quelques pas devant lui : l'enfant courait après de toutes ses forces. Cette ruse, souvent répétée, lui fit gagner quelques milles.

Ils arrivèrent bientôt près d'un épais taillis[1], qu'un ruisseau limpide traversait avec un frais murmure. L'enfant avait faim et soif : il commençait à se plaindre. Tous deux franchirent la haie. Ils s'assirent derrière un quartier de rocher qui les dérobait à la vue ; elle le fit déjeuner. L'enfant remarqua en pleurant qu'elle ne mangeait pas : il lui passa un bras autour du cou et voulut lui glisser un morceau de gâteau dans la bouche…

« Il m'étoufferait ! pensa-t-elle… Non, Henry, non, cher ange, maman ne peut manger que tu ne sois sauvé… Il faut aller… encore, encore, jusqu'à ce que nous ayons atteint la rivière. »

Et elle se précipita sur la route… puis elle reprit une marche régulière et calme.

Elle avait dépassé de plusieurs milles les endroits où elle était personnellement connue. Si le hasard voulait

1. Taillis : bois d'arbres taillés.

qu'elle rencontrât quelque connaissance, elle se disait que la bonté très notoire[1] de la famille écarterait bien loin toute idée d'évasion. Et puis, elle était si blanche qu'il fallait un œil attentif et exercé pour reconnaître le sang mêlé ; son enfant était aussi blanc qu'elle : c'était une chance de plus de passer inaperçue.

Elle s'arrêta vers midi dans une jolie ferme pour s'y reposer et commander le dîner. Avec la distance le danger diminuait ; ses nerfs se détendaient, et elle éprouvait à la fois de la fatigue et de la faim.

La fermière, déjà sur l'âge, bonne et un peu commère[2], fut enchantée d'avoir à qui parler, et elle accepta sans examen la fable[3] d'Élisa, qui allait, disait-elle, à quelque distance, passer une semaine chez une amie…

– Puissé-je[4] dire vrai ! ajoutait-elle tout bas.

Une heure avant le coucher du soleil, elle arriva au village de T…, sur les bords de l'Ohio, fatiguée, le corps malade, mais l'âme vaillante. Son premier regard fut pour la rivière, qui, pareille au Jourdain[5] de la Bible, la séparait du Canaan[6] de la liberté.

On était au commencement du printemps ; la rivière, gonflée et mugissante, charriait des morceaux de glace avec ses eaux tumultueuses[7]. Grâce à la forme

1. Notoire : connue de tous.
2. Commère : bavarde.
3. Fable : histoire inventée, mensonge.
4. Puissé-je : j'aimerais pouvoir.
5. Jourdain : fleuve du Proche-Orient. D'après la Bible, les Hébreux le traversèrent pour atteindre la « Terre promise ».
6. Canaan : terre promise par Dieu aux Hébreux.
7. Tumultueuses : très agitées.

particulière du rivage, qui, dans cette partie du Kentucky, s'avance comme un promontoire[1] au milieu des eaux, d'énormes quantités de glace avaient été retenues au passage. Elles s'entassaient en piles énormes, qui formaient comme un radeau irrégulier et gigantesque, interrompant la communication des deux rives.

Élisa demeura un instant en contemplation devant cet affligeant spectacle… « Le bac ne marche plus ! » pensa-t-elle… Et elle courut à une petite auberge pour y demander quelques renseignements.

L'hôtesse, occupée à ses fritures et à ses ragoûts pour le repas du soir, s'arrêta, fourchette en main, en entendant la voix douce et plaintive d'Élisa.

– Qu'est-ce donc ?

– Y a-t-il un bac ou un bateau pour passer le monde qui va à B… ?

– Non vraiment. Les bateaux ne marchent plus.

La douleur et l'abattement d'Élisa frappèrent cette femme.

– Vous auriez, lui demanda-t-elle avec intérêt, besoin de passer de l'autre côté de l'eau ?… Quelqu'un de malade ?… Vous semblez inquiète.

– J'ai un enfant en danger, je ne le sais que d'hier soir ; je suis venue tout d'une traite dans l'espoir de trouver le bac.

– C'est bien malheureux, dit la femme, qui sentit s'éveiller toutes ses sympathies maternelles… Je suis vraiment fâchée pour vous. Salomon ! cria-t-elle par la

1. Promontoire : avancée de terre ou de roche au-dessus de l'eau.

fenêtre en dirigeant sa voix du côté d'une petite hutte toute noire.

Un individu aux mains sales, et portant un tablier de cuir, parut sur le seuil.

– Dites-moi, Salomon, cet homme ne va-t-il point passer l'eau cette nuit ?

– Il dit qu'il va essayer, si cela est possible.

Alors l'hôtesse, se retournant vers Élisa :

– Un homme va venir avec des marchandises pour passer cette nuit. Il soupera ici. Ce que vous avez de mieux à faire, c'est de vous asseoir et de l'attendre. Quel joli enfant ! ajouta-t-elle en lui offrant un gâteau.

Mais l'enfant, tout épuisé par la route, pleurait de fatigue.

– Pauvre petit, dit Élisa, il n'est pas accoutumé à marcher… je l'ai trop pressé !

– Faites-le entrer dans cette chambre, dit l'hôtesse en ouvrant un petit cabinet où il y avait un lit confortable. Élisa y plaça le pauvre enfant et tint ses petites mains dans les siennes jusqu'à ce qu'il fût endormi. Pour elle, il n'y avait plus de repos. La pensée de ses persécuteurs, comme un feu dévorant, brûlait la moelle de ses os. Elle jetait des regards pleins de larmes sur les flots gonflés et terribles qui coulaient entre elle et la liberté.

Mais quittons l'infortunée pour un instant, et voyons ce que deviennent ceux qui la poursuivent.

Mme Shelby avait dit, il est vrai, que le dîner serait immédiatement servi ; on vit bientôt, ce qui s'est vu souvent, qu'il faut être deux pour faire un marché. Quoique les ordres eussent été donnés en présence de Haley et transmis à la mère Chloé par au moins une demi-douzaine d'alertes messagers, cette haute dignitaire[1], pour toute réponse, grommela quelques mots inintelligibles, en hochant sa vieille tête, et elle continua son opération avec une lenteur inaccoutumée.

Toute la maison semblait instinctivement deviner que madame n'était en aucune façon affligée de ce retard : on ne saurait croire combien d'accidents retardèrent le cours ordinaire des choses. Un marmiton[2] maladroit renversa la sauce : il fallut refaire la sauce. Chloé y mit un soin désespérant et une précision compassée ; elle répondait à toutes les exhortations « qu'elle ne se permettrait pas de servir une sauce tournée pour plaire à des gens qui voulaient rattraper quelqu'un ». Un enfant tomba avec l'eau qu'il portait : il fallut retourner à la fontaine. Un autre renversa le beurre. De temps en temps on arrivait, en ricanant, dire à la cuisine que M. Haley paraissait très mal à son aise, qu'il ne pouvait rester sur son siège, et qu'il allait en trépignant de la fenêtre à la porte.

– Je suis bien aise[3], dit Tom, que monsieur ne soit pas sorti ce matin, comme il le voulait. Cela me faisait plus de mal que de me voir vendu. C'était bien naturel à lui, mais bien pénible pour moi, qui le connais depuis l'enfance. Monsieur ne pouvait se tirer d'affaire sans cela. Il a bien fait. Mais j'ai peur que les choses n'aillent

1. Dignitaire : personne importante et respectée.
2. Marmiton : apprenti cuisinier.
3. Je suis bien aise : je suis bien content.

encore plus mal, moi absent. On ne s'attendra pas à voir monsieur rôder et surveiller partout, comme je faisais. Les enfants ont bonne volonté… mais c'est si léger… voilà ce qui m'effraye !

La sonnette retentit, et Tom fut appelé au parloir.

– Tom, lui dit Shelby avec bonté, je dois vous avertir que j'ai un dédit[1] de dix mille dollars avec monsieur si vous ne vous trouvez point à l'endroit qu'il vous désignera. Il va maintenant à ses autres affaires ; vous avez votre journée à vous. Allez où vous voudrez, mon garçon.

– Merci, monsieur, dit Tom.

– Ne l'oubliez pas, ajouta le trafiquant, si vous jouez le tour à votre maître, j'exigerai tout le dédit. S'il m'en croyait, il ne se fierait jamais à vous autres nègres : vous glissez comme des anguilles.

– Monsieur, dit Tom en se tenant tout droit devant Shelby, j'avais huit ans quand la vieille maîtresse vous mit dans mes bras ; vous n'aviez pas un an : « Tom, ce sera ton maître, me dit-elle : aie bien soin de lui ! » Et maintenant, monsieur, je vous le demande, ai-je jamais manqué à mon devoir ? Vous ai-je jamais été infidèle ?

M. Shelby fut comme oppressé ; les larmes lui vinrent aux yeux.

– Mon brave garçon, Dieu sait que vous ne dites que la vérité… et, si je le pouvais, je ne vous vendrais pas… pour un monde.

– Vrai, dit à son tour Mme Shelby, vous serez racheté

1. Dédit : somme d'argent qui est à payer.

aussitôt que nous le pourrons. Monsieur Haley, rappelez-vous à qui vous l'aurez vendu, et faites-le-moi savoir.

– Pour cela, certainement, dit Haley. Si vous le désirez, je puis vous le ramener dans un an.

– Je vous le rachèterai bon prix.

– Fort bien, dit le marchand. Je vends, j'achète : pourvu que je fasse une bonne affaire, c'est tout ce que je demande, vous comprenez…

M. et Mme Shelby se sentaient humiliés et abaissés par l'impudente familiarité du marchand ; mais tous deux sentaient aussi l'impérieuse[1] nécessité de maîtriser leurs sentiments : plus il se montrait dur et avare, plus Mme Shelby craignait de le voir reprendre Élisa et son enfant. Elle cherchait donc à le retenir par toutes sortes de ruses féminines : c'étaient des mines, des sourires, des causeries presque intimes… tout, enfin, pour faire passer le temps insensiblement.

À deux heures, Samuel et André amenèrent les chevaux, qui semblaient plus frais et plus dispos que jamais, malgré leur escapade du matin.

Samuel avait puisé dans les inspirations du dîner un zèle[2] et une ardeur nouvelle. Comme Haley s'approchait, il disait à André, avec une évidente allusion à ce qu'ils allaient faire, que tout était pour le mieux et qu'il n'y avait point à douter du succès.

– Sans doute votre maître a des chiens, dit Haley tout pensif au moment où il allait monter à cheval.

1. Impérieuse : indispensable, à laquelle on ne peut se soustraire.
2. Zèle : empressement.

– Des chiens, reprit Samuel, il y en a des tas ! Voici d'abord *Bruno* ! c'est un fameux aboyeur ; et puis, chaque nègre a son chien d'une sorte ou de l'autre.

– Fi donc !

Et Haley murmura je ne sais quels termes injurieux adressés à tous ces chiens.

– Il n'a donc pas, ajouta-t-il (non, il n'en a pas, je le vois bien), de chiens pour le nègre ?

Samuel comprit parfaitement ce que le marchand voulait dire. Il n'en prit pas moins un air de simplicité désespérante.

– Nos chiens ont l'odorat très fin, dit-il ; je pense bien que c'est l'espèce dont vous voulez parler : mais ils manquent d'exercice ! ce sont de beaux chiens… Si vous voulez qu'on les lâche…

Il appela en sifflant l'énorme terre-neuve, qui vint joyeusement bondir autour d'eux.

– Va te faire pendre ! cria le marchand. Allons, en route !

Samuel, en montant à cheval, trouva adroitement le moyen de chatouiller André, qui partit d'un éclat de rire, à la grande indignation de Haley, qui le menaça de son fouet.

– Vous m'étonnez, André ! dit Samuel avec une imperturbable gravité. Ce que nous faisons est sérieux, Andy ! Vous ne devez pas en faire un jeu. Ce ne serait pas le moyen de servir monsieur.

– Décidément je veux aller droit à la rivière, dit Haley en arrivant aux dernières limites de la propriété. Je connais le chemin qu'ils prennent tous ; ils veulent passer…

– Certainement, dit Samuel, c'est une idée, cela ! M. Haley est tombé juste… Mais il y a deux routes pour aller à la rivière, la route de terre et la route de pierres. Laquelle voulez-vous prendre ?

André regarda naïvement Samuel, surpris d'entendre cette nouveauté topographique[1], mais il confirma immédiatement le dire de son camarade par des assertions réitérées[2].

– Moi, dit Samuel, j'aurais plutôt pensé que Lisa aurait pris la vieille route, parce qu'elle est moins fréquentée.

Haley, quoiqu'il fût un assez malin oiseau et très soupçonneux de son naturel, se laissa néanmoins prendre à cette observation.

– Si vous n'êtes deux mauvais menteurs…, fit-il en s'arrêtant un moment tout pensif.

Le ton perplexe et réfléchi avec lequel ces paroles furent prononcées parut amuser prodigieusement André. Il se renversa en arrière au point de tomber presque jusqu'à terre. Le visage de Samuel avait pris, au contraire, une expression de gravité dolente[3].

– Ma foi ! dit-il, m'sieu peut agir à sa guise ; il prendra le chemin droit si cela lui plaît. Pour nous, c'est tout un ; quand je réfléchis, je pense même que c'est le meilleur chemin… décidément…

– Elle aura suivi la route solitaire, dit Haley pensant tout haut et sans tenir aucun compte de la remarque de Samuel.

1. Topographique : qui concerne la disposition des lieux.
2. Assertion réitérée : affirmation répétée.
3. Dolente : douloureuse.

– On ne sait pas, reprit Samuel ; les femmes sont si drôles ! elles ne font jamais comme on se l'imagine ; c'est presque toujours le contraire : la femme est naturellement contrariante. Si vous croyez qu'elle a pris une route, il est certain que c'est l'autre qu'il faut suivre pour la trouver. Mon opinion à moi est que Lisa a pris la vieille route : aussi je pense qu'il faut suivre la nouvelle.

Ces observations profondes sur l'humeur féminine ne parurent pas disposer Haley en faveur de la route neuve ; il annonça résolument qu'il allait prendre l'ancienne, et il demanda à Samuel si l'on devait bientôt y arriver.

– Tout à l'heure, dit Samuel en clignant de l'œil qui regardait André, tout à l'heure !

Il ajouta gravement :

– J'ai étudié la question ; je crois qu'il ne faut pas prendre cette route. Je ne l'ai jamais parcourue ; elle est d'une solitude désespérante, nous pourrions nous égarer… et, dans ce cas, où aller ?… Dieu le sait !

– N'importe, dit Haley, je veux aller par cette route.

– Mais, j'y réfléchis, poursuivit Samuel, il me semble que j'ai entendu dire que cette route était tout encombrée de haies et d'échaliers[1]. N'est-ce pas, Andy ?

André n'était pas certain… il n'avait pas vu… il ne voulait pas se compromettre.

Haley, habitué à tenir la balance entre des mensonges plus ou moins pesants, crut qu'elle penchait cette fois du côté de la vieille route ; il s'imagina que c'était par mégarde que Samuel l'avait d'abord indiquée. Il attribua

1. Échalier : échelle permettant de franchir une haie.

ses efforts confus pour l'en dissuader à un mensonge désespéré qui n'avait d'autre but que de sauver Élisa.

Quand donc Samuel eut montré la route, Haley s'y précipita vivement, suivi des deux nègres.

C'était vraiment une vieille route, qui avait conduit jadis à la rivière. Elle était abandonnée depuis de longues années pour un nouveau tracé, la route était libre à peu près pour une heure de marche ; après cela elle était coupée de haies et de métairies. Samuel le savait parfaitement bien ; mais elle était depuis si longtemps fermée, qu'André l'ignorait véritablement. Il trottait donc avec un air de soumission respecteuse, murmurant et criant de temps en temps que c'était bien raboteux[1] et bien mauvais pour le pied de *Jerry*.

– Je vous préviens que je vous connais, drôles, dit Haley ; toutes vos roueries[2] ne me feront pas quitter cette route… André, taisez-vous !

– M'sieu fera ce qu'il voudra, reprit humblement Samuel, et en même temps il lança un coup d'œil plus significatif à André, dont la gaieté allait éclater bruyamment.

Samuel était d'une animation extrême ; il vantait son excellente vue, il s'écriait de temps en temps : « Ah ! je vois un chapeau de femme sur la hauteur ! » Ou bien, appelant André : « N'est-ce point Lisa, là-bas, dans ce creux ? » Il choisissait pour ses exclamations les parties difficiles et rocailleuses de la route, où il était à peu près

1. Raboteux : de surface irrégulière.
2. Rouerie : ruse.

impossible de hâter le pas. Il tenait ainsi Haley dans une perpétuelle émotion.

Après une heure de marche, les trois voyageurs descendirent précipitamment dans une cour qui dépendait d'une vaste ferme. On ne rencontra personne ; tout le monde était aux champs ; mais, comme la ferme barrait littéralement le chemin, il était évident qu'on ne pouvait aller plus loin dans cette direction.

– Eh ! que vous disais-je, monsieur ? fit Samuel avec un air d'innocence persécutée. Comment un étranger pourrait-il connaître le pays mieux que ceux-là qui sont nés et qui ont été élevés sur la place ?

– Gredins, dit Haley, vous le saviez bien !

– Mais je vous le disais, et vous ne vouliez pas le croire. Je disais à monsieur que tout était fermé et barré, et que je ne pensais pas que nous pussions passer. Andy m'a entendu.

Cette assertion était trop incontestablement vraie pour qu'on pût y contredire. L'infortuné marchand fut donc obligé de dissimuler de son mieux. Il cacha sa colère, et tous trois firent volte-face et se dirigèrent vers la grande route.

Il résulta de tous ces retards une certaine avance pour Élisa. Il y avait trois quarts d'heure que son enfant était couché dans le cabinet de l'auberge, quand Haley et les deux esclaves y arrivèrent eux-mêmes.

Élisa était à la fenêtre, elle regardait dans une autre direction ; l'œil perçant de Samuel l'eut bientôt découverte. Haley et André étaient à quelques pas en arrière. C'était un moment critique. Samuel eut soin qu'un coup de vent enlevât son chapeau. Il poussa un cri formidable et d'une façon toute particulière. Ce cri réveilla Élisa comme un sursaut. Elle se rejeta vivement en arrière.

Les trois voyageurs s'arrêtèrent en face de la porte d'entrée, tout près de cette fenêtre.

Pour Élisa, mille vies se concentraient dans cet instant suprême. Le cabinet avait une porte latérale qui s'ouvrait sur la rivière. Elle saisit son fils et franchit d'un bond quelques marches. Le marchand l'aperçut au moment où elle disparaissait derrière la rive. Il se jeta à bas de son cheval, appela à grands cris Samuel et André, et il se précipita dans sa direction, comme le limier[1] après le daim. Dans cet instant terrible, le pied d'Élisa touchait à peine le sol : on l'eût crue portée sur la cime des flots. Ils arrivaient derrière elle… alors, avec cette puissance nerveuse que Dieu ne donne qu'aux désespérés, poussant un cri sauvage, avec un bond ailé elle s'élança du bord par-dessus le torrent mugissant et tomba sur le radeau de glace. C'était un saut désespéré, impossible, sinon au désespoir même et à la folie. Haley, Samuel et André poussèrent un cri et levèrent les mains au ciel.

L'énorme glaçon craqua et s'abîma sous son poids… mais elle ne s'y était point arrêtée une seconde. Cependant, poussant toujours ses cris sauvages, redoublant d'énergie avec le danger, elle sauta de glaçon en glaçon, glissant, se cramponnant, tombant, mais se relevant toujours ! Elle perd sa chaussure ; ses bas sont arrachés

1. Limier : chien de chasse.

de ses pieds ; son sang marque sa route ; mais elle ne voit rien, ne sent rien, jusqu'à ce qu'enfin… obscurément… comme dans un rêve, elle aperçoit l'autre rive et un homme qui lui tend la main.

– Vous êtes une brave fille, qui que vous soyez, dit l'homme.

Élisa reconnut le visage et la voix d'un homme qui occupait une ferme tout près de son ancienne demeure.

– Oh ! monsieur Symmer, sauvez-moi ! sauvez-moi ! cachez-moi ! disait-elle.

– Quoi ? qu'est-ce ? disait-il ; n'êtes-vous point à M. Shelby ?

– Mon enfant, cet enfant que voilà, il l'a vendu ! et voilà son maître, dit-elle en montrant le rivage du Kentucky. Oh ! monsieur Symmer, vous avez un petit enfant !

– Oui, j'en ai un.

… Et il l'aida, avec rudesse, mais avec bonté, à gravir le bord.

– Vous êtes une brave femme, répéta-t-il encore… et moi, j'aime le courage… partout où je le trouve !

Quand ils furent en haut de la digue, l'homme s'arrêta :

– Je serais heureux de faire quelque chose pour vous, dit-il ; mais je n'ai pas où vous mettre. Ce que je puis faire de mieux, c'est de vous indiquer où vous devez aller.

Et il lui montra une grande maison blanche, qui se trouvait isolée dans la principale rue du village.

– Allez là ; ce sont de bonnes gens. Il n'y a aucun danger… ils vous assisteront… ils sont accoutumés à ces sortes de choses.

– Dieu vous bénisse ! dit vivement Élisa.

– Ce n'est rien, reprit l'homme, ce n'est rien du tout ; ce que je fais là ne compte pas.

– Bien sûr, monsieur, vous ne le direz à personne ?

– Que le tonnerre !… Pour qui me prenez-vous, femme ? Cependant, venez. Allons, tenez, vous êtes une femme de cœur… Vous méritez votre liberté, et vous l'aurez… si cela dépend de moi.

Élisa reprit son enfant dans ses bras, et marcha d'un pas vif et ferme. Le fermier s'arrêta et la regarda.

– Shelby ne trouvera peut-être pas que ce soit là un acte de très bon voisinage ; mais que faire ? S'il attrape jamais une de mes femmes dans les mêmes circonstances, il sera le bienvenu à me rendre la pareille. Je ne pouvais pourtant pas voir cette pauvre créature courant, luttant, les chiens après elle, et essayant de se sauver… D'ailleurs je ne suis pas chargé de chasser et de reprendre les esclaves des autres.

Ainsi parlait ce pauvre habitant des bruyères du Kentucky, qui ne connaissait pas son droit constitutionnel[1], ce qui le poussait traîtreusement à se conduire en chrétien. S'il eût été plus éclairé[2], ce n'est pas ainsi qu'il eût agi.

Haley était comme foudroyé par ce spectacle. Quand Élisa eut disparu, il jeta sur les deux nègres un regard terne et inquisiteur[3].

– Voilà une belle affaire, dit Samuel.

1. Droit constitutionnel : droit public concernant les lois.
2. Éclairé : instruit.
3. Inquisiteur : qui interroge avec force et curiosité.

VIII

Où l'on voit qu'un sénateur n'est qu'un homme

Les lueurs d'un feu joyeux se reflétaient sur le tapis et les tentures d'un beau salon, et brillaient sur le ventre resplendissant d'une théière et de ses tasses. M. Bird, le sénateur, tirait ses bottes et se préparait à mettre à ses pieds une paire de pantoufles neuves, que sa femme venait d'acheter pour lui pendant la session du Sénat[1]. Mme Bird, image vivante du bonheur, surveillait l'arrangement de la table, tout en adressant de temps en temps des admonestations[2] à un certain nombre d'enfants turbulents qui se livraient à tout le désordre et à toutes les malices qui font le tourment des mères depuis le déluge.

– Tom, laissez donc le bouton de la porte ; là ! voilà qui est bien ! Mary, Mary ! ne tirez pas la queue du chat… ce pauvre animal ! Jean, il ne faut pas monter sur la table ! non, vous dis-je.

Puis enfin, trouvant le moyen de parler à son mari :

1. Session du Sénat : période durant laquelle les sénateurs se réunissent pour travailler.
2. Admonestation : réprimande.

– Vous ne savez pas, mon ami, quel plaisir c'est pour nous de vous avoir ici ce soir.

– Oui, oui, reprit celui-ci ; j'ai pensé que je pouvais venir passer la nuit et goûter un peu les douceurs du foyer… je suis horriblement fatigué… ma tête se fend…

Mme Bird jeta les yeux sur une bouteille de camphre[1] qui se trouvait dans le cabinet entrouvert ; elle parut se disposer à l'atteindre, mais le mari l'en empêcha.

– Oh non ! chère, pas de drogues ! mais plutôt une tasse bien chaude de votre excellent thé et quelque chose à manger : voilà ce qu'il me faut ; c'est une ennuyeuse besogne, la législature !

Et le sénateur sourit, comme s'il se fût complu dans l'idée qu'il se sacrifiait à son pays.

– Eh bien, dit la femme quand la table fut à peu près mise et le thé préparé, qu'est-ce qu'on a fait au Sénat ?

C'était une chose tout à fait étrange de voir cette charmante petite Mme Bird se casser la tête[2] des affaires du Sénat. Elle pensait avec beaucoup de raison que c'était assez pour elle de s'occuper de celles de sa maison. M. Bird ouvrit donc des yeux étonnés et dit :

– On a voté, ma chère, une loi qui défend d'assister les esclaves qui nous arrivent du Kentucky. Ces enragés abolitionnistes ont tant fait, que nos frères du Kentucky sont très irrités, et il semble nécessaire et à la fois sage et chrétien que notre État fasse quelque chose pour les rassurer.

1. Camphre : huile de camphre, dont on se servait notamment contre les douleurs.
2. Se casser la tête : s'appliquer à une entreprise avec force et difficulté.

– Et quelle est cette loi ? Elle ne vous défend pas, sans doute, d'abriter une nuit ces pauvres créatures !... Le défend-elle ? Défend-elle de leur donner un bon repas, quelques vieux habits, et de les renvoyer tranquillement à leurs affaires ?

– Eh mais, ma chère, tout cela ce serait les assister et les aider, vous sentez bien.

Mme Bird était une petite femme timide et rougissante, d'à peu près quatre pieds[1] de haut, avec des yeux bleus, un teint de fleur de pêcher, et la plus jolie, la plus douce voix du monde ; quant au courage, une poule d'Inde[2] d'une taille médiocre la mettait en fuite au premier gloussement. Un chien de garde de médiocre apparence la réduisait à merci, rien qu'en lui montrant les dents. Son mari et ses enfants étaient tout son univers ; elle les gouvernait par la douceur et la persuasion bien plus que par le raisonnement et l'autorité. Il n'y avait qu'une chose qui pût l'animer : tout ce qui ressemblait à de la cruauté la jetait dans une colère d'autant plus alarmante qu'elle faisait un contraste inexplicable avec la douceur habituelle de son caractère. Elle, qui était la plus indulgente et la plus tendre des mères, elle avait cependant infligé un très sévère châtiment à ses enfants, qu'elle avait surpris un jour ligués[3] avec de mauvais garnements du voisinage, pour assommer à coups de pierres un pauvre petit chat sans défense.

– J'en ai porté longtemps les marques, disait à ce

1. Pied : ancienne unité de mesure équivalant à 32 centimètres environ.
2. Poule d'Inde : dinde.
3. Ligués : alliés.

sujet un des enfants. Ma mère vint à moi si furieuse que je la crus folle. Je fus fouetté et envoyé au lit sans souper, avant même d'avoir eu le temps de savoir de quoi il s'agissait… puis j'entendis ma mère qui pleurait derrière la porte ; cela me fit encore plus de mal que tout le reste !… Je puis bien vous assurer, ajoutait-il, que, depuis, nous ne jetâmes plus de pierres aux chats.

Mme Bird se leva donc vivement, et, l'incarnat[1] sur les joues, ce qui lui donna une apparence de beauté extraordinaire, elle s'avança vers son mari, et d'un ton ferme :

– Maintenant, John, je voudrais savoir si vous pensez vraiment qu'une telle loi soit juste.

– Vous n'allez pas me faire fusiller, Mary, si je dis que oui.

– Je n'aurais pas cru cela de vous, John ; vous ne l'avez pas votée ?

– Mon Dieu si, ma belle politique !

– Vous devriez avoir honte, John ! Ces pauvres créatures, sans toit, sans asile ! Oh ! la loi honteuse, sans entrailles, abominable !… Je la violerai dès que j'en aurai l'occasion… et j'espère que je l'aurai, cette occasion… Ah ! les choses en sont venues à un triste point, si une femme ne peut plus donner sans crime un souper chaud et un lit à ces pauvres malheureux mourant de faim, parce qu'ils sont esclaves, c'est-à-dire parce qu'ils ont été opprimés et torturés toute leur vie ! Pauvres êtres !

1. Incarnat : rouge couleur chair.

– Mais, chère Mary, écoutez-moi. Vos sentiments sont justes et humains, je vous aime parce que vous les avez. Mais, chère, il ne faut pas laisser aller nos sentiments sans notre jugement. Il ne s'agit pas ici de ce qu'on éprouve soi-même : de grands intérêts publics sont en question. Il y a une telle effervescence dans le peuple, que nous devons faire le sacrifice de nos propres sympathies.

– Non, John ! vous pouvez parler toute la nuit, mais pas me convaincre ; et, je vous le demande, John, voudriez-vous chasser de votre toit une créature mourant de faim et de froid, parce que ce serait un esclave en fuite ? Le feriez-vous ? dites !

Maintenant, s'il faut dire vrai, notre sénateur avait le malheur d'être un homme d'une nature tendre et sensible : rebuter une créature dans la peine n'avait jamais été son fait, et ce qui était plus fâcheux pour lui, en présence d'un pareil argument, c'est que sa femme le connaissait bien, et qu'elle livrait l'assaut à une place sans défense… Il avait donc recours à tous les moyens possibles de gagner du temps : il faisait des hum ! hum ! multipliés, il tirait son mouchoir, essuyait les verres de ses lunettes.

À ce moment, le vieux Cudjox, le noir factotum[1] de la maison, montra sa tête ; il pria madame de vouloir bien passer à la cuisine. Notre sénateur, soulagé à temps, suivit de l'œil sa petite femme avec un capricieux

1. Factotum : serviteur, homme à tout faire.

mélange de plaisir et de contrariété, et, s'asseyant dans un fauteuil, il commença à lire des papiers.

Un instant après, on entendit la voix de Mme Bird qui disait d'un ton vif et tout ému :

– John ! John ! voulez-vous venir ici un moment ?

M. Bird quitta ses papiers et se rendit dans la cuisine. Il fut saisi d'étonnement et de stupeur au spectacle qui se présenta devant lui. Une jeune femme amaigrie, dont les vêtements déchirés étaient raidis par le froid, un soulier perdu, un bas arraché du pied coupé et sanglant, était renversée sur deux chaises, dans une pâmoison[1] mortelle... On reconnaissait sur son visage les signes distinctifs de la race méprisée, mais on devinait en même temps sa beauté triste et passionnée ; sa raideur de statue, son aspect glacé, immobile, où la mort se lisait, frappaient de stupeur tout d'abord.

M. Bird était là, la poitrine haletante, immobile, silencieux. Sa femme, leur unique domestique de couleur et la mère Dina s'occupaient activement à la faire revenir[2], tandis que le vieux Cudjox prenait l'enfant sur ses genoux, tirait ses souliers et ses bas, et réchauffait ses petits pieds.

– Pauvre femme ! si cela ne fait pas peine à voir ! dit la vieille Dina d'un ton compatissant. Je pense que c'est la chaleur qui l'aura fait trouver mal... elle était assez bien en entrant... elle a demandé à se réchauffer une

1. Pâmoison : perte de connaissance.
2. Faire revenir : ramener à la conscience, réveiller.

minute ; je lui ai demandé d'où elle venait, quand elle est tombée tout de son long. Elle n'a jamais fait de rude ouvrage, si j'en crois ses mains.

– Pauvre créature ! dit Mme Bird d'une voix émue, quand la jeune femme, ouvrant ses grands yeux noirs, jeta autour d'elle ses regards errants et vagues…

Une expression d'angoisse passa sur sa face, et elle s'écria :

– Oh ! mon Henry ! l'ont-ils pris ?

À ce cri l'enfant s'élança des bras de Cudjox et courut à elle en levant ses petits bras.

– Oh ! le voilà ! le voilà !

Et, d'un air égaré, s'adressant à Mme Bird :

– Oh ! madame, protégez-le ! ne le laissez pas prendre !

– Non, pauvre femme ! personne ne vous fera de mal ici, dit Mme Bird : vous êtes en sûreté, ne craignez rien.

– Que Dieu vous récompense ! dit l'esclave en couvrant son visage et en sanglotant.

Le petit enfant, la voyant pleurer, essaya de la presser dans ses bras.

Elle se calma enfin, grâce à tous ces soins délicats et féminins que personne ne savait mieux donner que Mme Bird. Un lit fut provisoirement dressé pour elle auprès du feu, et elle tomba bientôt dans un profond sommeil, tenant entre ses bras son enfant, qui ne semblait pas moins épuisé qu'elle. Elle n'avait pas voulu s'en séparer ; elle avait, au contraire, résisté, avec une sorte d'effroi nerveux, à tous les tendres efforts que l'on avait faits pour le lui ôter. Même dans le sommeil, son bras, passé autour de lui, le serrait d'une étreinte que rien n'eût pu dénouer, comme si elle eût voulu le défendre encore.

M. et Mme Bird rentrèrent au salon, et, si étrange que cela puisse sembler, on ne fit ni d'un côté ni de l'autre aucune allusion à la conversation précédente. Mme Bird s'occupa de son tricot, et le sénateur feignit de lire ses papiers ; puis, les mettant de côté :

– Je ne me doute pas, dit-il enfin, qui elle est ni ce qu'elle est.

– Quand elle sera réveillée et un peu remise, nous verrons, répondit Mme Bird.

– Dites-moi donc, chère, fit M. Bird après une méditation silencieuse…

– Quoi ? mon ami…

– Ne pourrait-elle point porter une de vos robes, en l'allongeant un peu par le bas ? Il me semble qu'elle est plus grande que vous.

Un imperceptible sourire passa sur le visage de Mme Bird, et elle répondit :

On verra !…

Second silence. M. Bird le rompit encore.

– Dites-moi, chère amie ?

– Oui. Qu'est-ce encore ?

– Vous savez, ce manteau de basin[1] que vous gardez pour me jeter sur les épaules quand je fais ma sieste après dîner… vous pourriez aussi le lui donner : elle a besoin de vêtements.

1. Basin : étoffe de fil et de coton.

Au même instant Dina parut et dit que la femme était éveillée et qu'elle désirait voir madame.

M. et Mme Bird se rendirent à la cuisine avec les deux aînés de leurs enfants. La plus jeune progéniture avait été fort sagement mise au lit.

Élisa était assise auprès du feu ; elle regardait fixement la flamme avec cette expression calme, indice d'un cœur brisé, bien différente de la turbulence sauvage que nous avons précédemment décrite.

– Vous pouvez me parler, dit Mme Bird d'un ton plein de bonté. J'espère que vous vous trouvez mieux. Pauvre femme !

Un soupir profond, un frémissement fut la seule réponse d'Élisa ; mais elle releva ses yeux noirs et les fixa sur Mme Bird avec une expression de si profonde tristesse et d'invocation si touchante, que cette tendre petite femme sentit que les larmes la gagnaient.

– Vous n'avez rien à craindre. Nous sommes tous vos amis ici, pauvre femme ! Dites-moi d'où vous venez et ce que vous voulez.

– Je viens du Kentucky.

– Quand ? reprit M. Bird, qui voulait diriger l'interrogatoire.

– Cette nuit.

– Comment êtes-vous venue ?

– J'ai passé sur la glace.

– Passé sur la glace ! répétèrent tous les assistants.

– Oui, reprit-elle lentement. Je l'ai fait, Dieu m'aidant. J'ai passé sur la glace, car ils étaient derrière moi… tout près, tout près… et il n'y avait pas d'autre chemin.

– Dieu ! madame, s'écria Cudjox, la glace est brisée en grands blocs, coulant ou tournoyant dans le fleuve.

– Je le sais, je le sais ! dit Élisa d'un air égaré. Je l'ai pourtant fait… je ne croyais pas le pouvoir. Je ne pensais pas arriver à l'autre bord… Mais qu'importe ? il fallait passer ou mourir. Dieu m'a aidée ! On ne sait pas à quel point il aide ceux qui essayent, ajouta-t-elle avec un éclair dans l'œil.

– Étiez-vous esclave ? dit M. Bird.

– Oui, monsieur, j'appartenais à un homme du Kentucky.

– Était-il cruel envers vous ?

– Non, monsieur, c'était un bon maître.

– Et votre maîtresse, était-elle dure ?

– Non, monsieur, non ! ma maîtresse a toujours été bonne pour moi.

– Qui donc a pu vous pousser à quitter une bonne maison, à vous enfuir, et à travers de tels dangers ?

L'esclave fixa sur Mme Bird un œil perçant et scrutateur ; elle vit qu'elle portait des vêtements de deuil.

– Madame, lui dit-elle brusquement, avez-vous jamais perdu un enfant ?

La question était inattendue ; elle rouvrit une blessure saignante : il y avait un mois à peine qu'un enfant, le favori de la famille, avait été mis au tombeau.

M. Bird se détourna et alla vers la fenêtre ; Mme Bird fondit en larmes, mais, retrouvant bientôt la parole, elle lui dit :

– Pourquoi cette question ? Oui, j'ai perdu un petit enfant.

– Alors vous compatirez à ma peine. Moi j'en ai perdu deux, l'un après l'autre. Je les ai laissés dans la terre d'où je viens. Il ne me reste plus que celui-ci. Je n'ai pas dormi une nuit qu'il ne fût à mes côtés. C'était tout ce que j'avais au monde, ma consolation, mon orgueil, ma pensée du jour et de la nuit. Eh bien, madame, ils allaient me l'arracher pour le vendre, le vendre aux marchands du Sud, pour qu'il s'en allât tout seul, lui, pauvre enfant qui ne m'a jamais quittée de sa vie ! Je n'ai pas pu supporter cela, madame. Je savais bien que, si on l'emmenait, je ne serais plus capable de rien, et, quand j'ai su qu'il était vendu, que les papiers étaient signés, je l'ai pris et je suis partie pendant la nuit. Ils m'ont donné la chasse. Celui qui m'a achetée, et quelques-uns des esclaves du maître, ils me tenaient, je les entendais, je les sentais : j'ai sauté sur les glaces. Comment ai-je passé ? je ne le sais pas ; mais j'ai vu tout d'abord un homme qui m'aidait à gravir la rive.

Elle ne pleurait ni ne sanglotait. Elle en était arrivée à ce point de douleur où la source des larmes est tarie ; mais, autour d'elle, chacun montrait à sa manière la sympathie de son cœur.

Les deux petits enfants, après avoir inutilement fouillé dans leur poche pour y chercher ce mouchoir que les enfants n'y trouvent jamais (les mères le savent bien !), finirent par se jeter sur les jupes de leur mère, pleurant et sanglotant, et s'essuyant le nez et les yeux avec sa belle robe. Mme Bird s'était complètement caché le visage dans son mouchoir. Quant à la vieille Dina, les larmes coulaient par torrents sur son honnête visage de négresse. On l'eût crue à quelque discours de mission[1]. Le vieux Cudjox se frottait très fort les yeux sur ses manches, faisait force[2] grimaces, et répondait sur le même ton avec la plus vive ferveur. Notre sénateur, en sa qualité d'homme d'État, ne pouvait pleurer comme un autre homme : il tourna le dos à la compagnie, alla regarder à la fenêtre, soufflant, essuyant ses lunettes, mais se mouchant assez souvent pour faire naître des soupçons s'il se fût trouvé là quelqu'un assez maître de soi pour faire des observations critiques.

– Comment se fait-il que vous m'ayez dit que vous aviez un bon maître ? fit-il en se retournant tout à coup et en réprimant des sanglots qui lui montaient à la gorge.

– Je l'ai dit parce que cela est, reprit Élisa : il était bon ; ma maîtresse était bonne aussi, mais ils ne pouvaient se suffire ; ils devaient ! Je ne pourrais pas bien expliquer tout cela ; mais il y avait un homme qui les tenait et qui leur faisait faire sa volonté. J'entendis monsieur dire à madame que mon enfant était vendu. Madame plaidait et suppliait en ma faveur ; mais il disait qu'il ne pouvait pas, et que les papiers étaient signés. C'est alors que je pris mon enfant et que j'abandonnai la maison pour m'enfuir. Je savais bien que je ne pourrais plus vivre, lui parti, car c'est là tout ce que je possède en ce monde.

– N'avez-vous pas de mari ?

– Pardon ! mais il appartient à un autre homme. Son

1. Mission : organisation formée de religieux qui sont envoyés à l'étranger pour convertir les infidèles.
2. Force : de nombreuses.

maître est très dur pour lui et ne veut pas lui permettre de venir me voir… Il devient de plus en plus cruel. Il le menace à chaque instant de l'envoyer dans le Sud pour l'y faire vendre… C'est bien comme si je ne devais jamais le revoir.

Le ton tranquille avec lequel Élisa prononça ces mots eût pu faire croire à un observateur superficiel qu'elle était complètement insensible ; mais on pouvait voir, en regardant ses grands yeux, que son désespoir n'était si calme qu'à force d'être profond.

– Et où comptez-vous aller, pauvre femme ? dit Mme Bird avec bonté.

– Au Canada, si je savais le chemin ! Est-ce bien loin, le Canada ? demanda-t-elle d'un air simple et confiant en regardant Mme Bird.

– Pauvre créature ! fit celle-ci involontairement.

– Oui ! je crois que c'est bien loin, reprit vivement l'esclave.

– Bien plus loin que vous ne pensez, pauvre enfant. Mais nous allons essayer de faire quelque chose pour vous. Voyons, Dina, il faut lui faire un lit dans votre chambre, auprès de la cuisine. Je verrai demain matin quel parti[1] prendre. Vous, cependant, ne craignez rien, pauvre femme.

Mme Bird et son mari rentrèrent dans le salon. La femme s'assit auprès du feu, dans une petite chauffeuse à bascule. M. Bird allait et venait par la chambre, en murmurant :

1. Parti : décision.

– Diable ! diable ! maudite besogne !…

Enfin, marchant droit à sa femme, il lui dit :

– Il faut, ma chère, qu'elle parte cette nuit même ! Le marchand sera sur ses traces demain de très bonne heure. S'il n'y avait que la femme, elle pourrait se tenir tranquille jusqu'à ce qu'il fût passé ; mais une armée à pied et à cheval ne pourrait avoir raison du bambin ; il mettra le nez à la porte ou à la fenêtre et fera tout découvrir, je vous en réponds : ce serait une belle affaire pour moi d'être pris ici même avec eux !… Non, il faut qu'ils partent cette nuit.

– Cette nuit ! est-ce bien possible ? pour aller où ?

– Où ? je sais bien où, dit le sénateur en mettant ses bottes.

Quand il eut un pied chaussé, le sénateur s'assit, l'autre botte à la main, étudiant attentivement les dessins du tapis.

– Il faut que cela soit, dit-il, quoique… Au diable !

Il coula l'autre botte et retourna à la fenêtre.

Cette petite Mme Bird était une femme discrète, une femme à qui on n'avait pas entendu dire une fois en sa vie : « Je vous l'avais bien dit ! » Dans l'occasion présente, bien qu'elle se doutât de la tournure que prenait la méditation de son mari, elle s'abstint très prudemment de l'interrompre ; elle s'assit en silence, se préparant à entendre la résolution de son légitime seigneur, quand il voudrait bien la lui faire connaître.

– Oui, il faut que je les emmène. Cudjox est un excellent cocher, mais la nuit est noire, et il faut passer deux fois la rivière à gué. Le second passage est dangereux quand on ne le connaît pas comme moi. Je l'ai passé cent fois à cheval, et je sais juste où il faut tourner. Ainsi, vous voyez, il n'y a pas d'autre moyen. Cudjox attellera les chevaux tranquillement vers minuit, et je l'emmènerai ; afin de donner une couleur à la chose, il me conduira à la prochaine taverne, pour prendre la voiture de Columbus, qui passe dans trois ou quatre heures. On pensera que je n'ai pris la voiture que pour cela. J'y ai des affaires, dont je m'occuperai demain matin. Je ne sais pas trop quelle figure je ferai après tout ce qui a été dit et fait par moi sur la question des esclaves ! N'importe !

– Allez, John, votre cœur est meilleur que votre tête, dit Mme Bird en posant sa petite main blanche sur la main de son mari. Est-ce que je vous aurais jamais aimé… si je ne vous avais pas connu mieux que vous ne vous connaissez vous-même ?

Et la petite femme parut si jolie, ses yeux si brillants de larmes, que le sénateur pensa qu'il devait décidément être un habile homme pour avoir su inspirer à sa femme une admiration si passionnée. Qu'avait-il donc de mieux à faire que d'aller voir si l'on apprêtait la voiture ? Cependant il s'arrêta à la porte, et, revenant sur ses pas, il dit avec un peu d'hésitation :

– Mary ! je ne sais ce que vous en penserez, mais il y a un tiroir plein des affaires… de… de… notre pauvre petit Henry…

Il tourna vivement sur ses talons et ferma la porte après lui.

La femme ouvrit la porte d'une petite chambre à

coucher contiguë[1] à la sienne, posa un flambeau sur le secrétaire, et, tirant une clef d'une petite cachette, elle la mit d'un air pensif dans la serrure d'un tiroir… puis elle s'arrêta… Les deux enfants, qui l'avaient suivie pas à pas, s'arrêtèrent aussi, jetant sur elle des regards expressifs dans leur silence. Ô mère qui lisez ces pages, dites, n'y a-t-il jamais eu dans votre maison un tiroir, un cabinet… que vous ayez ouvert comme on rouvre un petit tombeau ? Heureuse, heureuse mère, si vous me répondez non !

Mme Bird ouvrit lentement le tiroir. Il y avait de petites robes de toutes formes et de tous modèles, des collections de tabliers et des piles de petits bas… Il y avait même de petits souliers. Ils avaient été portés ; ils étaient usés au talon. Le bout de ces petits souliers pointait à travers l'enveloppe de papier… Il y avait aussi des jouets familiers… le cheval, la charrette, la balle, la toupie. Chers petits souvenirs, recueillis avec bien des larmes et des brisements de cœur !

Elle s'assit auprès de ce tiroir, mit sa tête dans ses mains, et pleura ! Les larmes coulaient à travers ses doigts et tombaient dans le tiroir ! Puis, relevant tout à coup la tête… avec une précipitation nerveuse elle choisit parmi ces objets les plus solides et les meilleurs, et elle en fit un paquet.

– Maman ! dit un des enfants en lui touchant le bras… est-ce que vous allez donner ces choses ?…

– Mes enfants, dit-elle d'une voix émue et pénétrante,

1. Contiguë : voisine.

mes chers enfants, si votre pauvre petit Henry bien-aimé nous regarde du haut du ciel, il sera bien heureux de nous voir agir ainsi ! Allez ! je n'aurais pas voulu donner ces objets à des heureux de ce monde ; mais je les donne à une mère dont le cœur a été blessé plus encore que le mien ; je les donne ! Que Dieu donne avec eux ses bénédictions !

Il y a dans ce monde des âmes choisies, dont les chagrins rejaillissent en joies pour les autres, dont les espérances terrestres, mises au tombeau avec des larmes, sont la semence d'où sort la fleur qui guérit, le baume qui console l'infortune et la douleur.

Telle était la jeune femme que nous voyons assise à côté de sa lampe, laissant couler lentement ses pleurs, tandis qu'elle se préparait à donner les doux souvenirs de l'enfant qu'elle avait perdu au pauvre enfant d'une autre, errante et poursuivie !

Au bout d'un instant, Mme Bird ouvrit une garde-robe, et, en tirant une ou deux robes simples, mais d'un bon user[1], et se plaçant à la table à ouvrage, l'aiguille, les ciseaux et le dé à la main, elle commença l'opération du rallongement dont son mari avait exprimé la nécessité. Elle travailla activement jusqu'à ce que la vieille horloge placée dans un coin de la chambre frappât les douze coups de minuit. Elle entendit alors le bruit sourd des roues s'arrêtant à la porte.

– Mary, dit M. Bird en entrant, son pardessus à la main, allez l'éveiller ; il faut que nous partions !

1. User : usage.

Mme Bird se hâta de mettre dans une petite boîte les divers objets qu'elle avait rassemblés ; elle ferma la boîte, et pria son mari de la déposer dans la voiture. Elle courut éveiller l'étrangère. Bientôt, enveloppée d'un châle et d'un manteau, coiffée d'un chapeau de sa bienfaitrice, Élisa parut à la porte, son enfant entre les bras.

– Montez ! montez ! dit M. Bird.

Mme Bird la poussa dans la voiture. Élisa s'appuya sur la portière et tendit sa main. Une main aussi belle et aussi blanche lui fut tendue en retour. Elle fixa son grand œil noir, plein d'émotion et de reconnaissance, sur le visage de Mme Bird. Elle parut vouloir parler. Elle essaya une ou deux fois : ses lèvres remuèrent, mais il n'en sortit aucun son. Elle leva au ciel un de ces regards qu'on n'oublie jamais, se renversa sur le siège et couvrit son visage. La voiture partit.

Quelle situation pour un sénateur patriote, qui toute la semaine a éperonné le zèle de la législature de son pays pour faire voter les résolutions les plus sévères contre les esclaves fugitifs, ceux qui les accueillent et ceux qui les assistent !

Notre législateur n'avait été dépassé par aucun de ses confrères à Washington dans ce genre d'éloquence qui a porté si haut la gloire de nos sénateurs. Avec quelle sublimité s'était-il assis, les mains dans ses poches, raillant la sentimentale faiblesse de ceux qui placent le bien-être de quelque misérable fugitif avant les grands intérêts de l'État !

Sur cette question-là il était hardi comme un lion ; il était « puissamment convaincu », et il avait fait passer sa conviction dans l'âme de l'assemblée. Mais alors il ne connaissait d'un fugitif que les lettres qui écrivent ce nom, ou tout au plus la caricature, trouvée dans un journal, d'un homme qui passe avec sa canne et son paquet. Mais la magie toute-puissante d'un malheur, d'une femme pâle et tremblante, l'appel désespéré d'une agonie sans secours… voilà une épreuve qu'il n'avait jamais subie ; il n'avait jamais songé que l'esclave en fuite pût être une malheureuse mère, un enfant sans défense, comme celui qui portait maintenant la petite casquette – il l'avait reconnue – de son pauvre enfant mort !

Quoi qu'il en soit, si M. Bird était un pécheur politique, il était maintenant en train d'expier ses fautes[1] par les épreuves de son voyage nocturne. Il avait plu depuis longtemps, et cette belle et riche terre de l'Ohio, si prompte[2] à se changer en boue, était toute détrempée par la pluie : c'était une route avec des rails à la mode du bon vieux temps.

– Mais quels rails, je vous prie ? nous demande un de ces voyageurs de l'Est, à qui ce mot de *rails* ne rappelle que des idées de douceur dans la locomotion et de célérité[3] dans la marche.

Apprenez donc, innocent ami de l'Est, que dans ces benoîtes régions de l'Ouest, où la boue atteint des profondeurs insondables et sublimes, les routes sont faites de grossières pièces de bois que l'on range transversalement

1. Expier ses fautes : réparer ses fautes par une peine ou un châtiment.
2. Prompte : rapide.
3. Célérité : rapidité.

côte à côte : on les recouvre de terre, de gazon et de tout ce qu'on a sous la main… et les naturels du pays[1] appellent cela une route et se réjouissent fort de marcher dessus. Avec le temps, la pluie qui tombe emporte l'herbe et le turf[2], promène les bois çà et là, les sème partout, les disperse dans un désordre pittoresque, ménageant çà et là des abîmes de fange[3] noire.

C'est par une route pareille que notre sénateur s'en allait bronchant, se livrant à des réflexions interrompues fréquemment par les accidents de la marche. Le char allait de cahots en ornières. On pourrait écrire le voyage en onomatopées : Boum ! pan ! pan ! crac ! Le sénateur, la femme et l'enfant, sans cesse ballottés d'un côté à l'autre, changeaient à chaque instant de position respective. Au-dehors Cudjox apostrophait les chevaux : on tire, on tourne ; on hale[4] : le sénateur perd patience. La voiture se relève, on marche. Les deux roues de devant retombent dans une autre fondrière[5]. Le sénateur, la femme et l'enfant sont jetés sur le siège de devant.

Le chapeau du gentleman s'enfonce sur ses yeux et presque sur son nez, sans la moindre cérémonie. L'excellent homme se croit mort ; l'enfant pleure. Cudjox adresse de nouveau la parole à ses chevaux, qui ruent, se cabrent et courent sous le fouet qui claque. La voiture se relève encore. Ce sont maintenant les roues de derrière

1. Naturel du pays : personne née et vivant sur ces terres.
2. Turf : gazon.
3. Fange : boue.
4. Hale : fait avancer.
5. Fondrière : trou formé par l'eau dans le chemin.

qui s'enfoncent. Le sénateur, la femme et l'enfant sont replacés un peu trop vite sur le siège de derrière. Les deux chapeaux sont enfoncés. Enfin le précipice est franchi, et les chevaux s'arrêtent… essoufflés. Le sénateur retrouve son chapeau, la femme redresse le sien et fait taire l'enfant. On se raffermit[1] contre les périls à venir.

Pendant quelque temps on en est quitte pour des ballottements et des cahots, des aïe ! et des hue ! et des boum ! répétés. On commence à espérer que l'on s'en tirera sans trop de misère. Enfin un saut carré met tout le monde debout et rassied tout le monde avec une incroyable rapidité. La voiture s'arrête tout à fait ; Cudjox apparaît à la portière.

– Pardon, monsieur, mais voilà un bien mauvais pas ; je ne sais si nous nous en tirerons ; je crois qu'il faudra poser des rails.

Le sénateur, désespéré, sort de la voiture. Il cherche un endroit solide où mettre le pied ; il enfonce ; il essaye de se retirer, perd l'équilibre et tombe tout de son long dans la boue. Il est repêché, dans le plus piteux état, par les soins de Cudjox.

Mais nous voulons épargner la sensibilité de nos lecteurs. Les voyageurs de l'Ouest, contraints sur le coup de minuit de poser des rails pour dégager leur voiture, auront pour notre infortuné héros une sympathie douloureuse et respectueuse ; nous leur demandons une larme et nous passons outre.

1. Se raffermit : se renforce, devient plus ferme et assuré.

La nuit était fort avancée quand l'équipage, enfin sorti du gué, s'arrêta devant la porte d'une vaste ferme. Il fallut assez de persistance pour réveiller les habitants. Enfin, le respectable propriétaire parut et ouvrit la porte. C'était un grand et robuste gaillard de six pieds et quelques pouces[1] ; il portait une blouse de chasse en flanelle[2] rouge ; ses cheveux, d'un jaune fade, présentaient l'aspect d'une forêt inculte. Une barbe négligée depuis quelques jours achevait de donner à ce digne homme un aspect qui ne prévenait pas complètement en sa faveur. Il resta quelques minutes, le flambeau à la main, contemplant les voyageurs avec un air de déconvenue le plus réjouissant du monde. Le sénateur eut beaucoup de peine à lui faire nettement comprendre ce dont il s'agissait.

Tandis qu'il fait de son mieux pour y parvenir, nous présenterons à nos lecteurs cette nouvelle connaissance.

L'honnête John Van Tromp était jadis un riche fermier et possesseur d'esclaves, dans le Kentucky, « n'ayant rien de l'ours que la peau[3] », ayant au contraire reçu de la nature un grand cœur. Humain et généreux, il avait été longtemps le témoin désolé des tristes effets d'un système également funeste[4] à l'oppresseur et à l'opprimé ; enfin, il n'y put tenir davantage ; ce cœur gonflé éclata : il prit son portefeuille, traversa l'Ohio, acheta une vaste

1. Pouce : ancienne unité de mesure équivalant à 2,7 centimètres.
2. Flanelle : étoffe de laine.
3. « N'ayant rien de l'ours que la peau » : d'apparence rude comme l'ours, mais pas méchant.
4. Funeste : aux conséquences mauvaises.

propriété, affranchit ses esclaves, hommes, femmes et enfants, les emballa dans une voiture et les envoya coloniser sur sa terre. Quant à lui, il se dirigea vers la baie et se retira dans une ferme tranquille pour y jouir en paix de sa conscience.

– Voyons, dit nettement le sénateur, êtes-vous homme à donner asile à une pauvre femme et à un enfant que poursuivent les chasseurs d'esclaves ?

– Je crois que oui, répondit l'honnête John avec une certaine emphase.

– Je le croyais aussi, répliqua le sénateur.

– S'ils viennent, dit le brave homme en développant sa grande taille athlétique, me voilà ! Et puis j'ai six fils, qui ont chacun six pieds de haut, et qui les attendent. Faites-leur bien mes compliments ; dites-leur de venir quand ils voudront, ajouta-t-il, cela nous est bien égal.

Il passa ses doigts dans les touffes de cheveux qui couvraient sa tête comme un toit de chaume, et il partit d'un grand éclat de rire.

Tombant de fatigue, épuisée, à demi morte, Élisa se traîna jusqu'à la porte, tenant son enfant endormi dans ses bras. John, toujours brusque, lui approcha le flambeau du visage, et, faisant entendre un grognement plein de compassion émue, il ouvrit la porte d'une petite chambre à coucher qui donnait sur la vaste cuisine où ils se trouvaient. Il la fit entrer, alluma un autre flambeau, qu'il posa sur la table, puis il lui dit :

– Maintenant, ma fille, vous n'avez plus rien à craindre. Arrive qui voudra, je suis prêt à tout, dit-il en montrant deux ou trois carabines suspendues au-dessus du manteau[1] de la cheminée. Ceux qui me connaissent savent bien qu'il ne serait pas sain de vouloir faire sortir quelqu'un de chez moi quand je ne veux pas. Et maintenant, mon enfant, dormez aussi tranquillement que si votre mère vous gardait.

Il sortit du cabinet et ferma la porte.

Le sénateur raconta brièvement, en quelques mots, l'histoire d'Élisa.

– Oh !… Hélas !… Quoi ! il serait vrai !… Je suis bien aise de savoir cela. Poursuivie ! poursuivie pour avoir obéi au cri de la nature ! Pauvre femme ! Chassée comme un daim ! chassée pour avoir fait ce qu'aucune mère ne pourrait pas ne pas faire ! Oh ! ces choses-là me feraient blasphémer[2]…

Et John essuya ses yeux du revers de sa large main calleuse[3] et brune.

– Eh bien ! monsieur, je vous l'avoue, je suis resté des années sans aller à l'église, parce que les ministres disaient en chaire[4] que la Bible autorisait l'esclavage… Je ne pouvais répondre à leur grec et à leur hébreu : aussi j'abandonnai tout, Bible et ministres. Je ne suis pas retourné à l'église jusqu'à ce que j'aie trouvé un ministre qui fût contre l'esclavage, malgré le grec et le reste. Maintenant j'y retourne.

Tout en parlant de la sorte, John faisait sauter le

1. Manteau : cadre de la cheminée.
2. Blasphémer : tenir des propos injurieux envers ce qui est sacré.
3. Calleuse : pleine de callosités (épaississements de la peau).
4. Chaire : tribune élevée d'où les pasteurs ou les prêtres prononcent leurs sermons.

bouchon d'une bouteille de cidre mousseux, dont il offrit un verre à son interlocuteur.

– Vous devriez rester ici jusqu'à demain matin, dit-il cordialement au sénateur ; je vais appeler la vieille, elle va vous préparer un lit en moins de rien.

– Mille grâces, mon cher ami ; mais je dois partir pour prendre, cette nuit même, la voiture de Columbus.

– S'il en est ainsi, je vais vous accompagner et vous montrer un chemin de traverse meilleur que la route que vous avez prise. Cette route est en effet bien mauvaise.

John s'équipa et, une lanterne à la main, conduisit son hôte par un chemin qui longeait sa maison. Le sénateur, en partant, lui mit dans la main une bank-note[1] de dix dollars.

– Pour elle ! dit-il laconiquement.

– Bien ! répondit John avec une égale concision.

Ils se serrèrent la main et se quittèrent.

1. Bank-note : billet de banque.

IX
Livraison de la marchandise

Un matin de février, morne et gris, éclairait les fenêtres de l'oncle Tom. Les visages étaient bien tristes dans la case ; les visages reflétaient la tristesse des cœurs. La petite table était dressée devant le feu et couverte de la nappe à repasser. Une ou deux chemises grossières, mais propres, étaient étendues sur le dos d'une chaise, devant la cheminée ; une autre était déployée sur la table devant Chloé. Avec un soin minutieux elle ouvrait et repassait chaque pli, et, de temps en temps, portait la main à son visage pour essuyer les larmes qui coulaient le long de ses joues.

Tom s'assit à côté d'elle, sa Bible ouverte sur ses genoux, sa tête appuyée dans sa main. Ni l'un ni l'autre ne parlaient. Il était de bonne heure, et les enfants dormaient encore tous ensemble dans leur lit grossier.

Tom avait au plus haut point ce culte des affections domestiques[1] qui, pour son malheur, est un des signes distinctifs de cette race : il se leva et s'approcha solennellement du lit pour contempler ses enfants.

– C'est la dernière fois ! dit-il.

1. Domestiques : qui concernent la maison et ses activités.

Chloé ne répondit rien ; mais le fer marcha de long en large, passa et repassa sur la chemise, quoiqu'elle fût déjà aussi douce que pussent la rendre des mains de femme ; puis tout à coup, déposant son fer avec un geste désespéré, elle s'assit près de la table, éleva la voix et pleura.

– Je sais, dit-elle, qu'il faut être résignée ; mais puis-je l'être, Seigneur ? Si je savais où vous allez, comment on vous traitera ! Madame dit bien qu'elle essayera de vous racheter dans un an ou deux. Mais, hélas ! ceux qui descendent vers le sud ne remontent jamais ; ils les tuent ! Je sais bien comment on les traite dans les plantations.

– Ce sera là-bas le même Dieu qu'ici, Chloé.

– Soit, je le veux bien, dit Chloé ; mais Dieu parfois laisse accomplir de terribles choses… J'ai peur de ne pas trouver beaucoup de consolation de ce côté.

– C'est moi qui suis vendu et qui m'en vais, et non pas vous et les enfants. Ici vous êtes en sûreté. Ce qui doit arriver n'arrivera qu'à moi, et Dieu m'assistera. Oui, je sais qu'il m'assistera.

Oh ! brave cœur, vrai cœur d'homme ! adoucissant ton propre chagrin pour consoler tes bien-aimés !

Tom avait peut-être la langue embarrassée, sa voix rauque[1] s'arrêtait dans son gosier : mais il parlait avec un courage qui ne se démentait jamais.

– Ne pensons qu'aux bienfaits du ciel, ajouta-t-il en frissonnant, comme s'il éprouvait en effet le besoin d'y penser beaucoup.

1. Rauque : rude, comme enrouée.

– Des bienfaits ! dit Chloé… Je ne puis pas voir des bienfaits là-dedans ! Non, cela n'est pas juste ! non, cela ne devait pas être ! Le maître ne devait pas consentir à ce que vous fussiez le prix de ses dettes ! Vous lui aviez gagné deux fois plus. Il vous devait la liberté ; il aurait dû vous la donner depuis des années. Il est possible qu'il soit gêné, mais je sens que ce qu'il fait est mal. Rien ne peut m'ôter cela de l'esprit. Une créature aussi fidèle que vous… Toutes ses affaires, vous les faisiez ! Ah ! il était plus pour vous que votre femme et vos enfants !… Vendre l'amour du cœur, le sang du cœur, pour se tirer de l'usurier[1]…

– Chloé, si vous m'aimez, ne parlez pas ainsi ; songez que peut-être nous ne nous reverrons jamais. Je dois vous le dire, c'est parler contre moi que de parler contre le maître : il a été placé dans mes bras quand il n'était encore qu'un enfant. Je devais faire beaucoup pour lui, c'est tout simple ; mais, lui, il n'avait pas à s'occuper beaucoup du pauvre Tom : les maîtres sont accoutumés à ce que l'on fasse tout pour eux, et naturellement ils n'y pensent guère. On ne peut pas s'attendre à autre chose… mais il est bien meilleur que les autres, lui ! Qui donc a jamais été traité comme moi ? Non, il ne m'aurait pas laissé partir s'il eût pu faire autrement… j'en suis sûr !

– D'une manière comme de l'autre, il a toujours tort, dit Chloé, qui avait un sentiment instinctif du juste.

C'était un des caractères prédominants de sa nature.

1. Usurier : personne qui prête de l'argent à un taux d'intérêt élevé.

– Je ne puis peut-être pas bien nettement dire en quoi… mais je sens qu'il a tort.

– Levez les yeux vers le maître qui est là-haut. Il est au-dessus de tous ! Il ne tombe pas un passereau[1] sur la terre sans sa permission.

– Je le sais bien ; mais tout cela ne me console pas, dit Chloé… Mais à quoi bon parler ? Je vais tirer le gâteau du feu et vous servir un bon déjeuner. Qui sait quand vous en retrouverez un pareil !

Pour comprendre la souffrance des nègres vendus aux marchands du Sud, il faut se rappeler que toutes les affections instinctives de cette race sont d'une incroyable puissance. Ils s'attachent aux lieux qu'ils habitent… ils n'ont pas l'audace entreprenante des aventures : ils ont toutes les affections domestiques. Ajoutez à cela les terreurs dont l'ignorance revêt toujours l'inconnu. Ajoutez qu'être vendu dans le Sud est une perspective placée depuis l'enfance devant les yeux du nègre comme le plus sévère des châtiments. Il y a moins de terreur pour eux dans la menace du fouet et de la torture que dans la menace d'être conduit de l'autre côté de la rivière.

Le modeste repas du matin fumait sur la table de Tom. Mme Shelby avait ce jour-là dispensé Chloé de tout service à l'habitation. La pauvre créature avait mis tout son courage à préparer ce déjeuner d'adieu. Elle avait tué et accommodé ses meilleurs poulets ; le gâteau était juste au goût de Tom ; elle avait également atteint

1. Passereau : petit oiseau.

certaine bouteille mystérieuse et des conserves qui ne voyaient le jour que dans les grandes occasions.

– Dieu ! nous allons avoir un fameux déjeuner ! dit à son frère le petit Moïse ; et au même instant il attrapa un morceau de poulet.

Chloé lui envoya un bon coup de poing sur l'oreille.

– Voyez-vous cela ! dit-elle ; se jeter comme un vorace sur le dernier déjeuner que son pauvre père fera dans la maison !

– Ah ! Chloé ! fit Tom d'une voix douce.

– Eh bien, quoi ! je n'ai pas pu m'en empêcher, dit Chloé en se cachant le visage dans son tablier… Je suis si malheureuse que cela me fait mal agir !

Les enfants se tinrent tranquilles, regardant alternativement leur père et leur mère, tandis que le baby, s'attachant aux robes de Chloé, faisait entendre ses petits cris impérieux et volontaires.

– Voyons, dit Chloé essuyant ses yeux et prenant le baby dans ses bras, voyons, c'est fini ; mangez quelque chose, Tom, c'est mon meilleur poulet. Et vous, enfants, vous allez en avoir aussi, pauvres chéris ! Maman a été bien méchante pour vous !

Les enfants n'eurent pas besoin d'une seconde invitation. Ils accoururent autour de la table avec le plus louable empressement… Ils firent bien, car autrement ils couraient grand risque de se voir un peu négligés.

– Maintenant, dit Chloé, quittant vivement la table, je vais m'occuper de votre paquet. Peut-être ne vous le laissera-t-il pas emporter ; je connais leurs façons. Voyons ! dans ce coin la flanelle pour votre rhumatisme.

Ménagez-la ; vous n'aurez plus personne pour vous en préparer d'autre ! Voilà vos vieilles chemises ; voici les neuves. J'ai reprisé vos bas hier la nuit, j'y ai mis des talons… Ah ! qui les raccommodera maintenant ?

Ici Chloé appuya sa tête sur la petite malle et sanglota…

– Et dire que personne au monde ne s'occupera plus de toi, continua-t-elle, bien portant ou malade !… Ah ! je sens que c'est fini ! je ne serai plus jamais bonne maintenant.

Les enfants, après avoir dévoré tout ce qui se trouvait sur la table, commencèrent à réfléchir sur ce qui se passait autour d'eux. Voyant leur mère pleurer et leur père tout triste, ils commencèrent à soupirer et à se frotter les yeux. L'oncle Tom prit sur ses genoux la petite fille, qui se livrait à son divertissement favori, égratignant le visage et tirant les cheveux du vieux nègre, et de temps en temps se livrant à des accès de gaieté retentissante, qui semblaient être le résultat de ses réflexions intimes.

– Ris donc, ris, pauvre créature, s'écria Chloé ; ton tour viendra aussi à toi : tu vivras pour voir ton mari vendu et peut-être pour être vendue toi-même ! et tes frères que voilà, ils seront vendus aussi, sans doute, dès qu'ils vaudront un peu d'argent… N'est-ce pas ainsi que l'on nous traite, nous autres nègres ?

À ce moment un des enfants s'écria :

– Voilà madame qui vient !

– Pourquoi vient-elle ? Elle n'a rien de bon à faire ici ! s'écria la pauvre Chloé.

Mme Shelby entra. Chloé lui avança une chaise d'un air maussade[1] et rechigné[2]. Mme Shelby ne parut rien remarquer. Elle était pâle et semblait inquiète.

– Tom, dit-elle, je viens pour…

Tout à coup elle s'arrêta, regarda le groupe silencieux, s'assit, mit un mouchoir sur son visage, et ses sanglots éclatèrent.

– Ah ! madame, dit Chloé, ne… ne…

Et elle-même éclata… et pendant un instant tous pleurèrent… et dans ces larmes qu'ils versaient ensemble, elle riche, eux pauvres, s'adoucirent tout à coup le désespoir et la douleur amère qui brûlent le cœur de l'opprimé. Oh ! vous qui visitez les malheureux, si vous saviez à quel point tout ce que l'on peut acheter avec votre or, donné d'un air froid, avec un visage qui se détourne, ne vaut pas une douce et bonne larme versée dans un moment de sympathie véritable !

– Mon pauvre Tom, dit Mme Shelby, présentement je ne puis vous être utile. Si je vous donne de l'argent, on vous le prendra. Mais je vous jure solennellement que je ne vous perdrai pas de vue, et qu'aussitôt que je le pourrai, je vous ferai venir ici.

Les enfants s'écrièrent :

– Voici M. Haley qui vient !

Son brutal coup de pied ouvrit la porte. Haley resta debout, de fort mauvaise humeur, fatigué de la course de la nuit et irrité du peu de succès de sa chasse.

1. Maussade : de mauvaise humeur.
2. Rechigné : de mauvaise volonté.

– Ici, nègre ! Êtes-vous prêt ?… Madame, votre serviteur.

Et il tira son chapeau en apercevant Mme Shelby.

Chloé ferma et ficela la boîte ; elle regarda le marchand d'un air irrité. Ses larmes semblaient se changer en étincelles.

Tom se leva avec calme pour suivre son nouveau maître ; il chargea la pesante boîte sur ses épaules. La femme prit la petite fille dans ses bras, pour accompagner son mari jusqu'à la voiture. Les enfants suivirent en pleurant.

Mme Shelby alla droit au marchand et le retint un moment ; elle lui parlait avec une extrême animation. Cependant toute la famille s'avançait vers la voiture, qui était attelée et près de la porte. Les esclaves jeunes et vieux se pressaient tout autour, pour dire adieu à leur vieux compagnon. Tom était regardé par tous comme le chef des esclaves et comme leur instituteur. Son départ excitait de vifs et sympathiques regrets, surtout parmi les femmes.

– Eh ! Chloé, vous supportez cela mieux que moi ! dit l'une d'elles, qui fondait en larmes en voyant le calme sombre de Chloé debout auprès de la charrette.

– J'ai rentré mes larmes, dit-elle en jetant un regard farouche sur le marchand. Je ne veux pas pleurer devant ce gueux[1]-là !

– Montez ! dit Haley à Tom en traversant la foule des esclaves, qui le regardaient, le front soucieux.

1. Gueux : personne pauvre ; ici, personne méprisable (emploi péjoratif).

Tom monta.

Alors, tirant de dessous le siège une pesante paire de fers[1], Haley les lui attacha autour des chevilles.

Un murmure étouffé d'indignation courut dans la foule, et Mme Shelby s'écria du perron :

– Je vous assure, monsieur Haley, que c'est une précaution bien inutile.

– Je n'en sais rien, madame : j'ai perdu ici même un esclave de cinq cents dollars ; je ne veux pas courir de nouveaux risques.

– Que peut-elle donc attendre de lui ? dit la pauvre Chloé d'une voix indignée.

Les deux enfants, qui semblaient maintenant comprendre le sort de leur père, se suspendirent à la robe de Chloé, criant, pleurant et gémissant.

– Je regrette, dit Tom, que M. George se trouve absent.

George était en effet chez un de ses amis, dans une plantation du voisinage ; il ignorait le malheur de Tom.

– Vous exprimerez toute mon affection à M. George, reprit-il d'un ton pénétré.

Haley fouetta le cheval ; après avoir jeté un long et dernier regard sur la maison, Tom partit.

M. Shelby était absent.

Il avait vendu Tom sous la pression de la plus dure nécessité et pour sortir des mains d'un homme qu'il redoutait. Sa première impression, quand l'acte fut

1. Fers : chaînes.

accompli, fut comme un sentiment de délivrance. Les supplications de sa femme réveillèrent ses regrets à moitié endormis. Le désintéressement de Tom rendait son chagrin plus cuisant encore. C'est en vain qu'il se répétait à lui-même qu'il avait le droit d'agir ainsi, que tout le monde le ferait, sans même avoir comme lui l'excuse de la nécessité… Il ne pouvait se convaincre, et, pour ne pas être témoin des dernières et tristes scènes de la séparation, il était parti le matin même, espérant que tout serait fini avant son retour.

Tom et Haley roulaient dans un tourbillon de poussière. Tous les objets familiers à l'esclave passaient comme des fantômes. Les limites de la propriété furent bientôt franchies ; on se trouva sur le chemin public.

Au bout d'un mille environ, Haley s'arrêta devant la boutique d'un maréchal, et il entra pour faire faire quelques changements à une paire de menottes.

– Elles sont un peu trop petites pour sa taille, dit Haley en montrant les fers et en regardant Tom.

– Comment ! c'est le Tom à Shelby !… Il ne l'a pas vendu, toujours !

– Mais si, il l'a vendu, reprit Haley.

– C'est impossible !… Quoi ! lui ? Qui l'aurait cru ? Eh bien alors, vous n'avez pas besoin de l'enchaîner ainsi. C'est la meilleure, la plus fidèle créature…

– Oui, oui, dit Haley ; mais ce sont les bons qui veulent s'enfuir, précisément. Les brutes se laissent mener où l'on veut… Pourvu qu'ils aient à manger, ils ne s'inquiètent pas du reste. Mais les esclaves intelligents haïssent le changement comme le péché. Il n'y a qu'un moyen, c'est de les enchaîner. Si on leur laisse des jambes, ils s'en servent ; comptez là-dessus.

– Mais, dit le forgeron, tout pensif au milieu de son travail, les nègres du Kentucky n'aiment pas les plantations du Sud : il paraît qu'ils y meurent assez vite.

– Mais oui, dit Haley : le climat y est pour beaucoup ; il y a aussi bien d'autres choses ! enfin ça donne assez de mouvement au marché !

– Eh bien, reprit le maréchal, on ne peut pas s'empêcher de penser que c'est un bien grand malheur de voir aller là un aussi honnête, un aussi brave garçon que ce pauvre Tom.

– Mais il a de la chance : j'ai promis de le bien traiter. Je vais le placer comme domestique dans quelque bonne et ancienne famille, et là, s'il peut échapper à la fièvre et au climat, il aura un sort aussi heureux qu'un nègre puisse le désirer.

– Mais il laisse derrière lui sa femme et ses enfants, je pense bien.

– Oui, mais il en prendra une autre. Dieu sait qu'il y a assez de femmes partout !

Pendant toute cette conversation, Tom était tristement assis dans la charrette, à la porte de la maison. Tout à coup il entendit le bruit sec, vif et court d'un sabot de cheval. Avant qu'il fût revenu de sa surprise, George, son jeune maître, s'élança dans la voiture, lui jeta vivement ses bras autour du cou en poussant un grand cri :

– C'est une infamie[1] ! disait-il, oui, une infamie !

1. Infamie : action honteuse.

Qu'ils disent ce qu'ils voudront. Si j'étais un homme, cela ne serait pas ; non, cela ne serait pas ! reprit-il avec une indignation contenue.

– Ah ! monsieur George, vous me faites du bien, disait Tom… J'étais si malheureux de partir sans vous voir !… Vous me faites vraiment du bien, je vous jure.

Tom remua un peu le pied. Le regard de George tomba sur ses fers.

– Quelle honte ! dit-il en levant les mains au ciel. Je vais assommer ce vieux coquin ; oui, en vérité !

– Non, monsieur George, non ; il ne faut même pas parler si haut… cela n'avancerait à rien de le mettre en colère contre moi.

– Eh bien, non ! Par égard pour vous, Tom, je me contiens… mais, hélas ! rien que d'y penser ! Oui, c'est une honte ! Ils ne m'ont rien fait dire, pas un mot, et sans Thomas Lincoln je n'en aurais rien su… Ah ! je les ai joliment arrangés à la maison, tous ! oui, tous !

– J'ai peur que vous n'ayez eu tort, monsieur George… oui, vous avez eu tort !

– Je n'ai pas pu m'en empêcher ; je dis que c'est une honte ! Mais, tenez, père Tom, ajouta-t-il en tournant le dos à la boutique et en prenant un air mystérieux, je vous ai apporté mon dollar.

– Oh ! je ne puis pas le prendre, monsieur George, c'est tout à fait impossible, dit Tom avec émotion.

– Vous allez le prendre, dit George. Regardez ! Chloé m'a dit de faire un trou au milieu, d'y passer une corde, et de vous le pendre autour du cou. Vous le cacherez sous vos vêtements, pour que ce gueux-là ne vous le prenne point. Tenez, Tom, je vais l'assommer… cela va me soulager.

– Oh non ! ne le faites pas ; cela ne me soulagerait pas, moi !

– Allons ! soit ! dit George en attachant le dollar autour du cou de Tom. Boutonnez maintenant votre habit par-dessus, conservez-le, et, chaque fois que vous le regarderez, souvenez-vous que j'irai vous chercher un jour là-bas, et que je vous ramènerai. Je l'ai dit à la mère Chloé, je lui ai dit de ne rien craindre. Je vais m'en occuper, et mon père, jusqu'à ce qu'il le fasse, je vais le tourmenter !

– Oh ! monsieur George, ne parlez pas ainsi de votre père !

– Mon Dieu ! Tom, je n'ai pas de mauvaises intentions…

– Et maintenant, monsieur George, dit Tom, il faut que vous soyez un bon jeune homme. N'oubliez pas combien de cœurs s'appuient sur vous. Ne tombez pas dans les folies de la jeunesse ; obéissez à votre mère ; n'allez pas croire que vous soyez trop grand pour cela. Dites-vous bien, monsieur George, qu'il y a une foule de choses heureuses que Dieu peut nous donner deux fois, mais qu'il ne nous donne qu'une mère… D'ailleurs, monsieur George, vous ne rencontrerez jamais une femme comme elle, dussiez-vous vivre cent ans. Restez près d'elle, et, maintenant que vous allez grandir, devenez son appui. Vous ferez cela, mon cher enfant ; n'est-ce pas que vous le ferez ?

– Oui, père Tom, je vous le promets, dit George d'un ton sérieux.

– Prenez bien garde à vos paroles, monsieur George… Les enfants, quand ils arrivent à votre âge, deviennent parfois volontaires : c'est la nature qui veut cela. Mais les enfants bien élevés, comme vous, ne manquent jamais de respect à leurs parents. Je ne vous offense pas, monsieur George ?

– Non, vraiment, père Tom ! vous ne m'avez jamais donné que de bons conseils.

– Dame ! je suis plus vieux que vous, vous savez, dit l'oncle Tom en caressant de sa large et forte main la belle tête bouclée de l'enfant.

Puis, lui parlant d'une voix douce et tendre comme une voix de femme :

– Je comprends, lui dit-il, toutes vos obligations. Oh ! monsieur George, vous avez tout pour vous : éducation, lecture, écriture, rang, privilège ! Vous deviendrez un bon et brave homme. Tout le monde dans l'habitation, votre père, votre mère, tous seront fiers de vous. Soyez un bon maître comme votre père, un bon chrétien comme votre mère, et souvenez-vous de votre Créateur pendant les jours de votre jeunesse, monsieur George.

– Oui, je serai vraiment bon, père Tom, c'est moi qui vous le dis. Je vais devenir de première qualité. Mais ne vous découragez pas ! Je vous ferai revenir. Comme je le disais à la mère Chloé ce matin, je ferai rebâtir votre case du haut en bas. Vous aurez un grand parloir, avec un tapis, dès que je serai grand. Oh ! vous aurez encore de beaux jours.

Haley sortit de la maison, les menottes à la main.

– Songez, monsieur, dit George d'un air de haute

supériorité, que j'instruirai ma famille de la façon dont vous traitez Tom.

– Bien le bonjour ! répondit Haley.

– Je pensais que vous auriez eu honte, reprit l'enfant, de passer votre vie à trafiquer des hommes et des femmes et à les enchaîner comme des bêtes… C'est un vil[1] métier !

– Tant que vos illustres parents en achèteront, reprit Haley, je pourrai bien en vendre… C'est à peu près la même chose.

– Quand je serai un homme, reprit George, je ne ferai ni l'un ni l'autre. J'ai honte à présent d'être du Kentucky !… Allons, père Tom ! adieu… et du courage !

– Adieu ! monsieur George, adieu ! dit Tom, le regardant avec une tendresse mêlée d'admiration. Que Dieu vous bénisse !… Le Kentucky n'en a guère qui vous vaillent ! s'écria-t-il avec un élan du cœur.

George partit… Tom regardait toujours : le bruit du cheval s'éteignit enfin dans le silence ; Tom n'entendit plus, ne vit plus rien qui lui rappelât la maison de Shelby… Mais il y avait toujours comme une petite place chaude sur sa poitrine. C'était celle où les mains du jeune homme avaient attaché le dollar… Tom le serra contre son cœur.

– Maintenant, Tom, écoutez-moi, dit Haley en montant dans la voiture, où il jeta les menottes. Je veux vous bien traiter, comme je traite toujours mes nègres… Je veux vous le dire en commençant : soyez bien avec

1. Vil : méprisable.

moi, je serai bien avec vous. Je ne suis pas dur avec mes nègres, moi ! je suis aussi bon que possible. Soyez bien tranquille ; ne me jouez pas de tours comme font les nègres. Avec moi ce serait inutile ; je les connais tous. Mais, si on est tranquille et qu'on ne cherche point à s'en aller, on a du bon temps. Sinon, c'est la faute des gens, ce n'est pas la mienne !

L'exhortation était au moins inutile, s'adressant à un homme qui avait une lourde paire de fers aux pieds. Tom répondit qu'il n'avait pas l'intention de s'enfuir.

C'est l'habitude de Haley, après ses achats, de procéder par des insinuations de cette nature ; il voulait inspirer un peu de confiance et de gaieté à sa marchandise, afin d'éviter les scènes désagréables.

M. Haley et Tom continuèrent leur route, absorbés l'un et l'autre dans leurs réflexions. C'est une chose curieuse que les réflexions de deux personnes assises l'une à côté de l'autre. Elles sont sur le même siège, elles ont les mêmes yeux, les mêmes oreilles, les mêmes mains, enfin les mêmes organes, et ce sont les mêmes objets qui passent devant leurs yeux : et cependant quelle profonde différence dans leur pensée !

Voici, par exemple, M. Haley : eh bien, il songe à la taille de Tom, à sa hauteur, à sa largeur, au prix qu'il en aura, s'il parvient à le conserver gras et en bon état jusqu'au marché ; il se demande de combien de têtes il devra composer son troupeau ; il suppute[1] la valeur de certains arrangements d'hommes, de femmes et

1. Suppute : évalue.

d'enfants… puis il réfléchit à son humanité ; il se dit que tant d'autres mettent les fers aux pieds et aux mains de leurs nègres, tandis que lui veut bien se contenter des fers aux pieds et laisser à Tom l'usage de ses mains aussi longtemps du moins qu'il se conduira bien… puis il soupire en pensant à l'ingratitude humaine, et il en arrive à se demander si Tom apprécie bien ses bontés… Il a été tellement trompé par des nègres qu'il avait pourtant bien traités… il s'étonne de voir combien, malgré cela, il est cependant resté bon !

Haley tira plusieurs journaux de sa poche et se mit à lire les annonces avec une attention qui l'absorbait complètement. Il n'était pas positivement fort sur la lecture ; sa lecture à lui était une sorte de récitatif à demi-voix, comme s'il eût eu besoin du contrôle de ses oreilles avant d'accepter le témoignage de ses yeux.

– Il faudra que je voie cela, dit Haley s'adressant à Tom, faute d'autre interlocuteur. Vous voyez, Tom, je vais avoir une belle troupe pour mettre avec vous… cela vous sera une société[1]. Rien n'est agréable comme la bonne compagnie, vous savez. Nous allons donc d'abord et avant tout nous rendre directement à Washington. Là je vais vous faire enfermer dans la prison, pendant que je ferai mes affaires.

Tom reçut cette agréable nouvelle avec une douceur parfaite, mais il se demandait simplement dans son cœur combien de ces malheureux avaient des femmes et des enfants ; il se demandait s'ils sentiraient autant que lui

1. Société : compagnie.

le chagrin de les quitter. Et puis, il faut bien l'avouer, ce naïf avertissement donné à Tom, qu'on allait le jeter en prison, n'était nullement de nature à faire impression sur un pauvre homme qui avait mis tout son orgueil à tenir une ligne de conduite irréprochable… Tom était un peu orgueilleux de son honnêteté ; il n'avait que cela dont il pût être fier… S'il eût appartenu aux classes élevées du monde, il n'eût pas été réduit à cette extrémité. La journée se passa, et vers le soir Haley et Tom se trouvèrent installés à Washington, celui-ci dans une prison, celui-là dans une taverne.

X

Chez les quakers[1]

Une scène heureuse et paisible se déroule maintenant devant nos yeux. Nous pénétrons dans une cuisine vaste et spacieuse ; les murs sont rehaussés de riches couleurs ; pas un atome de poussière sur les briques jaunes de l'aire[2], frottées et polies ; des piles de vaisselle d'étain[3] brillant excitent l'appétit, en vous faisant songer à une foule de bonnes choses. Le noir fourneau

1. Quaker : membre d'une communauté religieuse protestante (voir note 4, p. 165).
2. Aire : espace de travail.
3. Étain : métal léger et blanc comme l'argent.

reluit ; les chaises de bois, vieilles et massives, reluisent aussi. On aperçoit une petite chaise à bascule qui se referme ; le coussin est rapiécé. Tout auprès il y en a une plus grande, une chaise antique et maternelle, dont les larges bras ouverts semblent vous convier doucement à goûter l'hospitalité de ses coussins de plume. C'est là un véritable siège attrayant, confortable, et qui, pour les honnêtes et chères joies du foyer, vaut vraiment bien une douzaine de vos chaises de velours ou de brocatelle[1] des salons à la mode.

Dans une chaise, où elle se balance doucement, les yeux attachés sur son ouvrage, se trouve notre ancienne amie, la fugitive Élisa. Oui, elle est là, plus pâle et plus maigre que dans le Kentucky ; on devine sous ses longues paupières, on lit dans les plis de sa bouche une douleur à la fois calme et profonde. Il était facile de voir combien ce jeune cœur était devenu ferme et vaillant sous l'austère discipline du malheur. Elle relevait de temps en temps les yeux pour suivre les ébats du petit Henry, brillant et léger comme un papillon des tropiques. On découvrait chez elle une puissance de volonté, une inébranlable résolution inconnues à ses jeunes et heureuses années.

Auprès d'elle est une femme qui tient sur ses genoux un plat d'étain, dans lequel elle range soigneusement des pêches sèches. Elle peut avoir de cinquante-cinq à soixante ans, mais c'est un de ces visages que les années ne semblent toucher que pour les embellir. Sa cape de

1. Brocatelle : étoffe à motifs en relief.

crêpe[1], blanche comme la neige, est exactement faite comme celle que portent les femmes des quakers, un mouchoir de simple mousseline[2] blanche, croisé sur sa poitrine en longs plis paisibles, son châle, sa robe, tout révèle la communion[3] à laquelle elle appartient. Son visage rond avait des couleurs roses et ce doux et fin duvet qui rappelle la pêche déjà mûre. Ses cheveux, auxquels l'âge mêlait des fils d'argent, étaient rejetés en arrière et découvraient un front noble et élevé. Le temps n'y avait point tracé d'autre inscription que celle-ci : « Paix sur la terre aux hommes de bonne volonté[4] ! » Ses grands yeux bruns étaient lumineux, pleins de sentiment et de loyauté. Il suffisait de la regarder en face pour sentir que l'on voyait jusqu'au fond d'un cœur sincère et bon. On a tant célébré, tant chanté la beauté des jeunes filles ! pourquoi donc ne louerait-on pas la beauté des vieilles femmes ? Si quelqu'un a besoin d'inspiration pour ce thème nouveau, qu'il regarde notre amie, la bonne Rachel Halliday, assise dans sa petite chaise à bascule. La chaise craquait et criait ; peut-être avait-elle pris froid dans ses jeunes années, ses nerfs étaient peut-être agacés, ou bien encore c'était une tendance à l'asthme[5] : mais à chacun de ses mouvements elle faisait entendre un grincement qui eût été vraiment

1. Crêpe : étoffe légère et ondulée.
2. Mousseline : toile de coton très fin.
3. Communion : communauté de foi, religion.
4. « Paix sur la terre aux hommes de bonne volonté ! » : parole prononcée par un ange à l'annonce de la naissance de Jésus, selon la Bible (Évangile selon saint Luc).
5. Asthme : maladie qui provoque des problèmes respiratoires.

intolérable dans toute autre chaise ; cependant le vieux Siméon Halliday déclarait souvent que pour lui ce bruit était aussi agréable qu'une musique, et les enfants prétendaient qu'ils n'auraient voulu pour rien au monde être privés du plaisir d'entendre la chaise de leur mère… Pourquoi ? C'est que, depuis vingt ans et plus, des paroles aimantes, de douces morales, des tendresses maternelles, étaient descendues de cette chaise. Combien avait-elle guéri de cœurs et d'âmes malades ! combien de difficultés résolues !… Et tout cela avec quelques mots d'une femme aimante et bonne.

Que Dieu la bénisse !

– Eh bien, Élisa, tu comptes toujours passer au Canada ? dit-elle d'une voix douce en continuant de regarder ses pêches.

– Oui, madame, dit Élisa avec beaucoup de fermeté ; il faut que je parte ; je n'ose point rester ici.

– Et que feras-tu, une fois là-bas ? il faut y songer, ma fille !

Ma fille était un mot qui venait tout naturellement sur les lèvres de Rachel Halliday, parce que ses traits et sa physionomie rappelaient sans cesse la douce idée qu'on se fait d'une mère…

Les mains d'Élisa tremblèrent et quelques larmes coulèrent sur son ouvrage… mais elle répondit avec fermeté :

– Je ferai ce que je pourrai : j'espère que je trouverai quelque ouvrage.

– Tu sais que tu peux rester ici tant qu'il te plaira, dit Rachel.

– Oh ! merci ! fit Élisa, mais (elle regarda Henry) je ne puis pas dormir la nuit. Hier encore, je rêvais que je voyais *cet homme* entrer dans la cour…

Et elle frissonna.

– Pauvre enfant ! dit Rachel en essuyant ses yeux ; mais il ne faut pas t'inquiéter ainsi : Dieu a voulu qu'aucun fugitif n'ait encore été arraché de notre village ; il faut bien espérer que l'on ne commencera pas par toi.

La porte s'ouvrit, et une petite femme courte, ronde, une vraie pelote à épingles, se tint sur le seuil : rien n'égalait l'éclat de son visage en fleur. Je ne puis la comparer qu'à une pomme mûre. Elle était vêtue comme Rachel : un gris sévère ; un fichu de mousseline couvrait sa poitrine rebondie.

– Ruth Stedman ! dit Rachel en s'avançant, avec empressement vers elle ; comment vas-tu, Ruth ?… Et elle lui prit les deux mains.

– À merveille, dit Ruth en tirant son petit chapeau de quakeresse et l'époussetant avec son mouchoir ; et elle découvrit une petite tête ronde sur laquelle le petit chapeau allait et venait, avec des airs tapageurs, malgré tous les efforts de la main qui voulait le retenir. Certaines boucles de cheveux frisés s'échappaient aussi çà et là et voulaient incessamment être remises à leur place, qu'elles quittaient toujours. La nouvelle arrivante, qui pouvait avoir vingt-cinq ans, abandonna enfin le miroir devant lequel elle avait fait tous ces petits arrangements. Elle parut très contente d'elle-même.

Tout le monde l'eût été à sa place, car elle était une

jolie petite femme, à l'air ouvert, à la figure rayonnante, et bien propre à réjouir le cœur d'un homme.

– Ruth, voici notre amie Élisa Harris, et le petit enfant dont je t'ai parlé.

– Je suis très heureuse de te voir, Élisa, très heureuse ! dit Ruth en lui serrant la main comme si Élisa eût été pour elle une vieille amie depuis longtemps attendue. Voilà ton cher petit garçon… je lui apporte un gâteau.

Elle présenta à Henry un cœur en pâtisserie, que l'enfant accepta timidement en regardant Ruth à travers ses longues boucles flottantes.

– Où est ton baby ? dit Rachel.

– Oh ! il vient ; mais ta petite Mary s'en est emparée, et elle le conduit à la ferme pour le montrer aux enfants.

Au même instant la porte s'ouvrit, et Mary, visage rose aux grands yeux bruns, le portrait de sa mère, entra dans la chambre avec le baby.

– Ah ! ah ! dit Rachel en prenant dans ses bras le marmot blanc et potelé, comme il est joli, et comme il vient !

– C'est vrai, c'est vrai, dit Ruth.

Et elle prit l'enfant et le débarrassa d'un pardessus de soie bleue et de divers châles et surtouts dont elle l'avait enveloppé ; et, donnant une chiquenaude[1] ici, un coup de main là, elle l'arrangea, l'ajusta, le bichonna, l'embrassa de tout son cœur, et le déposa sur le plancher pour qu'il pût reprendre ses idées.

1. Chiquenaude : petit coup appliqué avec un doigt.

Le baby était sans doute habitué à ces façons d'agir, car il fourra son doigt dans sa bouche et parut bientôt absorbé dans ses propres réflexions, tandis que la mère, s'asseyant enfin, prit un long bas chiné[1] de blanc et de bleu, et se mit à tricoter avec ardeur.

– Mary, tu ferais bien de remplir la chaudière, dit Rachel d'une voix douce.

Mary alla au puits, revint bientôt et mit la chaudière sur le fourneau, où elle commença à fumer et à chanter sa chanson joyeuse et hospitalière. La même main, d'après les conseils de Rachel, mit les pêches sur le feu dans un grand plat d'étain.

Rachel prit alors un moule blanc comme la neige, attacha un tablier, et se mit à faire des gâteaux, après avoir dit à sa fille :

– Mary, tu ferais bien de dire à John d'apprêter un poulet.

Mary obéit.

– Comment va Abigaïl Peters ? demanda Rachel tout en faisant ses biscuits.

– Oh ! beaucoup mieux, répondit Ruth. J'y suis allée ce matin ; j'ai fait le lit et arrangé la maison. La Hello y va cet après-midi et fera du pain et des pâtés pour quelques jours ; et j'ai promis d'y retourner pour la garder ce soir.

– J'irai demain, dit Rachel, je laverai et raccommoderai le linge.

– Tu feras bien, répliqua Ruth ; j'ai appris, ajouta-t-elle,

1. Chiné : orné de couleurs ou de dessins irréguliers.

qu'Anna Stanwood est malade. John a veillé la nuit dernière. J'irai demain.

– Que John vienne prendre ses repas ici, dit Rachel, si tu dois rester toute la journée.

– Merci, Rachel, nous verrons demain… Mais voici Siméon.

Siméon Halliday, grand, robuste, vêtu d'un pantalon et d'une veste de drap grossier, et coiffé d'un chapeau à larges bords, entra au même instant.

– Comment va, Ruth ? dit-il affectueusement ; et il tendit sa large paume à la petite main grassouillette. Et John ?

– Oh ! John va bien, ainsi que tous nos gens, répondit Ruth d'un ton joyeux.

– Quelles nouvelles, père ? dit Rachel en mettant ses gâteaux au four.

– Peters Stelbins m'a dit qu'ils seraient ici cette nuit avec des amis, dit Siméon d'une voix significative, tout en lavant ses mains à une jolie fontaine qui se trouvait dans un cabinet voisin.

– Vraiment ! dit Rachel d'un air pensif et en jetant un coup d'œil sur Élisa.

– Ne m'as-tu pas dit que tu te nommais Harris ? demanda Siméon en rentrant.

Rachel regarda vivement son mari. Élisa toute tremblante répondit :

– Oui.

Ses craintes toujours exagérées lui firent croire que l'on avait sans doute placardé des affiches à son sujet.

– Mère ! dit Siméon du fond du cabinet.

– Que veux-tu, père ? dit Rachel en frottant ses mains enfarinées, et elle alla vers le cabinet.

– Le mari de cette enfant est dans la colonie, murmura Siméon ; il sera ici cette nuit...

– Et tu ne le dis pas, père ? dit Rachel le visage tout rayonnant.

– Il est ici, reprit Siméon ; Peters est allé là-bas hier avec la charrette ; il y a trouvé une vieille femme et deux hommes ; l'un d'eux s'appelle George Harris. D'après ce qu'elle a dit de son histoire, je suis certain que c'est lui. C'est un beau et aimable garçon... Allons-nous le lui dire maintenant ? fit Siméon. Disons-le d'abord à Ruth. Ici, Ruth, viens !

Ruth laissa son tricot et accourut.

– Ruth, ton avis ! Le père dit que le mari d'Élisa est dans la dernière troupe, et il sera ici cette nuit.

La joie de la petite quakeresse éclata et coupa la phrase : elle bondit et frappa dans ses mains. Deux boucles frisées tombèrent sur son fichu blanc.

– Calme-toi, chérie, lui dit doucement Rachel, calme-toi, Ruth. Voyons ! faut-il lui apprendre cela maintenant ?

– Eh oui ! maintenant, à l'instant même ! Dieu ! si c'était mon pauvre John !... Dis-le-lui sur-le-champ !

– Ah ! tu ne songes qu'à ton prochain, Ruth ; c'est bien ! dit Siméon en la regardant avec attendrissement.

– Eh bien, n'est-ce pas pour cela que nous sommes faits ? Si je n'aimais pas John et le baby... je ne saurais compatir à ses chagrins à elle. Voyons, viens ! Parle-lui maintenant.

Et elle posa ses mains persuasives sur le bras de Rachel.

– Emmenez-la dans la chambre ; je vais arranger le poulet pendant ce temps-là.

Rachel entra dans la cuisine, où Élisa était en train de coudre, et, ouvrant la porte d'une petite chambre à coucher, elle lui dit doucement :

– Viens, ma fille, viens ! j'ai des nouvelles à t'apprendre.

Le sang monta au visage pâle d'Élisa. Elle se leva tout émue, saisie d'un tremblement nerveux, et jeta les yeux sur son fils.

– Non ! non ! dit la petite Ruth en se levant et en lui prenant la main, non ! jamais !… Ne crains rien. Ce sont de bonnes nouvelles, Élisa… ne crains rien. Va, va !

Et elle la poussa vers la porte, qu'elle ferma après elle. Puis, revenant sur ses pas, elle prit le petit Henry et se mit à l'embrasser.

– Tu vas voir ton père, petit ! sais-tu cela ? ton père qui va venir !

Et elle lui répétait toujours la même chose : l'enfant, ébahi, la regardait avec de grands yeux.

Cependant une autre scène se passait dans la chambre.

Rachel attira Élisa vers elle et lui dit :

– Le Seigneur a eu pitié de toi, ma fille : il a tiré ton mari de la maison de servitude[1] !

Un nuage de sang rose monta aux joues d'Élisa, puis

1. Servitude : esclavage.

il redescendit jusqu'à son cœur ; elle s'assit pâle et presque inanimée.

– Du courage, mon enfant, du courage ! ajouta-t-elle en posant ses mains sur la tête d'Élisa. Il est avec des amis ; ils l'amèneront ici… cette nuit.

– Cette nuit ! répétait Élisa ; cette nuit !

Les mots perdaient leur signification pour elle. Il y avait dans sa tête toute la confusion d'un rêve ; un nuage passait devant son esprit.

Quand elle revint à elle, elle se trouva sur un lit, enveloppée d'une couverture ; la petite Ruth, à ses côtés, lui frottait les mains avec du camphre. Elle ouvrit les yeux avec une langueur pleine de délices ; elle éprouvait le bonheur de celui qui a été longtemps chargé d'un lourd fardeau et qu'on en délivre.

Ses nerfs, toujours irrités depuis la première heure de sa fuite, se détendirent peu à peu. Un sentiment tout nouveau de repos et de sécurité descendit sur elle. Elle restait couchée, ses grands yeux noirs ouverts, et, comme dans un rêve paisible, elle suivait les mouvements de ceux qui l'entouraient. Elle voyait la porte de l'autre chambre ouverte, elle voyait la table du souper avec sa nappe blanche comme la neige. Elle entendait le murmure et la chanson de la théière, elle voyait Ruth trottant menu, portant des gâteaux, des conserves, et s'arrêtant de temps en temps pour mettre une galette entre les mains de Henry, ou pour caresser sa petite tête ou pour enrouler les jolies boucles de l'enfant autour de ses doigts blancs. Elle voyait la taille majestueuse et l'air maternel de Rachel, qui venait de temps en temps auprès du lit pour relever et arranger les couvertures. Il lui semblait voir descendre de ses grands yeux bruns comme de brillants rayons de soleil. Elle vit le mari de Ruth qui entrait ; elle vit Ruth s'élancer vers lui, chuchoter tout bas, avec force gestes expressifs et montrant du doigt la chambre où elle était ; elle la vit s'asseoir à la table du thé, son baby entre les bras. Elle les vit tous à table, et le petit Henry dans sa grande chaise, tout près de Rachel et comme à l'ombre de ses ailes. Et puis elle entendait le doux murmure de la causerie, et le cliquetis des cuillères et le choc des tasses et des assiettes... C'était le rêve du repos heureux ! Élisa s'endormit comme elle n'avait jamais dormi depuis cette terrible heure de minuit où, prenant son enfant dans ses bras, elle s'était enfuie à la lueur glacée des étoiles.

Elle rêvait d'un beau pays, d'une terre de repos, de rivages verdoyants, d'îles charmantes et de belles eaux, étincelantes sous le soleil. Là, dans une maison où des voix amies lui disaient qu'elle était chez elle, elle voyait jouer son enfant, son enfant heureux et libre ; elle entendait les pas de son mari, elle devinait son approche, ses bras l'entouraient, les larmes de George tombaient sur son visage... et elle s'éveillait.

Ce n'était point un rêve.

Depuis longtemps la nuit était venue ; son enfant dormait paisiblement à ses côtés. Un flambeau jetait dans la chambre ses clartés douteuses, et George sanglotait au chevet de son lit.

Le lendemain fut une heureuse matinée pour la maison

du quaker. La mère fut debout dès l'aube, et entourée de filles et de garçons que nous n'avons pas eu le temps de présenter hier à nos lecteurs, et qui maintenant obéissaient avec amour à son « Vous ferez bien », ou à son « Ne ferez-vous pas bien ? ». Elle s'occupait activement des préparatifs du déjeuner. Le déjeuner, dans cette luxuriante[1] vallée d'Indiana[2], est chose compliquée et qui nécessite le concours de bien des mains. Ève[3] n'eût pas suffi à cueillir toutes les roses du paradis.

John cependant courait à la fontaine ; Siméon le jeune passait au tamis la farine de maïs destinée aux gâteaux ; Mary était chargée de moudre le café ; Rachel était partout, faisant les gâteaux, apprêtant le poulet et répandant sur toute la scène comme un gai rayon de soleil. Le zèle des jeunes servants n'était pas toujours bien réglé, mais comme elle rétablissait vite le calme et la paix avec un « Allons ! allons ! » ou un « Je ne voudrais pas ! ».

Les poètes ont chanté la ceinture de Vénus[4], qui fit tourner toutes les têtes du vieux monde[5]. Pour notre compte, nous aimerions mieux la ceinture de Rachel Halliday, qui empêchait les têtes de tourner.

Elle serait plus appropriée que l'autre aux besoins des temps modernes, décidément.

Pendant que ces petits préparatifs allaient leur train,

1. Luxuriante : abondante en richesses.
2. Indiana : État des États-Unis situé au nord du Kentucky.
3. Ève : la première femme créée par Dieu après Adam, selon la Bible.
4. Ceinture de Vénus : sorte de bande rosée visible dans le ciel, à l'horizon, en début et en fin de journée.
5. Vieux monde : l'Europe.

Siméon l'aîné, en manches de chemise, se livrait à une opération antipatriarcale[1] : il faisait sa barbe !

Tout allait si bien, si doucement, si harmonieusement dans la grande cuisine, que chacun semblait heureux de ce qu'il faisait : il y avait une telle atmosphère d'affectueuse confiance ; les couteaux et les fourchettes, en s'en allant sur la table, avaient les uns contre les autres des retentissements si mélodieux ; le poulet et le jambon chantaient si fort dans la poêle, ils semblaient si heureux d'être frits de cette façon-là et non pas d'une autre ; le petit Henry, Élisa et George, quand ils parurent, reçurent un accueil si cordial et si réjouissant, qu'ils crurent moins à une réalité qu'à un rêve.

Ils furent bientôt à table tous ensemble. Mary seule restait auprès du feu, faisant rôtir des tartines. On les servait à mesure qu'elles atteignaient cette belle nuance d'un brun doré qui est le beau idéal des tartines.

Rachel, au milieu de sa table, n'avait jamais paru si véritablement, si complètement heureuse. Elle trouvait le moyen de se montrer maternelle et cordiale rien que dans sa manière de vous passer un plat de gâteaux ou de vous verser une tasse de thé. On eût dit qu'elle mettait une âme dans la nourriture et le breuvage qu'elle vous offrait.

C'était la première fois que George s'asseyait comme un égal à la table des Blancs ; il éprouva d'abord un peu de contrainte et un certain embarras, qui se dissipèrent

1. Antipatriarcale : qui s'oppose à la domination des hommes.

bientôt comme un brouillard devant le rayon matinal de cette bonté si pleine d'effusion.

C'était bien une maison : une maison ! un intérieur ! George n'avait jamais su ce que ce mot-là voulait dire.

– Père, si l'on te découvrait encore ? dit le jeune Siméon en étendant son beurre sur son gâteau.

– Je payerais l'amende, répondit tranquillement celui-ci.

– Mais s'ils te mettaient en prison ?

– Ta mère et toi, ne pourriez-vous faire marcher la ferme ? dit Siméon en souriant.

– Maman peut faire tout, répondit l'enfant… mais n'est-ce point une honte que de telles lois ?

– Il ne faut pas mal parler de nos législateurs, Siméon, reprit le père avec autorité. Dieu nous a donné les biens terrestres pour que nous puissions faire justice et merci ; si les législateurs exigent de nous le prix de nos bonnes œuvres, donnons-le !

– Je hais ces propriétaires d'esclaves, dit l'enfant, qui dans ce moment-là n'était pas plus chrétien qu'un réformateur moderne.

– Tu m'étonnes, mon fils ! ce ne sont pas là les leçons de ta mère ; je ferais pour le maître de l'esclave ce que je fais pour l'esclave lui-même, s'il venait frapper à ma porte dans l'affliction[1].

Siméon devint écarlate, mais la mère se contenta de sourire.

1. Affliction : peine profonde.

– Siméon est mon bon fils, dit-elle ; il grandira et deviendra comme son père.

– Je pense, mon cher hôte, que vous n'êtes exposé à aucun ennui à cause de nous, dit George avec anxiété.

– Ne crains rien, George ; c'est pour cela que nous sommes au monde… Si nous n'étions pas des gens à supporter quelque chose pour la bonne cause, nous ne serions pas dignes de notre nom.

– Mais pour moi, dit George, je ne le souffrirai pas !

– Ne crains rien, ami George ; ce n'est pas pour toi, c'est pour Dieu et l'humanité, ce que nous en faisons… Reste ici tranquillement tout le jour. Cette nuit, à dix heures, Phinéas Fletcher vous conduira tous à la prochaine station. Les persécuteurs se hâtent après toi, nous ne voulons pas te retenir.

– Alors, pourquoi attendre ? dit George.

– Tu es ici en sûreté tout le jour. Dans notre colonie, tous sont fidèles et tous veillent. D'ailleurs il est plus sûr pour toi de voyager pendant la nuit.

XI
Évangéline

Une jeune étoile qui brillait sur la vie, trop douce image pour un tel miroir ! Un être charmant à peine formé ; un bouton de rose qui n'a pas encore déplié ses feuilles.

Le Mississippi[1] ! Quelle baguette magique l'a ainsi changé, depuis que Chateaubriand[2], dans sa prose poétique, le décrivait comme le fleuve des solitudes vierges, des déserts immenses, roulant parmi ces merveilles de la nature que l'on n'avait même pas rêvées ?

Il semble qu'en une heure ce fleuve de la poésie et de l'imagination a été transporté dans les royaumes d'une réalité non moins splendide. Quel autre fleuve pareil dans ce monde porte ainsi jusqu'à l'Océan les richesses et l'audace d'une autre nation pareille ? Terre dont les produits embrassent le monde, touchant les deux tropiques et les deux pôles ! Oui, ses flots mugissants, tourbillonnants, écumeux, troublés, arrachant leurs rives, sont bien l'image de cette marée turbulente d'affaires qui se répand sur ses vagues avec la race la plus énergique et la plus violente que le monde ait jamais vue. Ah ! pourquoi faut-il que le sein[3] du Meschacebé[4] porte aussi ce poids terrible, les larmes des opprimés… les soupirs des malheureux… et les peines amères des cœurs pauvres, cœurs ignorants qui s'adressent à un Dieu inconnu… inconnu, invisible, silencieux, mais qui pourtant sortira un jour de son repos pour sauver tous les pauvres de la terre !

Les derniers rayons du soleil couchant tremblent sur la vaste étendue de ce fleuve, large comme une mer. Les

1. Mississippi : fleuve qui traverse les États-Unis du nord au sud.
2. Chateaubriand : François René de Chateaubriand (1768-1848), écrivain français romantique, qui situe les aventures de son héros René sur les rives du Mississippi, dans ses romans *Atala* et *Les Natchez*.
3. Sein : centre, partie intime.
4. Meschacebé : nom donné au fleuve Mississippi par les Indiens.

cannes[1] frémissantes, les grands cyprès noirs auxquels la mousse sombre suspend ses guirlandes de deuil étincellent dans la lumière dorée.

Le steamer[2], pesamment chargé, continue sa marche.

Les balles de coton s'entassent en piles sur ses flancs, sur le pont, partout ! On dirait une gigantesque masse grise. Il nous faut un examen attentif pour découvrir notre humble ami Tom. Nous l'apercevons enfin à l'avant du navire, blotti entre les balles de coton.

Les recommandations de M. Shelby ont produit leur effet ; Haley, d'ailleurs, a pu juger lui-même de la douceur et de la tranquillité de ce caractère inoffensif ; Tom a déjà sa confiance : la confiance d'un homme comme Haley !

D'abord il l'avait étroitement surveillé pendant le jour, il n'avait laissé passer aucune nuit sans l'enchaîner… et puis, peu à peu, le calme, la résignation de Tom l'avaient gagné : il se relâchait de sa surveillance, se contentait d'une sorte de parole d'honneur, et lui permettait d'aller et de venir à sa guise sur le bateau.

Toujours bon et obligeant, toujours prêt à rendre service aux travailleurs dans toute occasion, il avait conquis l'estime de tous en les aidant avec le même zèle et le même cœur que s'il eût travaillé dans une ferme du Kentucky.

Quand il voyait qu'il n'y avait plus rien à faire pour lui, il se retirait entre les balles de coton, dans quelque recoin de l'avant, et se mettait à étudier la Bible.

1. Canne : tige de la canne à sucre.
2. Steamer : bateau à vapeur.

C'est dans cette occupation que nous le surprenons maintenant.

À cent et quelques milles avant La Nouvelle-Orléans le niveau du fleuve est plus élevé que la contrée qu'il traverse, il roule sa masse énorme entre de puissantes digues de vingt pieds ; du haut du pont, comme du sommet de quelque tour flottante, le voyageur découvre tout le pays jusqu'à des distances presque infinies. Tom, en voyant se dérouler ainsi les plantations l'une après l'autre, avait pour ainsi dire sous les yeux la carte de l'existence qu'il allait mener.

Il voyait dans le lointain les esclaves au travail, il voyait leurs villages de huttes, rangées en longues files, loin des superbes maisons et du parc du maître ; et, à mesure que se déroulait ce tableau vivant, son cœur retournait à la vieille ferme du Kentucky, cachée sous le feuillage des vieux hêtres ! Il revenait à la maison de Shelby, aux appartements vastes et frais, et à sa petite case à lui, toute festonnée[1] de multiflores, toute parée de bégonias… Il croyait reconnaître le visage familier de son camarade, élevé avec lui depuis l'enfance ; il voyait sa femme occupée des apprêts[2] du souper ; il entendait le rire joyeux de ses enfants et le gazouillement du baby sur ses genoux… puis tout s'évanouit… Il ne vit plus que les cannes à sucre et les cyprès des plantations étincelantes ; il n'entendit plus que le craquement et le mugissement de la machine, qui ne lui disait, hélas ! que trop

1. Festonnée : ornée d'une guirlande de fleurs.
2. Apprêt : préparatif.

clairement que toute cette phase de sa vie était disparue pour toujours.

Dans de pareilles circonstances, nous avons, nous, la lettre, cette joie amère ! nous écrivons à notre femme ; nous envoyons des messagers à nos enfants. Mais Tom ne pouvait pas écrire, puisque pour lui la poste n'existait pas. Pas un seul ami, pas un signal qui lui permît de jeter un pont sur l'abîme de la séparation !

Il y avait parmi les passagers un jeune gentleman, noble et riche, résidant à La Nouvelle-Orléans : il portait le nom de Saint-Clare.

Il avait avec lui sa fille, de cinq à six ans, sous la surveillance d'une femme qui semblait être de ses parentes.

Tom avait souvent remarqué cette petite fille ; c'était un de ces enfants remuants et vifs, qu'il est aussi impossible de fixer en place qu'un rayon de soleil ou une brise d'été.

Quand on l'avait vue, on ne pouvait plus l'oublier.

C'était l'idéal de la beauté enfantine, sans les joues bouffies et la rondeur trop pleine qui la déparent souvent. On suivait en elle comme une ligne onduleuse ; c'était je ne sais quelle grâce aérienne ; elle faisait rêver aux êtres allégoriques[1] et aux créations brillantes de la mythologie. Son visage était moins remarquable par la beauté parfaite des traits que par une expression de rêverie singulière et profonde. Ceux qui cherchaient l'idéal

1. Allégoriques : ici, surnaturels ; incarnant une idée, une qualité, comme les personnages de la mythologie.

étaient frappés en la voyant ; les autres, le vulgaire grossier, se sentaient émus, sans trop savoir pourquoi. La forme de sa tête, l'élégance de son cou, son buste, avaient un caractère de noblesse singulière. Ses longs cheveux d'un brun doré, qui flottaient autour d'elle comme un nuage ; son œil d'un bleu sombre, profond, intelligent, réfléchi, ombragé d'un épais rideau de cils bruns, tout semblait la distinguer des autres enfants, et attirer et fixer les regards quand elle se glissait entre les passagers, insaisissable et légère.

Gardez-vous de croire cependant que ce fût un enfant grave et morose.

Loin de là : un air d'innocence heureuse semblait flotter sur son visage, comme l'ombre d'un feuillage d'été. Elle était toujours en mouvement ; le sourire voltigeait sur sa bouche rose ; elle chantait, courait et dansait. Son père et la femme qui devait la garder étaient toujours à sa poursuite ; mais, quand ils croyaient l'avoir prise, elle échappait de leurs mains comme un nuage printanier. Et comme jamais, quoi qu'elle voulût faire, un mot de reproche ou de gronderie n'avait frappé ses oreilles, elle continuait sa course sur le bateau. Toujours vêtue de blanc, elle passait comme un fantôme sans se poser nulle part, sans s'arrêter jamais ; il n'y avait pas un coin qu'elle ne connût, un recoin qu'elle n'eût fouillé, soit en haut, soit en bas. Ses pieds légers la portaient partout, vision à la tête blonde et dorée, aux yeux profonds et bleus.

Parfois le mécanicien, relevant ses regards de son travail, apercevait ses grands yeux qui plongeaient dans les tumultueuses profondeurs de la fournaise[1] : elle semblait pleine de crainte et de pitié pour lui, comme si elle l'eût vu dans quelque affreux danger. Tantôt c'était le timonier[2] qui s'arrêtait, la roue à la main, et souriant, parce qu'il avait vu ce doux visage, beau comme la peinture, paraître et disparaître à la fenêtre de sa cabine. Mille fois de grosses voix rudes l'avaient bénie, et des visages sévères s'étaient amollis à son approche en des douceurs infinies ; quand elle s'avançait audacieusement jusqu'aux endroits dangereux, les mains calleuses et noircies se tendaient involontairement comme pour la sauver.

Tom, impressionnable comme tous ceux de sa race, toujours attiré vers la simplicité et l'enfance, suivait des yeux cette petite créature avec un intérêt qui croissait de jour en jour. Il voyait en elle quelque chose de divin ; chaque fois qu'il apercevait cette tête blonde et ces yeux bleus entre deux balles de coton ou sur un monceau de colis, il lui semblait voir quelqu'un de ces anges dont parlait sa Bible.

Souvent elle passait triste et pensive à côté du troupeau d'hommes et de femmes enchaînés. Elle glissait au milieu d'eux et les regardait d'un air triste et compatissant ; parfois de ses petites mains elle essayait de soulever leurs fers. Puis elle soupirait et s'enfuyait. Mais elle revenait bientôt les mains pleines de sucreries, de

1. Fournaise : feu violent produit par le charbon pour produire la vapeur.
2. Timonier : personne qui tient la barre et conduit le bateau.

noix et d'oranges, qu'elle leur distribuait joyeusement; puis elle s'en retournait bien vite.

Tom la regarda bien des fois avant de se hasarder à entamer avec elle les premières ouvertures. Mais il savait la manière d'apprivoiser et de captiver les enfants. Il se permit d'y mettre de l'habileté. Il savait faire de petits paniers avec des noyaux de cerises, tailler des figures grotesques dans la noix du cocotier; Pan[1] lui-même ne l'eût pas égalé dans la fabrication des sifflets de toute nature et de toute dimension. Ses poches étaient pleines d'articles séducteurs, qu'il avait jadis façonnés pour les enfants de son maître, et dont il se servait maintenant avec choix et discernement pour se créer de nouvelles relations.

La petite se tenait sur la réserve; il était difficile de captiver son esprit mobile. Tout d'abord elle venait se percher sur quelque boîte comme un oiseau des Canaries, dans le voisinage de Tom; elle acceptait timidement les petits objets que Tom lui présentait : enfin, on en arriva à la confiance presque intime.

– Comment s'appelle la petite demoiselle ? fit Tom quand il crut le moment favorable pour pousser sa pointe[2].

– Évangéline Saint-Clare, dit la petite. Mais papa et tout le monde m'appellent Éva. Et vous, comment vous nommez-vous ?

– Mon nom est Tom; mais les petits enfants avaient

1. Pan : dans la mythologie grecque, dieu de la nature, souvent représenté avec une flûte.
2. Pousser sa pointe : tenter sa chance (argot).

l'habitude de m'appeler l'oncle Tom ; là-bas, dans le Kentucky.

– Alors je vais vous appeler l'oncle Tom, dit Éva, parce que, voyez-vous, je vous aime bien. Ainsi, oncle Tom, où allez-vous ?

– Je ne sais pas, miss Éva.

– Comment ! vous ne savez pas ?

– Non. On va me vendre à quelqu'un, mais je ne sais pas à qui.

– Papa pourrait bien vous acheter, dit Éva vivement, et, s'il vous achète, vous serez bien heureux : je vais le lui demander aujourd'hui même.

– Merci, ma petite demoiselle.

Le bateau s'arrêta pour prendre du bois à une petite station. Éva, entendant la voix de son père, s'élança vers lui. Tom se leva et alla offrir ses services aux travailleurs.

Éva et son père se tenaient près du parapet[1] pour voir repartir le bateau. La roue fit deux ou trois évolutions[2] : la pauvre enfant perdit l'équilibre et tomba par-dessus le bord… Le père, tout troublé, voulut plonger après elle : il fut retenu par quelques personnes qui avaient vu qu'un secours plus efficace allait lui être offert.

Tom était tout près d'elle au moment de l'accident, il la vit tomber ; il s'élança : bras puissant, large poitrine, ce n'était rien pour lui que de se tenir un instant à flot pour la saisir au moment où elle reparaîtrait à la surface.

Il la saisit en effet et, nageant avec elle le long du

1. Parapet : garde-corps du bateau, pour éviter les chutes.
2. Évolution : ici, tour de roue à aube qui fait avancer le bateau.

bateau, il la tendit à l'étreinte de cent mains qui se penchaient vers elle comme si elles eussent appartenu à un seul homme. Un moment après, son père la portait dans la cabine des dames, où, comme on pouvait bien s'y attendre, les femmes, rivalisant de zèle, employèrent tous les moyens possibles… pour l'empêcher de revenir à elle.

Le lendemain, vers le soir d'une journée accablante, le steamer approchait de La Nouvelle-Orléans. À bord c'était un bruit, un tumulte étrange. Chacun retrouvait ses effets, les rassemblait et se préparait à descendre. Le vaguemestre[1], les femmes de chambre, frottaient, fourbissaient[2], polissaient pour faire leur bateau bien beau et le préparer à une grande et noble entrée.

Notre ami Tom était toujours assis à l'avant, les bras croisés sur sa poitrine, inquiet et de temps en temps tournant les yeux vers un groupe qui se tenait de l'autre côté du bateau.

Dans ce groupe était la belle Évangéline, un peu plus pâle que la veille, mais ne portant du reste aucune trace de l'accident. Un homme encore jeune, gracieux, élégant, se tenait à côté d'elle, le coude négligemment appuyé sur une balle de coton. Un large portefeuille était ouvert devant lui.

Il suffisait d'un premier regard pour voir que ce jeune homme était le père d'Évangéline.

C'était la même coupe de visage, les mêmes yeux grands

1. Vaguemestre : personne chargée du service postal.
2. Fourbissaient : astiquaient.

et bleus, la même chevelure d'un brun doré ; mais l'expression était complètement différente. L'œil clair, comme chez sa fille, également large et bleu, n'avait pourtant pas cette profondeur rêveuse et voilée. Tout cela était net, audacieux, brillant, mais c'était une lumière toute terrestre. La bouche aux fines ciselures avait de temps en temps une expression orgueilleuse et sarcastique[1]. Un air de supériorité plein d'aisance donnait à ses mouvements une certaine fierté qui n'était pas sans grâce. Il écoutait négligemment, gaiement, avec une expression assez dédaigneuse, Haley qui lui détaillait avec une extrême volubilité[2] toutes les qualités de l'article marchandé.

– En somme, dit-il quand Haley eut fini, toutes les qualités morales et chrétiennes reliées en maroquin[3] noir ; eh bien ! mon brave, quel est le dommage, comme vous dites dans le Kentucky ? Combien ? ne le surfaites pas trop, voyons !

– Eh bien, dit Haley, si j'en demandais treize cents dollars, je ne ferais que rentrer dans mon débours[4], en vérité.

– Pauvre homme ! dit le jeune homme en fixant sur Haley son œil perçant et moqueur… Cependant vous me le laisseriez à ce prix-là pour me faire plaisir.

– Oui ! la jeune demoiselle paraît y tenir… et c'est du reste bien naturel.

– Oui, en effet ; c'est là un appel fait à votre bienveillance, mon cher… Et maintenant, comme charité

1. Sarcastique : ironique, moqueur.
2. Volubilité : parole abondante.
3. Maroquin : cuir.
4. Débours : ce qui a été déboursé, dépensé.

chrétienne, et pour obliger une jeune demoiselle qui s'intéresse à lui tout particulièrement, quel bon marché pouvez-vous nous faire ?

– Mais regardez donc, disait le marchand. Voyez ces membres, cette large poitrine… Il est fort comme un cheval ! Regardez sa tête ! ce front élevé, qui indique un nègre intelligent… Il fera tout ce qu'on voudra ! j'ai remarqué ça. Un nègre de cette tournure et bâti comme lui vaut un bon prix, rien que pour son corps, et quand il serait stupide[1]. Mais, si vous prenez garde à ses qualités intellectuelles, que je vous faisais observer tout à l'heure… ça fait monter le prix… il a un mérite extraordinaire pour les affaires… il faisait marcher à lui seul la ferme de son maître.

– Tant pis ! tant pis ! il en sait beaucoup trop, dit le jeune homme, gardant toujours sur ses lèvres le même sourire moqueur ; on n'en tirera aucun parti ! Ces nègres intelligents décampent toujours, volent les chevaux et vous font des tours du diable… Je crois que vous ferez bien de rabattre deux cents dollars pour sa trop grande intelligence.

– Ce serait peut-être juste, ça, dit Haley, sans son caractère ; mais je puis montrer les recommandations de son maître et d'autres personnes, pour prouver qu'il est vraiment pieux, plein de religion, humble… la meilleure créature du monde. Dans l'endroit d'ou il vient, on l'appelait le prédicateur[2], quoi !

1. Quand il serait stupide : même s'il était stupide.
2. Prédicateur : prêcheur, personne qui annonce la parole de Dieu.

– Eh mais ! je pourrai en faire un chapelain[1] pour la famille, riposta le jeune homme assez sèchement. C'est une idée cela… Il y a très peu de religion parmi mes gens, à moi.

– Vous plaisantez !

– Comment savez-vous ces détails ?… Voyons ! le garantissez-vous comme prédicateur ? A-t-il été examiné par un concile[2] ou un synode[3] ? Montrez vos papiers !

Si le marchand d'esclaves n'avait pas compris, à certains clignements d'yeux de son interlocuteur, que toute cette discussion allait finir, après un détour, par lui rapporter une bonne somme, il eût infailliblement perdu patience.

Il n'en fut rien. Il atteignit au contraire un sale portefeuille, l'ouvrit, le posa sur une balle de coton, et se mit à étudier soigneusement certain papier. Lejeune homme le contemplait toujours d'un air indifférent et froidement railleur[4].

– Papa, achetez-le n'importe quel prix, dit Évangéline en montant sur un colis et en passant ses petits bras autour du cou de son père. Je sais que vous avez assez d'argent… je veux l'avoir.

– Et pour quoi faire, mignonne ? un joujou ? un cheval de bois ? quoi ? voyons !

– Je veux le rendre heureux.

– Eh bien ! voilà une raison, et bien trouvée !

1. Chapelain : prêtre qui officie dans une chapelle privée.
2. Concile : rassemblement d'évêques pour examiner une question religieuse.
3. Synode : assemblée de prêtres et d'ecclésiastiques.
4. Railleur : moqueur.

Au même instant, Haley tendit au jeune homme un certificat signé de M. Shelby. Celui-ci le prit de ses longs doigts et y jeta un œil distrait.

– Écriture comme il faut, dit-il ; et l'orthographe ! mais cette religion m'inquiète…

Ici l'expression mauvaise reparut dans ses yeux…

– Le pays, dit-il, est presque ruiné par les gens pieux. Ce sont des gens pieux que nous avons comme candidats aux prochaines élections. Il y a tant de religion partout, qu'on ne sait plus à qui se fier… Je ne sais pas le prix de la religion au marché : il y a longtemps que je n'ai lu les journaux pour voir à combien c'est coté… À combien de dollars estimez-vous la religion de votre Tom ?

– Vous plaisantez, dit Haley ; mais il y a cependant quelque raison dans ce que vous dites. Il faut distinguer ! Il y a des meetings, des sermons, des cantiques par des Blancs ou par des Noirs, ça sonne creux ! mais la piété de celui-ci est sincère et véritable. J'ai vu, parmi les Noirs, des sujets honnêtes, rangés, pieux, que le monde entier n'aurait pu induire à faire mal. Voyez dans cette lettre ce que l'ancien maître de Tom pense de lui.

– Maintenant, dit gravement le jeune homme en serrant son portefeuille, si vous pouvez réellement me garantir cette piété, la faire inscrire à mon compte dans le registre de là-haut[1], comme quelque chose qui m'appartienne, je me permets un extra. Combien ?

1. Le registre de là-haut : le « grand livre » de Dieu dans lequel, selon la religion, nos bonnes et nos mauvaises actions sont transcrites.

– Vous raillez toujours ! je ne peux garantir cela. Là-haut chacun a son registre.

– Il est assez dur, reprit le jeune homme, quand on met le prix pour avoir la religion d'un esclave, de ne pouvoir en trafiquer dans le pays où cette marchandise a le plus de cours… Enfin !…

Et comme il avait fait, tout en parlant, un paquet de billets :

– Voyons ! mon vieux, comptez votre monnaie, dit-il au marchand en lui donnant le paquet.

– Très bien, dit Haley, dont le front rayonna d'aise.

Et, tirant de sa poche un vieil encrier, il remplit l'acte de vente, qu'il passa au jeune homme.

– Si j'étais ainsi détaillé et inventorié[1], dit Saint-Clare, je me demande à combien je pourrais monter : tant pour la forme de ma tête, tant pour le front élevé, tant pour les mains, les bras, les jambes ; tant pour l'éducation, le savoir, le talent, l'humilité, la religion. Diable ! ce serait peu pour ces derniers articles, je crois. Mais, voyons, Éva ! venez.

Et, la prenant par la main, il alla avec elle jusqu'au bout du bateau, et, mettant le bout de son doigt sous le menton de Tom, il lui dit d'un ton de bonne humeur :

– Voyez, Tom, si votre nouveau maître vous convient !

Tom leva les yeux.

Il était impossible de voir cette jeune et belle figure de Saint-Clare sans éprouver un sentiment de plaisir.

1. Inventorié : répertorié.

Tom sentit les larmes lui venir aux yeux, et ce fut du fond du cœur qu'il s'écria :

– Maître, Dieu vous bénisse !

– C'est ce qu'il fera, j'espère bien. Quel est votre nom ? Tom, hein ? Vous pouvez aussi me demander le mien. Savez-vous conduire les chevaux, Tom ?

– Je suis habitué aux chevaux, dit Tom. Chez M. Shelby il y en avait beaucoup !

– Eh bien, je ferai de vous un cocher, à la condition que vous ne vous grisiez[1] qu'une fois la semaine, à moins que dans les grandes occasions…

Tom parut surpris et blessé.

– Maître, je ne bois jamais.

– On m'a déjà fait ce conte ! Nous verrons bien… Tant mieux, au fait… Allons ! mon garçon, ne vous affectez pas, dit-il en voyant que Tom paraissait encore soucieux de la recommandation. Je ne doute pas que vous ne vouliez bien faire.

– Oh ! je vous en réponds, maître !

– Et vous serez heureux, dit Évangéline : papa est très bon pour tout le monde ; seulement il aime un peu à se moquer des gens.

– Papa vous remercie bien de cet éloge, dit Saint-Clare en riant ; et, pirouettant sur ses talons, il se disposa à partir.

1. Vous ne vous grisiez : vous ne vous soûliez.

XII
Le nouveau maître de Tom

Puisque notre héros mêle la trame de son humble vie à la destinée des grands, il faut bien que nous nous occupions aussi des grands.

Augustin Saint-Clare était fils d'un riche planteur de la Louisiane[1] ; sa famille était originaire du Canada. De deux frères, assez semblables d'humeur et de tempérament, l'un s'était établi dans une ferme opulente[2] du Vermont[3], l'autre était devenu un riche planteur de la Louisiane.

La mère d'Augustin était une protestante[4] française dont la famille avait émigré à la Louisiane à l'époque des premiers établissements. Augustin et un autre frère étaient les seuls enfants de leurs parents. Augustin, ayant reçu de sa mère une constitution[5] extrêmement délicate, fut, d'après le conseil des médecins, envoyé dans le Vermont, chez son oncle, où il passa une grande

1. Louisiane : État du sud des États-Unis, au bord du golfe du Mexique.
2. Opulente : très riche.
3. Vermont : État du nord des États-Unis, à la frontière du Québec.
4. Protestant : adepte du protestantisme, branche religieuse chrétienne aux mœurs plus sévères que celles du catholicisme.
5. Constitution : caractéristiques physiques et physiologiques.

partie de son enfance. On pensait que ce climat froid et salubre[1] fortifierait sa santé.

Dès son enfance, Augustin se fit remarquer par une sensibilité extrême, qui tenait beaucoup plus de la douceur de la femme que de la rudesse habituelle de son sexe ; le temps recouvrit cette douceur d'une dure écorce ; il devint homme, et bien peu surent à quel point il gardait fraîche et vivante cette sensibilité dans son âme. C'était ce que l'on appelle un homme du premier mérite, mais il avait une préférence marquée pour l'esthétique et l'idéal : de là venait chez lui, comme chez tous ses pareils, une souveraine répugnance[2] pour le commerce et le tracas des affaires. Presque au sortir du collège, il avait été fiancé à une jeune fille aussi belle que distinguée. Elle demeurait dans un des États du Nord. Lui, il dut retourner dans le Midi pour régler les derniers arrangements de famille. Tout à coup ses lettres lui furent renvoyées par la poste, avec une courte note du tuteur[3] de la jeune fille. La note disait qu'avant même qu'il l'eût reçue, sa fiancée serait la femme d'un autre.

Il crut qu'il en deviendrait fou ; puis, comme bien d'autres, il espéra pouvoir arracher de son cœur cette flèche mortelle. Trop fier pour prier, trop orgueilleux pour demander une explication, il se jeta dans le tourbillon du plaisir ; il devint bientôt le soupirant avoué de la reine du jour. Tout fut promptement réglé, et il

1. Salubre : sain, bon pour la santé.
2. Répugnance : dégoût.
3. Tuteur : personne chargée des intérêts d'un mineur.

épousa une jolie figure, deux beaux yeux noirs et cent mille dollars. Comme on dut le croire heureux !

Les mariés passèrent la lune de miel au milieu d'un cercle brillant d'amis, dans leur splendide villa, au bord du lac Pontchartrain[1]. Un jour on apporta au jeune mari une lettre de cette écriture qu'il se rappelait si bien.

Elle lui fut remise en plein salon. La causerie était gaie, vive, étincelante de mots.

En reconnaissant l'écriture, il devint pâle comme la mort ; il se contint cependant et poussa jusqu'au bout un assaut d'esprit et d'enjouement où il avait une femme pour adversaire. Il sortit bientôt. Une fois seul dans sa chambre, il ouvrit cette lettre… désormais inutile, plus qu'inutile, hélas ! C'était une lettre d'elle ; elle racontait longuement les persécutions de la famille de son tuteur ; on voulait lui faire épouser le fils de cet homme. On avait d'abord supprimé les lettres d'Augustin… elle avait longtemps continué d'écrire… puis étaient venus le chagrin et le doute. Au milieu de ces anxiétés poignantes elle était tombée malade. À la fin elle avait découvert le complot…

La lettre racontait tout cela, elle finissait par des expressions de reconnaissance et d'espoir, par des protestations d'une éternelle affection, plus cruelles que la mort même pour l'infortuné jeune homme.

Il répondit immédiatement :

« J'ai reçu votre lettre, mais trop tard. J'ai cru ce qu'on m'a dit, j'ai désespéré. Je suis marié, tout est fini : l'oubli, voilà tout ce qui nous reste, à vous et à moi ! »

1. Lac Ponchartrain : grand lac jouxtant La Nouvelle-Orléans, en Louisiane.

Ainsi se termina le roman et l'idéal dans la vie d'Augustin Saint-Clare. Il lui restait le positif ; le positif, c'est-à-dire la vase noire, nauséabonde et fétide[1] que le reflux nous laisse, tandis que là-bas étincelle la vague bleue, emportant ses flottilles de barques brillantes et ses voiles étendues, blanches ailes des vaisseaux, et les avirons aux cadences harmonieuses, et tout le gai murmure de ses eaux… Et puis tout cela disparaît, s'évanouit, tombe dans l'abîme, et il nous reste, à nous rêveurs… la vase, le positif !

Au fait, dans un roman on brise le cœur des gens, on les tue même, et tout est dit : la fable est intéressante, que vous faut-il de plus ? Mais, hélas ! dans la vie réelle nous ne mourons pas dès que nous avons vu mourir pour nous ce qui nous faisait la vie brillante et radieuse ! Il nous reste l'ennui des nécessités. On boit, on mange, on s'habille, on se promène, on visite, on parle, on lit, on vend, on achète ! C'est ce qu'on appelle vulgairement la vie. On passe à travers cela… et cela restait à Augustin. Si du moins sa femme eût été vraiment une femme, elle aurait pu, une femme peut toujours, essayer de renouer cette trame d'une existence brisée, et mêler encore des fleurs au tissu reformé… mais Marie Saint-Clare ne pouvait même pas voir que la trame était rompue. Nous l'avons déjà dit, Mme Saint-Clare, c'était une belle figure, deux yeux magnifiques et cent mille dollars. Rien de cela ne guérit une âme malade.

1. Nauséabonde et fétide : d'une odeur repoussante, répugnante.

Quand on trouva Augustin étendu sur le sofa[1], la mort sur le visage, et qu'il eut prétexté une migraine, elle lui recommanda de respirer de la corne de cerf[2]. Quand elle vit que la pâleur et la migraine persistaient pendant de longues semaines, elle se contenta de dire qu'elle n'eût jamais cru M. Saint-Clare aussi maladif… mais qu'il paraissait être très sujet aux maux de tête, et que c'était bien fâcheux pour elle, et qu'il paraissait singulier de la voir toujours seule après un mois de mariage.

Au fond de l'âme, Augustin se réjouit d'avoir épousé une femme si peu clairvoyante. Mais, quand les fêtes et les visites de la lune de miel furent passées, il s'aperçut qu'une belle jeune fille qui, toute sa vie, avait été adulée et gâtée, pouvait être, dans un ménage, une compagne bien tyrannique. Marie n'avait jamais été très susceptible[3] d'attachement. Elle manquait de sensibilité ; le peu qu'elle en avait se trouvait étouffé par un égoïsme sans bornes, un de ces égoïsmes misérables, qui ne reconnaissent d'autres droits que leurs droits. Depuis son enfance elle avait été entourée de serviteurs occupés à prévenir ses caprices… elle n'avait jamais songé, elle n'avait même pas soupçonné qu'ils pussent vouloir ou désirer autre chose.

Son père, dont elle était l'unique enfant, ne lui avait jamais rien refusé : avec lui le possible était toujours fait. Au moment de son entrée dans le monde, belle,

1. Sofa : sorte de canapé pouvant servir de lit.
2. Corne de cerf : « plantain corne de cerf », plante aux feuilles divisées comme les bois d'un cerf, utilisée comme fortifiant et remède tonique.
3. Susceptible : capable.

accomplie, héritière, elle vit soupirer à ses pieds tous les hommes, éligibles[1] ou non, de la ville qu'elle habitait. Elle ne douta pas un instant qu'Augustin ne fût très heureux de l'obtenir.

Quand Saint-Clare commença à négliger ces galanteries et ces petits soins d'un homme qui fait sa cour, il se trouva en face d'une sultane[2] qui n'était pas résignée à perdre son esclave. Il y eut abondance de larmes, il y eut des bouderies et de petites tempêtes ; puis des mécontentements, des coups d'épingle et des accès de colère. Saint-Clare, dont la nature était bonne et indulgente, essaya d'apaiser sa femme par des présents et des flatteries. Quand Marie devint mère d'une belle petite fille, il sentit s'éveiller en lui quelque chose comme de la tendresse.

Saint-Clare avait eu pour mère une femme d'un caractère aussi pur qu'élevé ; il donna à son enfant le nom de sa mère, heureux de penser que peut-être elle lui en rendrait aussi l'image. Sa femme en ressentit une violente jalousie. Le profond amour d'Augustin pour sa fille ne lui inspirait qu'un mécontentement soupçonneux. Tout ce qui était donné à la fille semblait être ravi à l'épouse. Depuis la naissance de cette enfant, sa santé déclina sensiblement. Une vie d'inaction constante, dans la torpeur[3] de l'âme et du corps, l'influence d'un éternel ennui, changèrent bientôt cette belle jeunesse

1. Éligibles : ici, qui remplissent les conditions attendues pour faire la cour à Marie.
2. Sultane : femme d'un riche souverain musulman, qui vit dans le grand luxe.
3. Torpeur : état engourdissement qui réduit les facultés.

florissante en une femme pâle, étiolée[1], maladive, dont le temps était partagé entre une foule de maux imaginaires, et qui se regardait comme la plus à plaindre et la plus infortunée des femmes.

C'étaient des lamentations sans fin. La migraine la confinait dans sa chambre au moins trois jours sur six ; toute la direction du ménage fut donc abandonnée aux domestiques. Saint-Clare trouva son intérieur très peu confortable. Sa fille était extrêmement délicate, et il craignait qu'ainsi abandonnée sans surveillance et sans attention, sa santé et même sa vie ne fussent compromises par l'indifférence maternelle. Il l'emmena avec lui dans le Vermont, où il allait faire un voyage, et il engagea sa cousine, miss Ophélia Saint-Clare, à revenir avec eux dans sa résidence du Sud.

Ils étaient sur le bateau qui les ramenait quand nous les avons rencontrés.

Mais, à présent que les dômes et les flèches de La Nouvelle-Orléans se dressent devant nos yeux, il est temps de présenter miss Ophélia à nos lecteurs.

Tous ceux qui ont voyagé dans la Nouvelle-Angleterre[2] se rappelleront avoir remarqué, dans quelque frais village, une vaste ferme avec sa cour de gazon toujours propre, ombragée par l'épais et lourd feuillage de l'érable à sucre. Ils se rappelleront l'ordre, la tranquillité et l'inaltérable repos de toute chose. Rien de perdu ; tout à sa place ; pas un barreau de travers dans une clôture, pas un

1. Étiolée : faible, ayant perdu de sa vigueur et de sa couleur.
2. Nouvelle-Angleterre : région du nord des États-Unis, composée de six États.

brin de paille sur le tapis vert de la cour ; les buissons de lilas montent sous les fenêtres. À l'intérieur, les appartements sont larges et propres ; il n'y a rien à faire, rien à reprendre ; tout est exactement à sa place et pour toujours ; tout marche avec la même régularité ponctuelle que la vieille horloge placée dans un des coins du salon. Dans la pièce où se tient la famille se dresse la vieille et respectable bibliothèque aux portes vitrées. L'*Histoire* de Rollin[1], le *Paradis perdu* de Milton[2], le *Voyage du Pèlerin* par Bunyan[3] sont rangés côte à côte dans un ordre majestueux, avec une multitude d'autres livres également solennels et respectables. Il n'y a point dans la maison d'autre servante que la maîtresse, en bonnet blanc, les lunettes sur le nez, qui, chaque après-midi, s'assied et coud au milieu de ses filles. L'ouvrage est fini si matin, qu'on ne se rappelle plus exactement l'heure ; mais, à quelque moment que vous veniez, tout est toujours fait… Sur l'aire de la vieille cuisine pas une tache, pas une souillure ; les chaises, les ustensiles du ménage semblent n'avoir jamais été dérangés, bien qu'on fasse là trois ou quatre repas par jour, bien qu'on lave et qu'on repasse là tout le linge de la famille, bien qu'on y fasse le beurre et le fromage, mais silencieusement et mystérieusement.

1. L'*Histoire* de Rollin : livre d'histoire antique du Français Charles Rollin (1661-1741), ayant connu un grand succès.
2. Le *Paradis perdu* de Milton : long poème épique de l'auteur anglais John Milton (1608-1674), reprenant l'épisode biblique d'Adam et Ève tentés par Satan et chassés du paradis.
3. Le *Voyage du Pèlerin* de Bunyan : célèbre roman du pasteur anglais John Bunyan (1628-1688).

C'est dans une telle ferme, une telle maison, une telle famille, que miss Ophélia avait passé quelque quarante-cinq ans d'une heureuse existence, quand son cousin vint la chercher pour visiter ses propriétés du Sud.

Ophélia était l'aînée d'une nombreuse famille ; pour le père et la mère, elle était toujours rangée parmi les enfants, et la proposition d'aller à La Nouvelle-Orléans fut quelque chose de bien grave aux yeux de la famille. Le père, à la tête grise, prit l'*Atlas* de Morse[1] dans la bibliothèque, mesura exactement la longitude et la latitude, puis il lut le *Voyage de Flint dans le Sud et dans l'Ouest*[2], pour se familiariser avec le pays.

La bonne mère, tout inquiète, demanda si ce n'était point une bien méchante ville, et dit qu'elle n'hésitait pas à la comparer aux îles Sandwich[3], ou à tout autre pays occupé par des païens[4].

On sut chez le pasteur[5], chez le médecin et chez miss Rabody, la marchande de modes, qu'Ophélia Saint-Clare parlait d'aller à Orléans avec son cousin. Ce sujet important fut bientôt la matière de toutes les conversations du village. Le pasteur, qui penchait fortement du côté des abolitionnistes, se demandait si un pareil voyage n'était point un encouragement donné aux possesseurs d'esclaves. Le docteur, au contraire,

1. L'*Atlas* de Morse : recueil de cartes de l'Amérique du Nord, par Sidney Morse (1794-1871), géographe et journaliste américain.
2. Le *Voyage de Flint dans le Sud et dans l'Ouest* : ouvrage du missionnaire américain Timothy Flint (1780-1840) sur l'histoire et la géographie des États-Unis.
3. Îles Sandwich : ancien nom de l'archipel d'Hawaï.
4. Païen : qui croit en plusieurs dieux ou en aucun, en opposition aux chrétiens.
5. Pasteur : prêtre protestant.

qui était tout à fait partisan de la colonisation, voulait que miss Ophélia fît le voyage, pour montrer aux habitants de La Nouvelle-Orléans que leurs frères du Nord, après tout, n'étaient pas si mal disposés contre eux.

Il pensait, lui, qu'il fallait encourager le Sud !

Quand sa résolution fut annoncée dans le public, miss Ophélia fut pendant quinze jours invitée chaque soir à prendre le thé chez les voisins et amis. Ses plans et projets furent examinés et discutés.

Miss Moseley, chargée de compléter la garde-robe de voyage, en acquit aux yeux de tous une notable importance. On admit généralement que l'esquire[1] Saint-Clare avait compté cinquante dollars à miss Ophélia, en lui disant d'acheter les plus beaux vêtements… On ajoutait que deux robes de soie et un chapeau lui avaient été expédiés de Boston… Quant à la question de convenance, elle divisait les esprits : les uns soutenaient qu'on pouvait bien se permettre une pareille dépense une fois dans sa vie ; les autres prétendaient au contraire qu'il eût mieux valu envoyer l'argent aux missionnaires[2] ; tout le monde reconnaissait du reste que l'on n'avait jamais vu une plus riche ombrelle[3], et que, quelque opinion que l'on pût avoir de sa maîtresse, il fallait bien avouer que la robe de soie se tenait debout toute seule. Le mouchoir de poche excita d'incroyables rumeurs : on le disait garni de dentelles et brodé aux coins. Cette

1. Esquire : ancien titre de noblesse anglaise.
2. Missionnaire : religieux envoyé à l'étranger pour y implanter le christianisme.
3. Ombrelle : petit parasol que l'on tient à la main.

dernière assertion ne fut jamais vérifiée : c'est un point encore douteux aujourd'hui.

Miss Ophélia, telle que nous la voyons dans sa belle robe de voyage en toile brune, est grande, carrée, anguleuse. Sa face est maigre : toutes les lignes en sont aiguës. Elle serre les lèvres comme les personnes qui ont sur toutes choses des résolutions arrêtées. Ses yeux noirs et perçants étaient inquisiteurs, rusés, et furetaient partout, comme si elle eût eu sans cesse quelque chose à remettre en ordre.

Tous ses mouvements étaient secs, décidés, énergiques ; elle ne parlait pas beaucoup, mais tout ce qu'elle disait était juste : elle disait ce qu'elle voulait dire.

Comme d'habitude, c'était l'ordre, l'exactitude, la méthode incarnée. Elle était réglée comme une horloge, inexorable comme une locomotive. De plus, elle détestait tout ce qui ne lui ressemblait pas.

À ses yeux, le plus grand des péchés, le résumé de tous les maux, c'était la légèreté. L'ultimatum[1] de son mépris, c'était le mot *inconséquent*[2], prononcé d'une certaine façon... Elle prodiguait[3] ce terme à tout ce qui ne rentrait pas complètement dans le cercle inflexible qu'elle-même avait tracé. Elle avait un souverain dédain[4] pour les gens qui ne faisaient rien, ou qui ne savaient pas ce qu'ils faisaient, ou qui ne le faisaient pas précisément de la façon voulue. Ce dédain, elle ne le témoignait pas

1. Ultimatum : dernier avertissement.
2. Inconséquent : qui parle avec légèreté, sans se soucier des conséquences.
3. Prodiguait : attribuait.
4. Dédain : mépris.

toujours par ses paroles, mais souvent par une sorte de grimace et de raideur glaciale, comme si elle eût craint de s'abaisser jusqu'à la parole pour de tels sujets.

Au point de vue intellectuel, c'était un esprit net, puissant, actif ; elle avait lu l'histoire et les vieux classiques anglais. Renfermée dans de certaines limites, sa pensée était forte ; ses doctrines religieuses étaient condensées en formules nettes, étiquetées et en petits paquets ; elle en avait un compte, elle n'en élevait jamais le chiffre. Il en était de même quant à ses idées pratiques dans la vie ordinaire, quant à ses relations de voisinage ou d'amitié. Mais au-dessous et au-dessus de tout il y avait pour elle le sentiment du devoir : la conscience. Nulle part la conscience ne domine et n'absorbe comme chez les femmes de la Nouvelle-Angleterre ; c'est pour elles le granit fondamental du globe, plongeant dans les entrailles de la terre et dominant la cime des montagnes.

Ophélia était l'esclave du devoir.

Prouvez-lui que le sentier du devoir, comme elle disait, suit telle ou telle direction, ni l'eau ni le feu ne pourront l'en détourner. Pour le devoir elle se fût jetée dans un puits, elle eût marché devant la bouche des canons. Mais ce sentiment du devoir était si dominateur, il comprenait tant de choses, il était si sévèrement minutieux, il faisait si peu de concessions à la fragilité humaine, que, malgré l'héroïsme de ses efforts, miss Ophélia n'atteignait jamais son idéal ; et elle était comme accablée sous le fardeau de son insuffisance et de sa faiblesse.

Comment miss Ophélia pouvait-elle sympathiser avec Augustin Saint-Clare, gai, léger, inexact, sceptique[1] et, pour ainsi dire, marchant avec une liberté insolente et nonchalante[2] sur tous les principes et sur toutes les opinions qu'elle respectait ?

Pour dire le vrai, elle l'aimait !

Quand il était enfant, c'était elle qui lui apprenait son catéchisme[3] et qui l'entourait des soins du premier âge. Son cœur avait encore un côté chaud. Ce côté-là, Augustin l'avait pris. Il avait fait avec elle comme avec beaucoup de gens : il avait monopolisé. C'est ainsi qu'il lui avait persuadé que le sentier du devoir était dans la direction d'Orléans, et qu'elle devait venir avec lui pour veiller sur Éva et empêcher, dans sa maison, la ruine de toute chose. L'idée d'un intérieur dont personne ne s'occupait alla droit au cœur de miss Ophélia… Elle aimait aussi la jeune Éva… Qui ne l'eût pas aimée, cette charmante petite fille ?… Et, quoiqu'elle regardât Augustin comme un païen, cependant, nous l'avons dit, elle l'aimait, elle riait de ses plaisanteries, et poussait l'indulgence à son égard jusqu'à des limites fabuleuses.

Mais miss Ophélia se fera elle-même suffisamment connaître dans la suite de cette histoire.

1. Sceptique : qui doute de tout, notamment de la religion.
2. Nonchalante : sans dynamisme.
3. Catéchisme : enseignement religieux.

XIII
La maîtresse de Tom et ses opinions

Pendant que nous nous occupons de miss Ophélia, le bateau a débarqué ses voyageurs sur le quai. Nos amis ont monté dans l'équipage qui les attendait, et ils roulent maintenant à travers les rues de La Nouvelle-Orléans.

La voiture s'arrêta devant la façade d'une ancienne maison bâtie dans les styles mêlés de France et d'Espagne. On retrouve encore, à La Nouvelle-Orléans, quelques échantillons de ce type. L'équipage franchit un portail voûté et pénétra dans une cour entourée de bâtiments carrés : c'était une cour à la mauresque[1]. L'intérieur de cette cour révélait un goût plein de recherche : de larges galeries couraient tout autour. Leurs piliers mauresques, leurs minces colonnes, les arabesques[2] des ornements, tout ramenait l'esprit vers ce règne brillant de l'Orient dans l'Espagne romantique. Au milieu de la cour, une fontaine épanchait[3] ses ondes argentées, qui

1. À la mauresque : décorée à la manière des Maures, autrefois peuple de l'Afrique du Nord.
2. Arabesque : ornement peint ou sculpté, à la manière des Arabes, entrelaçant feuillages, fleurs, etc.
3. Épanchait : déversait.

tombaient en flocons d'écume dans un bassin de marbre bordé de larges plates-bandes de violettes ; dans l'eau de cette fontaine, transparente comme le cristal, s'ébattaient des myriades[1] de poissons d'or et d'argent, qui étincelaient comme autant de bijoux vivants. On avait ménagé autour de la fontaine une promenade pavée de mosaïques, dispersées en mille dessins capricieux. Le gazon recommençait après, doux comme un tapis de velours vert. Le chemin des équipages longeait la galerie mauresque : deux grands orangers versaient leur ombre avec leur parfum. On avait rangé en cercle au bord du gazon des vases de marbre sculptés qui contenaient les plus précieuses fleurs des tropiques ; d'immenses grenadiers aux feuilles lustrées[2], aux fleurs de feu, des jasmins d'Arabie aux feuilles sombres, aux étoiles d'argent, des géraniums, des rosiers luxuriants, ployant sous le faix de leur moisson de fleurs, des jasmins jaunes, des verveines, confondant leur éclat et leur parfum, tandis que çà et là un vieil aloès mystérieux, étrange, au milieu de son feuillage massif, semblait un enchanteur des temps passés, regardant du haut de sa grandeur immuable toute cette végétation passagère, qui vivait et mourait à ses pieds.

Les galeries qui entouraient la cour étaient garnies de rideaux en étoffes africaines, que l'on pouvait tendre à volonté pour se préserver des rayons du soleil. En un mot, c'était l'idéal d'un luxe romantique.

1. Myriade : quantité innombrable.
2. Lustrées : lisses et brillantes.

La voiture entra. Éva, dans une sorte d'exaltation extatique[1], semblait un oiseau prêt à s'élancer de sa cage.

– Oh ! n'est-elle pas belle et charmante, ma maison, ma chère maison ? dit-elle à Ophélia. N'est-elle pas vraiment belle ?

– Oui, l'endroit est joli, dit miss Ophélia en descendant ; mais cela me semble, à moi, un peu antique et bien païen.

Saint-Clare, nature poétique, sourit en entendant le jugement de miss Ophélia, et, voyant l'admiration qui rayonnait sur la joue noire de Tom :

– Cela paraît vous convenir, mon garçon ?

– Oui, monsieur, c'est bien comme cela est.

Tout cela fut vu en un clin d'œil, pendant que les paquets étaient déchargés et le cocher payé. Une foule de serviteurs de tout âge, de toute taille, hommes, femmes, enfants, accoururent d'en haut, d'en bas, de partout, pour voir entrer le maître. En avant de tous les autres on apercevait un jeune mulâtre, dont la toilette se distinguait par toutes les exagérations de la mode. Il agitait, en se donnant des grâces, un mouchoir de batiste[2] parfumé.

Ce personnage mit une grande vivacité à repousser jusqu'au fond du vestibule la troupe des domestiques.

– Arrière, tous ! disait-il d'un ton d'autorité. Voulez-vous point importuner monsieur dès le premier moment de son retour ?

1. Extatique : dans un état d'extase, de bonheur intense.
2. Batiste : toile très fine de lin ou de chanvre.

Abasourdis par une aussi belle phrase et par l'air dont elle était dite, tous les esclaves reculèrent et se tinrent désormais à une distance respectueuse, à l'exception de deux robustes porteurs qui déchargeaient les bagages.

Grâce aux dispositions de M. Adolphe, c'était le nom du personnage, quand Saint-Clare eut payé le cocher et qu'il se retourna, il n'aperçut plus que M. Adolphe lui-même, en veste de satin, chaîne d'or et pantalon blanc, qui saluait avec une grâce et une onction[1] inexprimables.

– Ah ! c'est vous, Adolphe, dit le maître en lui tendant la main. Comment cela va-t-il, mon garçon ?

Adolphe récita avec beaucoup de volubilité un discours improvisé… depuis quinze jours !

– Très bien, très bien, dit Saint-Clare avec son air insouciant et ironique. C'est bien dit, Adolphe ; mais voulez-vous veiller aux bagages ? Je reviens à nos gens dans une minute.

Il conduisit miss Ophélia dans un grand salon qui ouvrait sur le vestibule.

Cependant Éva, s'élançant à travers le portique[2] et le salon, était entrée dans un petit boudoir qui s'ouvrait également sous le vestibule.

Une grande femme pâle, aux yeux noirs, se souleva à demi sur son lit de repos.

– Maman ! dit Éva avec une sorte d'ivresse en se jetant à son cou et l'embrassant mille fois.

1. Onction : douceur et dévouement.
2. Portique : galerie du rez-de-chaussée d'une maison.

– C'est assez, mon enfant, prenez garde, répondit la mère, vous allez me faire mal à la tête. Et elle l'embrassa languissamment.

Saint-Clare entra, embrassa sa femme, puis il lui présenta sa cousine. Marie leva ses grands yeux sur la cousine et la regarda avec un certain air de curiosité ; elle l'accueillit du reste avec sa politesse traînante. Cependant la troupe des serviteurs se pressait à la porte. Parmi eux, ou plutôt en avant de tous les autres, on remarquait une mulâtresse d'une quarantaine d'années, qui se tenait là dans une attente joyeuse et tremblante.

– Ah ! voilà Mammy, dit Éva en traversant la chambre ; et, se jetant dans les bras de Mammy, elle l'embrassa avec la plus naïve effusion.

Mammy ne dit pas qu'elle lui faisait mal à la tête, mais elle la serra sur sa poitrine, riant et pleurant tout à la fois.... On eût pu croire qu'elle ne jouissait pas précisément de toute sa raison... Enfin elle relâcha Éva, qui passait d'un esclave à l'autre, donnant la main à celui-ci, embrassant celle-là.

Miss Ophélia déclara, depuis, que tout cela lui avait fait assez mal au cœur.

– Ces enfants du Sud, dit-elle, font des choses que je ne ferais pas, moi !

– Que voulez-vous dire ? demanda Saint-Clare.

– Mais je suis bonne avec tout le monde, et je ne voudrais faire de mal à rien... Cependant embrasser...

– Des nègres ?... ah ! vous n'êtes pas accoutumée à cela, n'est-ce pas ?

– C'est vrai ! comment peut-elle... ?

Saint-Clare alla en riant dans le vestibule.

– Allons ! hé ! arrivez-vous ? Mammy, Jemmy, Polly, Suckey ! vous êtes contents de voir le maître…

Et il alla de l'un à l'autre leur serrant les mains…

– Prenez garde aux enfants, ajouta-t-il en poussant du pied un petit moricaud[1] qui marchait à quatre pattes sur le plancher. Si j'écrase quelqu'un, que l'on m'avertisse !

C'étaient de toutes parts des rires et des bénédictions. Saint-Clare distribua à tous de petites pièces de monnaie.

– Et maintenant, filles et garçons, décampez !

Et la noire et luisante assemblée disparut par une des portes du vestibule, suivie d'Éva, qui portait un large sac qu'elle avait rempli, pendant la route, de noix, de pommes, de sucre, de rubans, de dentelles et de jouets de toutes sortes.

Saint-Clare, en se retournant, aperçut Tom qui se tenait debout, tantôt sur un pied, tantôt sur l'autre, assez mal à son aise, tandis qu'Adolphe, négligemment appuyé contre une colonne, l'examinait à travers une lorgnette[2] d'opéra, d'un air qu'eût pu envier un dandy[3] à la mode.

– Eh bien, faquin[4] ! dit Saint-Clare, est-ce ainsi que vous traitez votre compagnon ? Il me semble, Adolphe, ajouta-t-il en mettant le doigt sur la veste de satin brodé, il me semble que ceci est ma veste…

1. Moricaud : personne noire (péjoratif).
2. Lorgnette : longue-vue simple ou double comme des jumelles.
3. Dandy : homme d'une élégance très recherchée.
4. Faquin : homme méprisable.

– Oh ! monsieur, elle était toute tachée de vin, et un gentleman dans la position de monsieur n'eût pu la porter dans cet état… elle n'est bonne que pour un pauvre nègre comme moi !

Et Adolphe hocha la tête et passa ses doigts avec grâce dans ses cheveux parfumés.

– Allons ! passe pour cette fois, dit Saint-Clare. Voyons ! je vais montrer Tom à sa maîtresse ; vous le conduirez ensuite à la cuisine, et tâchez de ne pas prendre vos airs avec lui : sachez qu'il vaut deux freluquets[1] comme vous.

– Monsieur plaisante toujours, dit Adolphe en riant… Je suis enchanté de voir monsieur de si belle humeur.

– Venez, Tom, dit Saint-Clare.

Tom entra dans le salon ; il regardait silencieusement les tapis de velours et cette splendeur, qu'il n'avait pas même rêvée, des glaces, des peintures, des tableaux, des statues, des rideaux ; et, semblable à la reine de Saba[2] devant Salomon[3], « il n'y avait plus d'esprit en lui[4] » ; il n'osait même pas marcher par terre.

– Vous voyez, Marie, dit Saint-Clare, que je vous amène enfin un cocher ; il est aussi sobre qu'il est noir, et vous conduira comme un corbillard[5] si cela vous plaît :

1. Freluquet : ici, personne prétentieuse et de peu d'importance.
2. Reine de Saba : selon la Bible, souveraine d'un pays d'Afrique, femme très sage qui posa des énigmes au roi Salomon pour vérifier sa sagesse.
3. Salomon : selon la Bible, prophète et très sage souverain d'Israël, bâtisseur du temple de Jérusalem.
4. « Il n'y avait plus d'esprit en lui » : dérouté, il ne savait plus quoi faire, comme la reine de Saba devant Salomon, dans la Bible (Rois).
5. Comme un corbillard : très lentement, à la manière des véhicules transportant les morts.

ouvrez les yeux et regardez-le… et dites maintenant que je ne pense pas à vous quand je suis au loin !

Marie ouvrit les yeux et les fixa sur Tom.

– Je suis sûre qu'il boira, dit-elle.

– Non ; on me l'a garanti comme une marchandise pieuse et sobre…

– Je souhaite qu'il tourne bien, mais je ne le crois pas trop !

– Adolphe ! faites descendre Tom… et rappelez-vous ce que je vous ai dit à son sujet.

Adolphe se retira en marchant fort élégamment ; Tom le suivit d'un pas pesant.

– C'est un vrai mastodonte[1] ! dit Marie.

De joyeux éclats de rire, partis de la cour, pénétrèrent à travers les rideaux de soie. Saint-Clare alla au balcon, entrouvrit les rideaux et rit aussi.

– Qu'est-ce ? dit miss Ophélia en approchant.

Tom était assis dans la cour sur un petit siège de mousse ; chacune de ses boutonnières était fleurie de jasmins du Cap ; Évangéline, heureuse et souriante, lui passait une guirlande de roses autour du cou. Quand ce fut fait, elle vint, riant toujours, se poser sur ses genoux, comme un oiseau familier.

– Ô Tom ! que vous avez une drôle de figure ainsi !

Tom, gardant toujours son calme et bienveillant sourire, semblait ravi lui-même autant que sa jeune maîtresse. Quand il vit Saint-Clare, il leva les yeux vers lui d'un air qui demandait grâce.

1. Mastodonte : personne énorme.

– Comment pouvez-vous la laisser faire ? dit Ophélia.

– Et pourquoi non ?

– Pourquoi ?… je ne sais… cela m'effraye !

– Vous savez bien qu'un enfant peut, sans danger, caresser un gros chien… même quand il est noir !… Et quand c'est une créature qui pense, qui raisonne, qui sent, qui est immortelle ? Vous frissonnez ! avouez-le, cousine. Je vous connais bien, vous autres Américains du Nord. Vous traitez les nègres comme des crapauds ou des serpents… mais vous vous indignez de leurs griefs ! Vous ne voulez pas qu'on les maltraite, mais vous ne voulez rien avoir à démêler avec eux ! Vous voudriez les renvoyer en Afrique, pour ne plus les voir ni les sentir… et vous leur expédieriez un ou deux missionnaires pour les convertir… Est-ce bien cela, cousine ?

– Mon Dieu ! il y a bien un peu de cela, dit Ophélia toute pensive.

– Que seraient ces pauvres gens sans les enfants, dit Saint-Clare en s'appuyant au balcon et en regardant courir Évangéline qui entraînait Tom à sa suite. Le petit enfant est le seul vrai démocrate. Tenez, voici Éva : pour elle Tom est un héros ! Ses histoires lui semblent merveilleuses, ses chansons, ses hymnes méthodistes[1] la réjouissent plus qu'un opéra. Sa poche, pleine de colifichets[2], est pour elle une mine de Golconde[3], et lui c'est le plus étonnant des Tom qui aient jamais porté une peau noire.

1. Hymne méthodiste : chant religieux des protestants.
2. Colifichet : objet de peu de valeur.
3. Golconde : ville indienne célèbre pour les diamants trouvés dans ses mines.

La position matérielle de Tom ne lui donnait aucun droit de se plaindre.

Une fantaisie de la petite Éva, ou plutôt la reconnaissance et la grâce aimante d'une noble nature, l'avaient poussée à prier M. Saint-Clare d'attacher l'esclave à son service spécial. Tom reçut donc l'ordre de tout quitter pour le service d'Éva, chaque fois qu'elle le réclamerait. Tom était ravi. Il était fort bien vêtu : la livrée était un des luxes de Saint-Clare… Pour Tom, le service des écuries était une sinécure[1]. Il avait lui-même des esclaves sous ses ordres. Il se contentait d'une simple inspection. Marie Saint-Clare avait déclaré qu'elle ne tolérerait pas qu'il sentît le cheval quand il approcherait d'elle : elle avait donc exigé qu'on ne lui imposât aucune corvée dont les conséquences pussent réagir sur son système nerveux, fort incapable, disait-elle, de subir de pareilles épreuves. Une odeur nauséabonde eût suffi pour mettre fin à toutes ses épreuves terrestres ! Tom, dans son habit de drap bien brossé, coiffé d'un chapeau de castor[2], chaussé de bottes luisantes, avec un col et des manchettes irréprochables, et sa face noire et bienveillante, semblait assez respectable pour occuper le siège épiscopal[3] de Carthage[4], qu'obtinrent autrefois des gens de sa couleur.

Il habitait un charmant séjour, considération à laquelle sa race sensitive[5] n'est jamais indifférente. Il

1. Sinécure : faible travail.
2. Chapeau de castor : chapeau en poil de castor.
3. Siège épiscopal : résidence de l'évêque.
4. Carthage : ville tunisienne.
5. Sensitive : douée d'une grande sensibilité.

jouissait avec un bonheur tranquille des oiseaux, des fleurs, des fontaines, des parfums, de la lumière même, et de la beauté de la cour ; des rideaux de soie, des peintures, des lustres, des statuettes, des dorures, qui faisaient à ses yeux, des splendeurs du salon, un véritable palais d'Aladin[1].

– Voyons, Marie, soyez gracieuse, dit Saint-Clare en s'asseyant sur un tabouret auprès du sofa ; dites quelque chose d'aimable à un pauvre mari…

– Vous êtes resté dehors quinze jours de plus que le temps convenu !

– C'est vrai, mais vous savez que je vous en ai dit la raison.

– Une lettre si courte et si froide !

– Ah ! chère, la malle partait… Ce devait être cela ou rien.

– C'est toujours ainsi, dit la femme, on trouve le moyen d'allonger le voyage et de raccourcir les lettres…

– Voyez, reprit Saint-Clare en tirant de sa poche un élégant étui en velours et en l'ouvrant ; c'est un présent que je vous rapporte de New York, un daguerréotype, clair et net comme gravure, et représentant Éva et son père, la main dans la main.

Marie regarda le portrait d'un air mécontent.

– Qui vous a fait mettre dans une position si gauche ?

– Mon Dieu ! la pose est matière à discussion ; mais que trouvez-vous de la ressemblance ?

1. Palais d'Aladin : palais luxueux, comme dans les contes orientaux des *Mille et Une Nuits*.

– Si vous ne tenez pas compte de mon opinion dans un cas, je ne pense point qu'elle vous importe dans un autre, dit la femme en refermant l'étui.

« Peste soit des femmes ! se dit Saint-Clare en lui-même » ; et reprenant :

– Voyons ! Marie, que pensez-vous de la ressemblance ? Soyez raisonnable.

– C'est très mal à vous, Saint-Clare, d'insister ainsi pour me faire parler et regarder. Vous savez que j'ai eu la migraine toute la journée, et l'on fait tant de bruit depuis que vous êtes revenu, que je suis à moitié morte…

– Vous êtes sujette à la migraine, madame ? fit miss Ophélia en sortant des profondeurs d'un grand fauteuil où elle s'était tranquillement assise, faisant l'inventaire et l'estimation du mobilier de l'appartement.

– La migraine ! j'en souffre comme une martyre, dit Mme Saint-Clare.

– L'infusion de genévrier est excellente pour la migraine, dit miss Ophélia. Telle est du moins l'opinion d'Augustine, femme de Dacon Abraham Perry, qui était une excellente garde-malade.

– Je ferai cueillir la première récolte qui mûrira dans notre jardin au bord du lac, dit Saint-Clare ; et il sonna.

– Cousine, vous devez avoir besoin de vous retirer dans votre appartement, après ce long voyage.

– Adolphe, dites à Mammy de venir.

La mulâtresse qu'Éva avait si joyeusement embrassée entra, coiffée, par Éva elle-même, d'un turban rouge et jaune que l'enfant venait de lui donner.

– Mammy, dit Saint-Clare, je confie madame à vos soins. Elle est fatiguée et a besoin de repos. Conduisez-la à sa chambre, et que tout soit confortable.

Mammy sortit, précédant miss Ophélia.

– Maintenant, Marie, dit Saint-Clare, voici l'aurore de vos jours dorés. Je vous ai amené notre cousine de la Nouvelle-Angleterre, la femme pratique, qui va décharger vos épaules du poids des soucis, et vous donner le temps de redevenir jeune et belle. L'ennui de donner les clefs ne vous tourmentera plus.

Cette remarque était faite à la table du déjeuner, quelques instants après l'arrivée de miss Ophélia.

– Elle est la bienvenue, dit Marie en appuyant langoureusement sa tête sur sa main. Elle s'apercevra bientôt d'une chose, c'est qu'ici ce sont les maîtresses qui sont esclaves.

– Oh oui ! elle s'en apercevra, et de bien d'autres choses encore, dit Saint-Clare.

– On nous reproche de garder nos esclaves, fit Marie ; comme si c'était pour notre avantage ! Si nous ne consultions que cela, nous les renverrions tous d'un seul coup.

Évangéline fixa sur le visage de sa mère ses grands yeux sérieux ; elle ne semblait pas comprendre parfaitement cette réponse. Elle dit très simplement :

– Mais alors, maman, pourquoi les gardez-vous ?

– Je ne sais… pour notre malheur… car ils font le malheur de ma vie. Ce sont eux, plus que tout le reste, qui sont cause de ma mauvaise santé… Les nôtres sont les plus mauvais que l'on puisse rencontrer.

– Marie, vous avez ce matin vos papillons noirs[1], dit Saint-Clare. Vous savez bien que cela n'est pas !… Mammy, par exemple, n'est-elle point le meilleur des êtres ?… Que feriez-vous sans elle ?

– Mammy est excellente, dit Mme Saint-Clare ; et pourtant, comme tous les gens de couleur, elle est horriblement égoïste…

– Oh ! l'égoïsme est une terrible chose ! dit gravement Saint-Clare.

– Par exemple, reprit Marie, n'est-ce point de l'égoïsme, cela, d'avoir le sommeil si pesant ?… Elle sait que j'ai besoin de petites attentions, presque à chaque heure, quand mes crises reviennent ; eh bien ! il est très difficile de la réveiller. Ce sont mes efforts de la nuit dernière qui me rendent si faible ce matin.

– N'a-t-elle point veillé près de vous toutes ces dernières nuits, maman ?

– Qui vous a dit cela ? reprit aigrement Marie ; elle s'est donc plainte ?

– Elle ne s'est pas plainte ; elle m'a seulement dit combien vous avez eu de mauvaises nuits, et cela sans répit.

– Pourquoi donc, dit Saint-Clare, ne faites-vous pas prendre sa place une nuit ou deux à Jane et à Rosa ? elle se reposerait !

– Comment pouvez-vous me proposer cela, Saint-Clare ? vous êtes vraiment bien irréfléchi ! Nerveuse comme je suis, le moindre souffle me tue ! Une main

1. Vos papillons noirs : votre moment de déprime.

étrangère autour de moi me jetterait dans des convulsions. Si Mammy avait pour moi l'intérêt qu'elle devrait avoir, elle veillerait plus aisément. J'ai entendu parler de gens qui avaient des serviteurs si dévoués… mais ce bonheur n'a jamais été pour moi !

Et Marie poussa un soupir.

Miss Ophélia avait écouté ce discours avec une certaine dignité froide, serrant les lèvres comme une personne bien résolue à connaître son terrain avant de se hasarder.

– Sans doute Mammy a une sorte de bonté, dit Marie ; elle est douce et respectueuse, mais au fond du cœur elle est égoïste, elle ne cessera de regretter et de redemander son mari. Quand je me mariai, je l'amenai ici. Mon père garda son mari ; il est maréchal[1], et par conséquent très utile ; je pensai et je dis alors que, ne pouvant plus vivre ensemble, ils feraient bien de se regarder comme séparés tout à fait. J'aurais dû insister et marier Mammy à quelque autre. Je ne le fis point : je fus trop indulgente et trop faible. Je dis alors à Mammy qu'elle ne devait plus s'attendre à revoir son mari plus d'une ou deux fois en sa vie, parce que l'air du pays, chez mon père, ne convenait pas à ma santé, et que je ne pouvais pas y retourner ; je lui conseillai donc de prendre quelqu'un ici ; mais non ! elle ne le voulut pas… Mammy a parfois une sorte d'obstination dont les autres ne peuvent pas s'apercevoir comme moi.

1. Maréchal : maréchal-ferrant, s'occupant des chevaux.

– A-t-elle des enfants ? demanda miss Ophélia.

– Oui, elle en a deux.

– Cette séparation doit lui être très pénible.

– Peut-être bien ; mais je ne pouvais les amener ici… c'étaient deux petits êtres malpropres, je n'aurais pu les souffrir. Et puis, ils lui prenaient tout son temps. Je pense, au fond, que Mammy a toujours été un peu attristée de tout cela ; elle ne veut prendre personne, et je crois que maintenant, bien qu'elle sache qu'elle m'est nécessaire, si elle le pouvait, elle retournerait dès demain vers son mari. Oui, je le crois… Les gens sont si égoïstes maintenant… même les meilleurs !

– Cela fait mal d'y penser, dit Saint-Clare d'un ton sec.

Miss Ophélia fixa sur lui son œil pénétrant ; elle vit toute l'irritation qu'il cherchait à contenir, elle vit le sourire sarcastique qui lui plissa ses lèvres.

– Mammy a toujours été ma favorite, reprit Mme Saint-Clare. Je voudrais pouvoir montrer sa garde-robe à vos domestiques du Nord : soies, mousselines et véritables batistes ! J'ai quelquefois passé des après-midi à lui arranger des chapeaux pour aller à des parties de plaisir. Elle a toujours été bien traitée, elle n'a pas reçu le fouet plus d'une ou deux fois dans sa vie. Elle a tous les jours du thé ou du café fort avec du sucre blanc. C'est un abus : mais c'est ainsi que Saint-Clare veut qu'on soit traité à l'office[1]. Ils font tout ce qu'ils veulent. C'est notre faute si nos esclaves sont égoïstes ; ils se conduisent comme

1. Office : pièce annexe à la cuisine.

des enfants gâtés. Je l'ai tant répété à Saint-Clare que j'en suis fatiguée.

– Et moi aussi, dit Saint-Clare en prenant le journal du matin.

Éva, la belle Éva, avec cette expression de recueillement profond et mystique[1] qui lui était particulière, s'avança doucement jusqu'à la chaise de sa mère, et lui passa ses petits bras autour du cou.

– Eh bien, Éva, qu'est-ce encore ?

– Maman, ne pourrais-je point vous veiller une nuit, seulement une nuit ?… Je suis sûre que je n'agacerais pas vos nerfs et que je ne dormirais pas… Je passe si souvent les nuits sans dormir !… je réfléchis…

– Quelle folie, enfant, quelle folie ! Vous êtes une étrange créature !

– Le permettez-vous, maman ?… Je crois, ajouta-t-elle timidement, que Mammy n'est pas bien… Elle m'a dit que depuis quelque temps elle avait toujours mal à la tête.

– Oh ! c'est encore là une des bizarreries de Mammy… Mammy est comme les autres nègres : fait-elle du bruit pour un mal de tête ou un mal de doigt ! Il ne faut pas les encourager à cela : jamais ! Chez moi, c'est un principe, fit-elle en se retournant vers miss Ophélia. Vous-même vous en sentirez bientôt la nécessité !… Si vous encouragez les esclaves à se plaindre ainsi pour rien, vous ne saurez bientôt plus auquel entendre[2]. Moi, je ne

1. Mystique : profondément religieux.
2. Auquel entendre : auquel accorder votre attention.

me plains jamais… personne ne sait ce que je souffre. Je pense que c'est un devoir de souffrir sans rien dire ; aussi c'est ce que je fais.

À cette péroraison[1] inattendue, les yeux ronds de miss Ophélia exprimèrent un étonnement qu'elle ne put déguiser… Quant à Saint-Clare, il partit d'un immense éclat de rire.

– Saint-Clare rit toujours quand je fais la moindre allusion à mes maux !… dit Marie avec une voix de martyr agonisant. Je souhaite qu'il ne se rappelle pas un jour…

Marie mit son mouchoir de poche sur ses yeux.

Il y eut un moment de pénible silence. Saint-Clare se leva, regarda à sa montre et dit qu'il allait sortir. Éva s'élança après lui, miss Ophélia et Mme Saint-Clare restèrent seules à table.

– Voilà comme est Saint-Clare, dit Marie en retirant son mouchoir, il ne comprend pas… il ne comprendra jamais ce que je souffre depuis des années… Il aurait raison si j'étais jamais à me plaindre et à parler de moi… mais je me suis tue, je me suis résignée… résignée ! Et Saint-Clare à présent croit que je puis tout tolérer.

Miss Ophélia ne savait pas trop ce qu'elle devait répondre.

Pendant qu'elle y réfléchissait, Marie essuyait ses larmes et lissait son plumage, comme ferait une colombe après la pluie. Puis elle commença avec Ophélia une conversation de ménage, concernant les porcelaines,

1. Péroraison : conclusion d'un discours.

les appartements, les provisions, toutes choses dont il était sous-entendu que miss Ophélia prendrait la direction. Elle fit tant de recommandations, de réflexions et d'observations, qu'une tête moins systématique et moins bien organisée que celle de miss Ophélia n'eût certes pu y résister.

– Maintenant, dit Marie, je crois que j'ai tout dit. La première fois que mes crises me reprendront, vous pourrez marcher sans me consulter. Seulement, ayez l'œil sur Éva, il faut la surveiller !

– Elle me semble une excellente enfant, dit miss Ophélia, je n'ai jamais rien vu de meilleur qu'elle.

– Elle est bien étrange ! bien étrange ! fit la mère… Il y a en elle des choses extraordinaires… elle ne me ressemble en rien…

Et Marie soupira comme si elle eût exprimé là quelque douloureuse vérité…

« Je l'espère bien, qu'elle ne lui ressemble pas ! » pensait de son côté miss Ophélia.

– Éva a toujours aimé la compagnie des esclaves. Mon Dieu ! je sais bien que tous les enfants sont comme cela. Moi-même, je jouais avec les petits nègres de mon père… mais cela n'a jamais eu aucun effet sur moi. Éva, elle, a parfois l'air de se mettre sur un pied d'égalité avec tous les gens qui l'approchent !… Je n'ai jamais pu l'en déshabituer. Je crois que Saint-Clare l'y encourage… Saint-Clare gâte tout sous son toit… excepté sa femme !

Miss Ophélia continua de garder le plus profond silence.

– Il n'y a pas deux manières d'être avec les esclaves,

reprit Marie : il faut leur faire sentir leur infériorité et les mater[1] solidement ! cela m'a toujours été naturellement facile depuis la plus tendre enfance… Mais Éva est capable à elle seule de gâter toute une maison. Que fera-t-elle quand elle tiendra une maison elle-même ? Je déclare que je ne m'en doute pas. Je tiens à être bonne avec les esclaves ; mais il faut leur faire sentir leur position… c'est ce qu'Éva ne fait pas… Impossible de lui mettre la moindre idée de cela dans la tête. Vous l'avez entendue offrir de me soigner la nuit pour que Mammy puisse dormir. C'est un échantillon de ce qu'elle ferait si elle était laissée à elle-même.

– Mais, dit brusquement Ophélia, vous pensez cependant que vos esclaves sont des hommes, et qu'il faut bien qu'ils se reposent quand ils sont fatigués !

– Certainement, certainement, je veux qu'ils aient tout ce qui est juste, tout ce qui est convenable !… Mammy peut dormir dans un instant ou dans l'autre ; il n'y a pas de difficulté à cela… Mais c'est bien la créature la plus dormeuse que j'aie jamais vue ! Assise, debout, à l'ouvrage, elle dort ! Il n'y a pas de danger qu'elle ne dorme pas assez, celle-là !… Voyez-vous, traiter les esclaves comme des fleurs exotiques ou des porcelaines de Chine, c'est vraiment ridicule, dit Marie, en plongeant ses mains dans les profondeurs d'un volumineux coussin, d'où elle retira un élégant flacon de cristal.

« Vous voyez, dit-elle d'une voix mourante, douce comme la brise qui passe entre les jasmins d'Arabie,

1. Mater : dominer, tenir fermement sous son autorité.

ou comme toute autre chose également éthérée[1] ; vous voyez, cousine Ophélia, que je ne parle pas souvent de moi, ce n'est pas mon habitude... Je n'aime pas cela !... À vrai dire, je n'en ai pas la force. Mais il y a des points sur lesquels nous différons, Saint-Clare et moi. Saint-Clare ne m'a jamais appréciée, je crois que cela tient à l'état de ma santé. Saint-Clare a de bonnes intentions, je suis portée à le croire ; mais les hommes sont égoïstes : c'est dans leur constitution ; ils ne comprennent pas les femmes... Telle est du moins mon impression.

Miss Ophélia, qui avait toute la prudence naturelle aux habitants de la Nouvelle-Angleterre et une horreur toute particulière des difficultés de famille, miss Ophélia prévit le sort qui la menaçait ; elle se fit un visage impénétrable, et, tirant un long bas qu'elle tenait en réserve contre les dangers de l'oisiveté[2], elle commença de tricoter avec une rare énergie, pinçant les lèvres d'un air qui semblait dire : « Vous voulez me faire parler, mais je n'ai pas besoin de me mêler de vos affaires. » Son visage exprimait autant de sympathie qu'un lion de pierre[3].

Marie n'y prit pas garde ; elle avait quelqu'un à qui parler. Elle sentait qu'elle devait parler ; cela lui suffisait. Elle respira de nouveau son flacon pour se redonner quelque force et poursuivit :

– Voyez-vous bien ? lorsque j'ai épousé Saint-Clare, je lui ai apporté mon bien et mes esclaves ; j'ai donc

1. Éthérée : impalpable, immatérielle comme l'éther.
2. Oisiveté : inactivité.
3. Lion de pierre : statue à l'entrée des maisons, à la face figée et menaçante.

droit d'en user comme il me plaît… Saint-Clare a sa fortune et tous ses esclaves… qu'il les traite à sa guise. Mais les miens !… Il a sur beaucoup de choses des idées extravagantes… particulièrement sur la manière de traiter les esclaves. Il agit comme s'il les mettait avant moi et avant lui-même… Il leur laisse tout faire, sans même lever le doigt ! Sur certaines choses, Saint-Clare est effrayant… il m'effraye moi-même… quoiqu'il paraisse, en général, avoir une assez bonne nature… Il a décidé que pas un coup, quoi qu'il arrive, ne serait donné dans la maison, si ce n'est de sa main ou de la mienne !… Il a dit cela de telle façon que je ne puis aller contre. Vous voyez où cela mène… On lui marcherait sur le corps qu'il ne lèverait pas la main… Pour moi, vous comprenez quelle cruauté ce serait que de me demander un tel effort… Les esclaves sont de grands enfants !

– Je ne connais rien à tout cela, grâce au ciel ! dit miss Ophélia.

– Il se peut ; mais vous l'apprendrez, et vous l'apprendrez à vos dépens, si vous restez ici. Vous ne sauriez vous imaginer tout ce qu'il y a de stupide, d'ingrat, de provocant chez cette misérable espèce !

Marie retrouvait ses forces comme par miracle quand elle était sur ce chapitre ; elle ouvrit donc tout à fait les yeux et parut oublier sa langueur[1].

– Vous n'avez pas une idée des épreuves auxquelles ils soumettent les maîtresses de maison, chaque jour et

1. Langueur : faiblesse.

chaque heure !… Mais il est inutile de se plaindre à Saint-Clare ; il fait de si étranges réponses ! Il dit que c'est nous qui les avons faits ce qu'ils sont, et que nous devons les prendre ainsi ; il dit que leur faute vient de nous, et qu'alors il serait cruel de les punir ; il dit que nous ne ferions pas mieux à leur place… comme si l'on pouvait raisonner d'eux à nous !

– Mais, dit sèchement Ophélia, ne pensez-vous pas que Dieu les a faits du même sang que nous ?

– Non, certes, je ne le pense pas. Vous me la donnez bonne[1] ! une race dégradée !…

– Ne pensez-vous pas qu'ils ont des âmes immortelles ? continua la cousine avec un ton d'indignation croissante.

– Je ne dis pas non, fit Marie en bâillant. Pour cela, personne n'en doute. Quant à ce qui est de comparer leurs âmes avec les nôtres, c'est impossible. Saint-Clare a bien prétendu que séparer Mammy de son mari, c'était la même chose que de me séparer de lui… J'ai beau lui dire qu'il y a une différence, il ne peut pas la voir… C'est comme si l'on disait que Mammy aime ses petits souillons[2] d'enfants comme j'aime Éva ! Pourtant Saint-Clare a prétendu froidement, sérieusement, que je devais, faible comme je suis, renvoyer Mammy et prendre quelque autre personne à sa place… C'était un peu trop fort… même pour moi ! Je ne fais pas souvent voir mes sentiments ; j'ai pour principe de tout souffrir

1. Vous me la donnez bonne ! : Vous vous moquez de moi !
2. Souillon : personne malpropre.

en silence… mais, cette fois-là, j'éclatai… Il n'y est pas revenu… Mais depuis j'ai compris, à certains regards et à certaines paroles, qu'il est toujours dans les mêmes idées; et il est si obstiné, si provocant!

Miss Ophélia parut avoir peur de dire quelque chose; elle précipita la marche des longues aiguilles avec une fureur qui en eût dit bien long, si Marie Saint-Clare eût pu comprendre…

– Vous voyez donc bien, continua-t-elle, quel gouvernement[1] vous prenez… une maison sans règle, où les esclaves ont ce qu'ils veulent, font ce qu'ils veulent… excepté quand j'ai la force… Je prends quelquefois mon nerf de bœuf[2], mais cela me tue! Si seulement Saint-Clare voulait faire comme les autres!

– Quoi donc?

– Eh mais, les envoyer à la *Calebasse*[3], ou tout autre lieu où on les fouette. Il n'y a pas d'autre moyen… Si je n'étais pas si débile[4], je gouvernerais avec deux fois plus d'énergie que Saint-Clare.

– Comment donc fait-il? Vous dites qu'il ne frappe jamais!

– Mon Dieu! les hommes ont une manière de commander… Cela leur est plus facile! Et puis, si vous regardez bien dans l'œil de Saint-Clare, il y a quelque chose d'étrange! Cet œil, quand il parle sévèrement, a comme un éclair. Moi-même j'en ai peur, et les esclaves savent

1. Gouvernement : façon de gouverner, manière de conduire les choses.
2. Nerf de bœuf : nerf de bœuf séché après torsion pour en faire un fouet.
3. La *Calebasse* : petite prison.
4. Débile : d'une grande faiblesse physique.

bien qu'il faut prendre garde à eux dans ces moments-là ! Je ne ferais pas tant, avec des tempêtes de coups, que Saint-Clare avec un clignement d'œil, quand il est ému ! On ne fait pas de bruit quand Saint-Clare est là. C'est pour cela qu'il n'a plus de pitié de moi !… Mais, quand vous aurez la direction, vous verrez qu'il n'y a pas moyen de s'en tirer sans sévérité… Ils sont si méchants, si trompeurs, si paresseux !

– Ah ! toujours la vieille chanson ! dit Saint-Clare en entrant tout à coup… Quel terrible compte ces misérables auront à rendre au jour du Jugement, surtout pour leur paresse !… Vous voyez que, Marie et moi, nous ne leur en donnons pas l'exemple, dit-il en s'étendant tout de son long sur un canapé en face de sa femme.

– Vous êtes bien méchant, Saint-Clare !

– En vérité ? je croyais pourtant bien dire ; j'appuyais vos remarques… comme je fais toujours.

– Vous savez bien que cela n'est pas, Saint-Clare !

– Je me suis trompé alors… merci de me reprendre, ma chère !

– Ah ! vous voulez me provoquer maintenant !

– Voyons, Marie, il fait très chaud. Je viens d'avoir une longue querelle avec Adolphe ; il m'a fatigué… permettez-moi de me reposer sous votre doux sourire.

– Que s'est-il passé avec Adolphe ? l'impudence[1] de ce drôle est devenue excessive, je ne puis plus la supporter. Ah ! je voudrais avoir à le commander quelque temps sans contrôle… je le materais bien.

1. Impudence : insolence.

– Ce que vous me dites là, ma chère, est marqué au coin de votre finesse et de votre bon sens ordinaires ; quant à Adolphe, voici le cas : il s'est si longtemps appliqué à imiter mes grâces et mes perfections, qu'il a fini par se prendre pour son maître… et j'ai été obligé de lui montrer à la fin sa méprise.

– Comment cela ?

– Eh bien, il a fallu lui faire comprendre que je voulais conserver quelques-uns de mes vêtements pour mon usage personnel… J'ai dû aussi mettre des bornes à son trop magnifique emploi de l'eau de Cologne. J'ai même poussé la cruauté jusqu'à le réduire à une seule douzaine de mes mouchoirs de batiste… Adolphe portait tout cela avec des fanfaronnades[1] que j'ai dû également modérer par mes conseils paternels.

– Ah ! Saint-Clare, voilà une indulgence vraiment intolérable ! Quand apprendrez-vous donc comment on traite des esclaves ?

– Et, après tout, le beau malheur qu'un pauvre diable d'esclave veuille ressembler à son maître !… Si je l'ai assez mal élevé pour qu'il mette son bonheur dans l'eau de Cologne et les mouchoirs de batiste, pourquoi ne pas lui en donner ?

– Mais pourquoi ne l'avoir pas mieux élevé ? dit Ophélia avec une pointe d'audace.

– Cela fatigue. Oh ! cousine, cousine, la paresse perd plus d'âmes que vous n'en pouvez sauver. Sans la paresse, moi-même j'aurais été un ange. Je suis porté à croire que

1. Fanfaronnade : vantardise.

la paresse est ce que votre ancien docteur Botherem, du Vermont, appelait l'essence[1] du mal moral.

Étaient-ce là les idées qui préoccupaient Marie Saint-Clare le matin de certain dimanche, quand elle se tenait debout, magnifiquement parée, sur le perron de son palais, fermant un bracelet de diamants sur son mince poignet ? Vraisemblablement c'était cela… ou quelque chose d'équivalent, car Marie patronnait les bonnes œuvres et allait en toilette superbe, diamants, soie, dentelles, joyaux et tout enfin, elle allait à je ne sais plus quelle église à la mode pour y être très pieuse. Marie, c'était chez elle un principe, était très pieuse tous les dimanches ! Il fallait la voir sous son vestibule, si élancée, si élégante, tellement aérienne et ondoyante[2] dans ses mouvements… c'est à peine si ses dentelles l'enveloppaient comme un brouillard tissé ! C'était une gracieuse créature ! ses pensées devaient lui ressembler. Miss Ophélia était, à ses côtés, un vivant contraste. Ce n'est pas qu'elle n'eût mis une aussi belle robe de soie, un aussi beau châle, et pris un aussi beau mouchoir ; mais elle était carrée, raide et anguleuse… elle avait aussi son atmosphère à elle qui l'entourait, et si l'on ne voyait pas cette atmosphère, on la devinait aussi bien que la grâce de sa belle voisine… Cette grâce, ce n'était pas du reste la grâce de Dieu, tant s'en faut !

– Où est Éva ? dit Marie.

1. Essence : nature, principe fondamental.
2. Ondoyante : qui se déplace de manière sinueuse.

– Elle s'est arrêtée dans l'escalier pour dire un mot à Mammy.

Que disait donc Éva à Mammy ? Écoutez, lecteur, et vous l'entendrez, quoique Mme Saint-Clare ne l'entendît pas.

– Ma bonne Mammy, je sais que vous avez mal à la tête.

– Vous êtes bien bonne, miss Éva ! Depuis quelque temps j'ai toujours mal à la tête… ça ne fait rien !…

– Oh ! cette sortie va vous faire du bien !… Et elle lui jeta les bras autour du cou… Tenez, Mammy, prenez mon flacon.

– Quoi ! cette belle chose en or, avec des diamants ? Dieu ! miss, je ne puis.

– Et pourquoi ? Vous en avez besoin, et moi pas ; maman s'en sert toujours pour le mal de tête… Cela vous fera du bien. Allons ! vous allez le prendre, pour me faire plaisir !

– Comme elle parle, cher trésor ! dit Mammy, pendant qu'Évangéline lui coulait le flacon dans la poitrine, l'embrassait et descendait quatre à quatre.

– Qui donc vous arrêtait ? fit la mère.

– Je donnais mon flacon à Mammy, pour qu'elle l'emportât à l'église.

– Comment ! Éva, votre flacon d'or ?… à Mammy ! dit Marie en frappant du pied. Quand saurez-vous donc ce qui est convenable ? Vite, allez le reprendre !

Évangéline baissa les yeux, fit une petite mine piteuse et retourna lentement vers l'escalier.

– Allons, Marie, dit Saint-Clare, laissez cette enfant libre… qu'elle fasse comme il lui plaira.

– Ah ! Saint-Clare, comment voulez-vous qu'elle fasse son chemin dans le monde ? dit Marie.

– Dieu le sait ; mais elle fera son chemin dans le ciel beaucoup mieux que vous et moi.

– Ah ! papa, ne dites pas cela ; vous faites de la peine à maman, dit la petite fille en touchant doucement le coude de son père.

– Voyez-vous, Éva, reprit la mère, il faut être bon pour ces gens, mais il ne faut pas les traiter comme nos relations, comme les gens de notre classe ! Si Mammy était malade, vous ne la feriez pas mettre dans votre lit ?…

– Mais si, maman, dit Éva ; ce serait plus commode pour la soigner, et puis mon lit est meilleur que le sien !

Mme Saint-Clare fut désespérée du manque de sens moral que cette phrase révélait.

– Mais comment parvenir à me faire comprendre de cette enfant ? dit-elle.

– C'est impossible ! répliqua miss Ophélia d'un ton significatif…

– Qu'aimez-vous mieux, dit Saint-Clare à Éva : vivre comme chez votre oncle de Vermont ou avoir une maison pleine d'esclaves comme ici ?

– Oh ! c'est notre manière qui est la meilleure.

– Pourquoi ? demanda Saint-Clare en lui touchant le front.

– Parce qu'elle nous donne plus de monde à aimer autour de nous, répondit Éva en relevant ses yeux pleins d'expression.

– Ah ! voilà bien Éva, dit Marie, voilà bien une de ses sottes réponses.

– C'est mal, papa ? demanda Évangéline en se mettant sur les genoux de son père.

– Oui, à la façon dont va ce monde, répondit Saint-Clare. Mais où était donc ma petite pendant le déjeuner ?

– Dans la chambre de Tom, à l'écouter chanter… La mère Dinah m'a apporté à manger…

– Écouter chanter Tom !… hein ?

– Oui ; il chante de si belles choses sur la Nouvelle Jérusalem[1], sur les anges tout radieux, sur la terre de Canaan…

– Voyons ! est-ce plus joli que l'Opéra ? dites-moi.

– Oh oui ! Il m'apprendra tout cela.

– Ah ! des leçons de musique !

– Oui ; il chante pour moi… Je lui fais la lecture dans ma Bible, et il m'explique ce que cela veut dire.

– Sur ma parole, dit Marie en riant aux éclats, voilà la meilleure plaisanterie de la saison !

– Je gage, dit Saint-Clare, que Tom n'explique pas si mal l'Écriture. Cet esclave a le génie de la religion… J'avais besoin des chevaux de bonne heure ce matin… Je suis monté à sa chambre, au-dessus de l'écurie… Il faisait sa prière… Je n'ai rien entendu d'aussi touchant… Il m'y recommandait à Dieu avec un zèle tout apostolique[2]…

– Il se doutait peut-être que vous l'écoutiez… Je connais ces tours-là.

1. Nouvelle Jérusalem : sorte de paradis et de nouvelle Terre promise, après l'Apocalypse et le retour de Jésus, selon la Bible.
2. Apostolique : qui a la ferveur des apôtres.

– Alors il ne serait pas trop poli… car il disait au bon Dieu son opinion de moi assez librement… Il trouvait que j'avais beaucoup de progrès à faire, et c'est pour ma conversion qu'il priait.

– Eh bien, songez-y ! fit miss Ophélia.

– C'est aussi votre avis, je m'en doute bien, dit Saint-Clare… Eh ! nous verrons… n'est-ce pas, Éva ?

XIV

Comment se défend un homme libre

Nous retournons maintenant chez les quakers. Le soir approche, il y a un peu d'agitation au logis. Rachel Halliday va d'une place à l'autre ; elle met ses provisions à contribution pour fournir un petit viatique[1] aux amis qui vont partir. Les ombres du soir s'allongent vers l'orient ; à l'horizon le soleil rougissant s'arrête tout pensif et verse ses rayons calmes et dorés dans la petite chambre où sont assis l'un près de l'autre George et Élisa. George a l'enfant sur ses genoux, et dans sa main la main de sa femme. Ils paraissent sérieux et tristes, il y a sur leurs joues des traces de larmes.

1. Viatique : aliments et objets utiles pendant un voyage.

– Oui, Élisa, disait George, je reconnais que tout ce que vous dites est vrai : vous valez bien des fois mieux que moi ! J'essayerai de faire comme vous voulez… J'essayerai d'avoir des sentiments dignes d'un homme libre. J'ai voulu bien faire… J'ai péniblement essayé de bien faire, quand tout était contre moi !… et maintenant je vais oublier le passé… je vais rejeter loin de moi tout sentiment amer et dur… je vais apprendre à être bon.

– Quand nous serons au Canada, je vous aiderai à vivre, reprit Élisa. Je sais faire des robes, repasser, blanchir le linge fin… À nous deux, nous pouvons nous suffire.

– Oui, Élisa, tant que chacun de nous aura l'autre et que tous deux nous aurons notre enfant. Oh ! Élisa, si ces gens savaient quel bonheur c'est pour un homme de sentir que sa femme et son enfant sont à lui !… Je me suis souvent étonné que des hommes qui pouvaient vraiment dire : « ma femme, mes enfants » eussent le cœur de penser et de vouloir autre chose. Nous n'avons que nos bras, et pourtant je me sens riche et fort… Il me semble que je ne pourrais rien demander de plus… Oui, j'ai travaillé jour et nuit jusqu'à vingt et un ans, et je n'ai pas un sou vaillant… Je n'ai pas un toit de chaume pour abriter ma tête, pas un pouce de terre que je puisse dire mien… Mais qu'ils me laissent en paix, et je serai heureux et reconnaissant. Je travaillerai et j'enverrai aux Shelby le prix de votre rachat pour vous et pour l'enfant… Quant à mon ancien maître, il est payé au centuple ; je ne lui dois rien.

– Nous ne sommes pas encore hors de danger, dit Élisa ; nous ne sommes pas encore au Canada !

– C'est vrai ; mais il me semble que je respire déjà l'air libre, et que cela me rend fort !

À ce moment on entendit des voix à l'extérieur ; on frappa à la porte… Élisa l'ouvrit en tressaillant.

Siméon était là avec un autre quaker, qu'il introduisit et présenta sous le nom de Phinéas Fletcher. Phinéas était grand, maigre comme une perche, rouge de cheveux, avec une expression de visage pleine de finesse et de perspicacité ; il était loin d'avoir la physionomie calme, placide, détachée du monde, de Siméon Halliday. C'était au contraire un homme très éveillé, bien au fait, et qui paraissait s'estimer d'autant plus qu'il savait ce dont il était capable… Tout cela du reste s'accordait assez mal, nous le reconnaissons, avec le chapeau à larges bords et la phraséologie[1] de sa communion.

– Notre ami Phinéas, dit Siméon Halliday, a découvert quelque chose d'important pour toi et les tiens ; tu ferais bien de l'écouter.

– C'est vrai, dit Phinéas, et cela montre une fois de plus qu'il est bon, dans certains endroits, de ne dormir que d'une oreille. La nuit dernière, je me suis arrêté dans une petite taverne solitaire, de l'autre côté de la route. Tu te rappelles, Siméon, cet endroit, où, l'an passé, nous avons vendu des pommes à une grosse femme qui avait de longues boucles d'oreilles ?… J'étais fatigué de ma route ; je m'étendis, dans un coin, sur une pile de sacs,

1. Phraséologie : tournure de phrase habituelle.

et je jetai une peau de bison sur moi… en attendant que mon lit fût prêt… Qu'est-ce que je fais ?… Je m'endors.

– Avec une oreille ouverte, Phinéas ? dit tranquillement Siméon.

– Non, de toutes mes oreilles, une heure ou deux ! J'étais très fatigué. Quand je revins un peu à moi, il y avait des hommes dans l'appartement, assis autour d'une table, buvant et causant… Comme j'avais entendu dire un mot des quakers, j'écoutai un peu. « Ainsi, disait l'un, ils sont chez les quakers, sans aucun doute ! » Ici j'écoutai des deux oreilles. C'était de vous autres qu'ils parlaient. J'entendis tout leur plan. George devait être renvoyé à son maître, dans le Kentucky, pour qu'on en fît un exemple capable de terrifier à jamais les nègres qui veulent fuir ; deux d'entre eux devaient aller vendre Élisa à La Nouvelle-Orléans… ils espéraient en tirer seize à dix-huit cents dollars ; l'enfant devait être rendu à un marchand qui l'avait acheté ; Jim et sa mère seraient également renvoyés à leur maître, dans le Kentucky. Ils disaient que dans la ville voisine il y avait deux constables[1] qu'ils emmenaient avec eux pour reprendre les fugitifs… que la jeune femme serait conduite devant le juge, et qu'un de ces individus, qui est petit et qui a la voix douce, jurerait qu'elle était à lui… Ils savaient du reste le chemin que nous allons suivre, et viendraient sept ou huit à notre poursuite. Et maintenant que faut-il faire ?

Pendant cette communication, le groupe gardait une

1. Constable : agent de police.

attitude vraiment digne de la peinture. Rachel Halliday, qui venait de quitter ses gâteaux pour écouter les nouvelles, levait au ciel ses mains blanches de farine ; l'inquiétude se lisait sur son visage. Siméon réfléchissait profondément. Élisa entourait George de ses bras, et n'en pouvait détacher ses yeux. George serrait les poings, son œil lançait des éclairs… il avait le port et l'attitude d'un homme qui sait qu'on veut livrer son fils et vendre sa femme à l'encan[1]… et cela sous la protection des lois d'une nation chrétienne !

– George, que ferons-nous ? demanda Élisa d'une voix éteinte.

– Je sais ce que je ferai, dit George en rentrant dans la chambre à coucher, où il examina ses pistolets.

– Eh ! eh ! dit Phinéas à Siméon en hochant la tête, tu vois comme cela va se passer.

– Je vois bien, répondit Siméon ; je souhaite qu'on n'en vienne pas là.

– Je ne veux entraîner personne avec moi, dit George ; prêtez-moi seulement votre voiture, et indiquez-nous la route ; je vais conduire. Jim a la force d'un géant. Il est brave comme la mort et le désespoir, et moi aussi !

– Très bien, ami, répliqua Phinéas ; mais avec tout cela tu as encore besoin de quelque chose, de quelqu'un qui te conduise. Bats-toi, c'est ton affaire, parfaitement ; mais il y a dans cette route deux ou trois choses que tu ne connais pas.

1. À l'encan : aux enchères.

– Mais je ne veux pas vous compromettre, reprit George.

– Compromettre ! s'écria Phinéas avec une expression de malice et de ruse. En quoi me compromettre, s'il te plaît ?

– Phinéas est sage et habile, dit Siméon, tu peux t'en rapporter à lui, George.

Et, lui mettant la main sur l'épaule et regardant les pistolets :

– Ne fais pas trop vite usage de ceci ! Le jeune sang est chaud.

– Je n'attaquerai pas, répondit George. Tout ce que je demande à ce pays, c'est qu'il me laisse… j'en veux sortir paisiblement. Mais…

Il s'arrêta, son front s'obscurcit, et une expression terrible passa sur son visage.

– Je resterais paisible pendant qu'on m'enlèverait ma femme pour la vendre… alors que Dieu m'a donné des bras vaillants pour la défendre ! Non ! Dieu m'en garde ! Avant de me laisser prendre ma femme et mon fils, je combattrai jusqu'au dernier soupir. Pouvez-vous me blâmer ?

– Aucun homme ne peut te blâmer ! La chair et le sang ne peuvent agir autrement… La chair est faible.

– Je crois que ma chair serait assez ferme en pareil cas, dit Phinéas en étendant ses bras longs comme des ailes de moulin à vent. Je suis sûr, ami George, que, le cas échéant, je pourrai te débarrasser d'un de ces individus.

– On voit bien que tu n'es pas né parmi les quakers,

Phinéas… Chez toi le vieil homme reprend toujours le dessus.

Pour dire vrai, Phinéas avait été longtemps un coureur de bois, intrépide[1] chasseur, redoutable au gros gibier… Mais il s'était épris d'une belle quakeresse, et, touché par ses charmes, il était entré dans sa communion. Quoiqu'il en fût maintenant un digne et irréprochable membre, les plus fervents lui reprochaient encore un certain levain[2] de l'Ancien Monde.

– L'ami Phinéas a toujours des façons à lui, dit Rachel en souriant ; mais après tout… nous savons que son cœur est bien placé !

– Ne faut-il point nous hâter ? dit George.

– Je me suis levé à quatre heures et je suis venu à toute vitesse, reprit Phinéas. S'ils ont suivi leur plan, j'ai sur eux deux ou trois heures d'avance… Il n'est pas prudent d'ailleurs de partir avant la chute du jour. Il y a dans le village trois ou quatre mauvais drôles qui pourraient nous inquiéter et nous retarder… Nous pourrons nous risquer dans deux heures. Je vais aller trouver l'ami Michael Cross et le prier de nous suivre, sur son petit bidet[3], pour éclairer la route[4] et nous avertir. Ce petit bidet-là va bien ; s'il y a quelque danger, Michael nous préviendra. Je vais avertir Jim et la vieille femme de se tenir prêts et de voir aux chevaux. Nous avons des chances d'atteindre notre première station avant d'être

1. Intrépide : sans peur.
2. Un certain levain : certaines manières d'agir.
3. Bidet : petit cheval.
4. Éclairer la route : reconnaître la route, aller en éclaireur.

attaqués. Du courage donc, ami George ! ce n'est pas la première passe difficile où je me trouve avec les tiens.

Phinéas sortit et ferma la porte sur lui.

– Phinéas ne craint rien et fera tout pour toi, George, dit Siméon.

– Ce qui m'attriste, répondit George, c'est de vous faire courir à tous quelques périls.

– Tu nous feras plaisir, ami, de ne plus répéter ce mot-là. Ce que nous faisons, nous sommes obligés en conscience à le faire ; nous ne pouvons pas agir autrement. Et maintenant, mère, dit-il en se tournant vers Rachel, hâte les préparatifs : il ne faut pas renvoyer nos amis à jeun.

Pendant que Rachel et ses enfants achevaient les gâteaux de maïs et faisaient cuire le poulet et le jambon, George et sa femme étaient assis dans le petit salon, les bras entrelacés, songeant que dans quelques heures ils seraient peut-être séparés pour toujours.

– Élisa, lui disait George, les gens qui ont des amis, des terres, de l'argent, ne peuvent s'aimer comme nous faisons, nous qui n'avons que nous-mêmes. Jusqu'à ce que je vous aie connue, Élisa, personne ne m'aima, que ma sœur et ma mère, ce pauvre cœur brisé !… Je me rappelle cette chère Émilie, le matin du jour où le marchand l'emmena. Elle vint à moi, dans le coin où je dormais… « Pauvre George, disait-elle, c'est ta dernière amie qui s'en va ! qu'adviendra-t-il de toi, pauvre enfant ? » Je me levai, je l'entourai de mes bras… je sanglotai… je pleurai… elle pleurait aussi, et ce furent les dernières paroles affectueuses que j'entendis… Deux ans se passèrent, et mon cœur se flétrit et se dessécha comme le sable… jusqu'à ce que je vous aie vue… Votre amour fut pour moi une résurrection… Vous me rappeliez d'entre les morts. Depuis j'ai été un homme nouveau. Et maintenant, sachez-le bien, Élisa, je vais peut-être verser la dernière goutte de mon sang… Mais ils ne vous arracheront point à moi… Pour vous prendre, il faudra passer sur mon cadavre.

Rachel entra et, prenant Élisa par la main, elle la conduisit à table. On frappa un petit coup à la porte : Ruth entra.

– J'ai couru, dit-elle, pour apporter à l'enfant ces trois petites paires de bas propres, chauds et en laine. Il fait si froid, tu sais, au Canada !… Toujours du courage, Élisa ! dit-elle en se mettant à table auprès de la jeune femme et lui serrant affectueusement la main.

Et elle glissa un gâteau entre les doigts de Henry.

– Je lui en ai apporté d'autres, dit-elle en fouillant dans sa poche… Les enfants, tu sais, ça mange toujours !

– Oh ! répliqua Élisa, que vous êtes bonne !

– Voyons, Ruth, assieds-toi et soupe, dit Rachel.

– Impossible ! Imagine-toi, j'ai laissé John avec le baby… et des gâteaux au four… Si je m'arrête une minute, John va laisser brûler les gâteaux et donner à l'enfant tout ce qu'il y a de sucre à la maison. C'est son caractère, dit la petite quakeresse en riant. Ainsi, adieu, Élisa ! adieu, George ! Que Dieu protège votre voyage !…

Et elle disparut en sautillant.

Un moment après, une grande voiture couverte s'arrêta devant la porte. La nuit était claire et toute scintillante d'étoiles. Phinéas sauta vivement à bas de son siège pour faire placer les voyageurs. George sortit ; il tenait son enfant d'une main, sa femme de l'autre. Son pas était ferme, son visage plein de courage et de résignation. Rachel et Siméon venaient après lui.

– Descendez un peu, vous autres, dit Phinéas à ceux qui se trouvaient déjà dans la voiture, que j'arrange le fond pour les femmes et pour l'enfant.

– Voilà deux peaux de buffle, dit Rachel, mets-les sur le banc ; les cahots sont durs la nuit.

John descendit le premier et aida sa mère à descendre. Il en prenait le soin le plus touchant. La pauvre femme jetait partout des regards inquiets, comme si elle se fût attendue à voir à chaque instant arriver ses persécuteurs.

– Jim, vos pistolets ! dit George à voix basse. Et vous savez ce que nous ferons, si l'on nous attaque…

– Si je le sais ! dit Jim en montrant sa large poitrine et en respirant vaillamment… Ne craignez rien, je ne leur laisserai pas reprendre ma mère !

Pendant qu'il échangeait ces quelques mots, Élisa avait pris congé de sa bonne amie Rachel. Siméon la plaça dans la voiture, et elle s'y installa dans le fond avec son enfant. La vieille femme vint se mettre à côté d'elle. George et Jim se placèrent devant elle sur un banc grossier, et Phinéas sur le siège.

– Adieu, mes amis ! dit Siméon.

– Dieu vous bénisse ! répondit-on.

Et la voiture partit en faisant craquer le sol gelé sous les roues.

Il n'y avait pas moyen de causer.

On roula à travers les chemins du bois à demi défriché ; on franchit de larges plaines, on gravit des collines, on descendit dans les vallées, et les heures passaient.

L'enfant s'endormit bientôt et tomba lourdement sur le sein de sa mère. La pauvre vieille négresse oublia ses craintes, et, vers le point du jour, Élisa elle-même ferma les yeux. Phinéas était le plus gai de la compagnie ; il sifflait, pour abréger la route, certains airs un peu profanes… pour un quaker.

Vers trois heures, l'oreille de George saisit le bruit vif et rapide d'un sabot de cheval ; il donna un coup de coude à Phinéas, qui arrêta pour écouter.

– Ce doit être Michael ; je reconnais le galop de son bidet.

Il se leva et regarda avec une certaine inquiétude.

Ils aperçurent, au sommet d'une colline assez éloignée, un homme qui venait vers eux à fond de train.

– C'est lui ! dit Phinéas.

George et Jim sautèrent à bas avant de savoir trop ce qu'ils allaient faire ; ils se tournèrent silencieusement du côté où ils voyaient venir le messager attendu. Il avançait toujours ; une hauteur le déroba un instant, mais ils entendaient toujours l'allure précipitée : enfin on l'aperçut au sommet d'une éminence[1] et à portée de la voix.

– Oui ! c'est Michael. Holà ! ici ; par ici, Michael !

– Phinéas ! est-ce toi ?

1. Éminence : terrain élevé.

– Oui. Quelle nouvelle ? Viennent-ils ?

– Ils sont derrière moi, huit ou dix ! échauffés par l'eau-de-vie, jurant, écumant comme autant de loups.

À peine avait-il parlé qu'une bouffée de vent apporta le bruit du galop de leurs chevaux.

– Remontez ! Vite, vite en voiture, dit Phinéas. Si vous voulez combattre, attendez que je vous choisisse l'endroit…

Ils remontèrent. Phinéas lança les chevaux au galop. Michael se tenait à côté d'eux. Les femmes entendaient… elles voyaient dans le lointain une troupe d'hommes, dont la silhouette brune se découpait sur les bandes roses du ciel matinal. Encore une colline franchie, et les ravisseurs allaient apercevoir la voiture, si reconnaissable à la blancheur de sa bâche… On entendit un cri de triomphe brutal… Élisa, prête à se trouver mal, serrait son enfant sur son cœur ; la vieille femme priait et soupirait ; George et Jim saisirent leurs pistolets d'une main convulsive[1].

Les ennemis gagnaient du terrain ; la voiture tourna brusquement et s'arrêta près d'un bloc de rochers escarpés, surplombants, dont la masse solitaire s'élevait au milieu d'un vaste terrain doux et uni. Cette pyramide isolée montait, gigantesque et sombre, dans le ciel brillant, et semblait promettre un abri inviolable. Phinéas connaissait parfaitement l'endroit ; il y était souvent venu dans ses courses de chasseur. C'était pour l'atteindre qu'il avait si vivement poussé ses chevaux.

1. Convulsive : brusque.

– Nous y voilà, dit-il en arrêtant et en sautant à bas du siège… Allons ! tous, vite à terre, et grimpez avec moi dans ces rochers ! Michael, mets ton cheval à la voiture et va chez Amariah ; ramène-le avec quelques-uns des siens pour dire un mot à ces drôles !

En un clin d'œil tout le monde fut descendu.

– Par ici, dit Phinéas en attrapant le petit Henry ; par ici, prenez la femme ! et, si jamais vous avez su courir, courez maintenant !

L'exhortation était au moins inutile ; en moins de temps que nous ne saurions le dire, la haie fut franchie, la petite troupe s'élançait vers les rochers, tandis que Michael, suivant le conseil de Phinéas, s'éloignait rapidement.

– Avancez, dit Phinéas, au moment où, déjà plus près du rocher, ils distinguaient, aux lueurs mêlées de l'aube et des étoiles, la trace d'un sentier âpre[1], mais nettement marqué, qui conduisait au cœur du roc. Voilà une de nos cavernes de chasse… Venez !

Phinéas allait devant, bondissant comme une chèvre, de pic en pic, et portant l'enfant dans ses bras. Jim venait ensuite, chargé de sa vieille mère. George et Élisa fermaient la marche.

Les cavaliers arrivèrent à la haie et descendirent en proférant des cris et des jurements ; ils se préparaient à suivre les fugitifs. Après quelques minutes d'escalade, ceux-ci se trouvèrent au sommet du roc. Le sentier passait alors à travers un étroit défilé où l'on ne pouvait

1. Âpre : rude et désagréable.

marcher qu'un de front. Tout à coup ils arrivèrent à une crevasse d'à peu près trois pieds de large et de trente pieds de profondeur, qui séparait en deux la masse des rochers : précipice escarpé[1], perpendiculaire comme les murs d'un château fort. Phinéas franchit aisément la crevasse et déposa l'enfant sur un épais tapis de mousse blanche.

– Allons, allons, vous autres, sautez tous ! il y va de la vie !…

Et ils sautèrent, en effet, l'un après l'autre. Quelques fragments de rochers, formant comme un ouvrage avancé, les dérobaient au regard des assaillants.

– Bien ! nous voici tous, dit Phinéas avançant la tête au-dessus de ce rempart naturel pour suivre le mouvement de l'ennemi.

L'ennemi s'était engagé dans les rochers.

– Qu'ils nous attrapent s'ils peuvent ; mais ils vont être obligés de marcher un à un entre ces rochers, à la portée de nos pistolets… Vous voyez bien, enfants !

– Oui, je vois bien, dit George ; mais, comme ceci nous est une affaire personnelle, laissez-nous seuls en courir le risque et seuls combattre.

– Mon Dieu ! George, combats tout à ton aise, dit Phinéas en mâchant quelque feuille de mûrier sauvage, mais tu me laisseras bien le plaisir de regarder, j'imagine. Vois-les donc délibérer et lever la tête, comme des poules qui vont sauter sur le perchoir. Ne ferais-tu pas bien de leur dire un mot d'avertissement avant de

1. Escarpé : raide et difficile d'accès.

les laisser monter ?... Dis-leur seulement qu'on va tirer dessus !

La troupe, que l'on pouvait maintenant très nettement distinguer, se composait de marchands d'esclaves, Jack Loker et Marks, de deux constables et d'un renfort de chenapans, recrutés à la taverne pour quelques verres d'eau-de-vie.

– Eh bien, Jack, dit l'un d'eux, vos lapins sont joliment pris !...

– Oui, les voici là-haut... et voici le sentier... Il faut marcher... ils ne vont pas sauter du haut en bas, ils sont pris !

– Mais, Jack, ils peuvent tirer sur nous de derrière les rochers, et ce ne serait pas agréable du tout !

– Fi donc ! reprit Jack d'un air railleur, toujours penser à votre peau ! il n'y a pas de danger : les nègres ont trop peur.

– Je ne vois pas pourquoi je ne penserais pas à ma peau, fit Marks, je n'en possède pas de meilleure... Quelquefois les nègres se battent comme des diables.

En ce moment George apparut au sommet du rocher, et d'une voix calme et claire :

– Messieurs, dit-il, qui êtes-vous et que voulez-vous ?

– Nous venons reprendre un troupeau de nègres en fuite, dit Loker, George et Élisa Harris et leur fils, Jim Selden et une vieille femme. Nous avons avec nous des constables et un warrant[1] pour les prendre... et nous allons les prendre. Vous entendez ? Êtes-vous George

1. Warrant : ordre d'arrêter quelqu'un.

Harris, appartenant à M. Harris, du comté de Shelby, dans le Kentucky ?

– Je suis George Harris. Un monsieur Harris, du Kentucky, dit que je suis à lui. Mais maintenant je suis un homme libre, sur le sol libre de Dieu ! et je revendique comme miens ma femme et mon enfant. Jim et sa mère sont ici... Nous avons des armes pour nous défendre... et nous comptons nous défendre. Vous pouvez monter si vous voulez... Mais le premier qui se montre à la portée de nos balles est un homme mort, et le deuxième aussi, et le troisième, et ainsi de suite jusqu'au dernier.

– Allons, allons ! jeune homme, dit un personnage court et poussif qui s'avança en se mouchant, tous ces discours ne sont pas convenables dans votre bouche. Vous voyez que nous sommes des officiers de justice... nous avons la loi de notre côté, et le pouvoir, et tout ! Ce que vous avez de mieux à faire, voyez-vous, c'est de vous rendre paisiblement... Aussi bien tôt ou tard il va falloir que vous en veniez là !

– Je sais bien que vous avez le pouvoir et la loi de votre côté, répondit George avec amertume... Vous voulez vous emparer de ma femme pour la vendre à La Nouvelle-Orléans. Vous voulez renvoyer la vieille mère de Jim à la bête brute qui la fouettait et qui la maltraitait, faute de pouvoir maltraiter Jim lui-même. Moi et Jim, vous voulez nous rendre au fouet et à la torture, vous voulez nous faire écraser sous le talon de ceux que vous appelez nos maîtres... et vos lois vous protègent... Eh bien, honte à vos lois et à vous ! Mais vous ne nous tenez pas encore ! Nous ne reconnaissons pas vos lois, nous ne reconnaissons pas votre pays. Nous sommes ici sous le ciel de Dieu, aussi libres que vous-mêmes ; et, par ce grand Dieu qui nous a faits, je vous le jure, nous allons combattre pour notre liberté jusqu'à la mort !

Pendant qu'il faisait cette déclaration d'indépendance, George se tenait debout, en pleine lumière, sur le rocher. Les rayons de l'aurore éclairaient son visage basané[1] ; l'indignation suprême et le désespoir mettaient des flammes dans ses yeux, et en parlant il élevait sa main vers le ciel comme s'il en eût appelé de l'homme à la justice de Dieu.

L'attitude, l'œil, la voix, tout l'orateur, enfin, réduisit au silence la troupe de Jack Loker. Il y a dans l'intrépidité et le courage quelque chose qui fascine un moment même la plus grossière nature. Marks fut le seul qui n'éprouva aucune émotion. Il arma résolument son pistolet, et, pendant l'instant de silence qui suivit le discours de George, il fit feu sur lui.

– Vous savez, dit-il en essuyant son pistolet sur sa manche, qu'on aura autant pour lui mort que vivant !

George fit un bond en arrière. Élisa poussa un cri terrible. La balle avait passé dans les cheveux du mari et effleuré la joue de la femme ; elle alla s'enfoncer dans un arbre.

– Ce n'est rien, Élisa, dit George vivement.

– Ce sont des gueux ! dit Phinéas… Mais, au lieu de faire des discours, tu ferais mieux de te mettre à l'abri.

– Attention, Jim ! dit George, voyez vos pistolets,

1. Basané : de couleur brune.

gardons le passage ; le premier homme qui se montre est à moi : vous prendrez le deuxième… il ne faut pas perdre deux coups sur le même…

– Mais si vous ne touchez pas ?

– Je toucherai, fit George avec assurance.

– Il y a de l'étoffe[1] dans cet homme-là, murmura Phinéas entre ses dents.

Cependant, après le coup de pistolet de Marks, les assaillants s'arrêtèrent irrésolus.

– Vous devez en avoir frappé un, dit-on à Marks, j'ai entendu un cri.

– Je vais en prendre un autre, moi, dit Jack. Je n'ai jamais eu peur des nègres, je ne vais pas commencer aujourd'hui. Qui vient après moi ?

Et il s'élança dans les rochers.

George entendit très distinctement toutes ces paroles. Il dirigea son pistolet vers le point du défilé où le premier homme allait paraître.

Un des plus courageux de la bande suivait Jack ; les autres venaient après ; les derniers poussaient même les premiers un peu plus vite que ceux-ci n'eussent voulu. Ils approchaient ; bientôt la forme massive de Jack apparut au bord de la crevasse.

George fit feu : la balle pénétra dans le flanc ; mais Jack, avec le mugissement d'un taureau affolé, franchit l'espace béant et vint tomber sur la plate-forme du rocher.

– Ami, dit Phinéas en se mettant tout à coup devant

1. Il y a de l'étoffe : il y a de la consistance, de la force.

sa petite troupe et arrêtant Jack au bout de ses longs bras, on n'a pas du tout besoin de toi ici !

Loker tomba dans le précipice, roulant au milieu des arbres, des buissons, des pierres détachées, jusqu'à ce qu'il arrivât au fond, brisé et gémissant. La chute l'aurait tué si elle n'eût été amortie par des branches qui le retinrent à demi ; mais elle n'en fut pas moins assez lourde.

– Miséricorde ! ce sont de vrais démons ! fit Marks guidant la retraite[1] à travers les rochers avec beaucoup plus d'empressement qu'il n'en avait mis à monter à l'assaut. Toute la bande le suivit précipitamment. Le gros constable courait à perdre haleine.

– Camarades, dit Marks, faites le tour et allez chercher Jack ; moi je vais prendre mon cheval et aller quérir du secours…

Et, sans écouter les sarcasmes[2] et les huées, Marks joignit l'action à la parole et détala.

– Quelle vermine ! dit un des hommes… On vient pour ses affaires, et il décampe.

– Voyons ! reprit un autre, allons chercher cet individu ; peu m'importe qu'il soit mort ou vivant !

Conduits par les gémissements de Jack, s'aidant des branches et des buissons, ils descendirent jusqu'au pied du précipice où le héros gisait étendu, soupirant et jurant tour à tour avec une égale véhémence[3].

1. Retraite : action de se retirer.
2. Sarcasme : moquerie blessante.
3. Véhémence : violence.

– Vous criez bien fort, Jack, vous devez être moulu[1] !

– Je ne sais pas. Soulevez-moi ! pouvez-vous ? Malédiction sur le quaker ! Sans lui j'en aurais jeté quelques-uns du haut en bas, pour voir si ça leur aurait plu !

On l'aida à se lever, on le prit par les épaules, et on le conduisit ainsi jusqu'aux chevaux.

– Si vous pouviez seulement me ramener à un mille d'ici, jusqu'à cette taverne ! Donnez-moi un mouchoir de poche, quelque chose… pour mettre sur cette plaie et arrêter le sang !

George regarda par-dessus les rochers, il vit que les camarades de Jack s'efforçaient de le mettre sur son cheval ; après deux ou trois efforts inutiles, le marchand d'esclaves chancela et tomba lourdement sur le sol.

– J'espère qu'il n'est pas mort, dit Élisa, qui, avec ses compagnons, suivait toute cette scène.

– Pourquoi non ? dit Phinéas ; il n'aurait que ce qu'il mérite !

– Sur ma parole, je crois qu'ils l'abandonnent.

C'était vrai. Après avoir réfléchi et s'être consultés un instant, ils avaient repris les chevaux et s'étaient retirés.

Quand ils eurent disparu, Phinéas commença à se remuer un peu.

– Voyons, dit-il, il faut descendre et marcher. J'ai dit à Michael d'aller à la ferme, de nous ramener des secours, et de revenir avec la voiture, mais je pense que nous devons marcher un peu au-devant de lui. Dieu

1. Moulu : fatigué jusqu'à ressentir de la douleur physique.

veuille qu'il soit bientôt ici ! il est de bonne heure. Nous ne tarderons pas à le rejoindre ; nous ne sommes pas à plus de deux milles de notre station. Si la route n'avait pas été si dure cette nuit, nous aurions pu les éviter.

En s'approchant de la haie, Phinéas aperçut la voiture, qui revenait avec les amis.

– Bon ! s'écria-t-il joyeusement, voilà Michael, Stephen et Amariah… Maintenant nous voici en sûreté, comme si nous étions arrivés là-bas !

– Alors, arrêtons-nous un peu, dit Élisa, faisons quelque chose pour ce pauvre homme qui gémit si fort…

– Ce ne serait faire que notre devoir, répliqua George ; prenons-le et emportons-le avec nous.

– Et nous le soignerons parmi les quakers, reprit Phinéas ; c'est bien, cela ! je ne m'y oppose certes pas ! Voyons-le !

Et Phinéas, qui, dans sa vie de chasseur et de maraudeur, avait acquis certaines notions de la chirurgie primitive, s'agenouilla auprès du blessé et commença un examen attentif.

– Marks, dit Jack d'une voix faible… est-ce vous, Marks ?

– Non, ami, ce n'est pas lui, dit Phinéas ; il s'inquiète bien plus de sa peau que de toi… Il y a longtemps qu'il est parti !

– Je crois que je suis perdu ! dit Jack… Le maudit chien qui me laisse mourir seul !… Ma pauvre vieille mère m'a toujours dit que cela finirait ainsi.

– Oh ! là ! écoutez cette pauvre créature : il appelle

maman ! je ne puis m'empêcher d'en avoir pitié, dit la bonne négresse.

– Doucement ! dit Phinéas, sois tranquille, ne fais pas le méchant. Tu es perdu si je ne parviens pas à arrêter le sang.

Et Phinéas s'occupa de tous ses petits arrangements chirurgicaux, assisté de toute la compagnie.

– C'est vous qui m'avez précipité, lui dit Jack d'une voix faible.

– Mais sans cela tu nous aurais précipités nous-mêmes, tu vois bien ! répondit Phinéas en appliquant le bandage. Allons, allons, laisse-moi panser cela ; nous n'y entendons pas malice[1], nous autres ; nous te voulons du bien. Nous allons te mener dans une maison où l'on te gardera comme le ferait ta mère.

Jack poussa un gémissement et ferma les yeux… Dans les hommes de cette espèce, le courage est tout à fait physique : il s'échappe avec le sang qui coule… Le géant faisait pitié dans son abandon…

Cependant Michael était là avec la voiture : on tira les bancs, on doubla les peaux de buffle, on les plaça d'un seul côté, et quatre hommes, avec de grands efforts, placèrent Jack dans la voiture. Il s'évanouit entièrement. La vieille négresse, tout émue, s'assit au fond et mit la tête du blessé sur ses genoux ; Élisa, George et Jim se casèrent comme ils purent, et l'on repartit.

– Que pensez-vous de lui ? dit George à Phinéas auprès de qui il s'était assis sur le siège.

1. Nous n'y entendons pas malice : nous n'avons pas de mauvaises intentions.

– Cela va bien ; les chairs seules sont atteintes, mais la chute a été rude ; il a beaucoup saigné, ça lui a retiré des forces et du courage. Il reviendra, et ceci lui apprendra peut-être une chose ou deux…

– Je suis heureux, dit George, de vous entendre parler ainsi. C'eût toujours été un poids pour moi d'avoir causé sa mort… même pour une si juste cause !

– Oui, dit Phinéas, tuer est une mauvaise chose, de quelque façon que ce soit… homme ou bête… Dans mon temps j'ai été un grand chasseur… Un jour j'ai vu tomber un daim… il allait mourir. Il me regardait avec un œil !… on sentait que c'était mal de l'avoir tué ! Les créatures humaines, c'est encore pis.

– Que ferons-nous de ce pauvre diable ? dit George.

– Nous allons le conduire chez Amariah. Il y a là la grand'maman Stephens Dorcas, comme ils l'appellent ; c'est la meilleure garde-malade… En quinze jours elle le rétablira.

Une heure après, nos voyageurs arrivaient dans une jolie ferme, où les attendait un excellent déjeuner. Jack fut déposé avec soin sur un lit plus propre et plus doux que ceux dont il avait l'habitude. Sa blessure fut pansée et bandée : comme un enfant fatigué, il ouvrait et fermait languissamment ses yeux, et les reposait sur les rideaux blancs de ses fenêtres pendant que de joyeux amis glissaient devant lui dans sa chambre de malade.

XV

Expériences et opinions de miss Ophélia

Notre ami Tom, dans ses rêveries naïves, comparait sa position d'esclave heureux à celle de Joseph en Égypte[1]. En effet, avec le temps, et à mesure qu'il se révélait de plus en plus à son maître, le parallèle devenait juste de plus en plus.

Saint-Clare était indolent[2] de sa nature et n'avait aucun souci de l'argent. Jusque-là le marché et l'approvisionnement avaient été confiés aux soins d'Adolphe, aussi insouciant lui-même et aussi extravagant que son maître. Avec eux la dissipation[3] et le gaspillage allaient leur train. Tom, en entrant chez Saint-Clare, accoutumé depuis des années à regarder la fortune de ses maîtres comme une chose livrée à sa garde, Tom voyait avec un malaise qu'il ne pouvait dissimuler toutes les dépenses de la maison, et, avec cette habileté dans l'emploi des insinuations détournées que possèdent les gens de sa classe, il faisait parfois d'humbles remontrances.

1. Joseph en Égypte : selon la Bible, Joseph fut vendu comme esclave en Égypte mais devint l'ami puissant de Pharaon.
2. Indolent : qui agit avec lenteur et mollesse.
3. Dissipation : dilapidation des biens par dépense excessive.

Saint-Clare ne se servit d'abord de lui que par hasard ; mais, frappé de son merveilleux bon sens et de son intelligence des affaires, il se confia à lui de plus en plus, jusqu'à ce qu'il en fît une sorte d'intendant[1].

– Non ! non ! laissez faire Tom, disait-il un jour à Adolphe qui se plaignait de voir sortir le pouvoir de ses mains. Nous ne connaissons que les besoins, Tom connaît les prix !… Petit à petit on voit la fin de son argent, si l'on n'y prend pas garde.

Investi de la confiance sans bornes d'un maître négligent, qui lui remettait des billets sans en regarder le chiffre, et qui recevait le change[2] sans compter, Tom avait toutes les facilités et toutes les tentations de l'infidélité ; il lui fallait pour se sauver toute l'honnête simplicité de sa nature. Mais pour lui la confiance devenait un lien de plus et une obligation nouvelle.

Avec Adolphe, tout le contraire était arrivé. Léger, indifférent, ne se sentant pas retenu par un maître qui trouvait l'indulgence plus facile que l'ordre, Adolphe en était venu à confondre d'une si étrange façon le tien et le mien vis-à-vis de son maître, que Saint-Clare lui-même commençait à s'en effrayer. Son bon sens l'avertissait qu'une telle conduite était à la fois injuste et dangereuse.

Il n'était pas assez fort pour en changer ; mais il portait ou il lui semblait porter en lui-même une sorte de remords chronique, qui aboutissait finalement à une indulgence toujours grande. Il passait légèrement sur

1. Intendant : personne qui s'occupe d'administrer et d'organiser la maison.
2. Recevait le change : recevait la monnaie, ce qui restait après la dépense.

les fautes les plus graves, parce qu'il se disait que ses esclaves feraient mieux leur devoir si lui-même avait mieux fait le sien.

Tom avait pour son jeune et beau maître un singulier mélange de respect, de dévouement et de sollicitude paternelle. Il remarquait qu'il plaisantait de tout, qu'il fréquentait les clubs, les soupers fins, qu'il buvait ! Tom remarquait cela comme tout le monde, et Tom n'aurait voulu l'avouer à personne : mais c'était pour lui l'occasion et la cause de bien des peines, quand il était renfermé dans sa petite chambre.

Ce n'est pas que Tom ne sût exprimer sa pensée avec une certaine habileté d'insinuation. Une nuit, Saint-Clare, après un festin, avec des convives choisis, rentrait au logis entre une ou deux heures, dans un état où il n'était que trop évident que la matière l'emportait sur l'esprit. Tom et Adolphe le mirent au lit. Le dernier était enchanté, il trouvait le tour excellent… il riait de tout son cœur de la naïve désolation de Tom, qui resta toute la nuit éveillé, priant pour son jeune maître.

– Pourquoi ne vous êtes-vous pas couché, Tom ? lui demandait le lendemain Saint-Clare en pantoufles et en robe de chambre dans sa bibliothèque. Y a-t-il quelque chose qui vous inquiète ? ajouta-t-il, voyant que Tom attendait toujours.

Il se rappelait qu'il lui avait donné des ordres et remis de l'argent.

– J'en ai peur, maître, dit Tom avec une mine grave.

Saint-Clare laissa tomber son journal, posa sa tasse de café et regarda Tom.

– Eh bien, Tom, qu'est-ce ? Vous êtes solennel comme un tombeau !

– Oui ! je suis bien malheureux, maître ! J'avais toujours pensé que mon maître était bon pour tout le monde.

– Eh bien, est-ce que… ? Voyons, que vous faut-il ? Vous avez oublié quelque commission… Vous faites une préface !

– Mon maître a toujours été bien bon pour moi, je ne demande rien… ce n'est pas cela… Il n'y a qu'une chose en quoi mon maître n'est pas bon…

– Allons, que vous êtes-vous mis dans la tête ? Parlez ; voyons, expliquez-vous.

– La nuit dernière, entre une et deux heures, je réfléchissais à cela… Je me disais : « Le maître n'est pas bon pour lui-même. »

La voix de Tom tremblait dans sa gorge, et les larmes ruisselaient le long de ses joues.

– Pauvre fou ! dit Saint-Clare qui se sentait aussi des larmes dans les yeux. Relevez-vous, Tom : je ne mérite pas que l'on pleure pour moi.

Mais Tom ne se retirait pas… il paraissait toujours supplier.

– Soit, Tom, je ne veux plus partager leurs folies. Non, sur l'honneur, je ne veux plus. Il y a longtemps que je les déteste, et que je me déteste moi-même à cause d'elles. Ainsi, Tom, séchez vos yeux et allez à vos affaires… Voyons, voyons, pas de bénédictions… je ne suis déjà pas si bon !…

Et il mit doucement Tom à la porte de la bibliothèque…

– Je vous jure, Tom, que vous ne me reverrez jamais dans cet état !

Tom s'en alla, essuyant ses yeux et la joie dans l'âme.

– Je lui tiendrai parole, dit Saint-Clare en le voyant partir.

Et cette parole fut tenue.

Les grossièretés du sensualisme[1] n'avaient jamais été la tentation dangereuse de Saint-Clare.

Mais qui donc pourra maintenant énumérer les tribulations[2] de toutes sortes de notre amie Ophélia, chargée de gouverner une maison du Sud ?

Il y a une différence profonde entre les esclaves des divers établissements du Sud : cette différence tient toujours au caractère et au mérite de la maîtresse de la maison.

Dans le Sud aussi bien que dans le Nord il y a des femmes qui ont à un haut degré la science de commander et l'art d'élever les esclaves. Avec une apparente facilité, sans déploiement de rigueur, elles se font obéir. Elles établissent l'ordre et l'harmonie entre les diverses capacités qu'elles gouvernent, corrigent par l'excès de l'une l'insuffisance de l'autre, jusqu'à ce qu'elles rencontrent l'équilibre du système.

Telle était, par exemple, Mme Shelby.

Si de telles maîtresses de maison sont rares dans le Sud, c'est qu'à vrai dire elles sont rares dans le monde entier. On en trouve autant dans le Sud que partout

1. Sensualisme : abus des sens.
2. Tribulations : mésaventures.

ailleurs ; et, quand elles s'y rencontrent, l'état social du pays leur donne l'occasion de déployer toute leur habileté.

Ni Marie Saint-Clare, ni sa mère avant elle, ne sauraient être rangées dans cette catégorie privilégiée.

Elle était indolente, sans esprit de conduite, sans résolution prise à l'avance. Elle avait des esclaves en qui se retrouvaient les mêmes défauts.

Le premier jour de son administration, miss Ophélia fut debout à quatre heures, et, après avoir fait le ménage de sa propre chambre, ce qu'elle faisait toujours depuis son arrivée chez Saint-Clare, au grand étonnement de sa femme de chambre, elle se mit en devoir de commencer une sévère inspection sur les armoires et cabinets dont elle avait les clefs.

L'office, la lingerie, la porcelaine, la cuisine, le cellier[1] furent découverts ! On s'effraya, on s'alarma, on murmura contre les façons de ces dames du Nord.

La vieille Dinah, passée cordon-bleu, directrice générale au département de la cuisine, se mit en grande colère contre ces empiétements sur son pouvoir. Les barons féodaux, au temps de la Grande Charte[2], n'éprouvèrent pas de plus vif ressentiment en présence des usurpations de la couronne[3].

Dinah était un caractère. Ce serait outrager sa mémoire

1. Cellier : pièce où l'on range les provisions.
2. Grande Charte : texte des lois établies par les barons d'Angleterre pour contrôler les impôts et limiter le pouvoir du roi Jean sans Terre, en 1215 ; base de la Constitution anglaise.
3. Usurpations de la couronne : en 1216, violation par le roi des droits établis par cette Grande Charte.

que de ne pas donner d'elle une juste idée au lecteur. Elle était née cuisinière aussi bien que Chloé. Le talent de la cuisine est un mérite commun dans la race africaine. Mais Chloé était dirigée, commandée ; elle avait sa place dans une hiérarchie. Dinah était au contraire un génie primesautier[1], et, comme tous les génies en général, elle était passionnée, entêtée, sujette au caprice. Pareille en cela à une certaine catégorie de philosophes modernes, Dinah méprisait souverainement la logique et la raison ; elle s'en rapportait à l'intuition instinctive. L'instinct était pour elle une forteresse imprenable. Ni le talent, ni l'autorité, ni la raison ne pouvaient lui faire croire qu'il y eût au monde un système qui valût le sien, ou qu'elle dût modifier sa pratique dans les plus légers détails. Ce point avait été concédé par son ancienne maîtresse, et miss Marie, comme elle appelait toujours Mme Saint-Clare, même après son mariage, avait mieux aimé se soumettre que de lutter. Ainsi Dinah avait un pouvoir absolu. Sa position était d'autant plus aisément conservée qu'elle était passée maîtresse en science diplomatique, unissant l'obséquiosité[2] des manières à l'inflexibilité des principes.

Dinah avait l'art suprême des explications et des excuses. La cuisinière est infaillible ! Voilà un de ses axiomes[3]. Ajoutons que, dans une maison du Sud, une cuisinière trouve toujours autour d'elle une foule de têtes et d'épaules sur lesquelles elle peut faire retomber

1. Primesautier : vif et impulsif.
2. Obséquiosité : politesse exagérée.
3. Axiome : énoncé indiscutable, admis comme une vérité absolue.

ses péchés pour garder intacte sa pureté immaculée[1]. Chaque erreur avait cinquante causes étrangères à Dinah ; chaque faute, cinquante coupables, qu'elle punissait avec un zèle sans égal.

Mais, en dernière analyse, on n'avait presque jamais rien à lui reprocher… Elle se distinguait par les résultats. Elle suivait bien des routes sinueuses et détournées, mais elle arrivait ; elle ne tenait compte ni du temps ni du lieu… Sa cuisine était toujours dans un état assez propre à donner l'idée qu'une tempête était chargée d'y mettre tout en ordre ; elle avait pour chaque chose autant de places qu'il y a de jours à l'année… Mais laissez-la faire, ne la poussez pas trop, et vous allez avoir un repas… à satisfaire un épicurien[2]…

C'était l'heure où commencent les préparatifs du dîner. Mère Dinah, qui avait besoin de réflexion et de repos, et qui d'ailleurs prenait toujours ses aises, était assise sur le plancher de sa cuisine, fumant un vieux culot[3] de pipe, auquel elle tenait beaucoup, et qu'elle allumait toujours, comme un encensoir[4], quand elle était à la recherche de l'inspiration. C'est ainsi que Dinah invoquait les muses domestiques[5].

Autour d'elle étaient assis les divers membres de cette florissante famille qui pullule[6] dans les maisons du Sud.

1. Immaculée : sans tache.
2. Épicurien : adepte d'Épicure (341-270 av. J.-C.), philosophe grec antique ; personne qui profite des plaisirs de la vie.
3. Culot : partie de la pipe où le tabac se consume.
4. Encensoir : vase où l'on fait brûler des parfums ou de l'encens, pendant une messe.
5. Muses domestiques : les divinités de la maison, qui peuvent nous inspirer.
6. Pullule : se reproduit en grand nombre.

Ils écossaient les pois, pelaient les pommes de terre, ou arrachaient le fin duvet des volailles. Dinah, de temps en temps, interrompait sa méditation pour donner un coup de poing sur la tête de quelqu'un de ses jeunes aides, ou envoyer à quelque autre un avertissement au bout de sa cuillère à pouding[1]. En un mot, Dinah faisait ployer toutes ces têtes laineuses sous un sceptre de fer. Elle pensait que tous ces nègres n'avaient d'autre destinée en ce monde que de lui épargner des pas, selon sa propre expression. Elle avait grandi dans cette opinion et elle la poussait maintenant jusqu'à ses plus lointains développements.

Miss Ophélia, sa tournée faite dans le reste de la maison, arriva donc à la cuisine. Dinah avait appris de diverses sources la réforme[2] qui se préparait ; elle était résolue à se tenir sur une ferme défensive, et bien déterminée à opposer à toute nouvelle mesure la force passive de l'inertie[3].

La cuisine était une vaste pièce, pavée de briques. Une large cheminée à l'ancienne mode en occupait tout un côté. Saint-Clare avait vainement essayé de la remplacer par un fourneau. Dinah n'avait pas voulu. Pas un puseyste[4], pas un conservateur[5] d'aucune école

1. Pouding : dessert anglais.
2. Réforme : changement profond.
3. Inertie : absence de réaction.
4. Puseyiste : adepte des idées d'Edward Bouverie Pusey (1800-1882), ecclésiastique anglais qui voulait réintégrer certaines traditions catholiques datant d'avant la religion anglicane (péjoratif).
5. Conservateur : personne appartenant au parti conservateur, refusant le changement.

n'était plus inflexiblement attaché que Dinah aux abus qui avaient pour eux la sanction du temps.

La première fois que Saint-Clare revint du Nord, frappé de l'ordre et de la régularité qui régnaient dans la cuisine de son oncle, il avait amplement garni la sienne de buffets, de vaisseliers et de tous les appareils imaginables qu'il croyait capables de venir en aide à Dinah dans ses efforts pour rétablir un peu de symétrie et d'arrangement. Ce fut comme s'il eût importé du Nord une pie ou un écureuil. Plus il y eut de buffets et de tiroirs, plus il y eut aussi de trous et de cachettes où Dinah put fourrer ses chiffons, ses peignes, ses vieux souliers, ses rubans, ses fleurs artificielles et autres objets de fantaisie qui faisaient la joie de son âme.

Quand miss Ophélia entra dans la cuisine, Dinah ne se leva pas ; elle continua de fumer avec une tranquillité sublime, suivant tous les mouvements de la vieille fille, obliquement et du coin de l'œil, bien qu'en apparence elle ne s'occupât qu'à surveiller les opérations de ses aides.

Miss Ophélia ouvrit un tiroir.

– Qu'est-ce qu'on met là dedans ?

– Toute espèce de chose, *missis*[1] ! répondit la vieille Dinah.

La réponse paraissait juste : il y avait de tout dans le tiroir. Miss Ophélia en retira d'abord une superbe nappe damassée[2], toute tachée de sang, qui avait évidemment servi à envelopper de la viande crue.

1. *Missis* : madame.
2. Damassée : à motifs de fleurs ou de personnages.

– Qu'est cela, Dinah ? Vous n'enveloppez pas la viande dans le plus beau linge de table de votre maîtresse, j'imagine ?

– Oh ! Dieu ! non !… Je n'avais plus de serviettes… j'ai pris celle-ci pour l'envoyer au blanchissage… Voilà pourquoi elle est là…

– Étourdie ! dit miss Ophélia en se parlant à elle-même, et elle continua à fureter dans le tiroir…

Elle y trouva une râpe et deux ou trois noix de muscade, un livre de cantiques méthodistes, des madras[1] déchirés, de la laine, un tricot, du tabac, une pipe, des pétards, deux sauciers dorés et de la pommade dedans, de vieux souliers fins, un morceau de flanelle très soigneusement piqué[2], renfermant de petits oignons blancs, des nappes damassées et de grosses serviettes, des aiguilles à tricoter, et des enveloppes déchirées d'où s'échappaient de ces herbes odoriférantes à qui le soleil du Midi sait donner de si ardents parfums.

– Où mettez-vous vos muscades ? demanda miss Ophélia du ton d'une personne qui a prié Dieu de lui donner de la patience.

– Partout, missis ! Il y en a dans cette tasse fêlée… il y en a aussi dans cette armoire.

– Il y en a aussi dans la râpe, dit miss Ophélia en les atteignant.

– Oui ! je les y ai mises ce matin. J'aime à avoir tout

1. Madras : étoffe de soie et de coton.
2. Piqué : cousu.

sous la main. Jack ! à vos affaires… pourquoi vous tenir là ? attendez…

Et elle brandit sa baguette vers le coupable.

– Qu'est cela ? fit miss Ophélia en atteignant le saucier plein de pommade.

– Oh ! c'est ma graisse, je l'ai mise là pour l'avoir sous la main…

– Ah ! c'est ainsi que vous employez les sauciers dorés !

– Dame ! j'étais si pressée… je l'aurais retirée un de ces jours…

– Voici du linge de table.

– Ah ! je l'avais mis là pour le faire laver… un de ces jours !

– Mais n'avez-vous point quelque place où mettre ce qui doit être lavé ?

– M. Saint-Clare dit qu'il a acheté ce coffre pour cela, mais le couvercle est lourd à lever. Et puis je mets toutes sortes de choses dessus, et j'y pétris ma pâte !

– Et pourquoi pas sur cette table faite exprès ?

– Hélas, missis ! elle est si pleine de vaisselle… et de choses et d'autres… qu'il n'y a plus de place…

– Vous devez laver votre vaisselle et l'ôter de là.

– Laver ma vaisselle ! s'écria Dinah en prenant les notes aiguës ; la colère lui faisait oublier la réserve habituelle de ses manières. Qu'est-ce que les dames connaissent à cela ? Je voudrais bien le savoir !… Quand m'sieu aurait-il son dîner, si je passais mon temps à nettoyer et à ranger les plats ? Jamais miss Marie ne me parle de cela !

– Voici des oignons.

– Oui : c'est moi qui les ai mis là ; je ne me suis pas rappelé… c'était pour une étuvée[1] ; je les ai oubliés dans cette vieille flanelle.

Miss Ophélia souleva le papier aux herbes odoriférantes.

– Je voudrais bien que missis ne touchât pas à cela, dit Dinah d'un ton déjà plus décidé. J'aime à savoir où sont les choses quand j'en ai besoin.

– Mais vous voyez que le papier est déchiré.

– On prend plus aisément.

– Vous voyez que tout s'éparpille dans le tiroir.

– Sans doute… si missis ravage tout ainsi !… C'est missis qui a tout éparpillé…

Et Dinah tout émue s'approcha du tiroir.

– Si missis voulait remonter au salon jusqu'à l'heure où je pourrai ranger… je vais remettre de l'ordre, mais je ne puis rien faire quand les dames sont là sur mes épaules… Voyons, Sam, ne donnez donc pas le sucrier à cet enfant… je vais vous arranger !

– Dinah, je vais, moi, tout ranger dans la cuisine, dit miss Ophélia ; et j'espère que vous maintiendrez l'ordre par la suite.

– Ah ciel ! miss Phélia, ce n'est pas aux dames à faire cela. Non, je n'ai jamais vu faire cela aux dames… ni à ma vieille maîtresse, ni à miss Marie… non !

Et Dinah, indignée, marchait à grands pas, tandis que miss Ophélia elle-même, de ses propres mains,

1. Étuvée : plat de légumes cuits à la vapeur.

rangeait, empilait, frottait, nettoyait, disposait, assortissait les objets, avec une rapidité dont Dinah était comme éblouie.

– Si c'est ainsi que font les dames du Nord, ce ne sont pas des dames, fit-elle à quelques-unes de ses satellites[1], quand miss Ophélia ne put l'entendre. Je fais les choses aussi bien qu'une autre quand c'est l'heure de laver ; mais je ne veux pas que les dames se mêlent de mes affaires et les mettent à des places où je ne pourrai pas les retrouver.

Pour être juste envers Dinah, il faut bien dire qu'à certaines périodes assez régulières elle éprouvait comme un besoin d'ordre intérieur et d'arrangement : c'était ce qu'elle appelait ses grands jours. Alors elle bouleversait les tiroirs de fond en comble, vidait les buffets sur la table ou par terre, et la confusion était alors sept fois plus confuse ; puis elle allumait sa pipe pour surveiller à loisir ses opérations, se contentant de faire agir la jeune population, qui augmentait notamment le désordre et le trouble de toutes choses. Tels étaient les grands jours de Dinah. Elle s'imaginait qu'elle était l'ordre en personne, et que tout le dérangement venait des esclaves inférieurs. Quand donc les plats d'étain étaient bien écurés[2], la tache blanche comme neige, et tout ce qui pouvait blesser la vue éloigné et caché, Dinah faisait un bout de toilette, mettait un tablier blanc, un turban de madras éclatant, puis elle faisait déguerpir tous nos

1. Satellite : ici, personne de l'entourage.
2. Écurés : récurés, nettoyés.

jeunes drôles de la cuisine, pour tenir tout propre. Du reste, ce zèle périodique n'était pas sans inconvénients : Dinah concevait un tel amour pour l'étain écuré qu'elle ne voulait plus qu'on s'en servît sous aucun prétexte, jusqu'à ce que cette grande ardeur de propreté se fût naturellement refroidie.

En quelques jours, miss Ophélia eut réformé toute la maison; mais ses efforts dans tout ce qui réclamait la coopération des domestiques étaient pareils à ceux de Sisyphe[1] ou des Danaïdes[2]. Un jour, en désespoir de cause, elle en appela à Saint-Clare.

– Il est impossible de mettre aucun ordre parmi ces gens !

– C'est bien vrai.

– Je n'ai jamais vu tant d'étourderie, tant de gaspillage, tant de confusion !

– J'en conviens.

– Vous ne le prendriez pas si froidement si vous étiez chargé de tenir la maison.

– Chère cousine, comprenez donc une fois pour toutes que, nous autres maîtres, nous sommes divisés en deux classes, les oppresseurs et les opprimés. Nous qui sommes bons et qui détestons d'être sévères, nous nous soumettons à une foule d'inconvénients. Puisque nous voulons entretenir une bande de sacripants dans

1. Sisyphe : personnage de la mythologie grecque, condamné par les dieux à rouler sans fin un rocher vers le sommet d'une colline ; symbole du travail sans cesse à recommencer.
2. Danaïdes : personnages féminins de la mythologie grecque, condamnés par les dieux à remplir éternellement un tonneau percé.

nos maisons, il faut que nous en subissions les conséquences. Il est bien rare, et il faut pour cela un tact tout particulier, il est bien rare que l'on puisse obtenir l'ordre dans la sévérité. Je n'ai pas ce talent-là ; aussi voilà longtemps que je me résigne à laisser aller les choses comme elles vont. Je ne voudrais pas faire fouetter et déchirer ces pauvres diables… Ils le savent bien… et peut-être qu'ils en abusent.

– Mais n'avoir ni l'ordre, ni le temps, ni la place de rien ! c'est une étourderie sans pareille !

– Ma chère Vermont, vous autres gens du pôle Nord, vous faites du temps un cas vraiment ridicule. Qu'est-ce que le temps, je vous prie, pour un homme qui en a deux fois plus qu'il n'en peut employer ? Quant à l'ordre, à la régularité, lorsqu'on n'a rien à faire qu'à s'étendre sur un sofa, qu'importe que le déjeuner ou le dîner soit prêt une heure plus tôt ou une heure plus tard ? Dinah nous compose de vrais festins, potages, ragoûts, rôti, dessert, crème à la glace, et tout ! Elle crée tout cela du chaos et de l'antique nuit ! C'est sublime, voyez-vous ! mais que le ciel nous bénisse si jamais nous nous avisons de descendre dans la cuisine et de voir les préparatifs… nous n'oserions plus goûter de rien. Ma bonne cousine, épargnez-vous ce souci ; ce serait pire qu'une pénitence catholique[1], et tout aussi inutile. Vous y perdriez votre sérénité d'âme, et vous feriez perdre la tête à Dinah. Qu'elle aille son train[2] !

1. Ce serait pire qu'une pénitence catholique : ironie de l'auteur qui était l'épouse d'un pasteur protestant.
2. Qu'elle aille son train : qu'elle fasse à sa manière, à son rythme.

– Mais, Augustin, vous ne savez pas en quel état j'ai trouvé les choses !

– Vous croyez ? Est-ce que je ne sais pas que le rouleau à pâtisserie est sous son lit… la râpe dans sa poche avec son tabac ? qu'il y a soixante-cinq sucriers dans autant de trous différents… qu'elle essuie sa vaisselle un jour avec du linge de table, et le lendemain avec un morceau de sa vieille jupe ?… Mais la merveille, c'est qu'elle me fait des dîners superbes, et du café… quel café ! Il faut la juger comme les généraux et les hommes d'État… sur le succès !

– Mais le gaspillage ! la dépense !

– Soit ! enfermez tout, gardez la clef… Donnez au fur et à mesure, mais ne vous occupez pas des petits morceaux… c'est encore ce qu'il y a de mieux à faire.

– Eh bien, Augustin, cela m'inquiète… Je me demande quelquefois : Sont-ils réellement honnêtes ?… Croyez-vous qu'on puisse compter dessus ?…

Augustin rit aux éclats de la mine grave et inquiète de miss Ophélia pendant qu'elle lui faisait cette question.

– Ah ! cousine, c'est vraiment trop fort ! c'est vraiment trop fort ! Honnêtes ! comme si l'on pouvait s'attendre à cela !… Et pourquoi le seraient-ils ? Qu'a-t-on fait pour qu'ils le fussent ?

– Pourquoi ne les instruisez-vous pas ?

– Les instruire ? tarare[1] ! Quelle instruction voulez-vous que je leur donne ?… j'ai bien l'air d'un précep-

1. Tarare ! : interjection signifiant qu'on ne croit pas en quelque chose.

teur ! Quant à Marie, elle serait bien capable de tuer toute une plantation si on la laissait faire ; mais, à coup sûr, elle n'en convertirait pas un.

– N'y en a-t-il point quelques-uns d'honnêtes ?…

– Oui, vraiment ; de temps en temps la nature s'amuse à en faire un, si simple, si naïf, si fidèle, que les plus détestables influences n'y peuvent rien ! Mais, voyez-vous, depuis le sein de leur mère les enfants de couleur comprennent qu'ils ne peuvent arriver que par des voies clandestines. Il n'y a que ce moyen-là, avec les parents, avec les maîtres et les enfants des maîtres, compagnons de leurs jeux ! La ruse, le mensonge deviennent des habitudes nécessaires, inévitables. On ne peut attendre rien autre chose de l'esclave ; il ne faut même pas le punir pour cela. On le retient dans une sorte de demi-enfance qui l'empêche toujours de comprendre que le bien de son maître n'est pas à lui… s'il peut le prendre… Pour ma part, je ne vois pas comment les esclaves pourraient être probes[1], ni ce qu'ils y gagneraient.

Vers le soir, miss Ophélia se trouvait dans la cuisine. Un des négrillons s'écria :

– Voici venir la mère Prue, grommelant, comme toujours…

Une femme de couleur, grande, osseuse, entra dans la cuisine, portant sur la tête un panier de biscottes et de petits pains chauds.

– Eh bien ! Prue, vous voilà ! dit la cuisinière.

Prue avait l'air maussade et la voix rauque.

1. Probes : honnêtes.

Elle déposa son panier et s'accroupit par terre, mit ses coudes sur ses genoux, et dit :

– Je voudrais être morte.

– Pourquoi ? demanda miss Ophélia.

– Je serais délivrée de ma misère, dit brusquement la femme sans relever les yeux.

– Pourquoi aussi vous grisez-vous ? dit une jolie femme de chambre quarteronne, faisant sonner en parlant ses boucles d'oreilles en corail.

Prue lui jeta un regard sombre et farouche.

– Vous y viendrez un de ces jours, lui dit-elle, et je serai bien aise de vous y voir. Alors vous serez heureuse de boire, comme je le fais, pour oublier.

– Venez, Prue… que je voie vos biscottes, fit Dinah. Voilà missis qui va vous payer.

Miss Ophélia en prit deux douzaines.

– Il doit y avoir des bons dans cette vieille cruche fêlée là-haut. Jack, grimpez et descendez-en.

– Des bons, et pour quoi faire ? demanda miss Ophélia.

– Oui ; nous payons les bons à son maître, et elle nous donne du pain en échange.

– Et quand je reviens, dit Prue, mon maître compte les bons et l'argent, et, si le compte n'y est pas, il m'assomme de coups.

– Et vous le méritez bien, dit Jane, la jolie femme de chambre, si vous prenez son argent pour aller boire. C'est ce qu'elle fait, missis.

– Et ce que je ferai encore ; je ne puis vivre autrement : boire et oublier !

– C'est très mal de voler l'argent de votre maître et de l'employer à vous abrutir.

– J'en conviens ; mais je le ferai encore, je le ferai toujours ! Je voudrais être morte et délivrée de tous mes maux !

Et lentement et péniblement la vieille femme se releva et remit le panier sur sa tête ; mais, avant de sortir, elle regarda encore une fois la femme de chambre, qui jouait toujours avec ses pendants d'oreilles.

– Vous croyez que vous êtes bien belle, avec ces colifichets ? vous remuez la tête, et vous regardez le monde du haut en bas… Bien, bien ! vous serez un jour une pauvre vieille créature comme moi, j'espère ; et vous verrez alors si vous ne voulez pas boire, boire, boire ! Gardez-vous bien, en attendant ! Hue !…

Et elle sortit en poussant un ricanement sauvage.

Tom, qui s'était trouvé dans la cuisine pendant la conversation avec la vieille Prue, la suivit jusque dans la rue ; il la vit s'en aller en poussant par intervalles un gémissement étouffé… Enfin elle posa le panier sur le pas d'une porte et arrangea son vieux châle sur ses épaules.

– Je vais porter votre panier un bout de chemin, dit Tom, touché de compassion.

– Pourquoi ? dit la vieille femme ; personne ne m'a jamais aidée depuis que mon pauvre homme est mort.

– Où avez-vous été élevée ?

– Dans le Kentucky. Un homme m'avait prise pour élever des enfants qu'il vendait quand ils étaient grands.

À la fin, il m'a vendue à un spéculateur[1], à qui mon maître d'aujourd'hui m'a achetée.

– Pourquoi avez-vous pris cette affreuse habitude de boire ?

– Le besoin d'oublier ma misère ! J'ai eu un enfant après être arrivée ici. J'espérais qu'on me le laisserait élever, parce que mon maître n'était pas un spéculateur. Ma maîtresse l'aimait bien d'abord… C'était le plus charmant petit être ! Il ne criait jamais. Il était beau et gras. Mais ma maîtresse devint malade. Je la veillai. Je pris la fièvre… Mon lait me quitta. L'enfant n'avait plus que la peau sur les os. Ma maîtresse ne voulut pas acheter de lait pour lui. Elle disait que je pouvais le nourrir de ce que les autres gens mangeaient… L'enfant criait et pleurait jour et nuit. Madame se mit en colère contre lui ; elle disait qu'il était insupportable, qu'elle voudrait qu'il fût mort… Elle ajoutait qu'elle ne me le laisserait pas la nuit, parce qu'il m'empêchait de dormir, et qu'ensuite je n'étais plus bonne à rien. Elle me fit coucher dans sa chambre. Je dus écarter l'enfant, le mettre dans une sorte de petit grenier… et là, une nuit, il pleura… jusqu'à mourir. Et moi, je me suis mise à boire pour m'ôter ces cris de l'oreille… et je boirai !… oui, quand je devrais aller en enfer après ! Mon maître me dit que j'irai un jour en enfer : je lui réponds que j'y suis déjà.

– Ainsi, pauvre créature, personne ne vous a dit que

1. Spéculateur : personne qui fait des bénéfices en revendant plus cher ce qu'il a acheté.

Jésus-Christ vous a aimée et qu'il est mort pour vous ? On ne vous a pas dit qu'il vous assistera, et que vous pourrez aller au ciel, et trouver enfin le repos ?

– Oui, je pense quelquefois à aller au ciel… Est-ce que les Blancs n'y vont pas, hein ?… Ils me prendraient encore ! J'aime mieux l'enfer loin de mon maître et de ma maîtresse ; oui, j'aime mieux ça !…

Et, poussant son gémissement accoutumé, elle remit le panier sur sa tête et s'éloigna lentement.

Tom, tout désolé, rentra au logis. Il rencontra la petite Éva dans la cour, les yeux brillants de plaisir et le front couronné de tubéreuses[1].

– Ah ! Tom, vous voici… Je suis contente de vous rencontrer. Papa dit que vous pouvez atteler les poneys et me promener dans ma petite voiture neuve…

Et elle lui prit la main…

– Mais qu'avez-vous, Tom ? vous paraissez tout triste !

– C'est vrai, miss Éva ! mais je vais préparer vos chevaux.

– Dites-moi d'abord ce que vous avez, Tom. Je vous ai vu parler à cette pauvre vieille Prue.

Tom, avec simplicité, mais avec émotion, raconta à la petite Évangéline toute l'histoire de la pauvre femme. Évangéline ne se récria pas, ne pleura pas, comme eussent fait d'autres enfants ; mais ses joues devinrent pâles, un nuage sombre passa sur ses yeux. Elle mit ses deux mains sur sa poitrine et poussa un profond soupir.

1. Tubéreuse : fleur blanche.

– Tom, il est inutile de mettre les chevaux… je ne veux pas sortir, dit Évangéline. Non ! Ces choses me sont tombées sur le cœur, mon bon vieux Tom ; ces choses me sont tombées sur le cœur, répéta-t-elle avec attendrissement ; je ne veux pas sortir !

Et elle rentra dans la maison.

À quelques jours de là, ce fut une autre femme qui vint à la place de Prue. Miss Ophélia était dans la cuisine.

– Eh bien, fit Dinah, qu'est devenue Prue ?

– Prue ne viendra plus, dit la femme d'un air mystérieux.

– Pourquoi donc ? Elle n'est pas morte ?

– Nous ne savons pas trop ! Elle est dans la cave…

Et la femme jeta un coup d'œil sur miss Ophélia.

Miss Ophélia prit les biscottes. Dinah suivit la femme jusqu'à la porte.

– Voyons, qu'a donc Prue ?

La femme semblait à la fois vouloir et ne vouloir pas parler. À la fin, tout bas et d'une voix mystérieuse :

– Eh bien, vous ne le direz à personne… Prue s'est encore enivrée… Ils l'ont fait descendre à la cave… Ils l'y ont laissée tout un jour, et je les ai entendus dire que les mouches s'y étaient mises et qu'elle était morte !

Dinah leva les mains au ciel… et, se retournant, elle aperçut auprès d'elle, pareille à un esprit, la jeune Évangéline. Ses grands yeux mystiques étaient comme dilatés par l'horreur de ce qu'elle venait d'entendre. Il n'y avait plus une goutte de sang sur ses lèvres ni sur ses joues.

– Ô ciel ! miss Éva qui s'évanouit… Devrions-nous

lui laisser entendre de pareilles choses ?… Son père en deviendra fou !

– Je ne m'évanouis pas, Dinah, reprit Évangéline d'une voix émue… et pourquoi n'entendrais-je pas cela ? La pauvre Prue l'a bien souffert… elle est plus malheureuse que moi !

– Mais, doux Seigneur ! ce n'est pas pour de douces et délicates petites filles comme vous que ces histoires-là sont faites… elles seraient capables de vous tuer…

Évangéline soupira encore et monta l'escalier d'un pas triste et lent.

Ophélia, inquiète elle-même, demanda l'histoire de la vieille Prue. Dinah la lui raconta avec force détails. Tom ajouta les particularités qu'il avait apprises d'elle-même.

– C'est abominable, c'est horrible ! s'écria miss Ophélia en entrant dans la chambre où Saint-Clare lisait son journal.

– Quelle nouvelle iniquité[1] ?

– Quoi ! ils ont fouetté la vieille Prue jusqu'à la mort !

Et miss Ophélia raconta l'histoire, s'appesantissant sur les circonstances les plus navrantes.

– Je me doutais bien que cela finirait par arriver, dit Saint-Clare en reprenant sa lecture.

– Ah ! vous vous en doutiez, et vous n'avez rien fait pour l'empêcher ? dit miss Ophélia… N'avez-vous pas vos magistrats, quelqu'un enfin qui puisse intervenir dans de telles circonstances ?

1. Iniquité : profonde injustice.

– On pense généralement que l'intérêt de la propriété doit suffire en telles matières. Si les gens veulent se ruiner, je ne sais qu'y faire. La pauvre créature était, je crois, voleuse et ivrogne ; on ne peut pas espérer beaucoup de sympathie en sa faveur.

– Tenez, Augustin, c'est affreux ! Ah ! voilà qui attirera sur vous la colère du ciel.

– Ma chère cousine, ce n'est pas moi qui l'ai fait et je ne pouvais l'empêcher... Je l'aurais empêché si je l'avais pu. Que des misérables sans cœur, pleins de brutalité, agissent cruellement... que puis-je à cela ? Ils sont absolus, irresponsables... Ils n'ont aucun contrôle à subir. Toute intervention serait inutile. Il n'y a pas de loi efficace en pareil cas. Ce que nous avons de mieux à faire, c'est de fermer les yeux et les oreilles et de laisser aller les choses !... Nous n'avons pas d'autre ressource.

– Laisser aller les choses ! fermer les yeux et les oreilles ! vous le pouvez ?

– Ma chère enfant, que voulez-vous ? Voici une classe tout entière avilie[1], sans éducation, insolente, provocante... Elle est livrée entièrement, sans conditions, à des gens comme ceux qui font la majorité dans ce monde, à des gens qui n'ont à redouter aucun contrôle, et qui ne sont même pas assez éclairés pour connaître leurs véritables intérêts... C'est là le cas, soyez-en sûre, de plus de la moitié du genre humain ! Eh bien, dans une société ainsi organisée, que peut faire un homme dont les sentiments sont nobles et humains ?... Que peut-il,

1. Avilie : dégradée.

sinon fermer les yeux et s'endurcir le cœur ? Je ne puis pas acheter tous les malheureux que je vois ; je ne puis pas me faire chevalier errant et redresser tous les torts dans une ville comme celle-ci. Tout ce que je puis faire, c'est d'essayer de ne pas marcher moi-même dans cette voie.

« Mes esclaves étant à mon père et, qui plus est, à ma mère, ils sont à moi maintenant, eux et leur postérité, qui a pris un assez large développement Mon père vint de la Nouvelle-Angleterre : c'était un tout autre homme que le vôtre, un véritable vieux Romain, altier[1], énergique, noble esprit, mais volonté de fer. Votre père s'établit dans la Nouvelle-Angleterre, pour régner parmi les rochers et contraindre la nature à les nourrir. Le mien vint dans la Louisiane pour gouverner des hommes et des femmes, et les contraindre à travailler pour lui ; ma mère…

Et Saint-Clare se leva et alla contempler un portrait suspendu à la muraille ; sa vénération[2] éclatait sur ses traits. Il reprit :

– Ma mère, elle était divine ! Ne me regardez pas ainsi, Ophélia. Vous savez ce que je veux dire. Elle était sans doute d'une origine mortelle, mais je n'ai jamais vu en elle aucune trace de faiblesses ou d'erreurs mortelles. Tous ceux qui se souviennent d'elle, libres ou esclaves, amis, domestiques, parents, relations, tous disent la même chose. Que vous dirai-je, cousine ? Longtemps

1. Altier : de grande fierté.
2. Vénération : admiration qui va jusqu'à l'adoration.

cette mère s'est tenue debout entre moi et l'incrédulité. Elle était à mes yeux l'incarnation du Nouveau Testament, la vérité vivante. Ô ma mère ! ma mère !

Et Saint-Clare joignit les mains dans une sorte de transport ; puis, se calmant tout à coup, il revint auprès d'Ophélia et s'assit sur une ottomane[1].

– Mon frère et moi, reprit-il, nous étions jumeaux. On dit que les jumeaux doivent se ressembler. Mon frère et moi, nous formions un contraste parfait. Il avait des yeux noirs et fiers, des cheveux de jais[2], le type romain, le teint brun. Moi j'avais le teint blanc, les yeux bleus, les cheveux d'un blond doré et le profil grec[3]. Il était actif et observateur ; j'étais rêveur et indolent. Il était généreux envers ses amis et ses égaux, mais orgueilleux, dominateur, superbe avec ses inférieurs, sans pitié pour tout ce qui tentait de lui résister. Nous étions tous deux fidèles à notre parole ; lui, par orgueil et par courage ; moi, par suite d'une sorte d'idéal que je m'étais fait. Nous nous aimions comme font les enfants, tantôt plus, tantôt moins ; il était le favori de mon père, j'étais celui de ma mère. Il y avait en moi, et pour toute chose, une sensibilité maladive, une délicatesse d'impression que ni lui ni mon père ne s'avisèrent jamais de comprendre, et qu'il ne leur aurait pas été possible de partager ; c'était, au contraire, ce qui me valait les sympathies de ma mère. Quand nous nous querellions, Alfred et moi, et que mon père me regardait trop sévèrement, je montais

1. Ottomane : sorte de canapé.
2. Cheveux de jais : cheveux d'un noir brillant.
3. Profil grec : au front et au nez droits.

à la chambre de ma mère et je m'asseyais auprès d'elle… Oh ! je la vois encore : son front pâle, son œil sérieux, profond et doux, sa robe blanche… elle était toujours en blanc… C'est à elle que je pensais dans mes lectures qui parlaient des saintes vêtues de longs voiles blancs et brillants ; c'était une femme d'un haut mérite, grande musicienne. Souvent elle s'asseyait à son orgue, jouant cette antique et majestueuse musique et chantant, plutôt avec une voix d'ange qu'avec une voix de femme, les chants du culte catholique… Alors je mettais ma tête sur ses genoux, je pleurais, je rêvais… et j'éprouvais des émotions… Oh ! les profondes émotions… et qu'aucune langue ne saurait rendre !

« On ne discutait pas alors les questions de l'esclavage. Personne n'y voyait de mal.

« Mon père était une nature aristocratique. Peut-être, dans une existence antérieure à celle-ci, avait-il appartenu au cercle des esprits les plus hauts, et avait-il apporté sur cette terre l'orgueil de son antique rang : il était arrogant et superbe ; mon frère fut frappé à son image.

« Vous savez ce que c'est qu'un aristocrate. Ses sympathies s'arrêtent à une certaine classe sociale, dont il est ; passé cela, le genre humain n'existe plus pour lui. En Angleterre la limite est ici, en Amérique elle est là, chez les Birmans[1] elle est ailleurs… Mais il y a toujours une limite, et les aristocrates ne la dépassent jamais… Ce qui, dans sa classe, serait un malheur, une calamité,

1. Birmans : habitants de la Birmanie, pays d'Asie.

une souveraine injustice, n'est plus ailleurs qu'un fait bien indifférent... Pour mon père, la ligne de démarcation[1] était la couleur des gens. Avec ses égaux il n'y eut jamais d'homme plus juste et plus généreux. Quant aux nègres de toutes les nuances, il ne les considérait que comme des animaux intermédiaires entre l'homme et la brute. Ses idées de justice et de générosité étaient en harmonie avec ce principe. Je suis bien persuadé que, si on lui eût demandé à l'improviste et sans préparation : les nègres ont-ils une âme ? il eût hésité et réfléchi avant de répondre : oui ! Du reste, mon père se préoccupait fort peu de métaphysique[2] ; il n'avait aucun sentiment religieux et ne voyait en Dieu que le chef des classes supérieures.

« Mon père faisait travailler cinq cents nègres ; c'était en affaires un homme minutieux, exigeant, dur. Tout chez lui devait être fait systématiquement, avec une précision et une exactitude que rien ne dérangeait.

« Maintenant, si vous réfléchissez que tout cela devait être fait par une bande de travailleurs paresseux, indolents, étourdis, et qui dans toute leur vie n'avaient appris qu'à manger, vous comprendrez bien vite qu'il devait se passer dans nos plantations des choses horribles, épouvantables pour un enfant sensible comme moi. Ajoutez à cela que le gérant de la plantation, fils d'un renégat[3] du Vermont (je vous en demande bien

1. Démarcation : séparation, délimitation.
2. Métaphysique : branche de la philosophie qui traite de questions abstraites, dépassant les aspects matériels.
3. Renégat : personne qui a abandonné sa religion.

pardon, cousine), était un homme vigoureux et brutal, qui avait fait longtemps l'apprentissage de la dureté et pris tous ses degrés[1] avant d'entrer dans la pratique. Ni ma mère ni moi ne pûmes jamais le souffrir ; mais il avait pris un ascendant[2] souverain sur mon père : c'était le tyran de la plantation.

« Je n'étais alors qu'un tout petit bonhomme, mais j'avais déjà, comme maintenant, l'amour de toutes les choses humaines, une sorte de passion pour l'étude de l'humanité, sous quelque forme que l'humanité se révélât. Souvent on me trouvait dans la case de quelque nègre ou parmi les travailleurs des champs.

« J'étais le favori des nègres.

« C'était à mon oreille que se murmuraient les plaintes ; je les redisais à ma mère, et nous faisions à nous deux un petit comité pour le redressement des torts. Nous avons arrêté et réprimé bien des cruautés ; nous nous étions déjà plus d'une fois réjouis du bien que nous avions su faire. Malheureusement, comme il arrive toujours, j'y mis trop de zèle. Stubbs se plaignit à mon père ; il dit qu'il ne pouvait plus régir la propriété, et qu'il allait résigner[3] ses fonctions. Mon père était un mari bon et facile ; mais rien n'eût pu le faire renoncer à ce qu'il croyait nécessaire. Il se planta comme un roc entre nous et les esclaves qui travaillaient dans la campagne. Il dit à ma mère, avec une déférence pleine de

1. Pris tous ses degrés : acquis tous ses titres universitaires, toute son expérience (sens figuré).
2. Ascendant : influence, domination.
3. Résigner : abandonner.

respect, mais d'un ton qui n'admettait pas de réplique, qu'elle serait la maîtresse absolue des esclaves occupés à l'intérieur, mais qu'elle ne devait pas intervenir dans ce qui se passait au-dehors. Il la révérait[1] plus que tout au monde, mais il en eût dit autant à la vierge Marie, si elle eût voulu déranger son système !

« Quelquefois j'entendais ma mère raisonner avec lui et s'efforcer de réveiller ses sympathies. Il écoutait les appels les plus pathétiques avec une politesse et une égalité d'âme vraiment décourageantes. "Tout se résume en un mot, disait-il : faut-il garder ou renvoyer Stubbs ? Stubbs est la ponctualité même ; il est honnête, il est capable, expérimenté… et humain… mon Dieu ! autant qu'on peut l'être. Nous ne pouvons pas espérer la perfection. Eh bien, si je le garde, je dois soutenir son administration… toute son administration, quand bien même il y aurait çà et là des détails… exceptionnels… Tout gouvernement a ses indispensables rigueurs. Les règles générales sont quelquefois dures dans leurs applications particulières." Cette dernière phrase était pour mon père l'excuse de toutes les cruautés. Quand il avait dit cette phrase-là, il mettait les pieds sur le canapé, comme un homme qui vient de terminer une grande affaire, et il s'accordait une heure de sommeil, ou lisait son journal, suivant le cas.

« Mon père avait toutes les qualités de l'homme d'État. Il eût partagé la Pologne comme une orange, et supprimé l'Irlande tout comme un autre avec

1. Révérait : honorait profondément.

l'impassibilité d'un système. Ma mère, désespérée, renonça à la tâche… On ne saura jamais, avant le dernier jour, ce qu'auront souffert ces natures délicates et généreuses jetées dans des abîmes d'injustice et de cruauté, dont seules elles voient la cruauté et l'injustice ! Il y a pour elles des siècles de poignantes douleurs dans ce monde sorti de l'enfer !… Que restait-il à ma mère… sinon d'élever ses enfants et de leur donner son âme ?… Mais, quoi qu'on dise de l'éducation, les enfants grandissent et restent ce que la nature les a faits. On ne change pas ! Dès le berceau, Alfred fut un aristocrate. En grandissant, il se développa aristocratiquement. Quant aux exhortations de notre mère, autant en emporta le vent[1]. Chez moi, au contraire, toutes ses paroles se gravaient profondément. Jamais elle ne contredisait formellement notre père, jamais elle ne sembla complètement différer d'avis avec lui ; mais, de toutes les forces de sa nature sympathique, ardente et généreuse, elle gravait en moi, comme avec du feu, l'idée ineffaçable du prix et de la dignité du dernier des hommes. Avec quel respect solennel je regardais son visage quand le soir, me montrant les étoiles, elle me disait : “Voyez, Auguste ; la plus humble, la plus obscure d'entre ces pauvres âmes de nos esclaves, après que ces étoiles se seront pour toujours éteintes, vivra aussi longtemps que Dieu lui-même !”

« Elle avait quelques beaux et anciens tableaux, un

1. Autant en emporta le vent : cela ne servit à rien, comme le vent emporte les paroles.

entre autres : *Jésus guérissant un malade*. Ces tableaux nous causaient toujours une impression profonde… “Voyez, Auguste, me disait-elle encore, cet aveugle était un mendiant couvert de haillons… Aussi le Seigneur ne voulut-il pas le guérir de loin ; mais il le fit approcher, et il posa sa main sur lui. Rappelez-vous cela, mon enfant…” Ah ! si j'avais vécu sous la tutelle[1] de ma mère !… elle aurait mis en moi je ne sais quel enthousiasme !… J'aurais été un saint, un réformateur, un martyr !… Mais, hélas ! hélas ! je ne la revis jamais !

Saint-Clare appuya sa tête dans sa main et se tut… Au bout d'un instant il releva les yeux et continua :

– Voyons ! qu'est-ce au fond que la vertu humaine ? Une affaire de latitude et de longitude, une question de géographie et de tempérament ; la plus grosse part n'est qu'un accident. Ainsi, par exemple, voilà votre… Il s'établit dans le Vermont, dans une ville où, par le fait, tout le monde est libre et égal… Il devient membre de l'Église régulière, il devient diacre[2], avec le temps il devient abolitionniste, et il nous regarde comme des païens, ou peut s'en faut. Et cependant, à bien des égards, ce n'est qu'une seconde édition de mon père ; c'est le même esprit puissant, hautain, dominateur. Vous savez fort bien qu'il y a dans votre village une foule de gens à qui vous ne persuaderez pas que l'esquire Saint-Clare ne se place beaucoup au-dessus d'eux. Le fait est que, bien qu'il vive à une époque démocratique et qu'il

1. Tutelle : autorité exercée par un adulte sur un mineur.
2. Diacre : religieux d'un rang inférieur, juste en dessous du prêtre.

ait adopté les idées démocratiques… au fond du cœur c'est un aristocrate autant que mon père, qui tenait sous ses lois cinq ou six cents esclaves.

Miss Ophélia ne parut pas trouver fidèle ce tableau de son père… Elle déposa le tricot pour répondre; Saint-Clare l'arrêta.

– Je sais ce que vous allez dire. Je ne prétends pas qu'ils soient égaux en fait : l'un d'eux fut placé dans des circonstances où tout luttait contre les tendances naturelles; chez l'autre, tout les secondait. Celui-ci devint un vieux démocrate, obstiné, fier et hautain; celui-là, un vieux despote, fier, hautain et obstiné… et voilà! Faites-les tous les deux planteurs à la Louisiane, et ils se ressembleront comme deux balles fondues dans le même moule.

– Comme vous êtes un enfant peu respectueux! dit Ophélia.

– Je ne veux pas lui manquer de respect, repartit Saint-Clare, mais vous savez que la vénération n'est pas mon fort… Je reviens à mon histoire.

« Mon père mourut, laissant à mon frère et à moi toute sa propriété à partager comme nous l'entendions. Il n'y avait pas sur la terre de Dieu une âme plus généreuse, un esprit plus noble qu'Alfred dans tous ses rapports avec des égaux. Toutes ces questions d'intérêts ne soulevèrent point entre nous le moindre nuage. Nous entreprîmes de faire valoir la plantation en commun. Alfred, qui, dans la vie active et la pratique des affaires, en valait deux comme moi, devint un planteur aussi enthousiaste qu'heureux.

« Deux années d'expérience me démontrèrent que je ne pouvais partager plus longtemps cette existence.

« Avoir un troupeau de sept cents esclaves que je ne pouvais connaître personnellement, pour lesquels je ne pouvais éprouver individuellement aucun intérêt ; esclaves que l'on vendait, que l'on achetait, que l'on nourrissait, que l'on menait comme autant de bêtes à cornes ; songer combien on s'inquiétait peu de leur procurer les moindres jouissances de la vie la plus grossière ; être obligé d'avoir des surveillants, des régisseurs ; être obligé d'employer le fouet comme moyen suprême de gouvernement : tout cela devint pour moi une insupportable torture !... Et, quand je venais à penser à tout le cas que ma mère faisait de ces pauvres âmes humaines... je tremblais !

« C'est une absurdité que de parler du bonheur que peuvent goûter les esclaves. Je perds patience quand j'entends ces singulières apologies[1] des hommes du Nord, qui essayent ainsi de pallier nos fautes ! Nous savons mieux ce qui en est. Osez me dire qu'un homme doit travailler toute sa vie, depuis l'aube jusqu'au soir, sous l'œil vigilant d'un maître, sans pouvoir manifester une fois une volonté irresponsable... courbé sous la même tâche monotone et terrible, et cela pour deux pantalons et une paire de souliers par an, avec tout juste assez de nourriture pour être en état de continuer sa tâche... oui, qu'un homme me dise qu'il est indifférent à une créature humaine de se voir traitée de cette façon...

1. Apologie : discours élogieux.

et cet homme, ce chien ! je l'achète et je le ferai travailler sans scrupule, lui !

– Eh bien, dit miss Ophélia, comment avez-vous abandonné votre plantation ?

– Nous marchâmes d'accord quelque temps ; puis Alfred s'aperçut que je n'étais pas un planteur. Il trouva mauvais, après avoir changé, réformé, amélioré pour me plaire, que je ne me tinsse point encore satisfait. Et, en vérité, c'était la chose elle-même que je haïssais. C'était la perpétration[1] de cette brutalité, de cette ignorance et de cette misère, c'était l'emploi de ces hommes et de ces femmes travaillant à gagner de l'argent pour moi ! Et puis, j'avais le tort d'intervenir sans cesse dans les détails : étant moi-même le plus paresseux des hommes, je n'étais que trop porté à sympathiser avec les paresseux de mon espèce.

« Quand de pauvres diables, indolents et étourdis, mettaient des pierres au fond de leurs balles de coton pour les rendre plus pesantes, ou remplissaient leurs sacs de poussière avec du coton par-dessus, il me semblait si bien qu'à leur place j'en aurais fait tout autant, que je ne pouvais pas consentir à leur laisser donner le fouet... Il n'y eut bientôt plus de discipline dans la plantation. J'en vins avec Alfred au point où j'en étais, quelques années auparavant, avec mon honoré père... Il me dit que j'avais une sentimentalité de femme, et que je ne ferais jamais d'affaires au moyen des esclaves. Il me conseilla de prendre la maison de banque et l'habitation

1. Perpétration : action criminelle.

de famille à Orléans… et de faire des vers… Il garderait, lui, la direction de la plantation. Nous nous séparâmes donc, et je vins ici.

– Pourquoi alors n'avez-vous pas affranchi vos esclaves ?

– Je n'en ai pas eu le courage. Les employer comme des instruments pour gagner de l'argent, je ne pouvais pas ! Les garder pour dépenser mon argent avec eux, cela me parut moins mal… Quelques-uns étaient des esclaves d'intérieur ; j'y étais fort attaché… Les plus jeunes étaient les enfants des plus vieux… ils étaient tous enchantés de leur sort avec moi…

À table on fit allusion à la mort de Prue.

– Je crois bien, cousine, dit Mme Saint-Clare, que vous allez nous prendre tous pour des barbares.

– Je pense, répondit Ophélia, que c'est là une chose barbare, mais je ne pense pas que vous soyez tous des barbares.

– Il y a de ces nègres, dit Marie, dont il est vraiment impossible d'avoir raison ; ils sont si méchants qu'ils ne doivent pas vivre… Je ne me sens pas la moindre compassion pour eux ! S'ils se conduisaient mieux, cela n'arriverait pas.

– Mais, maman, dit Éva, la pauvre créature était malheureuse ; c'est ce qui la faisait boire !

– Ah bien, si c'est là une excuse ! Je suis malheureuse aussi, moi ! Très souvent je pense, ajouta-t-elle d'un air rêveur, que j'ai eu à subir de plus terribles épreuves que les siennes ! La misère des Noirs provient de leur méchanceté ; il y en a que les terribles sévérités du monde ne sauraient dompter… Je m'en rappelle un que mon père eut jadis, un homme qui était si paresseux, qu'il s'enfuit pour ne pas travailler ; il errait dans les savanes, volant et commettant toutes sortes de méfaits : cet homme fut pris et fouetté… Il recommença, on le fouetta encore ; cela ne servit de rien. À la fin il rampa encore jusqu'aux savanes, bien qu'il pût à peine marcher… il y mourut, et notez qu'il n'avait aucun motif d'agir ainsi, car chez mon père les nègres étaient toujours bien traités.

– Il m'est arrivé une fois, dit Saint-Clare, de soumettre un homme dont tous les maîtres et tous les surveillants avaient désespéré.

– Vous ! dit Marie… Ah ! je serais curieuse de savoir comment vous avez jamais pu faire pareille chose !

– C'était un Africain, un hercule, un géant. On sentait en lui je ne sais quel puissant instinct de liberté… Je n'ai jamais rencontré d'homme plus indomptable ; c'était un vrai lion d'Afrique. On l'appelait Scipion[1]. On n'avait jamais pu rien en faire. Les surveillants, d'une plantation à l'autre, le vendaient et le revendaient. Enfin Alfred l'acheta, comptant pouvoir le réduire[2]. Un jour il assomma le surveillant et se sauva dans les savanes. Je visitai la plantation d'Alfred ; c'était après notre partage. Alfred était dans un état d'exaspération

1. Scipion : surnom donné en référence à Scipion (235-183 av. J.-C.), homme politique romain et général redoutable, qui fit la guerre en Afrique et fut surnommé « l'Africain ».
2. Réduire : soumettre.

terrible. Je lui dis que c'était sa faute, et que je gageais bien de mater le rebelle. On convint que, si je le prenais, il serait à moi pour que je pusse expérimenter sur lui. Nous nous mîmes en chasse à six ou sept, avec des fusils et des chiens. Vous savez qu'on peut mettre autant d'enthousiasme à la chasse à l'homme qu'à celle du daim : tout cela est affaire d'habitude. Je me sentais moi-même un peu excité, quoique je ne me fusse posé que comme médiateur, au cas où il serait repris.

« Nous lançons nos chevaux. Les chiens aboient sur la piste. Nous le débusquons. Il courait et bondissait comme un chevreuil : il nous laissa longtemps en arrière. Enfin il se trouva arrêté par un épais fourré de cannes à sucre. Il se retourna pour nous faire face, et je dois dire qu'il combattit bravement les chiens ; rien qu'avec ses poings, il en assomma deux ou trois, qu'il envoya rouler à droite et à gauche. Un coup de fusil l'abattit ; il vint tomber tout sanglant à mes pieds. Le pauvre homme leva vers moi des yeux où il y avait à la fois du désespoir et du courage. Je rappelai les gens et les chiens, qui allaient se jeter sur lui, et je le revendiquai comme mon prisonnier : ce fut tout ce que je pus faire que de les empêcher de le fusiller dans l'ivresse du triomphe. Je tins au marché et je l'achetai à Alfred. Je l'entrepris donc… Je l'avais rendu, au bout de quinze jours, aussi doux et aussi soumis qu'un agneau.

– Que lui fîtes-vous ? s'écria Marie.

– Ce fut bien simple… Je le fis mettre dans ma chambre, je lui donnai un bon lit… je pansai ses blessures… je le veillai moi-même jusqu'à ce qu'il fût debout… puis je l'affranchis, et je lui dis qu'il pouvait s'en aller où il lui plairait…

– Et s'en alla-t-il ? fit miss Ophélia.

– Non ; l'imbécile déchira le papier en deux et refusa de me quitter… Je n'ai jamais eu un serviteur plus dévoué… fidèle et vrai comme l'acier !… Quelque temps après, il se fit chrétien et devint doux comme un enfant !… Il surveilla mon habitation sur le lac et s'acquitta de ce soin d'une façon irréprochable ; le choléra l'a emporté… Je puis dire qu'il a donné sa vie pour moi… J'étais malade à la mort ; c'était une vraie panique ; tout le monde m'abandonnait. Scipion fit des efforts inouïs… et me rappela à la vie ; mais le pauvre homme fut pris lui-même ; on ne put le sauver… Je n'ai perdu personne que j'aie regretté davantage.

Éva, pendant ce récit, s'était peu à peu rapprochée de son père, ses petites lèvres entrouvertes, ses yeux dilatés et, sur son visage, toutes les marques d'un intérêt absorbant.

Quand Saint-Clare se tut, elle lui jeta les bras autour du cou, fondit en larmes et éclata en sanglots convulsifs.

– Éva, chère enfant… qu'est-ce donc ? dit Saint-Clare en voyant cette frêle créature toute tremblante d'émotion… Il ne faut plus rien dire de pareil devant elle… elle est si nerveuse !

– Papa, je ne suis pas nerveuse, dit Éva en se dominant avec une puissance de résolution singulière chez une aussi jeune enfant ; je ne suis pas nerveuse, mais ces choses-là me tombent dans le cœur !…

– Que voulez-vous dire, Éva ?

– Je ne saurais vous expliquer… Je pense bien des choses… Peut-être qu'un jour je vous les dirai.

– Pensez, pensez toujours, chère ! Seulement ne pleurez pas et ne faites pas de peine à votre père. Regardez, voyez quelle jolie pêche j'ai cueillie pour vous !

Éva, souriant, prit la pêche : mais on voyait toujours un petit frémissement nerveux au coin de ses lèvres.

– Venez voir les poissons rouges, dit Saint-Clare en la prenant par la main, et il l'emmena dans la cour. On entendit bientôt de joyeux éclats de rire ; Éva et Saint-Clare se jetaient des roses et se poursuivaient dans les allées.

Notre humble ami Tom court grand risque, je crois, de se trouver négligé au milieu des aventures de tous ces nobles personnages ; mais, si nos lecteurs veulent bien nous accompagner dans une petite chambre au-dessus des écuries, ils pourront se mettre bien vite au courant de ses affaires.

C'était une chambre décente ; elle contenait un lit, une chaise, une petite table en bois grossier, sur laquelle on voyait la Bible de Tom et son livre de cantiques. Tom est maintenant assis à cette table, son ardoise devant lui, appliqué à quelque travail qui absorbe toute l'attention de sa pensée.

Les sentiments et le regret de la famille étaient devenus si puissants dans le cœur de Tom, qu'il avait demandé à Éva une feuille de papier à lettres, et, appelant à lui toute la science calligraphique qu'il devait aux soins de M. George, il avait pris la résolution audacieuse d'écrire une lettre ; il en faisait d'abord le brouillon sur son ardoise. Tom était dans le plus grand embarras… Il avait oublié la forme de certaines lettres, et il ne se rappelait pas trop la valeur des autres… Pendant qu'il cherchait péniblement, Éva, légère comme un oiseau, vint se poser derrière sa chaise et regarda par-dessus son épaule.

– Oh ! père Tom ! quelles drôles de choses vous faites là !

– J'essaye d'écrire à ma pauvre vieille femme, miss Éva, et à mes petits enfants… Tom passa sur ses yeux le revers de sa main… Mais j'ai bien peur de ne pas pouvoir, ajouta-t-il.

– Je voudrais bien vous aider, Tom, j'ai un peu appris à écrire ; l'année dernière je savais former toutes mes lettres, mais j'ai peur aussi d'avoir oublié…

Éva rapprocha sa petite tête blonde de la grosse tête noire de Tom, et ils entamèrent à eux deux une discussion sérieuse ; ils étaient aussi ignorants l'un que l'autre. Après beaucoup d'efforts, de réflexion et de tentatives, la chose commença à prendre un air d'écriture.

– Ah ! père Tom ! voilà qui est très beau, disait Éva en jetant des regards ravis sur leur ouvrage… Comme elle sera heureuse, votre femme !… et les petits enfants donc ! Oh ! que c'est mal de vous avoir enlevé à eux ! Je demanderai à papa de vous renvoyer dans quelque temps.

– Mon ancienne maîtresse m'a dit qu'elle me rachèterait dès qu'elle le pourrait. J'espère qu'elle le fera. Le jeune monsieur George a dit qu'il viendrait me chercher… et il m'a donné ce dollar comme un gage.

Et Tom tira de sa poitrine le petit dollar…

– Oh ! alors il viendra, c'est certain, dit Évangéline… J'en suis bien contente !

– Il faut que je leur écrive, vous voyez bien, pour leur faire savoir où je suis, et apprendre à la pauvre Chloé que je suis bien. Elle avait si peur pour moi, cette pauvre âme !

– Eh bien, Tom ! fit Saint-Clare, arrivant au même moment à sa porte.

Tom et Éva se levèrent en même temps.

– Qu'est-ce ? fit Saint-Clare en s'approchant et en regardant l'ardoise…

– C'est une lettre, dit Tom… Est-ce que ce n'est pas bien ?

– Je ne voudrais vous décourager ni l'un ni l'autre… mais je crois, Tom, que vous feriez mieux de me prier de vous l'écrire… C'est ce que je vais faire en descendant de cheval…

– C'est très important qu'il écrive, reprit Éva, parce que, voyez-vous bien, père, sa maîtresse lui a dit qu'elle enverrait de l'argent pour le racheter.

Saint-Clare pensa en lui-même que c'était probablement une de ces promesses téméraires[1], comme en font les maîtres bienveillants pour adoucir dans l'âme de l'esclave l'horreur qu'il a d'être vendu ; mais il se garda bien de faire tout haut le commentaire de sa pensée… il se contenta d'ordonner à Tom de seller les chevaux.

1. Promesse téméraire : promesse qu'il est difficile de tenir.

Dans la soirée, la lettre de Tom fut bien et dûment écrite et logée dans la boîte aux lettres.

Cependant miss Ophélia persévérait dans sa ligne de conduite et poursuivait les réformes. Dans la maison, depuis Dinah jusqu'au plus mince moricaud, on s'accordait à dire qu'elle était très curieuse ; c'est le terme dont se servent les esclaves du Sud pour donner à entendre que leurs maîtres ne leur conviennent point…

L'élite de la domesticité, Adolphe, Jane et Rosa, assurait que ce n'était point une dame, les dames ne s'occupant pas ainsi de tout comme elle ; elle n'avait pas d'air ; ils s'étonnaient qu'elle pût être apparentée aux Saint-Clare.

M. Saint-Clare, de son côté, déclarait qu'il était fatigant de voir Ophélia aussi occupée. L'activité d'Ophélia était vraiment assez grande pour donner quelque prétexte à la plainte. Elle cousait et rapiéçait depuis l'aube jusqu'à la nuit, comme si elle eût été sous la tyrannie de quelques pressantes nécessités… Le soir venu, elle repliait l'ouvrage… mais pour reprendre immédiatement le tricot… et les aiguilles d'aller, d'aller ! Oui, c'était vraiment une fatigue de la voir.

XVI
Topsy

Un matin, pendant que miss Ophélia vaquait aux soins du ménage, elle entendit la voix de Saint-Clare qui l'appelait du bas de l'escalier.

– Descendez, cousine, j'ai quelque chose à vous montrer.

– Qu'est-ce ? fit Ophélia en descendant, sa couture à la main.

– Voyez ! c'est une acquisition que je viens de faire pour vous.

Et il fit avancer une petite négresse de huit à neuf ans.

C'était bien un des plus noirs visages de sa race… Ses yeux ronds avaient l'éclat des grains de verroterie[1] ; ils se tournaient avec une incessante mobilité vers tous les objets qui se trouvaient dans l'appartement. Sa bouche, à moitié ouverte par l'étonnement que lui causaient tant de merveilles, découvrait une étincelante rangée de dents blanches. Sa chevelure laineuse était divisée en petites tresses qui s'éparpillaient autour de sa tête. L'expression de sa physionomie était un étonnant mélange

1. Grain de verroterie : bille de verre servant à faire des colliers ou à orner les nattes de cheveux.

de finesse et de ruse, sur lesquelles s'étendait, comme un voile, une sorte de gravité solennelle et dolente… Elle n'avait pour tout vêtement qu'un vieux sac déchiré. Elle tenait ses mains obstinément croisées sur sa poitrine. Il y avait dans toute sa personne un je-ne-sais-quoi de bizarre et de fantastique. Ce n'était point une femme : c'était une apparition. Miss Ophélia était déconcertée… elle lui trouvait un air païen. Enfin, se retournant vers Saint-Clare :

– Augustin, pourquoi avez-vous amené cela ici ?

– Eh mais, pour que vous puissiez l'instruire et l'élever comme il faut. J'ai pensé que c'était un assez joli petit échantillon de la race des corbeaux. Ici, Topsy ! ajouta-t-il en sifflant comme un homme qui veut fixer l'attention d'un chien ; voyons ! chante-nous une de tes chansons et fais-nous voir une de tes danses.

On vit briller dans ses yeux de verre une sorte de drôlerie malicieuse, et d'une voix claire et perçante elle chanta une vieille mélodie nègre ; elle accompagnait son chant d'un mouvement mesuré des mains et des pieds… elle frappait dans ses mains, elle bondissait, elle entrechoquait ses genoux : c'était un rythme étrange et sauvage… Elle faisait entendre aussi de temps en temps ces sons rauques et gutturaux[1] qui distinguent la musique de sa race ; enfin, après deux ou trois cabrioles, elle poussa une note finale suraiguë, aussi étrangère aux gammes des mélodies humaines que le sifflet d'une locomotive, puis elle se laissa tomber sur le parquet,

1. Gutturaux : qui sortent du gosier.

resta les mains jointes, et une expression de douceur et de solennité extatique reparut sur son visage… Mais il partait toujours du coin de son œil des regards furtifs et astucieux.

Miss Ophélia ne disait mot : elle était stupéfaite. Saint-Clare, comme un garçon malicieux qu'il était, semblait jouir de son étonnement, et, s'adressant à l'enfant :

– Topsy, voici votre nouvelle maîtresse. Je vais vous donner à elle. Faites attention de bien vous conduire.

– Oui, m'sieu, fit Topsy avec sa gravité solennelle, mais en clignant de l'œil d'un air assez méchant.

– Il faut être bonne, Topsy ; vous entendez ?

– Oh oui ! m'sieu, reprit Topsy en joignant dévotement[1] les mains.

– Voyons, Augustin, qu'est-ce que cela veut dire ? reprit enfin miss Ophélia ; votre maison est déjà pleine de ces petites pestes ; on ne peut pas faire un pas sans marcher dessus… Je me lève le matin, je trouve un négrillon endormi derrière la porte… ici c'est une tête noire qui se montre sous la table ; un autre est étendu sur le paillasson ; ils fourmillent, ils crient, ils grimpent… et vous avez besoin d'en amener encore !… Mais pour quoi faire, bon Dieu ?

– Pour que vous l'instruisiez : ne vous l'ai-je pas déjà dit ? Vous prêchez toujours sur l'éducation, j'ai voulu vous donner une nature vierge… essayez-vous la main ; élevez-la comme elle doit être élevée.

1. Dévotement : religieusement.

– Je n'en ai pas besoin, je vous assure; j'ai déjà plus à faire que je ne puis.

– Voilà comme vous êtes tous, vous autres chrétiens. Vous formez des associations, et vous envoyez quelque pauvre missionnaire passer sa vie parmi les païens. Mais qu'on me montre un seul de vous qui prenne avec lui un de ces malheureux et qui se donne la peine de le convertir ! Non ! quand on en arrive là… ils sont sales et désagréables, dit-on, c'est trop de soin… et ceci, et cela !

– Ah ! je ne voyais pas la chose sous ce point de vue-là, dit miss Ophélia, se radoucissant déjà. Eh bien, ce sera presque une œuvre apostolique.

Et elle regarda plus favorablement l'enfant.

Saint-Clare avait touché juste. La conscience de miss Ophélia était toujours en éveil. Elle ajouta pourtant :

– Il n'était peut-être pas nécessaire d'acheter… Il y en a dans la maison pour mon temps et ma peine.

– Allons ! soit, cousine, dit Saint-Clare en se retirant, je dois vous demander pardon de tous ces propos; vous êtes si bonne qu'ils ne sauraient vous toucher. Voici le fait : Cette petite appartenait à un couple d'ivrognes qui tiennent une misérable gargote[1]… Je passe devant leur porte tous les jours; j'étais fatigué de les entendre, celle-ci pleurer, les autres jurer après et la battre… elle paraissait espiègle et drôle… j'ai cru que l'on pouvait en tirer quelque chose… je l'ai achetée pour vous l'offrir… Essayez maintenant de lui donner une éducation ortho-

1. Gargote : mauvais restaurant.

doxe[1], à la façon de la Nouvelle-Angleterre… nous verrons comment cela tournera… Je n'ai pas, moi, de dispositions pour l'enseignement, mais je serai enchanté de vous voir essayer.

– Je ferai ce que je pourrai, dit miss Ophélia.

Et elle s'approcha de son nouveau sujet, avec la précaution que l'on prendrait vis-à-vis d'une araignée noire pour laquelle on aurait des intentions bienveillantes.

– Elle est affreusement sale et presque nue…

– Eh bien, faites-la descendre pour qu'on la nettoie et qu'on l'habille…

Miss Ophélia la conduisit vers les régions de la cuisine.

– Quel besoin d'une nouvelle négresse a donc miss Ophélia ? se demanda la cuisinière en surveillant la nouvelle arrivée d'un air peu amical… On ne va pas, je suppose, me la mettre de travers dans les jambes.

– Ah fi ! dirent Jane et Rosa avec un suprême dégoût ; qu'elle ne se montre pas sur notre passage… Si nous savons pourquoi monsieur a voulu avoir encore un de ces affreux nègres de plus !…

– Avez-vous fini ? s'écria la vieille Dinah, prenant pour elle une partie de la remarque. Elle n'est pas plus noire que vous, miss Rosa. Vous avez l'air de vous croire blanche ! Eh bien, vous n'êtes ni blanche ni noire… Il faudrait pourtant être l'une ou l'autre.

Miss Ophélia vit bien que personne ne se souciait de présider à l'opération du nettoyage et de l'habillement

1. Orthodoxe : fidèle à l'enseignement de sa religion.

de la nouvelle venue ; elle résolut donc d'y procéder elle-même, avec l'assistance très peu aimable et très peu gracieuse de Mlle Jane.

Il ne serait peut-être pas très convenable de faire devant des natures délicates le récit détaillé de cette toilette d'une enfant jusque-là négligée et maltraitée… Hélas ! dans ce monde, des multitudes d'êtres vivent dans un état tel, que les nerfs de leurs semblables ne peuvent en supporter la simple description. Miss Ophélia était une femme pratique, pleine de résolution et de fermeté ; elle brava tous les inconvénients, non pas, il est vrai, sans quelque répugnance… mais elle remplit la tâche. Ses principes ne pouvaient l'obliger à faire davantage. Quand elle découvrit, sur les épaules et sur le dos de l'enfant, de larges cicatrices et des callosités nombreuses, marques du système sous lequel on l'avait élevée, elle sentit en elle-même son cœur ému de compassion.

– Voyez-vous, disait Jane en montrant les marques, est-ce que cela ne fait pas bien voir sa malice ? Nous aurons de belle besogne avec elle. Je hais ces vilains nègres… si dégoûtants, pouah ! Je m'étonne que monsieur l'ait achetée.

Topsy écoutait ces commentaires dont elle était l'objet avec son air dolent et sournois ; seulement ses yeux vifs et perçants se portaient à chaque instant sur les pendants d'oreilles de Jane. Quand elle fut complètement vêtue, et assez convenablement, quand enfin on lui eut coupé les cheveux, miss Ophélia éprouva une certaine satisfaction et dit qu'elle avait ainsi l'air plus chrétien qu'auparavant. Elle commença même à méditer quelque plan d'éducation.

Elle s'assit devant la jeune esclave et se mit à l'interroger.

– Quel âge avez-vous, Topsy ?

– Je sais pas, madame… Et elle fit une grimace qui laissa voir toutes ses dents.

– Comment, vous ne savez pas votre âge ! personne ne vous l'a dit ? Quelle est votre mère ?

– Je n'en ai jamais eu, dit l'enfant avec une autre grimace.

– Jamais eu de mère ! que voulez-vous dire ? Où êtes-vous née ?

– Je suis jamais née, continua Topsy avec des grimaces tellement diaboliques que, si miss Ophélia eût été nerveuse, elle eût pu se croire en face de quelque affreux petit gnome du pays des chimères.

Mais miss Ophélia n'était pas nerveuse du tout ; c'était une femme de bon sens, énergique et intrépide ; elle reprit donc, avec un peu de sévérité :

– Ce n'est pas ainsi qu'il faut me répondre, mon enfant ; je ne plaisante pas avec vous : dites-moi où vous êtes née et ce qu'étaient votre père et votre mère.

– Je ne suis pas née, reprit l'enfant avec plus de fermeté, je n'ai eu ni père, ni mère, ni rien… J'ai été élevée par un spéculateur, avec une troupe d'autres… c'était la vieille mère Sue qui nous soignait.

L'enfant était sincère : cela se voyait. Alors Jane, en ricanant :

– Voyez ces gueux de nègres… les spéculateurs les

achètent à bon marché quand ils sont petits, et les vendent cher quand ils sont grands.

– Combien de temps avez-vous vécu avec votre maître et votre maîtresse ?

– Je sais pas.

– Un an ? plus ? moins ?

– Sais pas.

– Voyez-vous ça ! reprit Jane, ces misérables nègres... ils ne peuvent pas répondre... Ça n'a pas l'idée du temps ; ils ne savent pas ce que c'est qu'une année... ils ne savent pas leur âge !

– Avez-vous entendu parler de Dieu, Topsy ?

L'enfant parut étonnée et fit sa grimace habituelle.

– Savez-vous qui vous a créée ?

– Personne, j'crois.

Et elle se mit à rire.

L'idée parut la divertir fort. Elle redoubla ses clignements d'yeux et elle reprit :

– J'ai grandi ; personne n'm'a faite.

– Savez-vous coudre ? demanda miss Ophélia, qui sentait la nécessité de faire des questions d'un ordre moins élevé.

– Non.

– Que savez-vous faire ? Que faisiez-vous pour vos maîtres ?

– Je sais tirer de l'eau, laver les plats, frotter les couteaux, servir le monde.

– Étaient-ils bons pour vous ?

– Je crois bien ! fit-elle en jetant un regard défiant sur miss Ophélia.

Miss Ophélia mit un terme à cet entretien peu encourageant. Saint-Clare était appuyé sur le dos de sa chaise.

– Eh bien, cousine, voilà un sol vierge… vous n'aurez rien à arracher ; semez-y vos idées.

Les idées de miss Ophélia sur l'éducation, de même que toutes ses autres idées, étaient nettement déterminées. C'étaient les idées qui prévalaient, il y a cent ans, dans la Nouvelle-Angleterre, et qui persistent encore dans certaines parties du pays à l'abri de la corruption (là où il n'y a pas de chemin de fer). Ces idées peuvent du reste s'exprimer en peu de mots. Apprendre aux enfants quand ils doivent parler, leur enseigner le catéchisme, la lecture, l'écriture, les fouetter quand ils mentent… Que ce système soit de beaucoup dépassé, aujourd'hui que l'on verse sur l'éducation des *torrents de lumière*, c'est possible, mais on n'en conviendra pas moins que nos grands-mères, avec ce régime dont tant de gens se souviennent, sont parvenues à élever des hommes et des femmes qui en valent bien d'autres.

En tout cas, miss Ophélia ne connaissait pas d'autre système, et elle s'empressait d'appliquer celui-ci à sa petite païenne.

Il y eut une déclaration des droits : Topsy fut considérée comme appartenant à miss Ophélia. Celle-ci, voyant l'accueil peu gracieux que l'enfant recevait à l'office, résolut de borner à sa propre chambre la sphère de ses opérations. Avec un dévouement que quelques-unes de nos lectrices apprécieront, au lieu de se préparer de ses propres mains un lit confortable, de balayer elle-même et d'épousseter sa chambre, elle se condamna au martyre volontaire d'apprendre à Topsy comment on fait toutes ces choses. C'était rude ! Si jamais nos lectrices en viennent là, elles comprendront le mérite de ce sacrifice.

Miss Ophélia fit donc venir Topsy dans sa chambre dès le premier matin, et elle commença solennellement à l'instruire dans l'art mystérieux de faire un lit. Voyez donc Topsy ! Elle est décrassée ; on l'a débarrassée de toutes ces petites queues dressées[1] qui faisaient jadis la joie de son cœur ; elle a une robe propre ; elle a un tablier bien empesé[2] ; elle se tient respectueusement devant miss Ophélia avec un air solennel vraiment digne d'un enterrement.

– Je vais vous montrer, Topsy, comment un lit doit être fait. Je tiens beaucoup à mon lit. Vous devez donc attentivement remarquer ce que vous allez voir.

– Oui, m'ame, dit Topsy en soupirant profondément et avec une expression de tristesse lugubre.

– Regardez, Topsy : voici le haut bout du drap, voici l'envers, voici l'endroit. Vous vous rappellerez, n'est-ce pas ?

– Oui, madame, dit Topsy avec toutes les marques d'une profonde attention.

– Le drap de dessus, poursuivit miss Ophélia, doit être rabattu de cette façon, il faut le border fortement sous les pieds, le côté le plus épais du côté des pieds.

1. Petites queues dressées : tresses de cheveux relevées, dans la coiffure des fillettes africaines.
2. Empesé : recouvert d'empois, sorte de colle permettant de rendre le tablier plus raide.

– Oui, madame.

Ajoutons que, pendant que miss Ophélia avait tourné le dos pour joindre l'exemple au précepte[1], la jeune élève était parvenue à s'emparer d'une paire de gants et d'un ruban, qu'elle avait adroitement coulés dans ses manches. Les mains étaient revenues promptement se croiser sur la poitrine, dans la position la plus inoffensive.

– Voyons, Topsy, comment vous ferez, dit miss Ophélia en retirant les couvertures.

Et elle s'assit.

Topsy s'acquitta de sa tâche avec autant d'adresse que de gravité, à la complète satisfaction de miss Ophélia. Elle étira les draps, rabattit jusqu'au moindre pli, et montra un sérieux et une attention qui édifiaient[2] son institutrice. Mais un mouvement malheureux fit passer un bout de ruban, qui flotta hors de la manche et attira tout à coup l'attention de miss Ophélia. Elle s'élança vers l'infortunité ruban.

– Qu'est-ce, vilaine ? Méchante enfant, vous avez volé cela !

Le ruban tombait de la manche de Topsy ; elle ne fut cependant pas trop déconcertée… Elle le regarda avec un air d'innocence et de stupéfaction profonde.

– Quoi ! c'est le ruban de miss Phélia, n'est-ce pas ? Comment a-t-il pu venir dans ma manche ?…

1. Précepte : leçon.
2. Édifiaient : instruisaient.

– Topsy, ne mentez pas, méchante créature ; vous l'avez volé.

– Missis ! je déclare pour cela que cela n'est pas. Je viens de le voir à cette minute même pour la première fois.

– Topsy, reprit miss Ophélia, ne savez-vous pas que c'est très mal de mentir ?

– Je ne mens jamais, miss Phélia, reprit Topsy avec toute la gravité de la vertu. C'est la vérité que je viens de vous dire, la pure vérité !

– Topsy, vous continuez de mentir… Je vais vous faire donner le fouet.

– Hélas ! missis, vous me feriez fouetter toute la journée, que je ne pourrais pas dire autre chose… reprit Topsy en bégayant… Je n'ai pas même vu ce ruban… Il faut qu'il se soit pris dans ma manche… Miss Phélia l'a sans doute laissé sur son lit… Voilà comme ça s'est fait.

Ce mensonge évident indigna tellement miss Ophélia qu'elle saisit l'enfant et la secoua.

– Ne me répétez pas cela !

Le choc fit tomber les gants de l'autre manche.

– Eh bien, allez-vous me dire encore que vous n'avez pas volé le ruban ?

Topsy avoua qu'elle avait volé les gants, mais nia obstinément qu'elle eût pris le ruban.

– Eh bien, si vous confessez tout, vous n'allez pas avoir le fouet.

Topsy fit des aveux complets, avec toutes les marques d'une contrition[1] parfaite.

1. Contrition : remords.

– Allons, parlez ! vous devez avoir pris autre chose encore depuis que vous êtes dans la maison… Je vous ai laissée courir hier toute la journée… dites-moi ce que vous avez fait, et vous n'aurez pas le fouet.

– Eh bien ! missis, j'ai pris la chose rouge que miss Éva porte autour du cou…

– Méchante créature ! et quoi encore ?

– J'ai pris les boucles d'oreilles de Rosa ; vous savez, ses boucles rouges…

– Rapportez-moi cela tout à l'heure… tout cela, vous dis-je !

– Hélas ! m'ame, je peux pas… c'est brûlé !

– Brûlé ! quel mensonge !… Allons, tout de suite… ou le fouet !

Alors, avec des protestations retentissantes, des larmes et des sanglots, Topsy déclara que cela ne se pouvait pas, que c'était brûlé, tout brûlé…

— Et pourquoi avoir brûlé ?

– Parce que je suis méchante, oui, très méchante… Je ne puis pas m'en empêcher…

Au même instant Éva entra fort innocemment dans la chambre, son collier rouge au cou.

– Éva, où avez-vous retrouvé votre collier ?

– Retrouvé ? mais je l'ai eu toute la journée…

– Hier ?

– Hier aussi, cousine ; et, ce qui est plus drôle, je l'ai eu toute la nuit… j'ai oublié de l'ôter en me couchant.

Miss Ophélia parut fort étonnée… Elle le fut bien davantage encore, car au même instant Rosa entra,

portant sur sa tête un panier de linge frais repassé… Les pendants de corail tintaient à ses oreilles…

– Je ne sais vraiment pas quoi faire à cette enfant, dit miss Ophélia désespérée… Topsy, pourquoi m'avez-vous dit que vous aviez pris… ?

– Missis m'avait dit d'avouer… je n'avais pas autre chose à avouer, dit Topsy en se frottant les yeux.

– Mais je ne voulais pas vous faire avouer des choses que vous n'avez pas faites… c'est encore mentir.

– Vraiment ! c'est encore mentir ? dit Topsy d'un air de parfaite innocence.

– Il n'y a pas un brin de vérité dans cette espèce, dit Rosa en regardant Topsy avec indignation… Si j'étais de M. Saint-Clare, je la ferais fouetter jusqu'au sang… ça lui apprendrait.

– Non, non, Rosa, dit Évangéline d'un ton de commandement qu'elle savait prendre quelquefois… il ne faut pas parler ainsi… Je ne veux pas entendre parler ainsi.

– Ah ! miss Éva, vous êtes trop bonne… Vous ne savez pas comment il faut agir avec les nègres… il n'y a pas d'autre moyen que de les rouer de coups… C'est moi qui vous le dis…

– Fi donc ! Rosa… c'est indigne, pas un mot de plus sur ce sujet…

Et l'œil de l'enfant lança des éclairs… et il y eut sur sa joue comme une nuance d'incarnat plus foncée.

Rosa fut subjuguée.

– Miss Éva a le sang de son père dans les veines… c'est évident, murmura-t-elle en sortant… elle soutient tout le monde… c'est tout comme son père !

Évangéline regardait Topsy.

Voici donc deux enfants qui représentent les deux pôles du monde social. Voici la blanche et noble enfant, aux cheveux d'or, à l'œil profond, au front intelligent et superbe, aux mouvements aristocratiques ; et tout près d'elle, rampante, noire, défiante, rusée, subtile et menteuse, une autre enfant. Oui, voilà bien deux types et deux races : la race saxonne[1], produit de la civilisation, portée dans les entrailles des siècles, et qui a derrière elle et pour elle de longues années de commandement, d'éducation et de suprématie[2] morale et matérielle, et la race africaine, cette fille des siècles opprimés, ce produit de l'asservissement, de l'ignorance, de la misère et du vice…

Peut-être que quelque chose de ces pensées traversait l'âme d'Éva. Mais les pensées des enfants ne sont que des pensées vagues, des instincts obscurs… Cependant ces instincts se remuaient sourdement dans le noble cœur de la jeune fille, sans qu'elle trouvât encore des mots pour les exprimer. Quand miss Ophélia s'emporta en reproches violents contre la méchante conduite de Topsy, Éva parut triste et incertaine, puis elle dit d'une voix bien douce :

– Pauvre Topsy ! qu'avez-vous besoin de voler ? Vous savez qu'on va prendre bien soin de vous… J'aimerais bien mieux vous donner tout ce que j'ai que de vous voir voler…

1. Race saxonne : de descendance européenne du Nord, en opposition ici avec la « race africaine ».
2. Suprématie : supériorité et domination sur les autres.

C'était la première parole de bonté que Topsy eût jamais entendue. La douceur de cette voix, le charme de ces façons, agirent étrangement sur ce cœur sauvage et indompté… et dans cet œil rond, perçant et vif on vit briller quelque chose comme une larme. Puis on entendit un petit rire sec, et Topsy fit sa grimace habituelle. Non ! l'oreille qui n'a jamais entendu que des mots durs et cruels est nécessairement incrédule la première fois qu'elle entend la parole de cette céleste chose, la tendresse et la bonté ! Pour Topsy, ce que disait Évangéline était tout simplement drôle et incompréhensible. Elle n'y croyait pas !

Mais comment donc s'y prendre avec Topsy ? Miss Ophélia y perdait son latin[1]. Son plan ne semblait guère applicable… Elle voulait avoir le temps d'y penser… et, pour avoir ce temps-là, elle enferma Topsy dans un cabinet noir[2]. Elle croyait à l'influence morale des cabinets noirs sur les enfants !

– Je ne vois pas trop, dit-elle à Saint-Clare, comment je pourrai élever cette enfant sans lui donner le fouet !

– Eh ! fouettez-la à cœur joie… Je vous donne plein pouvoir, faites à votre guise !

– Il faut toujours fouetter les enfants, dit miss Ophélia, je n'ai jamais entendu dire qu'on pût les élever sans cela !

– C'est évident ! reprit Saint-Clare, riant en lui-même. Faites comme vous l'entendrez… Je vous ferai

1. Perdait son latin : ne comprenait plus rien.
2. Cabinet noir : petite pièce sans lumière où l'on enfermait les enfants punis.

une simple observation. J'ai vu frapper cette enfant avec la pelle à feu ; je l'ai vue assommée à coups de pincettes… enfin, avec tout ce qui leur tombait sous la main… elle est faite à tout cela[1] ; voyez-vous, il faudra que vous la fassiez fouetter bien vigoureusement pour que cela puisse avoir quelque effet.

– Que faire alors ?

– La question est grave… je désire que vous y répondiez vous-même. Que faut-il faire avec un être humain qui ne peut être gouverné que par le nerf de bœuf ? Cela arrive ; cela est même assez commun ici-bas !

– Je ne sais, mais je n'ai jamais vu d'enfant pareil !…

– On voit souvent parmi nous et des femmes et des hommes qui ne valent pas mieux. Que faire alors ?

– C'est ce que je ne saurais dire, reprit miss Ophélia.

– Ni moi non plus, dit Saint-Clare. Les horribles cruautés, les sévices dont on remplit parfois les journaux, la mort de Prue par exemple, quelle en est la cause ? On la trouve souvent dans la blâmable conduite des uns et des autres… Le maître devient de plus en plus cruel, l'esclave de plus en plus endurci. Il en est du fouet et des mauvais traitements comme du laudanum[2] : il faut doubler la dose quand la sensibilité diminue. J'ai vu cela bien vite quand je suis devenu possesseur d'esclaves… Je résolus de ne pas commencer, parce que je ne saurais pas où finir. Je voulus du moins sauver ma moralité, à moi… Aussi mes esclaves se conduisent comme des

1. Elle est faite à tout cela : elle est habituée, cela n'a plus aucun effet sur elle.
2. Laudanum : médicament utilisé contre la douleur.

enfants gâtés… Je crois que cela vaut mieux pour eux et pour moi que de nous endurcir et de nous dégrader tous ensemble. Vous avez beaucoup parlé de notre responsabilité dans l'éducation, cousine… J'avais véritablement besoin de vous voir essayer avec une enfant qui n'est, après tout, qu'un échantillon de mille autres.

– C'est votre système qui fait de tels enfants, dit miss Ophélia.

– J'en conviens, mais les voilà faits… ils existent… quel parti prendre maintenant ?

– Je ne puis pas vous remercier de l'expérience, mais je vois là un devoir ; je persévérerai et je tâcherai de faire de mon mieux.

Miss Ophélia se mit résolument à la tâche, elle eut du zèle, elle eut de l'énergie, elle fixa l'ordre et l'heure du travail ; elle entreprit de lui apprendre à lire et à coudre.

La lecture marcha assez bien. Topsy apprit ses lettres, que c'était une merveille… elle lut bientôt couramment… la couture offrit plus de difficultés. Souple comme un chat, remuante comme un singe, elle avait en horreur l'immobilité qu'exige ce genre de travail… elle brisait les aiguilles, les jetait par la fenêtre ou les glissait dans les fentes du mur. Elle cassait ou emmêlait son fil, ou bien encore, d'un geste subtil et invisible, elle escamotait des bobines tout entières : elle avait la dextérité d'un prestidigitateur, et composait son visage avec une incroyable puissance. Miss Ophélia avait beau se dire que de tels accidents, si répétés, ne pouvaient arriver tout seuls, jamais, malgré la plus active surveillance, elle ne pouvait la trouver en défaut.

Topsy fut bientôt remarquée dans la maison ; elle avait d'inépuisables ressources ; elle mimait, singeait et grimaçait ; elle dansait, sautait, grimpait, pirouettait, sifflait et imitait tous les cris et toutes les intonations imaginables. Aux heures de récréation elle avait invariablement à ses trousses tous les enfants de la maison, qui la suivaient, bouche béante, admirant et étonnés. Miss Éva était elle-même comme éblouie de toute cette diablerie fantastique ; l'œil magique du serpent ne fascine-t-il point la colombe ? Miss Ophélia regrettait qu'Éva prît tant de goût à la société de Topsy ; elle priait Saint-Clare d'y mettre ordre.

– Ah bah ! laissez faire les enfants… Topsy ne lui fera que du bien.

– Une enfant si dépravée[1] ! Ne craignez-vous point plutôt qu'elle ne lui enseigne le mal ?

– Non ! c'est impossible… avec une autre enfant… peut-être ! mais le mal glisse sur le cœur d'Éva comme la rosée sur une feuille, sans y pénétrer.

– Ce n'est jamais sûr. Je sais bien pour mon compte que je ne laisserais pas mes enfants jouer avec Topsy.

– Vos enfants, non, mais les miens, oui, reprit Saint-Clare… Si Éva eût pu être gâtée[2]… ce serait fait depuis longtemps.

Topsy avait d'abord été dédaignée et méprisée par les autres esclaves.

Ils comprirent bientôt qu'il fallait revenir sur son

1. Dépravée : débauchée, détournée du bien.
2. Gâtée : pervertie, moralement abîmée.

compte. On s'aperçut que ceux dont elle avait à se plaindre recevaient un châtiment qui ne se faisait jamais attendre. C'était une paire de boucles d'oreilles, c'était quelque bijou favori qu'on ne retrouvait plus. C'était un objet de toilette tout gâté… ou bien on trébuchait par accident contre un baquet rempli d'eau bouillante… Ou bien encore de l'eau sale tombait comme un déluge sur des épaules en habit de gala… Ordonnait-on une enquête : impossible de découvrir l'auteur du délit… Topsy était citée devant les grandes assises de la cuisine… Elle parvenait toujours à établir son innocence.

On n'avait pas le moindre doute, mais on n'avait pas non plus la moindre preuve, et miss Ophélia était trop juste pour sévir sans preuves.

L'instant, d'ailleurs, était toujours si bien choisi qu'il n'était pas possible de découvrir le coupable. Avait-elle à se venger de Jane ou de Rosa, elle attendait le moment (ce moment-là arrivait toujours) où elles étaient en disgrâce auprès de leur maîtresse, peu disposée alors à accueillir favorablement leurs griefs. En un mot, Topsy fit bientôt comprendre à tout le monde qu'il fallait la laisser en repos. C'est ce que l'on fit.

Topsy avait la main habile et preste. Elle apprenait avec une étonnante vivacité tout ce qu'on voulait lui montrer. En quelques leçons elle sut faire la chambre de miss Ophélia comme celle-ci voulait qu'elle fût faite, et, malgré ses exigences, miss Ophélia ne pouvait la trouver en faute. Il était impossible de mieux tendre le drap, de mieux poser l'oreiller, de mieux balayer, épousseter, arranger, que ne faisait Topsy, quand elle le voulait ; mais par malheur elle ne voulait pas souvent.

Si miss Ophélia, après deux ou trois jours de surveillance attentive, s'imaginait que Topsy était maintenant tout à fait dans la bonne voie, et que, s'occupant d'autres choses, elle l'abandonnât à elle-même, Topsy, pendant une ou deux heures, faisait de la chambre un vrai chaos. Au lieu de faire le lit, elle enlevait les taies d'oreiller, et, passant sa tête laineuse entre les traversins, elle se couronnait d'un bizarre diadème[1] de plumes, qui pointaient dans toutes les directions ; elle grimpait au ciel de lit, et de là se suspendait la tête en bas ; elle étendait les draps comme un tapis dans l'appartement, elle habillait le traversin avec la camisole de nuit de miss Ophélia ; et au milieu de tout cela elle chantait, sifflait, se regardait dans la glace, se faisait des grimaces : pour tout dire, un vrai diable !

Un jour, miss Ophélia, par une négligence bien étrange chez une femme comme elle, avait oublié la clef sur son tiroir. En rentrant, elle trouva Topsy parée de son beau châle rouge en crêpe de Chine, qu'elle avait enroulé en turban autour de sa tête ; elle marchait devant la glace avec des airs de reine de théâtre en répétition.

– Topsy, s'écria-t-elle à bout de patience, qui vous fait donc agir ainsi ?

– Sais pas, m'ame ! c'est peut-être parce que je suis bien méchante !

1. Diadème : bandeau richement orné que l'on porte autour de la tête.

– Je ne sais pas, moi, ce que je ferai de vous, Topsy.

– Faut me fouetter, m'ame ! Mon ancienne maîtresse me fouettait toujours : j'ai besoin de ça pour travailler !

– Non, Topsy, je ne veux pas vous fouetter… vous pouvez très bien faire si vous voulez : pourquoi ne voulez-vous pas ?

– J'avais l'habitude d'être fouettée, m'ame ; je crois que c'est bon pour moi !

Miss Ophélia usait parfois de la recette ; Topsy ne manquait jamais d'entrer en convulsions… elle poussait des cris perçants, elle sanglotait, pleurait, gémissait… Une demi-heure après, perchée sur quelque saillie du balcon, entourée de la troupe des petits négrillons, elle témoignait le plus profond dédain pour tout ce qui s'était passé.

– Ah ! ah ! miss Phélia me donne le fouet… elle ne tuerait pas une mouche avec son fouet… Il fallait voir mon ancien maître comme il faisait voler la chair… il savait la manière, lui, mon ancien maître !

Topsy faisait parade de ses monstruosités ; elle les considérait comme une distinction flatteuse.

– Voyons, négrillons ! disait-elle à ses auditeurs, savez-vous que vous êtes tous pécheurs ? Oui, vous l'êtes, tout le monde l'est ! Les Blancs aussi sont pécheurs ! C'est miss Phélia qui l'a dit… Mais je crois que les nègres sont les plus gros pécheurs… Personne ne l'est plus que moi ! Je suis si méchante qu'on ne peut rien faire de moi ! Mon ancienne maîtresse jurait après moi la moitié du temps. Je crois que je suis la plus méchante créature du monde !

Et, faisant une gambade, Topsy, vive et légère, s'élançait sur quelque grillage élevé, se pavanant[1] dans ses malices.

Ainsi se poursuivit, pendant un an ou deux, l'éducation de Topsy. Miss Ophélia s'habitua de jour en jour à elle comme on s'habitue aux maladies chroniques, à la névralgie[2] et à la migraine.

Saint-Clare s'en amusait comme on s'amuse d'un perroquet ou d'un chien d'arrêt. Quand les fautes de Topsy lui fermaient tout autre asile, elle venait se réfugier derrière sa chaise, et Saint-Clare trouvait toujours le moyen de faire sa paix ; elle trouvait, elle, le moyen de lui soutirer quelque monnaie pour acheter des noix ou du sucre candi qu'elle distribuait avec une inépuisable générosité aux autres enfants de la maison : car, pour être juste, nous devons dire que Topsy était libérale[3], et qu'elle avait le cœur très haut... Elle ne faisait de mal qu'à elle.

Et maintenant que la voilà introduite dans notre corps de ballet[4], elle figurera, à son tour, avec nos autres personnages.

1. Se pavanant : marchant d'une manière fière.
2. Névralgie : douleur ressentie au niveau d'un nerf.
3. Libérale : généreuse.
4. Notre corps de ballet : ici, tous les personnages nécessaires à l'histoire, comme les danseurs dans un ballet.

XVII
Le Kentucky

Peut-être nos lecteurs voudront-ils bien jeter un coup d'œil en arrière, revenir vers la ferme du Kentucky, à la case du père Tom, et voir un peu ce qui se passe chez ceux que nous avons depuis si longtemps négligés.

C'est le soir, le soir d'un jour d'été… les portes et les fenêtres du grand salon sont ouvertes… on attend la brise qui rafraîchit : on la désire, on l'appelle. M. Shelby est assis dans une vaste pièce qui communique avec le salon, et qui s'étend sur toute la façade de la maison… il est à demi renversé sur une chaise, les pieds étendus sur une autre ; il fume le cigare de l'après-dîner. Mme Shelby est assise à la porte de l'appartement, elle travaille à quelque belle couture. On voit qu'elle a quelque chose dans l'esprit et qu'elle cherche l'occasion et le moment favorable pour le dire.

– Savez-vous, dit-elle enfin, que Chloé a reçu une lettre de Tom ?

– Ah ! vraiment ? Il paraît qu'il a trouvé des amis là-bas… Comment va-t-il, ce pauvre vieux Tom ?

– Il a été acheté par une excellente famille… Je crois qu'il est bien traité et qu'il n'a pas trop à faire.

– Ah ! tant mieux ! tant mieux ! Cela me fait plaisir,

dit très sincèrement M. Shelby ; Tom va se trouver réconcilié avec les résidences du Sud… Il ne va plus songer à revenir ici, je pense bien.

– Au contraire, il demande très vivement si l'on aura bientôt assez d'argent pour le racheter.

– Cela, je n'en sais rien, dit M. Shelby. Quand les affaires commencent à tourner mal, on ne sait pas où cela s'arrête. C'est comme dans une savane, où l'on tombe d'un bourbier dans un autre. Emprunter de l'un pour payer l'autre, prendre à celui-ci pour rendre à celui-là… les échéances arrivent avant qu'on ait eu le temps de fumer un cigare et de se retourner. Ah ! les factures ! et les recouvrements !… la grêle !

– Mais il me semble, cher, qu'on pourrait éclairer au moins la position. Si vous vendiez les chevaux… une de vos fermes… pour payer partout ?

– C'est ridicule, Émilie, ce que vous dites là ! Tenez, vous êtes la plus charmante femme du Kentucky… mais vous êtes en cela comme toutes les femmes… vous n'entendez rien aux affaires…

– Ne pourriez-vous du moins m'initier un peu aux vôtres ? Me donner, par exemple, la note de ce que vous devez et de ce qu'on vous doit… J'essayerais, je verrais s'il m'est possible de vous aider à économiser…

– Ne me tourmentez pas… je ne puis vous dire exactement… je sais à peu près, mais on n'arrange pas les affaires comme Chloé arrange la croûte de ses pâtés… N'en parlons plus… Je vous le répète, vous n'entendez pas les affaires…

Et M. Shelby, ne sachant pas d'autre moyen de faire

triompher ses idées, grossit sa voix. C'est un argument irrésistible dans la bouche d'un mari qui discute avec sa femme.

Mme Shelby se tut et soupira un peu : bien qu'elle ne fût qu'une femme, comme disait son mari, elle avait cependant une intelligence nette, claire et pratique, et une force de caractère supérieure à son mari ; elle était beaucoup plus capable que M. Shelby ne se l'imaginait. Elle avait à cœur d'accomplir les promesses faites à Tom et à Chloé, et elle se désolait de voir les obstacles se multiplier autour d'elle.

– Ne croyez-vous pas que nous puissions en arriver là ? reprit-elle. Cette pauvre Chloé ! elle ne pense qu'à cela.

– J'en suis fâché. Nous avons fait là une promesse téméraire… Je ne suis maintenant sûr de rien ; mais ce qu'il y a de mieux à faire, c'est de prévenir Chloé… Elle s'y fera ! Tom, dans un an ou deux, aura une autre femme… et elle-même prendra quelqu'un.

– Monsieur Shelby, j'ai appris à mes gens que leur mariage est aussi sacré que le nôtre. Je ne donnerai jamais un pareil conseil à Chloé.

– Il est désolant, ma chère, que vous les ayez ainsi surchargés d'une morale bien au-dessus de leur position. C'est ce que j'ai toujours cru.

– Oui ! vous avez raison… elle ne convient pas à cette condition… C'est pourquoi je hais cette condition… Je vous le déclare, mon ami, je me regarde liée par les promesses que j'ai faites à ces malheureux… Si je ne puis avoir d'argent d'une autre façon… eh bien, je donnerai des leçons de musique. Je gagnerai assez… et je compléterai ainsi, à moi seule, la somme nécessaire.

– Je n'y consentirai jamais… Vous ne voudriez pas, Émilie, vous dégrader à ce point…

– Me dégrader ! dites-vous… Je serais plus dégradée par cela que par ma promesse violée ? Non certes !

– Allons ! vous êtes toujours héroïque et transcendantale[1], mais vous ferez bien d'y réfléchir avant d'entreprendre cette œuvre de don-quichottisme[2]…

Cette conversation fut interrompue par l'apparition de la mère Chloé au bout de la véranda.

– Madame voudrait-elle voir ce lot de volailles ?

Mme Shelby s'approcha.

– Je me demandais si madame ne serait pas bien aise d'avoir un pâté de poulet.

– Mon Dieu ! cela m'est indifférent ; faites comme vous voudrez, mère Chloé.

Chloé tenait les poulets d'un air distrait… Il était bien évident que ce n'était pas aux poulets qu'elle songeait. Enfin, avec ce petit rire sec et bref particulier aux gens de la race nègre quand ils s'apprêtent à faire une proposition douteuse :

– Mon Dieu ! fit-elle, pourquoi donc monsieur et madame s'occupent-ils tant de gagner de l'argent… quand ils ont le moyen dans la main ?…

Chloé fit encore entendre un petit rire.

– Je ne vous comprends pas, fit Mme Shelby, devinant

1. Transcendantale : ici, qui voit bien plus loin que ce qui est matériel et rationnel.
2. Don-quichottisme : soutien total et généreux aux plus faibles, mais sans chance de réussite, comme dans les aventures du héros de Cervantès (péjoratif).

bien aux façons de Chloé qu'elle n'avait pas perdu un mot de la conversation qui venait d'avoir lieu entre elle et son mari ; je ne vous comprends pas !

– Eh mais, fit Chloé, les autres gens louent leurs nègres et gagnent de l'argent avec… Pourquoi garder à la maison tant de bouches qui mangent ?

– Eh bien, parlez, Chloé, lequel de nos esclaves nous proposez-vous de louer ?

– Proposer ! je ne propose rien, madame ! seulement, il y a Samuel qui disait qu'il y avait à Louisville des fabricants qui donneraient bien quatre dollars par semaine pour quelqu'un qui saurait faire les gâteaux et la pâtisserie… Oui, madame, quatre dollars !

– Eh bien, Chloé ?

– Mais, madame, je pense qu'il est bientôt temps que Sally fasse quelque chose. Sally a toujours été sous moi ; maintenant elle en sait autant que moi, voyez-vous bien ! et, si madame voulait me laisser aller, je gagnerais de l'argent là-bas… pour les gâteaux et les pâtés, je ne crains pas un *chabricant*.

– Un fabricant, Chloé, un fabricant !

– Peut-être bien, madame ! les mots sont si *curieux*… je me trompe toujours.

– Ainsi, Chloé, vous consentiriez à quitter vos enfants ?

– Ils sont assez grands pour travailler, et Sally prendrait soin de la petite… C'est un bijou, la petite ! il n'y a rien à faire après elle…

– Louisville est bien loin d'ici.

– Oh Dieu ! ça ne me fait pas peur ! c'est au bas de la rivière… pas loin de mon vieux mari, je pense ?…

Cette dernière partie de la réponse fut faite d'un ton interrogatif, ses yeux attachés sur Mme Shelby.

– Hélas ! Chloé, c'est à plus de cent milles de distance !

Chloé fut comme abattue.

– N'importe, Chloé, reprit Mme Shelby, cela vous rapprochera toujours… et tout ce que vous gagnerez sera mis de côté pour le rachat de votre mari.

Parfois un rayon éclatant argente un rayon obscur. C'est ainsi que tout à coup brilla la face noire de Chloé… Oui, elle rayonna !

– Oh ! si madame n'est pas trop bonne ! s'écria-t-elle. Je pensais bien à cela… Je n'ai besoin ni de souliers, ni d'habits, ni de rien ! je pourrais mettre tout de côté ! Combien y a-t-il de semaines dans l'année, madame ?

– Cinquante-deux, Chloé.

– Cinquante-deux ! À quatre dollars par semaine… combien cela fait-il ?

– Deux cent huit dollars par an.

– Ah ! vraiment ? fit Chloé d'un air ravi… Et combien me faudra-t-il d'années pour… ?

– Quatre ou cinq ans… Mais vous n'attendrez pas cela… j'ajouterai.

– Oh ! je ne voudrais pas que madame donnât de leçons… ni rien de pareil… Monsieur a bien raison ! cela ne se peut pas… J'espère bien que personne de la famille n'en sera réduit là… tant que j'aurai des mains…

– Ne craignez rien, Chloé, reprit Mme Shelby en souriant, j'aurai soin de l'honneur de la famille… Mais quand comptez-vous partir ?

– Mais je ne comptais sur rien… Seulement Sam va descendre la rivière pour conduire des poulains… Il dit qu'il m'emmènerait bien avec lui… J'ai mis mes affaires ensemble. Si madame voulait, je partirais demain matin avec Sam… Si madame voulait écrire ma passe et me donner une recommandation…

– Soit ! je vais m'en occuper… si M. Shelby ne s'y oppose pas. Il faut que je lui en parle.

Mme Shelby rentra chez elle, et Chloé, ravie, courut à sa case pour faire ses préparatifs.

– Vous ne savez pas, monsieur George ? je pars demain pour Louisville, dit-elle au jeune homme qui entra dans la case, et la trouva occupée de mettre en ordre les petits effets du baby… Je fais le paquet de Suzette, j'arrange tout. Je pars, monsieur George, je pars… Quatre dollars la semaine… et madame les mettra de côté pour racheter mon vieil homme.

– Eh bien, en voilà une affaire ! dit George. Et comment vous en allez-vous ?

– Demain matin, avec Sam. Et maintenant, monsieur George, vous allez vous asseoir là et écrire à mon pauvre homme… et lui dire tout… Vous voulez bien ?

– Certainement ! dit George. Le père Tom sera joliment content de recevoir de nos nouvelles… Je vais chercher de l'encre et du papier… Je vais lui parler des nouveaux poulains et de tout !

– Oui ! oui ! monsieur George, allez… Je vais vous avoir un morceau de poulet ou quelque autre chose… Vous ne souperez plus bien des fois avec votre pauvre mère Chloé !

XVIII
L'arbre se flétrit
La fleur se fane

La vie passe jour après jour; ainsi s'écoulèrent deux années de l'existence de notre ami Tom. Il était séparé de tout ce que son cœur aimait; il soupirait après tout ce qu'il avait laissé derrière lui, et cependant nous ne pouvons pas dire qu'il fût malheureux… La harpe des sentiments humains est ainsi tendue que, si un choc n'en brise pas à la fois toutes les cordes, il leur reste toujours quelques harmonies. Si nous jetons les yeux en arrière, vers les époques de nos épreuves et de nos malheurs, nous voyons que chaque heure, en passant, nous apportera ses douceurs et ses allégements, et que, si nous n'avons pas été complètement heureux, nous n'avons pas non plus été complètement malheureux…

Tom avait appris à se contenter de son sort, quel qu'il pût être.

Comme nous l'avons déjà dit, George avait répondu exactement à sa lettre, et d'une belle et bonne écriture d'écolier, que Tom pouvait lire, à ce qu'il disait, d'un bout de la chambre à l'autre. Cette lettre lui donnait de nombreux détails domestiques; nos lecteurs les connaissent déjà. Elle annonçait que Chloé était en location à Louisville, où, par son habileté dans tout ce qui touchait aux pâtes fines, elle gagnait beaucoup d'argent… On disait à Tom que cet argent était destiné à son rachat. Moïse et Pierre travaillaient bien, et le baby trottait dans la maison, sous la surveillance de Sally en particulier, et de tout le monde en général.

La case de Tom était provisoirement fermée, mais George s'étendait avec beaucoup d'éloquence et d'imagination sur les embellissements et agrandissements qu'il y ferait au moment du retour de Tom.

Le reste de l'épître[1] contenait la liste des travaux scolaires de George. Chaque article avait reçu l'honneur d'une majuscule fleurie. George disait aussi le nom de quatre nouveaux poulains venus au monde depuis le départ de Tom. George ajoutait, à ce propos, que le père et la mère se portaient bien.

Le style de George était net et concis ; aux yeux de Tom cette lettre était la plus magnifique composition des temps modernes… Il ne se lassait jamais de la contempler… Il tint même conseil avec Éva pour savoir comment on pourrait l'encadrer, afin de l'accrocher dans sa chambre… Il ne fut arrêté que par la difficulté de trouver le moyen de faire voir à la fois les deux côtés de la page.

L'amitié de Tom et d'Éva grandissait à mesure que l'enfant grandissait elle-même… Il serait difficile de dire quelle place elle tenait dans l'âme douce

1. Épître : lettre.

et impressionnable du fidèle serviteur. Il aimait Éva comme quelque chose de fragile et de terrestre, mais il la vénérait aussi comme quelque chose de céleste et de divin. Il la contemplait comme un matelot italien contemple l'Enfant Jésus, avec un mélange de tendresse et de respect… Son plus grand bonheur, c'était de satisfaire les gracieuses fantaisies d'Éva et de contenter ces mille désirs enfantins qui assiègent les jeunes cœurs, mobiles et changeants comme les couleurs de l'arc-en-ciel. Allait-il au marché le matin, ce qu'il recherchait tout d'abord c'était l'étalage du fleuriste ; il voulait pour elle le plus beau bouquet, pour elle la plus belle pêche et la plus grosse orange. Ce qui le charmait surtout, c'était d'apercevoir au retour cette jolie tête, dorée comme un rayon de soleil, l'attendant sur le seuil de la porte, toute prête à lui faire sa question ingénue[1] :

– Eh bien ! père Tom, que m'apportez-vous aujourd'hui ?

À cette époque de notre histoire, toute la maison[2] de Saint-Clare est établie dans la villa du lac Pontchartrain. Les chaleurs de l'été ont chassé de la ville poudreuse et embrasée tous ceux qui peuvent la fuir et gagner les bords du lac, rafraîchis par les soupirs de la brise marine.

La villa de Saint-Clare était un cottage comme on en voit dans les Indes orientales. Elle était entourée de légères galeries en bambous, et s'ouvrait de toutes parts

1. Ingénue : naïve.
2. Maison : ensemble de la famille et des domestiques.

sur des jardins et des parcs. Le grand salon dominait un jardin embaumé des fleurs des tropiques, et où se rencontraient les plus merveilleuses plantes. Des sentiers, qui se contournaient en spirales tortueuses, descendaient jusqu'au bord du lac, dont la nappe argentée miroitait sous les rayons du soleil, tableau changeant toujours, toujours charmant !

Maintenant le soleil se couche dans ses torrents d'or fluide, qui semblent inonder l'horizon d'un déluge de rayons et faire des eaux comme un autre ciel étincelant. Le lac était rayé de pourpre et d'or ; çà et là brillaient les blanches ailes des vaisseaux comme autant de fantômes qui passent ; l'œil des petites étoiles scintillait sous leur paupière d'or, pendant qu'elles se regardaient toutes tremblantes dans le miroir des eaux.

Évangéline et Tom étaient assis sur un siège de mousse, dans le jardin. C'était un dimanche soir.

– Père Tom, dit-elle à l'esclave… je m'en vais là !…

– Là ! où, miss Éva ?

Évangéline se leva et étendit sa petite main vers le ciel… Le rayon du soir se jouait dans sa chevelure dorée ; il versait sur ses joues un éclat qui n'était point de cette terre… et ses yeux s'attachaient invinciblement vers le ciel !

– Oui, je m'en vais là, vers les esprits brillants !… Tom, j'irai avant peu !

Le pauvre vieux cœur fidèle ressentit comme un choc… et Tom se rappela combien de fois, depuis six mois, il avait remarqué que les petites mains d'Évangéline devenaient plus fines, et sa peau plus transparente, et sa respiration plus courte… Il se rappela, quand elle jouait et courait dans les jardins, combien elle était vite fatiguée et languissante. Il avait entendu miss Ophélia parler d'une toux que les médicaments ne pouvaient guérir… Et maintenant encore les mains, les joues ardentes étaient comme brûlantes de fièvre… et cependant la pensée qui se cachait derrière les paroles d'Éva ne s'était jamais présentée à son esprit !

La conversation de Tom et d'Éva fut interrompue par un soudain appel de miss Ophélia.

– Éva ! Éva ! comment, chère petite ! mais voilà la rosée qui tombe… il ne faut pas rester là !

Éva et Tom se hâtèrent de rentrer.

La vieille miss Ophélia était excellente pour les malades. Elle était de la Nouvelle-Angleterre. Elle avait remarqué les premiers et terribles progrès de ce mal silencieux et perfide[1] qui enlève par milliers les plus chers et les plus beaux, et, avant qu'une seule fibre de la vie soit brisée, semble les marquer irrévocablement pour la mort.

Elle avait observé cette petite toux sèche, cet incarnat trop vif de la joue ; et ni l'éclat des yeux ni la fiévreuse animation du visage n'avaient pu tromper sa vigilance.

Elle essaya de faire partager ses inquiétudes à Saint-Clare… Saint-Clare repoussa ses insinuations avec sa gaieté et son insouciance habituelles.

1. Perfide : sournois.

– Pas de mauvais augures[1], cousine : je les déteste ! Ne voyez-vous pas que c'est la croissance ? À ce moment-là les enfants sont toujours plus faibles.

– Mais cette toux ?…

– Ce n'est rien : elle a peut-être attrapé un rhume…

– Hélas ! c'est ainsi que furent prises Élisa Jams, Hélène et Maria Sanders.

– Assez de discours funèbres !… Vous autres vieilles gens, vous devenez si sages, qu'un enfant ne peut tousser ou éternuer sans que vous voyiez là le désespoir ou la mort… Je ne vous demande qu'une chose : surveillez bien Éva, préservez-la de l'air du soir, ne la laissez pas trop s'échauffer au jeu… et tout ira bien.

Ainsi parla Saint-Clare.

Au fond de l'âme il se sentait inquiet. Il épiait Éva jour par jour, avec une anxiété fiévreuse… Il répétait trop souvent : « Éva est très bien… cette toux n'est rien… » Il ne la quittait presque plus ; il l'emmenait plus souvent avec lui dans ses promenades à cheval… Chaque jour il rapportait quelque boisson fortifiante, quelque recette nouvelle ; non pas, ajoutait-il, que l'enfant en eût besoin, mais cela ne pouvait pas lui faire de mal.

S'il faut le dire, ce qui jetait dans son cœur une angoisse plus profonde, c'était cette maturité précoce et toujours croissante de l'âme et des sentiments d'Éva… Elle gardait sans doute toutes les grâces charmantes de l'enfance ; mais parfois aussi, sans même en avoir

1. Pas de mauvais augures : n'annoncez pas de malheur.

conscience, elle laissait tomber des mots d'une telle portée et d'une si étrange profondeur, qu'on était forcé de les prendre pour une sorte de révélation. Dans ces moments-là, Saint-Clare éprouvait comme un malaise intérieur… un frisson passait sur lui… et il serrait sa fille dans ses bras, comme si cette douce étreinte eût pu la sauver… et il lui prenait des envies farouches de ne la plus quitter… de ne pas la laisser sortir de ses bras…

Cependant le cœur et l'âme de l'enfant semblaient se fondre en paroles d'amour et de tendresse ; elle avait toujours été généreuse, mais par une sorte d'impulsion instinctive. Il y avait maintenant en elle ce je-ne-sais-quoi de touchant et de réfléchi qui révèle la femme. Elle aimait bien encore à jouer avec Topsy et les autres petits nègres, mais elle paraissait plutôt regarder leurs jeux qu'y prendre part. Elle restait quelquefois une demi-heure à rire des tours et des malices de Topsy… puis tout à coup un nuage passait sur ses traits… il y avait dans ses yeux comme un brouillard… et ses pensées étaient bien loin, bien loin…

– Maman, dit-elle un jour à sa mère, pourquoi n'apprenons-nous pas à lire à nos esclaves ?…

– Quelle question ! On ne fait jamais cela.

– Pourquoi ne le fait-on pas ?

– Parce que cela ne leur servirait pas. Cela ne les ferait pas mieux travailler… et ils n'ont été créés que pour travailler.

– Miss Ophélia a bien appris à lire à Topsy !

– Oui, et vous voyez quel bien ça lui fait… Topsy est la plus méchante créature que j'aie jamais vue.

– Mais il y a cette pauvre Mammy... elle serait si heureuse de pouvoir lire ! Que fera-t-elle quand je ne pourrai plus lire pour elle ?

Mme Saint-Clare, tout occupée à fouiller dans ses tiroirs, répondit d'un ton distrait :

– Oui, oui, sans doute ; mais vous aurez bientôt autre chose à quoi penser... Vous ne pourrez pas lire à vos esclaves toute votre vie... non pas que ce ne soit une très bonne chose, que j'ai faite moi-même quand je me portais bien... mais, quand il faudra vous habiller, aller dans le monde, vous n'aurez pas le temps... Voyez, ajouta-t-elle, les bijoux que je vous donnerai quand vous sortirez... ce sont ceux que je portais à mon premier bal. Je puis vous dire, Éva, que je fis sensation.

Éva prit le coffret, elle en tira un collier de diamants... Ses grands yeux pensifs s'arrêtèrent un instant dessus... Mais ses pensées étaient ailleurs.

– Comme vous semblez rêveuse, mon enfant !

– Est-ce que cela vaut beaucoup d'argent, maman ?

– Sans doute : votre père les a envoyé chercher en France... C'est presque une fortune.

– Je voudrais en avoir le prix pour en faire ce que je voudrais.

– Et qu'en voudriez-vous faire ?

– Acheter une ferme dans les États libres, y emmener tous nos esclaves, et leur donner des maîtres pour leur apprendre à lire et à écrire.

Éva fut interrompue par les éclats de rire de sa mère.

– Tenir une pension !... ah ! ah ! ah !... Vous leur apprendriez aussi à jouer du piano et à peindre sur velours ?

– Je leur apprendrais à lire et à écrire leurs lettres, dit Éva d'un ton calme et résolu… Je sais, maman, combien il leur est pénible d'ignorer ces choses… Demandez à Tom ! et à bien d'autres… Ils devraient savoir.

– Allons, c'est bien ! Vous n'êtes qu'une enfant… Vous ne connaissez rien à tout cela… Et puis, vous me faites mal à la tête…

Mme Saint-Clare tenait toujours un mal de tête en réserve pour le cas où la conversation n'était pas de son goût.

Éva sortit.

À partir de ce moment elle donna très assidûment des leçons de lecture à Mammy.

XIX
Henrique

Ce fut vers cette époque de notre histoire qu'Alfred, le frère de Saint-Clare, vint avec son fils, jeune garçon de douze ans, passer un jour ou deux dans la villa du lac Pontchartrain.

On ne pouvait rien voir de plus étrange et de plus beau que ces deux frères jumeaux l'un près de l'autre. La nature, au lieu de les faire ressemblants, avait comme pris à tâche de n'établir entre eux que des différences.

Le fils aîné d'Alfred, Henrique, avait l'œil noir et le maintien aristocratique de son père. À peine arrivé à la villa, il se sentit comme fasciné par les attractions de sa cousine Évangéline.

Évangéline avait un petit poney favori, blanc comme la neige. Il était commode *comme un berceau* et aussi doux que sa petite maîtresse.

Tom conduisait ce poney derrière la véranda au moment même où un jeune mulâtre de treize à quatorze ans amenait à Henrique un petit cheval arabe, tout noir, qu'on avait fait venir à grands frais pour lui.

Henrique était fier, comme un enfant, de sa nouvelle acquisition. Au moment de prendre les rênes des mains de son jeune groom[1], il examina le cheval avec soin, et sa figure s'assombrit.

– Eh bien ! Dodo, paresseux petit chien ! vous n'avez pas étrillé mon cheval, ce matin ?

– Pardon, m'sieu, fit Dodo d'un ton soumis… il faut qu'il ait ramassé cette poussière.

– Taisez-vous, canaille ! dit Henrique en levant son fouet avec violence… Comment vous permettez-vous d'ouvrir la bouche ?

Le groom était un beau mulâtre aux yeux brillants, de la même taille que Henrique. Ses cheveux bouclés encadraient un front élevé et plein d'audace ; il avait du sang des Blancs dans les veines… On put le voir au soudain éclat de sa joue et à l'étincelle de ses yeux quand il voulut répondre :

1. Groom : garçon qui s'occupe des chevaux.

– M'sieu Henrique !

À peine ouvrait-il la bouche que Henrique lui cingla le visage d'un coup de fouet, et, le saisissant par le bras, il le fit mettre à genoux et le battit à perdre haleine.

– Impudent chien ! cela t'apprendra à répliquer ! Remmenez ce cheval et pansez-le avec soin… Je vous remettrai à votre place, moi !

– Mon jeune monsieur, dit Tom, je sais ce qu'il allait vous dire : le cheval s'est roulé par terre en sortant de l'écurie… il est si ardent !… C'est comme cela qu'il a attrapé toute cette poussière… j'assistais à son pansement…

– Vous, silence ! jusqu'à ce qu'on vous interroge.

Il tourna sur ses talons et fit quelques pas vers Éva, qui se tenait debout, en habit de cheval.

– Je regrette, cousine, que ce stupide drôle vous ait fait attendre… Veuillez vous asseoir… il va revenir à l'instant… Qu'avez-vous donc, cousine ? vous semblez triste !

– Comment avez-vous pu être si cruel envers ce pauvre Dodo !

– Cruel ! reprit l'enfant avec une surprise toute naïve. Qu'entendez-vous par là, chère Éva ?

– Je ne veux pas que vous m'appeliez chère Éva quand vous vous conduisez ainsi.

– Chère cousine, vous ne connaissez pas Dodo ! Il n'y a pas d'autre moyen d'en avoir raison ; il est si plein de mensonge et de détours !… Il faut l'abattre tout d'abord, et ne pas lui laisser ouvrir la bouche… C'est ainsi que fait papa…

– Mais le père Tom dit que c'est un accident… et Tom ne dit jamais que ce qui est vrai.

– Alors c'est un vieux nègre bien rare dans son espèce… Dodo va mentir dès qu'il va pouvoir parler.

– Vous le rendez fourbe[1] par terreur, en le traitant ainsi…

– Allons, Éva, vous avez un caprice pour Dodo ; je vous préviens que je vais être jaloux…

– Mais vous venez de le battre, et il ne le méritait pas.

– Cela fera compensation avec une autre fois où il le méritera sans être battu. Avec Dodo les coups ne sont jamais perdus. C'est un diable ! Mais je ne le battrai plus devant vous, si cela vous fait de la peine.

Éva n'était certes pas satisfaite ; mais elle comprit bien qu'il serait inutile de vouloir faire partager ses sentiments à son beau cousin.

Dodo apparut bientôt avec les chevaux.

– Allons, Dodo, vous avez bien fait cette fois, dit-il d'un air gracieux. Venez maintenant ici, et tenez le cheval de miss Éva, tandis que je vais la mettre en selle.

Dodo approcha et se tint tout près du cheval d'Éva. Son visage était bouleversé, et l'on voyait à ses yeux qu'il avait pleuré.

Henrique, très fier de ses façons aristocratiques, de son adresse et de sa courtoisie chevaleresque, eut bientôt

1. Fourbe : qui trompe par la ruse.

mis en selle sa jolie cousine, puis, rassemblant les rênes, il les lui plaça dans la main.

Mais Éva se pencha de l'autre côté du cheval, du côté où se trouvait l'esclave…

– Vous êtes un brave garçon, Dodo, lui dit-elle ; je vous remercie.

Dodo, tout surpris, leva les yeux sur ce jeune et doux visage… il se sentait venir des larmes ; le sang lui monta aux joues.

– Ici, Dodo ! s'écria Henrique d'une voix impérieuse.

Dodo s'élança et tint le cheval pendant que son maître montait.

– Tenez, voici de l'argent pour acheter du sucre candi.

Et il lui jeta un picaillon[1].

Les deux enfants s'éloignèrent.

Dodo les suivit des yeux : l'un d'eux lui avait donné de l'argent… l'autre lui avait donné… ce qu'il désirait bien davantage : une bonne parole dite avec bonté !

Il n'y avait que quelques mois que Dodo était séparé de sa mère. Son maître l'avait acheté dans un entrepôt d'esclaves à cause de sa belle figure. Il allait bien avec le beau poney ! Il faisait ses débuts sous Henrique.

La scène avait eu pour témoins les deux frères Saint-Clare, qui se promenaient dans le jardin.

Augustin fut indigné ; mais il se contenta de dire avec son ironie habituelle :

1. Picaillon : petite pièce de monnaie (familier).

– J'espère, Alfred, que c'est là ce que nous pouvons appeler une éducation républicaine.

– Henrique est un vrai diable quand le sang lui bout, répondit Alfred avec une égale ironie.

– Eh mais, vous devez approuver cela, fit Augustin assez sèchement.

– Que j'approuve ou non, je ne saurais l'empêcher. Henrique est une vraie tempête. Voilà longtemps que nous l'avons abandonné, sa mère et moi. Mais ce Dodo est un drôle, et une volée de coups de fouet ne peut pas lui faire de mal.

– Non, sans doute. C'est pour lui apprendre la première ligne du catéchisme républicain : tous les hommes sont nés libres et égaux.

– Pouah ! c'est une de ces bêtises sentimentales que Jefferson[1] a pêchées en France… Il faudrait retirer cela de la circulation, maintenant.

– C'est ce que je crois, répondit Saint-Clare d'un ton significatif.

– Nous voyons assez clairement, reprit Alfred, que tous les hommes ne sont pas nés libres ni égaux… tant s'en faut ! Pour ma part, je crois qu'il y a moitié de vrai dans cette facétie[2] républicaine. Les gens riches, instruits, bien élevés, civilisés, en un mot, doivent avoir entre eux des droits égaux. Mais pas la canaille !

– Fort bien… si vous parvenez à maintenir la canaille dans cette opinion. Elle a eu son tour en France !

1. Jefferson : Thomas Jefferson (1743-1826), homme politique américain et ancien président des États-Unis qui lutta contre l'esclavage.
2. Facétie : blague, ici au sens de bêtise à laquelle on n'adhère pas.

– Aussi faut-il la tenir à bas, continuellement et sans relâche… Et c'est ce que je ferai, dit Alfred en appuyant fortement son pied sur le sol, comme s'il eût tenu quelqu'un sous lui.

– Quand on lâche, cela fait une fameuse glissade, reprit Augustin : à Saint-Domingue[1], par exemple !

– Nous y prendrons garde dans ce pays-ci : nous saurons bien nous opposer à toutes ces tentatives d'instruction, d'éducation que l'on fait maintenant. Il ne faut pas que les nègres soient instruits.

– Il n'est plus temps de parler ainsi… Ils reçoivent une éducation… seulement nous ne savons pas laquelle. Notre système actuel est brutal et barbare. Nous brisons tous les liens humains, et avec des hommes nous faisons des bêtes… Qu'ils aient le dessus, et nous les retrouverons… ce que nous les aurons faits !

– Mais ils n'auront jamais le dessus !

– C'est juste ! dit Saint-Clare. Chauffez la machine sans lever la soupape, asseyez-vous dessus au contraire, vous verrez où nous aborderons.

– Eh oui, nous verrons. Je ne craindrai pas pour mon compte de m'asseoir sur la soupape, tant que la chaudière sera solide et que la machine fonctionnera bien.

– Les nobles de Louis XVI[2] en pensèrent autant…

1. Saint-Domingue : ancien nom de l'île d'Haïti ; en 1791, une révolte des Noirs éclata et conduisit la République française à y proclamer l'abolition de l'esclavage en 1793.
2. Les nobles de Louis XVI : ceux qui ne virent pas venir la Révolution française.

et l'Autriche[1] ! et Pie IX[2] !... Et un beau matin vous vous rencontrerez tous en l'air... quand la chaudière sautera !

– *Dies declarabit*[3] ! fit Alfred en riant.

– Eh bien, je vous dis, moi, reprit Augustin, que, s'il y a maintenant quelque prévision où l'on puisse retrouver des symptômes d'une irrécusable[4] vérité, c'est la prévision du soulèvement des masses... c'est le triomphe des classes inférieures, qui deviendront les supérieures.

– Allons ! Augustin, c'est encore une de vos stupidités de républicain rouge. Tudieu ! quel clubiste[5] ! Pour moi, j'espère que je serai mort avant le millésime qui marquera l'avènement de vos mains sales !

– Sales ou non, ces mains-là vous gouverneront à leur tour... et vous aurez des législateurs comme vous aurez su vous les faire. La noblesse française a voulu avoir un peuple de sans-culottes : elle a eu à cœur joie un gouvernement de sans-culottes, et Haïti...

– Ah ! de grâce, Augustin ! n'avons-nous pas déjà assez de ce misérable Haïti ? Les Haïtiens n'étaient pas des Anglo-Saxons... S'ils eussent été des Anglo-

1. Autriche : pays qui connut un mouvement révolutionnaire en 1848, provoquant la chute du gouvernement.
2. Pie IX : Giovanni Ferretti (1792-1878), pape qui connut l'invasion de la cité vaticane en 1870 ; cette allusion est ironique car Pie IX publia lui-même un texte justifiant l'esclavage.
3. *Dies declarabit* : en latin, « le jour (du Seigneur) nous le proclamera » ; l'avenir nous le dira, nous verrons bien à ce moment-là ! », citation ironique de la Bible (*Épître aux Corinthiens*).
4. Irrécusable : incontestable.
5. Clubiste : appartenant à un club, à un groupement politique.

Saxons… les choses ne se seraient point passées ainsi !… Les Anglo-Saxons sont la race dominatrice du monde : cela est, et cela sera !

– Oui ! mais savez-vous qu'il y a pas mal de sang anglo-saxon infusé dans les veines de nos esclaves ?… Il y en a beaucoup parmi eux à qui maintenant il ne reste de l'Afrique… que ce qu'il leur en faut pour embraser de ses ardeurs tropicales notre fermeté calme et prévoyante… Oui, si le tocsin[1] de Saint-Domingue sonne l'heure fatale parmi nous, ce sera vraiment la race anglo-saxonne qui dirigera la révolte : les fils des hommes blancs, dont le sang charrie nos sentiments hautains dans leurs veines brûlantes, ne seront pas toujours vendus, achetés et livrés… Ils se lèveront… et ils soulèveront avec eux la race maternelle !

– Sottises, folies, que tout cela !

– C'est ce qu'on dit depuis longtemps, fit Augustin ; c'était ainsi du temps de Noé[2]… et ce sera toujours ainsi… Ils mangeaient, ils buvaient ; ils plantaient ; ils bâtissaient… et ils ne s'apercevaient pas que le flot montait pour les prendre.

– Allons ! vous auriez un vrai talent pour la propagande, fit Alfred en riant ; mais ne craignez rien pour nous. Nos possessions sont assurées. Nous avons la force…

Et, appuyant encore une fois son pied sur le sol, il ajouta :

1. Tocsin : cloche servant à donner l'alarme en cas de danger.
2. Noé : selon la Bible, Noé annonça le danger de la montée des eaux sans être cru ; le déluge ravagea toute la terre.

– Cette race est par terre… elle y restera ! Nous avons assez d'énergie pour ménager notre poudre.

– Oui ! des enfants élevés comme votre Henrique seront d'excellents gardiens pour vos magasins à poudre… Ils sont si calmes… ils se possèdent si bien ! Le proverbe dit pourtant : Ceux qui ne savent pas se gouverner ne savent pas gouverner les autres…

– Oui, il y a là une difficulté, dit Alfred tout pensif ; notre système embarrasse l'éducation des enfants… Il donne un trop libre cours aux passions, qui sont déjà si violentes sous ce climat. Henrique m'inquiète parfois… Il est généreux, il a le cœur chaud… mais, quand il est excité, c'est une véritable fusée ! Je crois que je l'enverrai dans le Nord, où l'obéissance est plus en honneur, où il verra plus de ses égaux et moins de ses inférieurs.

– Si l'éducation des enfants est l'œuvre la plus importante de l'humanité, poursuivit Augustin, ce que vous avouez là est bien une preuve que notre système à nous est mauvais.

– Il a ses avantages et ses désavantages… Il nous donne des enfants mâles et courageux… Les vices de la race abjecte[1] fortifient en nous les vertus contraires… Henrique a un sentiment plus vif de la vérité, depuis qu'il voit que la fourberie et le mensonge sont le lot ordinaire de l'esclavage.

– Voilà, dit Augustin, une façon chrétienne d'envisager les choses !

1. Abjecte : ignoble.

– Eh ! mon Dieu ! ni plus ni moins chrétienne que la plupart des choses de ce monde.

– C'est possible ! dit Saint-Clare.

– En vérité, Augustin, si je pensais comme vous, je ferais une chose…

– Ah ! ah ! je vous reconnais là, vous voulez toujours faire quelque chose… Eh bien ! quoi ?

– Mais, élevez et instruisez vos esclaves… comme échantillon.

Et Alfred sourit assez dédaigneusement.

– Me dire d'élever mes esclaves, quand ils sont écrasés sous la masse des abus sociaux ! Autant vaudrait placer sur eux le mont Etna[1] et leur dire de se redresser ! Un homme ne peut rien contre la société… Pour que l'éducation fasse quelque chose, il faut que ce soit l'éducation de l'État… il faut du moins que l'État n'y mette point d'entraves[2] !

Les deux frères jouaient aux échecs, quand ils entendirent le bruit des chevaux qui rentraient.

– Voici venir les enfants, dit Augustin en se levant ; voyez, frère, avez-vous jamais rien vu d'aussi beau ?

C'était vraiment une charmante chose que ces deux enfants. Henrique, avec sa tête hardie, ses boucles noires et lustrées, ses yeux brillants, son rire joyeux, se penchait vers sa belle cousine. Éva portait la toque bleue et un habit de cheval de la même couleur ; l'exercice avait

1. Mont Etna : la plus haute montagne d'Italie, située en Sicile.
2. Entrave : lien.

donné à ses joues un incarnat plus vif, et rendait vraiment étrange la transparence de son teint et ses cheveux dorés comme une auréole.

– Par le ciel ! quelle éblouissante beauté, dit Alfred… Elle fera votre joie et votre orgueil.

– Ou mon désespoir… Dieu sait que j'en ai peur, dit Saint-Clare d'une voix qui devint amère tout à coup.

Et il s'élança pour la recevoir comme elle descendait de cheval.

– Éva, chère âme ! vous n'êtes pas trop fatiguée ? dit-il en la serrant dans ses bras.

– Non, papa.

Mais Saint-Clare sentait sa respiration courte et embarrassée… et il tremblait.

– Pourquoi courez-vous si vite, chère ? Vous savez que cela n'est pas bon pour vous !

– Je trouve cela si amusant !… ça me plaît tant !… J'ai oublié…

Saint-Clare l'emporta dans ses bras jusque sur le sofa et l'y déposa.

– Henrique ! vous devez avoir soin d'Éva, vous ne devez pas galoper si vite avec elle.

– J'en aurai soin, dit Henrique en s'asseyant auprès du sofa et en prenant la main d'Évangéline.

Éva se trouva mieux ; les deux frères reprirent leur jeu, et on laissa les enfants seuls.

– Savez-vous bien, Éva, que je suis tout triste que papa ne reste que deux jours ici ? Je vais être si longtemps sans vous voir ! Si j'étais avec vous, j'essayerais de devenir bon, de ne plus battre Dodo… Je n'ai pas l'intention de lui faire de mal… mais, vous savez, je suis si vif !… Je vous assure que je ne suis pas mauvais pour lui ! Je lui donne un picaillon de temps en temps… et vous voyez que je l'habille bien… En somme, Dodo est assez heureux.

– Vous trouveriez-vous heureux, s'il n'y avait autour de vous personne pour vous aimer ?

– Moi ? non, sans doute !

– Eh bien, vous avez pris Dodo à ceux qui l'aimaient… et maintenant il n'a plus d'affection auprès de lui… Ce bien-là, vous ne pourrez pas le lui rendre.

– Eh ! mon Dieu non, je ne puis pas… je ne puis pas l'aimer, ni moi ni personne ici !

– Pourquoi ne pouvez-vous pas ? dit Évangéline.

– Aimer Dodo !… Que voulez-vous dire, Éva ? Il me plaît assez… mais l'aimer ! Est-ce que vous aimez vos esclaves ?

– Sans doute.

– Quelle folie ! ces choses-là, vous savez… personne ne les fait, personne, Éva !

Éva ne répondit rien… ses yeux étaient fixes et pleins de larmes et de rêveries.

– En tout cas, reprit-elle, aimez Dodo par égard pour moi, mon cher cousin, et soyez bon pour lui !

– Pour vous, chère, j'aimerais tout au monde, car vous êtes bien la plus aimable créature que j'aie jamais vue.

Henrique prononça ces mots avec une vivacité qui fit monter le sang à son beau visage. Éva reçut sa promesse avec une simplicité parfaite et sans aucune émotion.

– Je suis bien aise, mon cher Henrique, répondit-elle, que vous pensiez ainsi ; vous ne l'oublierez pas, j'espère.

La cloche du dîner mit fin à l'entretien.

XX
Sinistres présages

Deux jours après cette petite scène, Alfred et Augustin se séparaient. Éva, que la compagnie de son jeune cousin avait un peu excitée, s'était livrée à des exercices au-dessus de ses forces ; elle commença à décliner rapidement. Saint-Clare songea donc à consulter. Il avait toujours reculé. Appeler un médecin, n'était-ce pas reconnaître la triste vérité ? Mais, Éva ayant été assez mal pour garder deux jours la chambre, le médecin fut appelé.

Marie Saint-Clare n'avait pas remarqué ce déclin rapide de la force et de la santé de sa fille. Elle était alors absorbée par l'étude de deux ou trois maladies nouvelles dont elle-même se croyait atteinte, mais elle ne croyait pas que personne pût souffrir autant qu'elle : c'était son premier article de foi[1]. Elle repoussait avec une sorte d'indignation l'idée que quelqu'un pût être malade autour d'elle. Elle était toujours certaine que,

1. Article de foi : vérité fondamentale et incontestable.

pour les autres, c'était paresse ou manque d'énergie. S'ils avaient eu, pensait-elle, tous les maux qui l'accablaient, ils auraient bientôt vu la différence !

Miss Ophélia avait plusieurs fois, mais toujours en vain, tenté d'éveiller ses craintes maternelles au sujet d'Éva.

– Je ne la trouve pas mal du tout, répondit-elle. Elle court… elle joue…

– Mais elle a une toux !

– Une toux ! Oh ! ne me parlez pas de la toux. Moi, j'ai toussé toute ma vie. À l'âge d'Éva on me croyait minée par la consomption[1] ; Mammy me veillait toutes les nuits… Oh ! la toux d'Éva n'est rien.

– Mais cette faiblesse… cette respiration courte…

– Oh ! j'ai eu cela pendant des années et des années. C'est nerveux, purement nerveux !

– Mais, la nuit, elle a des sueurs…

– J'en ai eu moi-même pendant dix ans… Souvent tous mes linges étaient trempés ; il n'y avait plus un fil de sec dans mes vêtements de nuit. Mammy était obligée d'étendre mes draps pour les faire sécher. Les sueurs d'Éva ne sont rien à côté de cela !

Miss Ophélia se tut pendant quelques jours.

Quand la maladie d'Éva devint trop visible, quand le médecin eut été appelé, Marie se jeta dans un autre extrême. Elle savait bien, disait-elle, elle en avait toujours eu le pressentiment, elle savait bien qu'elle était destinée à être la plus malheureuse des mères… Malade

1. Consomption : tuberculose.

comme elle était, il lui faudrait voir son enfant unique et bien-aimée emportée avant elle. Et Marie tourmentait Mammy toutes les nuits, et le jour elle criait et se lamentait sur ce nouveau, sur cet affreux malheur.

– Ma chère Marie, ne parlez pas ainsi, disait Saint-Clare; il ne faut point se désespérer tout de suite!

– Ah! Saint-Clare, vous n'avez pas le cœur d'une mère! vous ne pouvez pas comprendre… non, jamais vous ne me comprendrez!

– Mais, Marie, le mal n'est pas sans remède.

– Je ne saurais, Saint-Clare, partager votre indifférence; si vous ne sentez rien quand votre pauvre enfant est dans un tel état… je ne suis pas comme vous! c'est un coup trop fort pour moi, après ce que j'ai déjà souffert.

– Il est vrai, reprenait Saint-Clare, qu'Éva est bien délicate, je l'ai toujours remarqué; elle a grandi si vite que la croissance l'a épuisée… elle est dans une période critique… Mais ce qui l'accable maintenant, ce sont les chaleurs de l'été, et puis elle s'est trop fatiguée avec son cousin… Le médecin dit qu'il y a bien de l'espoir encore.

– Allons! si vous pouvez ainsi voir les choses en beau, tant mieux! Il est heureux que tout le monde n'ait pas des délicatesses de sensitive… Je voudrais bien, pour mon compte, ne pas sentir comme je fais; cela n'aboutit qu'à me rendre complètement malheureuse! J'aimerais mieux avoir votre calme d'esprit.

Tout le monde dans la maison souhaitait en effet ce calme à Marie, car elle faisait parade de son nouveau malheur et en profitait pour tourmenter tous ceux qui l'approchaient… Tout ce qu'on disait, tout ce qu'on faisait, tout ce qu'on ne faisait pas, lui démontrait, disait-elle, qu'elle était environnée de cœurs durs, d'êtres insensibles, qui ne prenaient aucun souci de ses tourments. La pauvre Éva l'entendait parfois, et elle pleurait de compassion pour les tristesses de sa mère, s'affligeant tout bas de la tourmenter ainsi.

Au bout d'une quinzaine de jours il y eut une grande amélioration dans les symptômes. Il y eut une de ces trêves décevantes que ce mal inexorable accorde si souvent à ses victimes, pour se jouer de l'espérance sur le bord même du tombeau. Éva promène encore ses petits pas dans le jardin, elle court encore autour des galeries… Elle joue, elle rit… et son père, ivre de joie, dit à tout le monde qu'elle a retrouvé sa belle santé… Seuls le médecin et miss Ophélia ne partagent point cette mortelle sécurité. Il y avait aussi un autre cœur qui ne s'y trompait pas, c'était le pauvre petit cœur d'Éva.

Elle éprouvait les angoisses d'une amère tendresse quand elle songeait à tous ceux qu'elle allait laisser derrière elle, à son père surtout ! Sans peut-être s'en rendre compte bien distinctement, elle sentait pourtant qu'elle était plus dans ce cœur-là que dans tout autre. Elle aimait sa mère… elle était si aimante ! mais l'égoïsme de Mme Saint-Clare l'affligeait et l'embarrassait à la fois, car elle croyait bien fort que sa mère devait toujours avoir raison… Il y avait bien quelque chose qu'elle ne pouvait pas s'expliquer ; mais elle se disait : « Après tout, c'est maman !… » et elle l'aimait bien.

Elle regrettait aussi ces bons et fidèles esclaves pour lesquels elle était comme la lumière du jour, comme le rayon du soleil ! Les enfants ont rarement des idées générales… mais Éva n'était point un enfant ordinaire. Les maux de l'esclavage, dont elle avait été le témoin, étaient tombés un à un dans les profondeurs de cette âme pensive et réfléchie : elle avait le vague désir de faire quelque chose pour eux, de soulager et de sauver, non pas seulement les siens, mais tous ceux qui souffraient comme eux ; et il y avait comme un pénible contraste entre l'ardeur de ses désirs et la fragilité de sa frêle enveloppe.

Elle parlait de se sacrifier, de donner sa vie.

– Tom, dit-elle un soir, je voudrais pouvoir me sacrifier pour les esclaves.

– Comment ? expliquez-vous, miss Éva… je ne comprends pas.

– Je ne saurais vous expliquer ; mais sur le bateau, vous vous rappelez ? quand je vis ces pauvres créatures… les unes avaient perdu leurs maris, les autres leurs mères… il y avait des mères aussi qui pleuraient leurs petits enfants… Plus tard, quand j'entendis l'histoire de Prue, n'était-ce pas terrible ?… Enfin bien d'autres fois encore, je sentis que je mourrais avec joie si ma mort pouvait mettre fin à toutes ces misères… Oui, je voudrais mourir pour eux, reprit-elle avec une profonde émotion, en posant sa petite main fine sur la main de Tom.

Tom la regardait avec vénération. Saint-Clare appela sa fille ; elle disparut. Tom la suivait encore du regard en essuyant ses yeux.

– Il est inutile d'essayer de retenir ici miss Éva, dit-il à Mammy qu'il rencontra un instant après ; le Seigneur lui a mis sa marque sur le front.

– Oui, oui, fit Mammy en élevant ses mains vers le ciel, c'est ce que j'ai toujours dit. Elle n'a jamais ressemblé aux enfants qui doivent vivre ! Il y a toujours eu quelque chose de profond dans ses yeux. J'en ai bien souvent parlé à madame… Voilà que cela approche… nous le voyons bien tous…

Évangéline vint en courant rejoindre son père sous la galerie. Le soleil descendait à l'horizon et semait derrière elle comme des rayons de gloire. Elle était en robe blanche, ses cheveux blonds flottaient, ses joues étaient animées, et la fièvre, qui brûlait son sang, donnait à ses yeux un éclat surnaturel.

Saint-Clare l'avait appelée pour lui montrer une statuette qu'il venait de lui acheter. Mais son seul aspect le frappa d'une émotion aussi soudaine que pénible. Il y a un genre de beauté à la fois si parfaite et si fragile que nous ne pouvons en supporter la vue. Le pauvre père la serra tout à coup dans ses bras et oublia ce qu'il voulait lui dire.

– Éva chérie, vous êtes mieux depuis quelques jours… N'est-ce pas que vous êtes mieux ?

– Papa, dit Éva avec fermeté, il y a bien longtemps que j'ai quelque chose à vous dire. Je veux vous le dire maintenant, avant que je sois devenue trop faible.

Saint-Clare se sentit trembler. Éva s'assit sur ses genoux, appuya sa petite tête sur sa poitrine et lui dit :

– Il est inutile, papa, de s'occuper de moi plus

longtemps. Voici venir le moment où je vous quitterai… Je m'en vais pour ne plus revenir…

Évangéline soupira.

– Ah ! comment, ma chère petite Éva, dit Saint-Clare d'une voix qu'il voulait rendre gaie et que l'émotion faisait trembler, vous devenez nerveuse ? vous vous laissez abattre !… il ne faut pas vous abandonner à ces sombres pensées… Voyez ! je vous ai acheté une petite statuette.

– Non, père, dit Éva en repoussant doucement l'objet, il ne faut pas vous y tromper… Je ne suis pas mieux, je le vois bien… Je vais partir avant peu… Je ne suis pas nerveuse, je ne me laisse pas abattre… Si ce n'était pour vous, père, et pour ceux qui m'aiment, je serais parfaitement heureuse… Il faut que je m'en aille… bien loin, bien loin !

– Mais qu'avez-vous, chère, et qui donc a rendu ce pauvre petit cœur si triste ?… On vous donne ici tout ce qui peut vous rendre heureuse !

– À cause de ceux que j'aime, je voudrais bien consentir à vivre encore. Il y a bien des choses ici qui m'attristent, qui me semblent terribles… et pourtant je ne voudrais pas vous quitter… Tenez ! cela me brise le cœur.

– Eh bien, dites-moi ce qui vous attriste, Éva ! Dites-moi ce qui vous semble si terrible.

– Mon Dieu ! des choses qui se sont toujours faites… qui se font tous les jours… Tenez ! ce sont tous nos esclaves qui m'affligent… ils m'aiment bien, ils sont tous bons et tendres pour moi… je voudrais qu'ils fussent libres…

– Mais, chère petite, voyez !... est-ce qu'ils ne sont pas assez heureux chez nous ?...

– Oui, papa ; mais, s'il vous arrivait quelque chose, que deviendraient-ils ?... Il y a très peu d'hommes comme vous, papa... Mon oncle Alfred n'est pas comme vous, ni maman non plus... Pensez aux maîtres de la pauvre Prue, morte sous le fouet... Oh ! quelles affreuses choses les gens font et peuvent faire !...

Elle frissonna.

– Ma chère enfant, vous êtes trop impressionnable... je regrette que l'on vous ait jamais conté de telles histoires.

– Eh bien, oui, père, c'est là ce qui me tourmente ! Vous voulez que je vive heureuse... que je n'aie ni peines ni souffrances... que je n'entende pas même une histoire triste... quand il y a de pauvres gens qui n'ont que des douleurs et du chagrin toute leur vie... Cela me semble égoïste !... Il faut que je connaisse ces douleurs... il faut que j'y compatisse... Tenez, père, ces choses-là tombent dans mon cœur et s'y enfoncent profondément... Cela me fait penser... penser ! Papa, est-ce qu'il n'y aurait vraiment pas du tout moyen de rendre la liberté à tous les esclaves ?

– C'est bien difficile à faire, mon enfant... L'esclavage est une bien mauvaise chose, au jugement de bien du monde, et moi-même je le condamne... Je désirerais de tout mon cœur qu'il n'y eût plus un seul esclave sur la terre ; mais le moyen d'en arriver là, je ne le connais pas !

– Papa ! vous êtes si bienveillant, si affectueux,

si bon, vous savez si bien toucher en parlant !... Ne pouvez-vous point aller un peu dans les habitations... et essayer de persuader aux gens de faire... ce qu'il faut ? Quand je serai morte, père, vous penserez à moi... et, pour l'amour de moi, vous ferez cela... Je le ferais moi-même si je pouvais !

– Morte, Éva ?... Quand vous serez morte !... Oh ! ne me parlez pas ainsi, enfant... N'êtes-vous pas tout ce que je possède au monde ?

– L'enfant de cette pauvre vieille Prue était aussi tout ce qu'elle possédait !... et elle l'a entendu pleurer sans pouvoir le secourir. Papa ! ces pauvres créatures aiment leurs enfants autant que vous m'aimez... Oh ! faites quelque chose pour elles ! Tenez, cette pauvre Mammy aime ses enfants... je l'ai vue pleurer en parlant d'eux ! Tom aime aussi ses enfants, dont il est séparé... Ah ! père, c'est terrible de voir ces choses-là tous les jours.

– Allons, allons, cher ange ! dit Saint-Clare d'une voix pleine de tendresse, ne vous affligez plus, ne parlez plus de mourir... Je vous promets de faire tout ce que vous voudrez.

– Eh bien, cher père ! promettez-moi que Tom aura sa liberté aussitôt que...

Elle s'arrêta ; puis, avec un peu d'hésitation :

– Aussitôt que je serai partie.

– Oui, chère, je ferai tout ce que vous me demanderez.

La nuit était venue... Il porta sa fille dans sa chambre, et, quand elle fut prête pour la nuit, il renvoya les femmes, et, la prenant encore une fois dans ses bras, il la berça jusqu'à ce qu'elle fût doucement endormie.

XXI
La petite évangéliste

C'était un après-midi de dimanche. Saint-Clare était étendu sur une chaise longue. Il fumait sous la véranda.

Ils entendirent bientôt les retentissantes exclamations de miss Ophélia, dont la chambre s'ouvrait aussi sur la véranda. Miss Ophélia adressait de violents reproches à quelqu'un.

– Quel nouveau méfait Topsy a-t-elle donc commis ? dit Saint-Clare… Tout ce bruit est à cause d'elle, je le parierais !

Un instant après, miss Ophélia, toujours indignée, parut, tramant la coupable après elle.

– Venez ici, disait-elle, je vais le dire à votre maître.

– Eh bien, qu'est-ce ? qu'y a-t-il encore ? demanda Augustin.

– Il y a que je ne veux plus être tourmentée par cette petite peste. Je ne puis la souffrir davantage. C'est plus que la chair et le sang n'en peuvent supporter. Figurez-vous ! je l'avais enfermée là-haut, et je lui avais donné une hymne à étudier. Que fait-elle ? Elle épie l'endroit où je mets ma clef, elle va à ma commode, prend une garniture de chapeau et la taille en pièces pour faire des robes de poupées. Je n'ai de ma vie rien vu de pareil !

– Je vous disais bien, cousine, fit Marie, que vous vous apercevriez un jour qu'on ne peut élever ces créatures-là sans sévérité. S'il m'était permis, ajouta-t-elle en lançant un regard plein de reproches à son mari, s'il m'était permis d'agir comme je l'entends… j'enverrais cette créature à la correction… je la ferais fouetter… jusqu'à ce qu'elle ne pût tenir sur ses jambes…

– Je n'en doute pas le moins du monde, fit Saint-Clare. Que l'on me parle maintenant de la douce tutelle des femmes ! Je n'en ai pas vu une douzaine dans ma vie qui ne fussent disposées à vous faire assommer un cheval ou un esclave… pour peu qu'on les laissât faire.

– Toujours vos fades railleries, Saint-Clare ! Notre cousine est une femme de sens, et elle juge maintenant comme moi.

Miss Ophélia était susceptible de l'indignation que peut éprouver, à ses heures, une sage et calme maîtresse de maison. Cette indignation avait été assez justement excitée par la conduite de Topsy, et, à sa place, beaucoup de nos lectrices eussent fait comme elle ; mais les paroles de Marie, qui allaient bien au-delà du but, la refroidirent singulièrement.

– Pour rien au monde, dit-elle, je ne saurais voir traiter cette enfant aussi cruellement. Mais je vous l'avoue, Augustin, je suis à bout de voie. Je lui ai donné leçons sur leçons… je l'ai sermonnée à m'en fatiguer… je l'ai même fouettée… punie de toutes les manières… et rien ! elle est aujourd'hui ce qu'elle était le premier jour.

– Allons, ici, petite guenon ! fit Saint-Clare, appelant l'enfant à lui.

Topsy approcha. Ses yeux ronds et malins brillaient et clignotaient. On y voyait un mélange de crainte et d'espièglerie.

– Pourquoi vous conduire ainsi ? demanda Saint-Clare, que cette étrange physionomie intéressait toujours.

– C'est mon mauvais cœur, à ce que dit miss Phélia, répondit Topsy d'un ton piteux.

– Ne savez-vous pas tout ce que miss Ophélia a fait pour vous ? Elle assure qu'elle a fait tout ce qu'elle a pu imaginer…

– Las ! m'sieu, ma vieille maîtresse en disait autant aussi… Elle me fouettait un petit peu plus fort, elle m'arrachait les cheveux et me cognait la tête contre la porte… mais ça n'me faisait pas de bien ! Je crois que, si on m'avait arraché tous les cheveux brin à brin, ça n'm'aurait pas fait davantage !… J'suis si méchante ! Las ! m'sieu, vous savez, je n'suis qu'une négresse ! c'est comme cela que nous sommes, nous autres !

– Allons, je l'abandonne, fit miss Ophélia, je ne puis avoir ce tracas plus longtemps.

Éva, qui était restée témoin silencieux de toute la scène, fit signe à Topsy de la suivre. Il y avait dans un coin de la galerie une petite pièce vitrée dont Saint-Clare se servait comme de salon de lecture. C'est là qu'Éva et Topsy se retirèrent.

– Que veut faire Éva ? dit Saint-Clare ; il faut que je voie.

Et, s'avançant sur la pointe des pieds, il souleva le rideau de la porte vitrée et regarda ; puis, mettant un doigt sur ses lèvres, il fit signe à miss Ophélia de s'approcher tout doucement.

Les deux enfants étaient assises sur le plancher, le visage tourné du côté de la porte… Topsy avait son air d'insouciance et de malice habituel. Mais, au contraire, Éva, en face d'elle, paraissait profondément émue ; il y avait des larmes dans ses grands yeux.

– Qu'est-ce qui vous rend si méchante, Topsy ? Pourquoi ne voulez-vous point essayer d'être bonne ? Est-ce que vous n'aimez personne, Topsy ?

– Je n'ai personne à aimer, dit Topsy. J'aime le sucre candi. Je n'aime pas autre chose.

– Mais vous aimez votre père et votre mère.

– Je n'en ai pas eu, vous savez… je vous l'ai déjà dit, miss Éva.

– Oh ! c'est vrai, répondit Éva tristement. Mais n'avez-vous point un frère, une sœur, une tante ?

– Non, non… ni rien, ni personne !

– Eh bien, si vous vouliez seulement essayer d'être bonne, vous pourriez…

– J'aurais beau faire, je ne serais jamais qu'une négresse ! dit Topsy. Ah ! si je pouvais me faire écorcher et devenir blanche, alors j'essayerais…

– Mais on peut vous aimer, bien que vous soyez noire, Topsy. Si vous étiez bonne, miss Ophélia vous aimerait.

Topsy fit entendre le ricanement brusque et court dont elle se servait habituellement pour exprimer son incrédulité.

– Vous ne croyez pas ? reprit Éva.

– Non ! pas du tout : elle ne peut pas me supporter

parce que je suis noire… elle aimerait mieux toucher un crapaud que de me toucher !… Personne ne peut aimer les nègres, et les nègres ne peuvent rien faire de bon… Qu'est-ce que cela me fait ?…

Et Topsy se mit à siffler.

– Oh, Topsy, pauvre enfant, je vous aime, moi ! fit Éva, dont le cœur éclata tout d'un coup ; et elle appuya sa petite main fine et blanche sur l'épaule de Topsy. Oui, je vous aime, reprit-elle, parce que vous n'avez ni père, ni mère, ni amis… parce que vous êtes une pauvre fille maltraitée… Je vous aime ! et je veux que vous soyez bonne… Tenez, Topsy, je suis bien malade, et je crois que je ne vivrai pas longtemps… Eh bien, cela me fait de la peine de vous voir méchante… je voudrais vous voir essayer d'être bonne par amour pour moi. Mon Dieu ! je n'ai que bien peu de temps à rester avec vous !

Et les larmes débordèrent des yeux perçants de la petite négresse, et, roulant lentement, une à une, elles tombèrent sur la petite main blanche d'Éva.

Saint-Clare laissa retomber le rideau.

– Elle me rappelle ma mère, dit-il à miss Ophélia ; c'est bien ce qu'elle me disait : « Si nous voulons rendre la vue aux aveugles, il faut les appeler "à nous". »

– J'ai toujours eu un préjugé contre les nègres, dit miss Ophélia : je ne pouvais souffrir que cette petite me touchât, mais je ne pensais point qu'elle s'en aperçût !

– N'espérez pas cacher cela aux enfants ! dit Saint-Clare ; comblez-les de faveurs et de bienfaits, vous n'exciterez pas en eux le moindre sentiment de gratitude tant qu'ils devineront cette répugnance de votre cœur… c'est étrange, mais cela est.

– Je ne sais comment je pourrai me vaincre là-dessus, dit miss Ophélia ; ils me sont désagréables… particulièrement cette petite… Comment vaincre ces sentiments ?

– Voyez Éva !

– Oh ! Éva, elle est si aimante !… Ah ! je voudrais être comme elle : elle me fait la leçon !

– Ce ne serait pas la première fois qu'un petit enfant aurait instruit un vieil écolier, répondit Saint-Clare.

XXII
La mort

« Non, jamais il ne faut pleurer la fleur cueillie
Par la faux de la Mort au matin de la vie. »

La chambre à coucher d'Éva était très grande ; comme toutes les autres, elle ouvrait sous la véranda. Cette chambre communiquait d'un côté avec l'appartement de ses parents, de l'autre avec celui de miss Ophélia. Saint-Clare s'était donné cette joie du cœur et des yeux, de décorer l'appartement de façon à le mettre en harmonie avec la personne à qui il était destiné. Les fenêtres étaient tendues de mousseline blanche et rose. Le tapis, exécuté à Paris sur ses dessins, était encadré de feuilles et de boutons de roses. Au milieu c'étaient des touffes de roses épanouies… Le bois du lit, les chaises, les fauteuils de bambou étaient travaillés en mille formes de la plus gracieuse fantaisie. Au-dessus du lit, sur une console[1] d'albâtre, un ange admirablement sculpté déployait ses ailes et tendait une couronne de fleurs de myrte… De cette couronne descendaient sur le lit de légers rideaux de gaze rose rayée d'argent, protection indispensable du sommeil, sous ce climat livré aux moustiques. Les beaux sofas de bambou étaient garnis de coussins de damas[2] rose, tandis que des figures posées sur le dossier laissaient tomber des tentures pareilles aux rideaux du lit. Au milieu de l'appartement, sur une petite table de bambou, on voyait un vase en marbre de Paros[3], taillé en forme de lis entouré de ses blancs boutons : son calice était toujours rempli de fleurs. C'était sur cette table qu'Éva plaçait ses livres, ses petits bijoux et son pupitre d'ivoire sculpté. Son père le lui avait donné quand il vit qu'elle voulait sérieusement apprendre à écrire.

On avait mis sur la cheminée une statuette ; de chaque côté, des vases de marbre. C'était la joie et l'orgueil de Tom de les garnir de fleurs chaque matin. Il y avait aussi dans la chambre deux ou trois beaux tableaux représentant des enfants dans diverses attitudes. En un mot, l'œil ne rencontrait partout que des

1. Console : support en saillie sur un mur.
2. Damas : étoffe en soie ornée de motifs.
3. Marbre de Paros : roche blanche extraite des carrières de l'île de Paros, en Grèce, réputée pour sa richesse et sa qualité.

images de l'enfance, de la beauté et de la paix ; et, quand les yeux d'Éva s'entrouvraient au rayon matinal, ils ne manquaient jamais de se reposer sur des objets qui lui inspiraient de gracieuses et charmantes pensées.

La force trompeuse qui avait soutenu Éva pendant quelque temps s'était évanouie, ses pas légers sous la véranda ne se faisaient entendre qu'à des intervalles de plus en plus éloignés… Mais on la voyait plus souvent étendue sur sa chaise longue, près de la fenêtre ouverte, ses grands yeux profonds fixés sur le lac, dont les eaux s'élèvent et s'abaissent tour à tour.

C'était au milieu de l'après-midi ; sa Bible, devant elle, était à moitié ouverte… Ses doigts transparents glissaient, inattentifs, entre les feuillets du livre… Elle entendit la voix de sa mère montée sur des notes aiguës.

– Qu'est-ce encore ? un de vos mauvais tours… Vous avez ravagé mes fleurs ? hein !

Éva entendit le bruit d'un soufflet[1] bien appliqué.

– Las ! m'ame ! c'était pour miss Éva, dit une voix qu'Éva reconnut pour être la voix de Topsy.

– Miss Éva ! voyez la belle excuse ! elle a bien besoin de vos fleurs, méchante propre à rien !

Éva quitta le sofa et descendit dans la galerie.

– Oh ! maman ! je voudrais ces fleurs… donnez-les-moi ! je les voudrais !

– Comment ? votre chambre en est remplie.

– Je ne puis en avoir trop. Topsy, apportez-les-moi !

1. Soufflet : gifle.

Topsy, qui s'était tenue, pendant cette scène, toute triste et la tête basse, s'approcha d'Éva et lui offrit ses fleurs… elle les lui offrit avec un regard timide et hésitant, qui était bien loin de ressembler à sa pétulance[1] et à son effronterie ordinaires.

– Charmant bouquet ! dit Éva en le contemplant.

C'était plutôt un singulier bouquet. Il se composait d'un géranium pourpre et d'une rose blanche du Japon, avec ses feuilles lustrées. Topsy avait compté sur l'effet du contraste : cela se voyait de reste à l'arrangement du bouquet.

– Topsy, vous vous connaissez en bouquets, dit Éva. Tenez, je n'ai rien dans ce vase… je voudrais que chaque jour vous eussiez soin d'y mettre des fleurs…

Topsy parut enchantée.

– Quelle folie ! dit Mme Saint-Clare… Qu'avez-vous besoin… ?

– Laissez, maman… Ah ! est-ce que vous aimeriez mieux qu'elle ne le fît pas ?… Dites ! l'aimeriez-vous mieux ?

– Comme vous voudrez, chère, comme vous voudrez ! Topsy, vous entendez votre jeune maîtresse ? Faites !

Topsy fit une courte révérence et baissa les yeux. Comme elle se retournait, Évangéline vit une larme qui roulait sur ses joues noires…

– Vous voyez, maman, je savais bien que Topsy voulait faire quelque chose pour moi.

– Folie ! elle ne veut que faire mal !… Elle sait qu'il

1. Pétulance : vivacité.

ne faut pas prendre les fleurs… elle les prend ! Voilà tout… Mais si cela vous plaît… soit !

– Maman, je crois que Topsy n'est plus ce qu'elle était… Elle essaye d'être bonne fille maintenant…

– Elle essayera longtemps avant d'y réussir, dit Marie avec un rire insouciant.

– Ah ! mère ! vous savez bien, cette pauvre Topsy, tout a toujours été contre elle !

– Pas depuis qu'elle est ici, je pense… Si elle n'a pas été prêchée, sermonnée… en un mot, tout ce qu'il a été possible de faire !… Et elle est aussi mauvaise… et elle le sera toujours !… On ne peut rien faire d'une pareille créature.

– Hélas ! il y a tant de différence entre avoir été élevée comme moi, avec tant de personnes pour m'aimer, tant de choses pour me rendre bonne et heureuse… et avoir été élevée comme elle jusqu'au jour où elle est entrée chez nous !

– Vraisemblablement, dit Marie en bâillant… Dieu ! qu'il fait chaud !

– Maman, dit Éva, je voudrais faire couper de mes cheveux… beaucoup.

– Pourquoi ?

– Maman, c'est pour en donner à mes amis, pendant que je puis les offrir moi-même : voulez-vous bien prier la cousine de venir et de me les couper ?

Marie appela miss Ophélia, qui se trouvait dans l'autre pièce.

Quand elle entra, l'enfant se souleva à demi sur ses coussins… et, secouant autour d'elle ses longues tresses d'or bruni, elle lui dit d'un ton enjoué :

– Venez, cousine, et tondez la brebis !

– Qu'est-ce ? dit Saint-Clare, qui entra tenant à la main des fruits qu'il était allé chercher pour elle.

– Papa, je priais ma cousine de couper un peu mes cheveux… j'en ai trop, cela me fait mal à la tête… et puis je veux en donner…

Miss Ophélia entra avec des ciseaux.

– Prenez garde ! dit Saint-Clare, ne les gâtez pas… coupez en dessous, où cela ne paraîtra pas : les boucles d'Éva sont mon orgueil.

– Oh, papa ! dit Éva d'une voix triste.

– Oui, sans doute, reprit Saint-Clare… je veux qu'elles soient très belles pour l'époque où je vous conduirai à la plantation de votre oncle, voir le cousin Henrique…

– Je n'irai jamais, papa… je vais dans un meilleur pays… Oui, père, c'est vrai ! Vous voyez que je m'affaiblis de jour en jour…

– Pourquoi, Éva, voulez-vous me faire croire une chose si cruelle ?

– Mon Dieu ! parce que c'est vrai, papa ; et, si vous le croyez maintenant, cela vous aidera… au moment…

Saint-Clare se tut et regarda tristement ces belles et longues boucles qui, séparées de la tête de l'enfant, reposaient sur ses genoux : elle les prenait, les regardait avec émotion, les enroulait autour de ses doigts amaigris… puis regardait son père…

– Voilà bien ce que j'avais prédit, dit Marie… C'est là ce qui minait ma santé… ce qui me conduisait lentement au tombeau… quoique personne n'y prît garde…

Oui, je le voyais ! Saint-Clare… vous saurez bientôt si j'avais raison…

– Et cela vous consolera sans doute, dit Saint-Clare d'un ton plein de sécheresse et d'amertume…

Marie se renversa sur son sofa et se couvrit le visage avec son mouchoir de batiste…

L'œil limpide et bleu d'Évangéline allait de l'un à l'autre avec tristesse. C'était le regard calme, ce regard qui comprend, d'une âme dégagée de ses liens terrestres. Il était bien évident qu'elle voyait, sentait, qu'elle appréciait toute la différence qu'il y avait entre les deux.

Elle fit un signe de la main à son père. Il vint s'asseoir auprès d'elle.

– Père, mes forces s'en vont de jour en jour. Je sais que je vais m'en aller aussi… Il y a des choses que je dois dire et faire… Il le faut !… Et cependant vous ne voulez pas en entendre parler… On ne peut plus différer[1]… Voulez-vous maintenant ?

– Mon enfant, je veux bien, dit Saint-Clare, cachant ses yeux d'une main et de l'autre prenant la main d'Éva.

– Je veux voir tout notre monde ensemble… J'ai quelque chose qu'il faut que je leur dise !

– Bien ! dit Saint-Clare d'une voix sourde.

Miss Ophélia fit prévenir, et bientôt tous les esclaves arrivèrent.

Éva était renversée sur ses coussins ; ses cheveux flottaient autour de son visage, ses joues empourprées offraient un pénible contraste avec la blancheur

1. Différer : ici, remettre à plus tard.

ordinaire de son teint et le contour amaigri de ses membres et de ses traits. Ses grands yeux pleins d'âme se fixaient avec une indicible[1] expression sur chacun des assistants.

Les esclaves furent frappés d'une émotion soudaine. Ce beau visage, ces longues boucles de cheveux coupés et posés sur ses genoux… son père qui cachait ses yeux… sa mère qui sanglotait… tout cela remuait le cœur de cette race impressionnable et sensible… Quand ils entrèrent dans la chambre, ils se regardèrent entre eux, soupirèrent et baissèrent la tête… et il se fit un silence profond, un silence de mort…

La jeune fille se souleva, promenant sur tous ses longs regards attendris… Tous paraissaient profondément affligés et sous l'impression d'une attente pénible… Les femmes se cachaient la tête dans leur tablier.

– Je vous ai fait venir, mes amis, parce que je vous aime, dit Éva ; oui, je vous aime tous, et j'ai quelque chose à vous dire dont il faudra vous souvenir… Je vais vous quitter ; dans quelques jours vous ne me verrez plus.

Ici l'enfant fut interrompue par des sanglots, des gémissements, des lamentations, qui éclatèrent de toutes parts et qui couvrirent sa faible voix. Elle attendit un moment, et d'un ton qui fit taire les esclaves :

– Je sais, dit Éva, je sais que vous m'aimez tous !

– Oh oui !… oui, oui ! tous ! Dieu vous bénisse !

Telles étaient les réponses qui s'échappaient de toutes les lèvres.

1. Indicible : impossible à exprimer.

– Oui, je le sais bien ! il n'y en a pas un seul parmi vous qui n'ait toujours été bon pour moi. Je vais vous donner quelque chose qui, quand vous le regarderez, vous fera penser à moi… je vais vous donner à tous une boucle de mes cheveux. Oui, quand vous la regarderez, pensez que je vous aimais tous… que je suis partie pour aller au ciel… et que j'espère vous y revoir !…

Il est impossible de décrire une pareille scène, pleine de larmes et de gémissements. Ils se pressaient autour de la chère créature, ils recevaient de ses mains cette dernière marque d'amour… Ils s'agenouillaient, ils pleuraient, ils priaient, ils baisaient le bas de ses vêtements… et les plus anciens laissaient tomber, selon l'usage de leur race enthousiaste, des paroles de tendresse, des bénédictions et des prières…

Miss Ophélia, qui connaissait l'effet de cette scène sur la petite malade, les faisait successivement sortir dès qu'ils avaient reçu leur présent.

Il ne resta bientôt plus que Tom et Mammy.

– Tenez, père Tom, dit Éva, en voici une belle pour vous ! Oh ! je suis bien heureuse, père Tom, de penser que je vous reverrai dans le ciel… Et vous, Mammy, chère bonne et tendre Mammy, lui dit-elle en jetant affectueusement ses bras autour du cou de la vieille nourrice, je sais bien que, vous aussi, vous irez au ciel !

– Oh ! miss Éva, comment pourrai-je vivre sans vous ? dit la fidèle créature. Vous partez : il n'y aura plus rien ici !

Et Mammy s'abandonna à toute l'effusion de sa douleur.

Miss Ophélia poussa doucement dehors Tom et Mammy. Elle crut qu'ils étaient tous partis… Elle se retourna et aperçut Topsy.

– D'où sortez-vous ? lui dit-elle brusquement.

– J'étais là, dit Topsy en essuyant ses yeux. Oh ! miss Éva, j'ai été une bien méchante fille… Mais n'allez-vous rien me donner, à moi ?

– Oui, oui, ma pauvre Topsy… je vais vous donner une boucle aussi. Tenez ! Chaque fois que vous la regarderez, pensez que je vous ai aimée et que j'ai voulu que vous fussiez bonne fille…

– Oh ! miss Éva, j'essaye… mais c'est bien difficile d'être bon… On voit bien que je n'y étais pas accoutumée !

Topsy couvrit sa tête de son tablier. Miss Ophélia la fit silencieusement sortir de l'appartement… Topsy cacha la précieuse boucle dans sa poitrine.

Tout le monde était parti. Miss Ophélia ferma la porte. Pendant toute cette scène, la respectable demoiselle avait essuyé plus d'une larme. Elle redoutait vivement l'effet qu'elle pourrait avoir sur Éva.

Saint-Clare, assis, la main sur ses yeux, n'avait pas fait un mouvement ; il restait encore immobile.

– Papa ! dit Éva en posant doucement sa main sur une de celles de son père.

Saint-Clare frissonna et ne trouva pas une parole.

– Cher papa ! reprit Éva.

– Vous ne m'avez pas donné une boucle, à moi, dit Saint-Clare avec un sourire navrant.

– Celles-ci sont toutes pour vous et pour maman,

père ; mais vous en donnerez à cette bonne cousine Ophélia autant qu'elle en voudra… Seulement j'ai voulu en donner moi-même à ces pauvres gens, de peur qu'ils ne fussent oubliés après, et puis j'espérais que cela pourrait les faire se ressouvenir…

Éva descendait la pente rapide. Le doute n'était plus permis, et les plus tendres espérances ne pouvaient s'aveugler davantage. Sa belle chambre n'était plus qu'une chambre de malade. Jour et nuit miss Ophélia remplissait assidûment son office de garde attentive. Jamais les Saint-Clare n'avaient été plus à portée d'apprécier tout son mérite. C'était une main si habile, un œil si perspicace, une telle adresse, une telle expérience ! elle savait si bien choisir le moment !… Sa tête était si nette et si ferme !… elle n'oubliait rien, ne négligeait rien, ne se trompait en rien. On avait bien parfois haussé les épaules à ses manies et à ses étrangetés, si différentes de cet insouciant abandon des gens du Sud ; mais il fallut bien reconnaître que, dans les circonstances présentes, la personne indispensable, c'était elle.

Tom était souvent dans la chambre d'Éva… Éva était en proie à une irritation nerveuse… elle éprouvait un grand soulagement à être portée. C'était le bonheur de Tom de la poser sur un oreiller et de la promener dans ses bras, ou sous la galerie, ou dans les appartements… et, quand la brise plus fraîche soufflait du lac, et qu'Évangéline, le matin, se trouvait un peu mieux, il se promenait avec elle sous les orangers du jardin, ou bien ils s'asseyaient, et Tom lui chantait quelques-uns de ses vieux cantiques favoris…

Quelquefois c'était Saint-Clare qui la portait ; mais il était beaucoup moins fort : il se fatiguait, et alors Évangéline lui disait :

– Père, laissez-moi prendre par Tom… Ce pauvre Tom, cela lui fait plaisir… c'est tout ce qu'il peut faire pour moi maintenant, et vous savez qu'il veut faire quelque chose.

– Et moi, Éva ? répondait-il.

– Oh ! vous, vous pouvez faire tout… et vous êtes tout pour moi… Vous me faites la lecture, vous me veillez la nuit. Tom, lui, n'a que ses bras et ses cantiques !… Et puis il est plus fort que vous, cela ne le fatigue pas…

Mais le désir de faire quelque chose n'était pas le privilège de Tom. Tous les esclaves étaient dans les mêmes sentiments, et tous, chacun à sa manière, faisaient ce qu'ils pouvaient.

Le cœur de la pauvre Mammy volait toujours vers sa chère petite maîtresse… mais c'était l'occasion qui lui manquait toujours… Mme Saint-Clare avait déclaré que, dans l'état où elle était, il lui était impossible de dormir… Il eût été contraire à ses principes de laisser dormir personne… Vingt fois par nuit elle faisait lever Mammy pour lui frotter les pieds ou lui baigner la tête, pour lui trouver son mouchoir de poche, pour voir quel était ce bruit que l'on faisait dans la chambre d'Éva, pour abaisser un rideau parce qu'elle avait trop de lumière, ou pour le relever parce qu'elle n'en avait pas assez… Le jour, au contraire, si la bonne négresse voulait aller soigner sa favorite, Marie était mille fois ingénieuse à l'occuper ici et là, et même autour de sa personne... Des minutes volées, un coup d'œil furtif... voilà tout ce qu'elle pouvait obtenir...

– Mon devoir, disait Marie, c'est de me soigner maintenant le mieux que je puis, faible comme je suis, et avec toute la fatigue que me cause cette chère enfant...

– Ah ! ma chère, répondait Saint-Clare, je croyais que de ce côté la cousine Ophélia vous avait beaucoup soulagée.

– Vous parlez comme un homme, Saint-Clare... Une mère peut-elle être soulagée de ses inquiétudes, quand un enfant, son enfant, est dans un pareil état ? C'est égal ! personne ne sait ce que j'éprouve. Je n'ai pas votre heureuse indifférence, moi !

Saint-Clare souriait ; il ne pouvait s'en empêcher... Pardonnez-lui de pouvoir sourire encore ; mais l'adieu de cette chère âme était si paisible !... Une brise si douce et si parfumée emportait la petite barque vers les plages du ciel, qu'on ne pouvait songer que ce fût la mort qui venait ! L'enfant ne souffrait pas : elle n'éprouvait qu'une sorte de faiblesse douce et tranquille, qui augmentait de jour en jour, mais insensiblement. Et elle était si aimante, si résignée, si belle, qu'on ne pouvait résister à la douce influence de cette atmosphère de paix et d'innocence que chacun respirait autour d'elle. Saint-Clare sentait venir en lui je ne sais quel calme étrange... Ce n'était pas l'espérance... elle était impossible... ce n'était pas la résignation... c'était une sorte de paisible repos dans un présent qui lui semblait si beau, qu'il ne voulait pas songer à l'avenir ; c'était quelque chose de semblable à la mélancolie que nous ressentons au milieu de ce doux éclat des forêts aux jours d'automne, quand la rougeur maladive colore les feuilles des arbres, et que les dernières fleurs se penchent au bord des ruisseaux… Et nous jouissons plus avidement de ce charme et de cette beauté, parce que nous sentons que bientôt tout va s'évanouir et disparaître !

Tom était l'ami qui connaissait le plus et le mieux les rêves et les pressentiments d'Éva. Elle lui disait ce qu'elle n'eût pas dit à son père, de crainte de l'affliger… Elle lui faisait part de ces mystérieux avertissements qui frappent une âme au moment où se détendent pour toujours les cordes de la vie.

Tom ne voulait plus coucher dans sa chambre ; il passait la nuit sous la galerie de la porte d'Éva, pour être debout au moindre appel.

– Père Tom, lui dit un jour miss Ophélia, quelle singulière habitude de vous coucher partout comme un chien ! Je croyais que vous étiez rangé et que vous vouliez dormir dans un lit comme un chrétien.

– Oui, miss Ophélia, dit Tom d'un air mystérieux ; oui, sans doute, mais à présent…

– Eh bien, quoi, à présent ?

– Plus bas, il ne faut pas que m'sieu Saint-Clare entende… Vous savez, miss Ophélia, il faut que quelqu'un veille.

Tom et miss Ophélia échangeaient ces paroles entre dix et onze heures du soir, au moment où, tous les préparatifs de la nuit étant faits, elle allait pousser le loquet de la porte extérieure ; c'est là qu'elle avait aperçu Tom étendu sous la galerie.

Miss Ophélia n'était ni impressionnable ni nerveuse ; mais les manières solennelles et émues du nègre la touchèrent vivement. Éva, tout l'après-midi, avait été d'une animation et d'une gaieté peu ordinaires ; elle était longtemps restée assise dans son lit, regardant ses petits bijoux et toutes ses choses précieuses, désignant celles de ses amies à qui l'on devait les offrir : elle avait eu plus d'entrain, elle avait parlé d'une voix plus naturelle… Le père avait dit, dans la soirée, qu'elle ne s'était pas encore trouvée si bien depuis sa maladie, et, quand il l'embrassa au moment de se retirer, il dit à miss Ophélia :

– Cousine ! nous la sauverons peut-être… elle est mieux !

Et il sortit, ce soir-là, le cœur plus léger.

Mais à minuit, l'heure étrange, l'heure mystique, moment où s'éclaircit le voile qui sépare le présent fugitif de l'avenir éternel, le messager arriva.

Il se fit un bruit dans la chambre comme le bruit d'un pas calme ; c'était le pas de miss Ophélia : elle avait résolu de veiller toute la nuit. Elle venait d'observer ce que les gardes expérimentées appellent un changement. La porte de la galerie s'ouvrit, et Tom, qui était toujours sur le qui-vive, fut bien vite debout.

– Le médecin, Tom ! ne perdez pas une minute !

Puis elle traversa l'appartement et frappa à la porte de Saint-Clare :

– Cousin ! venez, je vous prie !

Ces paroles tombèrent sur le cœur de Saint-Clare comme tombent les pelletées de terre sur un cercueil… Pourquoi en un clin d'œil fut-il debout dans la chambre d'Éva, penché sur elle ?

Que vit-il donc qui calma tout à coup son cœur ? Pourquoi pas un mot d'échangé entre eux ?

Ah ! vous pouvez le dire, vous qui avez vu cette expression sur une face chérie… Cet aspect indescriptible qui tue l'espérance, qui ne permet pas le doute, et qui vous dit que déjà votre bien-aimé n'est plus à vous !

Il n'y avait point d'empreinte terrible sur le front d'Éva : c'était, au contraire, une expression sereine et presque sublime ; c'était comme le reflet d'une transformation idéale ; c'était comme l'aube du jour immortel !

Ils se tenaient devant elle, l'épiant, et dans un silence si profond, que le tic-tac de la montre semblait un bruit importun !

Tom revint bientôt avec le docteur. Il entra, jeta un regard sur le lit et, comme tout le monde, garda le silence.

– Quand ce changement ? dit le docteur à l'oreille de miss Ophélia.

– Vers minuit.

Marie, réveillée par l'arrivée du médecin, apparut tout effarée dans la chambre voisine.

– Augustin !… cousine !… Oh ! quoi ? quoi ?

– Silence ! fit Saint-Clare d'une voix rauque, la voilà qui meurt.

Mammy entendit ces paroles ; elle courut éveiller

les esclaves. Toute la maison fut bientôt sur pied ; on aperçut des lumières, on entendit le bruit des pas ; des figures inquiètes passaient et repassaient sous les longues galeries ; des yeux pleins de larmes regardaient à travers les portes. Saint-Clare n'entendait et ne voyait rien… il ne voyait plus que le visage de son enfant.

– Oh ! disait-il, si seulement elle s'éveillait et parlait encore une fois !…

Et, se penchant vers elle :

– Éva !… chère !…

Ses grands yeux bleus se rouvrirent, un sourire passa sur ses lèvres, elle essaya de soulever sa tête et de parler.

– Me reconnais-tu, Éva ?

– Cher père…

Et par un suprême effort elle lui jeta ses bras autour du cou.

Puis ses bras se dénouèrent et retombèrent. Saint-Clare releva la tête, il vit courir le spasme[1] mortel de l'agonie. Elle essaya de respirer, et tendit ses petites mains en avant.

– Oh ! Dieu ! que c'est terrible !… dit l'infortuné ; et il se retourna tout égaré… et, saisissant la main de Tom : Ah !… mon ami, cela me tue !

Tom garda la main de son maître entre les siennes… les larmes coulaient sur son noir visage…

– Elle me déchire le cœur… dit Saint-Clare.

– Ah ! l'épreuve est terminée… tout est fini… regardez, cher maître, regardez-la !

1. Spasme : contraction involontaire des muscles.

L'enfant était retombée sur l'oreiller, haletante… épuisée ; ses yeux se relevaient parfois et restaient immobiles… Ah ! que disaient-ils, ces yeux qui si souvent parlèrent au cœur ?… C'en était fait de la terre et des peines de la terre… mais il y avait sur ce visage un éclat si victorieux, si mystérieux et si solennel, qu'il apaisait les sanglots du désespoir… Ils se pressaient tous autour du lit dans une sorte de recueillement calme…

– Éva ! dit Saint-Clare d'une voix douce.

Elle n'entendit pas.

XXIII

La fin de tout ce qui est terrestre

Les statuettes et les peintures de la chambre d'Éva furent recouvertes de voiles blancs ; on n'entendait que des murmures, des soupirs et des pas furtifs… la lumière glissait à travers les stores abaissés, comme pour éclairer ces ténèbres solennelles.

Le petit lit était drapé de blanc, et la jeune fille reposait dans ce sommeil dont on ne s'éveille plus.

Elle reposait, vêtue de cette simple robe blanche que, pendant sa vie, elle avait si souvent portée… Cette lumière rose, tamisée par le rideau de la chambre, versait comme un chaud rayon sur cette froide glace de la mort… Les longs cils retombaient sur la joue si pure, la tête était inclinée comme dans le vrai sommeil.

Il y avait encore sur les étagères des fleurs, délicates, blanches, odorantes, aux feuilles retombant avec grâce ; sur la petite table d'Éva, recouverte aussi de blanches draperies, on avait posé son vase favori, dans lequel on avait mis un simple bouton de rose mousseuse blanche ; les plis des tentures et l'arrangement des rideaux, confiés aux soins d'Adolphe et de Rosa, offraient cette netteté et cette symétrie qui caractérisent leur race. Pendant que Saint-Clare était livré à ses pensées, la jeune Rosa entra doucement dans la chambre avec un panier de roses blanches. Elle fit un pas en arrière et s'arrêta respectueusement en apercevant Saint-Clare ; mais, voyant qu'il ne prenait pas garde à elle, elle s'approcha du lit, pour déposer ses fleurs autour de la morte. Saint-Clare la vit, comme on voit dans un rêve, au moment où elle plaçait entre les pauvres petites mains un bouquet de jasmin du Cap, disposant avec un goût parfait les autres fleurs autour de la couche.

La porte s'ouvrit, et Topsy, les yeux gonflés à force d'avoir pleuré, parut sur le seuil : elle tenait quelque chose sous son tablier. Rosa fit un geste de menace… Topsy entra pourtant.

– Sortez ! dit Rosa à voix basse, mais d'un ton impérieux, sortez ! vous n'avez rien à faire ici !

– Oh ! laissez-moi ! j'ai apporté une fleur si belle !…

Et elle montra un bouton de rose thé à peine entrouvert... Laissez-moi mettre une seule fleur.

– Sortez ! dit Rosa avec plus d'énergie encore.

– Non ! qu'elle reste, dit Saint-Clare en frappant du pied ; qu'elle entre !

Rosa battit en retraite. Topsy s'avança et déposa son offrande aux pieds du corps... puis tout à coup, poussant un cri sauvage, elle se jeta sur le parquet le long du lit, et elle pleura et sanglota bruyamment.

Miss Ophélia accourut. Elle essaya de la relever et de lui imposer silence : ce fut en vain.

– Oh ! miss Éva, miss Éva ! je voudrais être morte aussi... oui, je le voudrais !

Il y avait dans ce cri quelque chose de si poignant et de si ému, que le sang remonta au visage pâle et marbré de Saint-Clare, et pour la première fois depuis la mort d'Éva il sentit des larmes dans ses yeux.

– Relevez-vous, mon enfant, disait miss Ophélia d'une voix douce.

– Mais, dit Topsy... je ne la reverrai jamais !

Et elle sanglotait de nouveau.

Il y eut un moment de silence.

– Elle disait qu'elle m'aimait, reprit Topsy. Oui, elle m'aimait ! Hélas ! hélas ! je n'ai plus personne maintenant... personne !

– C'est assez vrai, dit Saint-Clare. Mais, voyons, ajouta-t-il en se tournant vers miss Ophélia, tâchez de consoler cette pauvre créature !

– Je voudrais n'être jamais née, disait Topsy... Je ne voulais pas naître, moi ! Pourquoi suis-je née ?

Miss Ophélia la releva avec bonté, mais avec fermeté, et la fit sortir de la chambre… et, tout en la reconduisant, elle-même pleurait.

Elle la mena dans son appartement.

– Topsy, pauvre enfant… lui disait-elle, ne vous affligez pas… je puis aussi vous aimer, moi, quoique je ne sois pas bonne comme cette chère petite enfant… J'espère pourtant que j'ai appris par elle quelque chose… Je puis vous aimer… je vous aime… et je vous aiderai à devenir une bonne fille.

Le ton de miss Ophélia disait plus que ses paroles ; ce qui disait plus encore, c'étaient ses honnêtes et vertueuses larmes, ruisselant sur son visage. Depuis ce moment elle acquit sur l'âme de cette enfant abandonnée une influence qu'elle ne perdit jamais.

– Oh ! ma petite Éva, disait Saint-Clare, tes heures rapides ont fait tant de bien sur la terre ! Et moi, quel compte aurai-je à rendre pour mes longues années ?

Il n'y eut plus dans la chambre que des paroles murmurées à voix basse et des pas qui glissaient silencieusement… Ils venaient tous, l'un après l'autre, contempler la morte… Puis la bière[1] arriva. Ce fut le commencement des funérailles… Les voitures s'arrêtèrent à la porte. Les étrangers vinrent et furent introduits. Il y eut des écharpes et des rubans blancs, et des pleureurs vêtus de crêpes noirs…

On lut la Bible, et les prières furent offertes au ciel… et Saint-Clare vivait ! il marchait ! il allait, pareil à un

1. Bière : cercueil.

homme qui aurait versé toutes ses larmes… Mais bientôt il ne vit plus qu'une chose : la blonde tête dans le cercueil… Puis il vit le drap qu'on rejetait sur elle… et le couvercle se refermer… Il marcha au milieu des autres… On arriva au bout du jardin, auprès du siège de mousse, où elle venait souvent avec Tom causer, chanter et lire. C'est là qu'était creusée la petite fosse. Saint-Clare se tenait tout près, le regard perdu. Il vit descendre le cercueil. Il entendit les paroles solennelles : « Je suis la résurrection et la vie ! Celui qui a cru en moi, fût-il mort, vivra[1] ! » Et la terre fut rejetée et la tombe remplie… Et il ne pouvait croire que ce fût là son Éva, qui était ainsi et pour toujours ravie à ses yeux.

Tous se retirèrent et, le cœur désolé, revinrent à cette demeure qui ne devait plus la revoir.

La chambre de Marie fut hermétiquement[2] close. Elle s'étendit sur un lit, sanglotant et gémissant avec toutes les marques d'une invincible douleur, réclamant à chaque minute les soins de tous ses serviteurs… Elle ne leur laissait pas le temps de pleurer… Pourquoi eussent-ils pleuré ? cette douleur était sa douleur, et elle était bien fermement convaincue que personne au monde ne savait, ne voulait et ne pouvait la ressentir comme elle.

– Saint-Clare n'a pas versé une larme ! disait-elle. Il ne sympathisait pas avec elle… C'était vraiment étrange à quel point il avait le cœur sec et dur… Il savait pourtant combien elle souffrait !

1. Ces paroles, attribuées à Jésus dans la Bible (Évangile selon saint Jean), sont prononcées pendant des obsèques religieuses.
2. Hermétiquement : complètement fermée.

Nous sommes tellement les esclaves de ce que nous voyons et de ce que nous entendons, que beaucoup des gens de la maison pensaient que madame était vraiment la plus affligée… surtout quand Marie eut des spasmes, qu'elle envoya chercher le docteur et qu'elle déclara qu'elle-même elle allait mourir… Il y eut force allées et venues. On apporta des bouteilles chaudes, on fit des frictions de flanelle… Enfin ce fut une diversion[1].

Tom avait au fond du cœur un sentiment ému qui l'attirait toujours vers son maître. Partout où il allait, silencieux et triste, Tom le suivait. Quand il le voyait s'asseoir si pâle et si tranquille dans la chambre d'Éva, tenant ouverte devant ses yeux la petite Bible de l'enfant, sans voir une parole, une lettre du texte… il y avait pour Tom, dans ces yeux calmes, immobiles et sans larmes, plus de douleur que dans les gémissements et les lamentations de Marie.

La famille Saint-Clare retourna bientôt à la ville. À l'âme inquiète et tourmentée d'Augustin il fallait un de ces changements de scène qui détournent en même temps le cours des pensées… Ils quittèrent donc l'habitation… et le jardin… et le petit tombeau… et revinrent à La Nouvelle-Orléans. Saint-Clare parcourait les rues d'un air affairé… il lui fallait le bruit, le tumulte, l'agitation… il essayait de remplir cet abîme qui s'était fait dans son cœur… Les gens qui le voyaient dans la rue, ou qui le rencontraient au café, ne s'apercevaient de la perte qu'il avait faite qu'en voyant le crêpe

1. Diversion : procédé visant à détourner l'attention.

de son chapeau. Il était là, souriant, causant, lisant les journaux, discutant la politique ou s'intéressant au commerce… Qui donc eût pu deviner que ces dehors souriants cachaient un cœur silencieux et sombre comme un tombeau ?

XXIV
Réunion

L'une après l'autre, les semaines s'écoulaient dans la maison de Saint-Clare, et les flots de la vie reprenaient leur cours, se refermant sur le frêle esquif[1] disparu… Oh ! les réalités de chaque jour, dures, froides, impitoyables, impérieuses… comme elles compriment et refoulent les sentiments de nos cœurs ! Il faut manger, il faut boire, il faut dormir… il faut même s'éveiller ! Il faut acheter, il faut vendre, il faut interroger, il faut répondre !… En un mot, il faut poursuivre des ombres, quand on a perdu les réalités… L'habitude machinale et glacée de la vie survit à la vie même !

Les espérances de Saint-Clare, ses intérêts, sans qu'il en eût conscience, s'étaient enlacés autour de cette enfant… C'était pour Éva qu'il soignait et embellissait sa propriété. Son temps, c'était à elle qu'il le donnait…

1. Esquif : petite barque.

Tout chez lui était à Éva, pour Éva ! Il ne faisait rien qui ne fût pour elle… Elle absente… il perdait à la fois et l'action et la pensée !

Et pourtant Saint-Clare était devenu un autre homme… Il avait des idées plus saines et plus pratiques sur toutes ses relations avec les esclaves… Il en était arrivé à être mécontent du passé et du présent… Aussitôt après son retour à Orléans, il commença, pour arriver à l'émancipation[1] de Tom, les démarches légales qu'il devait compléter dès que les indispensables formalités seraient accomplies. De jour en jour il s'attachait davantage à l'esclave… C'est que, dans ce monde vide pour lui, rien ne semblait lui rappeler davantage la chère image d'Éva ; il voulait l'avoir constamment auprès de lui… Dédaigneux et inabordable pour tous les autres, il pensait tout haut devant Tom ! On ne s'en fût pas étonné si l'on eût vu avec quelle affection et quel dévouement Tom suivait constamment son jeune maître.

– Eh bien, Tom, lui dit-il, je suis en train de faire de vous un homme libre… Faites votre paquet, et préparez-vous à retourner dans le Kentucky.

Un éclair de joie brilla sur le visage de Tom… il éleva sa main vers le ciel et s'écria : « Dieu soit béni ! » avec une sorte d'enthousiasme. Saint-Clare fut déconcerté… il ne lui plaisait pas que Tom fût si disposé à le quitter !

– Vous n'étiez pas trop malheureux ici… je ne vois

1. Émancipation : affranchissement, libération de l'état d'esclave.

pas pourquoi vous êtes si heureux de partir, dit-il d'un ton sec.

– Oh non ! maître… Ce n'est pas cela ! c'est d'être un homme libre, qui fait ma joie !

– Voyons, Tom, ne pensez-vous pas que vous êtes plus heureux comme cela que si vous étiez libre ?…

– Non certainement, m'sieu Saint-Clare ! dit Tom avec une soudaine énergie ; non certainement !

– Avec votre travail vous ne seriez jamais parvenu à être vêtu et nourri comme vous l'êtes chez moi…

– Je le sais bien, monsieur. Monsieur a été bien trop bon… Mais, monsieur, j'aimerais mieux une pauvre maison, de pauvres vêtements… tout pauvre ! voyez-vous… et à moi… que d'avoir bien meilleur… et à un autre. Oui, monsieur ! Est-ce que ce n'est pas naturel, m'sieu ?

– Je le pense, Tom… Aussi vous vous en irez, vous me quitterez, dans un mois à peu près, ajouta-t-il d'un ton assez mécontent… quoique peut-être vous ne le dussiez pas, fit-il d'un ton plus gai. On ne sait pas !

Et il se leva et parcourut le salon.

– Je ne partirai pas, dit Tom, tant que mon maître sera dans la peine. Je resterai avec lui tant qu'il aura besoin de moi, tant que je pourrai lui être utile !

– Tant que je serai dans la peine, Tom ! dit Saint-Clare. Il posa sa main sur l'épaule de Tom… Ah ! Tom ! brave et digne garçon, je ne veux pas vous garder si longtemps ; allez retrouver votre femme et vos enfants… et dites-leur que je les aime bien…

Ici la conversation fut interrompue par l'arrivée de quelques visites.

Marie Saint-Clare ressentait la perte d'Éva autant qu'il lui était possible de ressentir quelque chose et, comme elle était femme à rendre malheureux de son malheur tous ceux qui l'approchaient, les esclaves attachés à son service n'avaient que trop de raisons de regretter la jeune maîtresse dont les douces façons et l'aimable intercession[1] les avaient si souvent protégés contre la tyrannie et les égoïstes exigences de sa mère. Mammy surtout, la pauvre Mammy, dont l'âme, sevrée de toutes les tendresses de la famille, s'était consolée par l'affection de cet être charmant, Mammy n'était plus qu'un cœur brisé… Nuit et jour elle pleurait… et l'excès même de son chagrin la rendait moins habile et moins prompte… ce qui attirait une tempête d'invectives sur sa tête désormais sans défense…

Miss Ophélia ressentait aussi cette perte ; mais dans ce cœur honnête et bon la douleur portait les fruits de l'autre vie, la vie qui ne finira pas. Elle était plus facile et plus douce… aussi zélée pour chaque devoir, elle avait quelque chose de plus calme et de plus modeste… on voyait qu'elle rentrait plus souvent en son cœur, et ce n'était pas en vain : elle s'occupait plus activement de l'éducation de Topsy. Elle lui apprenait des passages de la Bible. Elle ne frissonnait plus à son approche, elle n'avait plus à cacher une répugnance qu'elle n'éprouvait pas. Elle la voyait à travers ce milieu si doucement évoqué devant ses yeux par Éva ; et ce qu'elle voyait en

1. Intercession : médiation, aide apportée pour résoudre un conflit entre deux personnes.

elle, c'était une créature immortelle… Topsy n'était pas devenue une sainte tout d'un coup, mais cependant la vie et la mort d'Éva avaient produit en elle un notable changement.

La dure indifférence était partie… Il y avait maintenant en elle de la sensibilité et l'espérance, le désir, l'effort du bien, effort irrégulier, suspendu, interrompu… mais renouvelé.

Un jour miss Ophélia fit appeler Topsy… Elle sortit en toute hâte, cachant quelque chose dans sa poitrine.

– Que faites-vous là, petite coquine ? Vous venez de voler quelque chose, je gage ? dit l'impérieuse petite Rosa, qu'on avait envoyée chercher l'enfant ; et, au même instant, elle la saisit brusquement par le bras.

– Laissez-moi, miss Rosa, dit Topsy en se débarrassant d'elle, cela ne vous regarde pas !…

– Encore un de vos tours… Je vous connais ! je vous ai vue cacher quelque chose…

Rosa la prit par le bras et voulut la fouiller.

Topsy, furieuse, frappait des mains et des pieds et combattait violemment pour ce qu'elle regardait comme son droit.

Les clameurs et le bruit de la bataille attirèrent miss Ophélia et Saint-Clare.

– Elle a volé ! disait Rosa.

– Non ! non ! vociférait Topsy avec des sanglots pleins de colère.

– N'importe ! donnez-moi cela, dit miss Ophélia d'une voix ferme.

Topsy eut un moment d'hésitation ; mais, sur une

nouvelle injonction[1], elle tira de son sein un petit paquet enveloppé dans un de ses bas.

Miss Ophélia le développa.

C'était un petit livre donné à Topsy par Éva : il y avait aussi dans une feuille de papier la boucle blonde d'Éva donnée le jour de ses mémorables adieux.

Cette vue causa une profonde émotion à Saint-Clare. Le livre était entouré d'un crêpe noir.

– Pourquoi avez-vous mis cela autour du livre ? dit-il en retirant le crêpe.

– Parce que… parce que… parce que c'était à miss Éva !… Oh ! ne le retirez pas, s'il vous plaît !

Et, s'asseyant sur le plancher et mettant son tablier sur sa tête, elle commença à sangloter violemment.

C'était quelque chose de comique et de pathétique tout à la fois, ce vieux bas, ce livre, ce crêpe noir, cette soyeuse boucle blonde et le fougueux désespoir de Topsy.

Saint-Clare sourit, mais dans ce sourire il y avait des larmes.

– Voyons, voyons ! ne pleurez pas ! On va tout vous rendre…

Et, remettant tout ensemble, il jeta le petit paquet sur ses genoux, puis il emmena miss Ophélia dans le salon.

– Je crois que vous finirez par en faire quelque chose, dit-il en faisant un geste avec son pouce par-dessus l'épaule. Toute âme susceptible de chagrin est capable de bien ; il ne faut pas l'abandonner…

1. Injonction : ordre.

– Elle a fait de grands progrès, dit miss Ophélia, et j'ai beaucoup d'espoir… Mais, Augustin, – et elle posa sa main sur le bras de Saint-Clare –, il faut que je vous demande une chose… À qui est-elle ? À vous ou à moi ?

– Eh mais, je vous l'ai donnée !

– Pas légalement… Je veux qu'elle soit à moi légalement…

– Oh, oh ! cousine… et que pensera la société abolitionniste ?… Vous ! avoir une esclave ! On ordonnera un jour de jeûne pour cette rechute…

– Quelle folie ! Je veux qu'elle soit à moi… pour avoir le droit de l'emmener dans les États libres, afin de l'affranchir, pour que tout ce que j'ai tenté de faire ne soit pas inutile…

– Ah ! cousine, vous avez là des projets bien subversifs[1]… Je ne puis les encourager…

– Ne plaisantons pas… causons raison ! Tous mes efforts pour la rendre chrétienne sont bien inutiles si je ne la sauve des chances[2] fatales de l'esclavage… Si vous voulez qu'elle soit à moi, faites un bout de donation… un écrit en forme…

– Bien ! bien ! dit Saint-Clare, je le ferai…

Et il s'assit et déplia un journal.

– Il faut le faire maintenant, dit Ophélia…

– Quelle hâte !

– Maintenant est le seul moment dont on soit maître

1. Subversifs : qui menacent l'ordre social.
2. Chance : ici, risque.

de faire ce que l'on veut. Tenez !… voici tout ce qu'il faut… encre, plume, papier… Écrivez !…

Saint-Clare, comme la plupart des hommes de cette nature d'esprit, ne voulait pas être poussé à bout… Il était excédé de cette rigoureuse et ponctuelle exigence de miss Ophélia…

– Mais, mon Dieu ! qu'est-ce donc ? lui dit-il ; ne vous suffit-il pas de ma parole ?… Vous vous acharnez après les gens… on dirait que vous avez pris des leçons chez les juifs !

– Eh ! je veux être sûre, dit miss Ophélia… Vous pouvez mourir… être ruiné… et, malgré tout ce que je pourrais faire, Topsy serait vendue aux enchères…

– Allons ! vous pensez à tout… puisque je suis dans la main d'une Yankee[1], ce que j'ai de mieux à faire, c'est de m'exécuter.

Saint-Clare écrivit l'acte rapidement ; il connaissait les affaires… rien ne fut plus aisé… il signa son nom en majuscules largement étalées, et termina le tout par un paraphe[2] flamboyant…

– Voilà, miss Vermont ! tout y est…

Et il lui tendit le papier.

– Brave garçon ! dit-elle en souriant ; mais ne faut-il point un témoin ?

– En effet !… mais voici… Marie ! dit-il en ouvrant la porte de la chambre de sa femme, notre cousine voudrait un autographe de vous… Mettez votre nom au bas de ceci.

1. Yankee : surnom donné aux habitants du nord des États-Unis par ceux du sud (péjoratif).
2. Paraphe : signature abrégée pour authentifier un acte officiel.

– Qu'est-ce ? dit Marie en parcourant l'écrit… Oh ! ridicule ! Je croyais ma cousine trop pieuse pour se permettre ces choses-là… Mais – et elle signa négligemment – si elle a un caprice pour cet objet, nous le lui cédons de grand cœur.

– Elle est maintenant à vous corps et âme, dit Saint-Clare en tendant le papier à sa cousine.

– Elle n'est pas plus à moi qu'auparavant, dit miss Ophélia, mais je puis maintenant la protéger.

– Elle est à vous d'après la fiction légale[1], dit Saint-Clare ; et il retourna dans le salon et reprit son journal.

Miss Ophélia, qui ne recherchait pas précisément la société de Marie, l'y suivit bientôt, après toutefois qu'elle eut serré son papier.

Elle s'assit et se mit à tricoter… puis tout à coup :

– Augustin, avez-vous songé à vos esclaves… en cas de mort ?

– Non !

Et il continua sa lecture.

– Alors votre indulgence à leur égard pourra bien se trouver un jour une grande cruauté…

C'est une réflexion que Saint-Clare s'était bien souvent faite à lui-même ; il répondit négligemment :

– Je compte m'en occuper un de ces jours…

– Quand ?

– Plus tard…

– Et si vous mouriez auparavant ?

1. Fiction légale : convention admise par la loi, même si les faits ne sont pas réels (expression juridique).

– Eh bien, cousine, qu'est-ce à dire ?…

Il quitta son journal et la regarda fixement.

– Me trouvez-vous des symptômes de fièvre jaune ou de choléra ?… Pourquoi me poussez-vous, avec tant de persévérance, à faire des arrangements en cas de mort ?

– En pleine vie nous sommes dans la mort !

Saint-Clare se leva, rejeta le journal et marcha avec assez d'insouciance jusqu'à la porte qui s'ouvrait sur la véranda. Il voulait mettre fin à cette conversation qui lui était désagréable ; mais tout seul et machinalement il répétait ce mot, la mort !… Il s'appuya sur le balcon et regarda le jet d'eau étincelant qui s'élançait et retombait dans le bassin. Puis, comme à travers un brouillard épais et gris, il aperçut vaguement les fleurs, les arbres, les vases de la cour, et il répéta encore ce mot mystérieux, ce mot qu'on trouve dans toutes les bouches, ce mot terrible : la mort !

« Il est vraiment étrange, se disait-il, qu'il y ait un tel mot et une telle chose, et que nous l'oubliions toujours !… On vit, on est ardent, on est jeune, on est beau, plein d'espérances, de désirs, de besoins, et le lendemain on est parti… parti sans retour, pour toujours parti !… »

C'était une de ces belles soirées du Sud, tiède et pleine de rayons d'or… Il alla jusqu'au bout du balcon…

– Je crois, dit-il, que je vais sortir un peu. Qu'est-ce qu'on dit ce soir ?… Il faut que je voie cela.

Il prit son chapeau et quitta le salon.

Tom le suivit jusqu'à la porte de la cour et lui demanda s'il devait l'accompagner.

– Non, mon garçon, je serai ici dans une heure…

Tom s'assit sous la véranda.

C'était une splendide soirée : Tom regardait le jet d'eau, dont l'écume s'argentait sous les rayons d'un magnifique clair de lune… il écoutait le murmure des eaux… il pensait à sa famille et à sa maison… Il se disait que bientôt il serait libre… que bientôt il pourrait les revoir… il se disait qu'à force de travail il rachèterait sa femme et ses enfants… Il éprouvait une sorte de joie à sentir les muscles de ses bras puissants, en songeant que bientôt ses bras seraient à lui, et qu'ils conquerraient la liberté de sa famille… Il pensa à son jeune maître, et adressa pour lui au ciel sa prière accoutumée… Puis il pensa encore à cette belle Évangéline, maintenant parmi les anges… et bientôt il s'imagina que ce visage brillant et ces cheveux d'or sortaient de l'écume étincelante de la fontaine et paraissaient devant lui… Il s'endormit et il rêva qu'il la voyait venir à lui, légère et bondissante comme autrefois… une guirlande de jasmin dans les cheveux, les joues animées et l'œil rayonnant de joie. Puis, pendant qu'il la regardait, elle s'éleva lentement du sol ; ses joues devinrent plus pâles ; ses yeux profonds avaient des rayons divins ; un nimbe d'or entourait sa tête… Et la vision s'évanouit.

Tom fut réveillé par un violent coup de marteau et un bruit de pas et de voix à la porte.

Il courut ouvrir… Des hommes entrèrent… Ils portaient sur une civière un corps enveloppé dans un manteau : la lumière de la lampe tombait en plein sur le visage. Tom poussa un cri perçant… le cri de l'effroi et du désespoir… Ce cri retentit dans toute la maison…

Les hommes s'avancèrent, avec leur fardeau, jusqu'à la porte du salon, où miss Ophélia tricotait.

Saint-Clare était entré dans un café, pour lire un journal du soir. Une querelle s'était élevée entre deux hommes un peu excités par la boisson. Saint-Clare et quelques autres personnes avaient voulu les séparer. Saint-Clare, en s'efforçant de désarmer un des deux hommes, avait reçu un coup de couteau dans le côté.

La maison se remplit bientôt de gémissements, de pleurs, de cris et de lamentations ; les esclaves, désespérés, s'arrachaient les cheveux, se jetaient par terre, ou couraient, éperdus, dans toutes les directions ; Marie avait des crises nerveuses ; Tom et miss Ophélia gardaient seuls quelque présence d'esprit. Miss Ophélia fit disposer un des sofas du salon ; on étendit dessus le blessé tout sanglant. Saint-Clare s'était évanoui de douleur et de faiblesse, à bout de sang. Miss Ophélia lui fit respirer des sels. Il revint à lui, ouvrit les yeux, les promena tout autour de l'appartement, et les arrêta enfin sur le portrait de sa mère.

Le médecin arriva et fit son examen. On vit bientôt, à son air, qu'il n'y avait pas d'espoir. Il n'en mit pas moins de soin à panser la blessure, assisté de miss Ophélia et de Tom. Les esclaves, désolés, se pressaient autour des portes, pleurant et sanglotant.

– Il faut les écarter, dit le médecin. Tout dépend maintenant du repos où on le laissera.

Saint-Clare ouvrit les yeux et regarda fixement les malheureux êtres que miss Ophélia et le docteur s'efforçaient de faire sortir du salon.

– Pauvres gens ! dit-il, et l'on vit sur son visage l'ombre d'un remords.

Adolphe refusa de sortir. La terreur l'avait complètement égaré ; il se coucha sur le parquet, et rien ne put le faire se relever. Les autres cédèrent aux instantes objurgations de miss Ophélia et se retirèrent, pensant que le salut de leur maître dépendait de leur obéissance et de leur calme.

Saint-Clare pouvait à peine parler… il avait les yeux fermés ; mais on ne devinait que trop l'amertume de ses pensées. Au bout d'un instant il posa sa main sur la main de Tom, agenouillé auprès de lui.

– Tom ! pauvre Tom !

– Eh bien, maître ?

– Je meurs, dit Saint-Clare en lui prenant la main… priez !

Avant que l'âme prît son essor[1], il ouvrit encore les yeux. Il y eut comme une lueur de joie, de cette joie qu'on éprouve à reconnaître ceux qu'on aime… Il murmura :

– Ma mère !

Tout était fini.

1. Essor : envol.

XXV
Les abandonnés

On parle souvent du malheur des nègres qui perdent un bon maître. On a raison. Je ne connais pas, sur la terre de Dieu, de créatures plus infortunées et plus vraiment à plaindre…

L'enfant qui a perdu son père a du moins pour lui la protection de ses amis et de la loi. Il est quelque chose… il peut quelque chose… il a une position, il a des droits reconnus. L'esclave… rien ! la loi ne lui reconnaît pas de droits : c'est un paquet… une marchandise… Si jamais on a reconnu en lui quelques-uns des désirs et des besoins d'une créature humaine… et immortelle… il le doit à la volonté souveraine et irresponsable de son maître. Ce maître une fois disparu… il n'y a plus rien !

Il est petit, le nombre de ceux qui savent user humainement et généreusement d'un pouvoir irresponsable et souverain ! Chacun dit cela : l'esclave le sait mieux que personne… Il y a dix chances de rencontrer le maître tyrannique et cruel… une chance de trouver le maître clément[1] et bon. La perte d'un bon maître doit être suivie de longs gémissements.

1. Clément : indulgent.

Quand Saint-Clare eut rendu le dernier soupir, la terreur et la consternation s'emparèrent de toute la maison… Il avait été abattu en un moment, dans la force et dans la fleur de ses années. Toute l'habitation retentissait de sanglots et de cris désespérés. Marie, dont les nerfs étaient affaiblis par la constante mollesse de sa vie, était bien incapable de supporter un pareil choc… Pendant l'agonie de son mari, elle sortait d'un évanouissement pour retomber dans un autre… Et celui auquel elle avait été unie par le lien mystérieux du mariage la quitta pour toujours, sans qu'ils eussent même échangé une parole d'adieu !

Miss Ophélia, avec la force et l'empire sur elle-même qui la caractérisaient, n'avait point quitté son cousin un seul instant. Elle était tout œil, tout oreille, tout attention… elle faisait tout ce qu'il fallait faire.

En arrangeant le défunt pour le dernier sommeil, ils trouvèrent sur sa poitrine un petit médaillon très simple et s'ouvrant par un ressort. Il renfermait le portrait d'une belle et noble femme, et de l'autre côté, encadré sous le verre, une boucle de cheveux noirs… Ils remirent ce médaillon sur cette poitrine sans battement… Poussière contre poussière !… Pauvres et tristes reliques[1] des rêves printaniers… qui jadis firent battre avec tant d'ardeur ce cœur maintenant éteint !

L'âme de Tom était remplie des pensées de l'éternité, et, pendant qu'il rendait les derniers devoirs à cette poussière inanimée, il était loin de croire que ce coup

1. Relique : ce qui subsiste d'une chose précieuse ou sacrée.

l'avait plongé dans un esclavage désormais sans espérance…

Les funérailles furent célébrées avec tout leur attirail de crêpes et de tentures noires… de prières… de visages solennels… Puis les vagues froides de la vie quotidienne coulèrent de nouveau dans leur lit fangeux… puis revint la triste et monotone question : Que faire ?

C'est à quoi songeait Marie, vêtue de longs habits de deuil, entourée d'esclaves inquiets, assise dans son moelleux fauteuil, et regardant des échantillons de crêpe et d'alépine[1].

Quelques jours après, Tom, rêveur, se tenait sur le balcon ; il fut rejoint par Adolphe, abattu et désolé depuis la mort de son maître… Adolphe savait bien qu'il avait toujours déplu à Marie ; pendant que son maître vivait, il n'y prenait pas garde ; maintenant il vivait « dans la crainte et le tremblement », ne sachant pas trop ce qui adviendrait de lui.

Marie avait eu plusieurs conférences avec ses hommes d'affaires. Après avoir pris l'avis de son beau-frère, elle se résolut à vendre l'habitation ainsi que tous les esclaves, ne se réservant que ceux qui lui appartenaient en propre ; quant à ceux-ci, elle les ramènerait avec elle chez son père.

– Savez-vous, Tom, fit Adolphe, que nous allons être tous vendus ?

– Qui vous a appris cela ?

– Je m'étais caché derrière les rideaux quand madame

1. Alépine : étoffe de soie et de laine.

a parlé avec l'homme de loi… Dans quelques jours nous allons tous passer aux enchères, Tom !

– Que la volonté de Dieu soit faite ! dit Tom en se croisant les bras et en poussant un profond soupir…

– Nous ne retrouverons jamais un pareil maître, dit Adolphe d'un ton craintif… Mais j'aime encore mieux être vendu que de rester avec madame.

Tom se détourna : son cœur était plein… L'espérance de la liberté, la pensée lointaine de sa femme et de ses enfants s'étaient tout à coup levées devant son âme patiente, comme, devant les yeux du matelot qui sombre en touchant le port, se dressent la flèche de l'église et les toits aimés du village natal, aperçus derrière la vague sombre comme pour envoyer et recevoir un dernier adieu. Tom serra plus étroitement ses bras contre sa poitrine… Il refoula ses larmes amères et il essaya de prier… Le pauvre esclave éprouvait maintenant un désir de liberté tellement irrésistible qu'il était désespéré.

Il alla trouver miss Ophélia, qui, depuis la mort d'Éva, lui avait témoigné une bonté pleine d'égards…

– Miss Phélia, lui dit-il, M. Saint-Clare m'avait promis ma liberté… Il avait même commencé les démarches… et maintenant, si miss Phélia voulait être assez bonne pour en parler à madame… peut-être madame voudrait achever… pour se conformer au désir de M. Saint-Clare…

– Je parlerai pour vous, Tom, et de mon mieux… mais, si cela dépend de Mme Saint-Clare, je n'espère pas beaucoup ; mais, enfin, j'essayerai.

Ceci se passait pendant que miss Ophélia faisait ses préparatifs de départ pour retourner dans le Nord.

En y réfléchissant sérieusement, elle résolut de modérer son zèle et d'être aussi conciliante que possible. Elle se recueillit, prit son tricot, et alla dans la chambre de Marie, bien résolue à se montrer très aimable et à négocier l'affaire de Tom avec toute l'habileté de sa diplomatie.

Elle trouva Marie étendue tout de son long sur un sofa, le coude dans les oreillers. Jane, qui avait fait des emplettes, déployait devant elle des étoffes d'un noir un peu plus clair.

– Voilà qui fera l'affaire... dit Marie en choisissant ; seulement je ne sais pas si c'est bien deuil.

– Comment donc, madame ! dit Jane avec volubilité. Mme la générale Daubernon portait la même chose, l'été dernier, après la mort du général... et cela lui allait à ravir !

– Qu'en pensez-vous, miss Ophélia ?

– C'est affaire de mode, j'imagine, et vous êtes meilleur juge que moi.

– Le fait est, dit Marie, que je n'ai pas une robe que je puisse mettre... Je pars la semaine prochaine, il faut bien que je me décide.

– Ah ! vous partez si tôt ?

– Oui, le frère de Saint-Clare a écrit ; il pense, comme l'homme d'affaires, qu'il faut vendre maintenant le mobilier et les esclaves... quant à la maison, on attendra une occasion favorable.

– Il y a une chose, dit miss Ophélia, dont je voulais

vous parler… Augustin avait promis la liberté à Tom… il avait même commencé les premières formalités… j'espère que vous voudrez bien les faire terminer…

– C'est certainement ce que je ne ferai pas, dit aigrement Mme Saint-Clare… Tom est des meilleurs et des plus chers de nos esclaves… Non ! non ! Et puis, qu'a-t-il besoin de sa liberté ?… Il est bien plus heureux comme il est !…

– Il la désire vivement, et son maître la lui a promise…

– Eh ! mon Dieu ! oui, il la désire, ils la désirent tous… une race de mécontents qui veut toujours ce qu'elle n'a pas… Moi, je suis, en principe, contre l'émancipation, dans tous les cas. Gardez un nègre, il ira bien et se conduira bien ; renvoyez-le, il sera paresseux, ne travaillera pas, s'enivrera… il deviendra très mauvais sujet : j'ai eu cent exemples de cela sous les yeux… Il n'y a pas de raison pour les affranchir !…

– Mais Tom ! il est si rangé… si capable…

– Je n'ai pas besoin qu'on me le dise… J'en ai vu cent comme lui ; il ira bien tant qu'on le gardera… mais c'est tout.

– Eh !… quand vous le vendrez… s'il tombe entre les mains d'un mauvais maître ?

– Folies que tout cela ! Il n'y a pas un mauvais maître sur cent. Les maîtres sont bien meilleurs qu'on ne le dit… Je suis née… j'ai été élevée dans le Sud… je n'ai jamais vu un maître qui ne traitât très convenablement ses esclaves… Je ne crains rien de ce côté-là.

– Soit ! reprit avec fermeté miss Ophélia ; mais je sais

qu'un des derniers désirs de votre mari, c'était de rendre la liberté à Tom ; c'était une des promesses qu'il avait faites au lit de mort de notre chère petite Éva… et je ne croyais pas que vous voulussiez la violer…

Marie, à cet appel, cacha son visage dans son mouchoir, sanglota et aspira très fortement les sels de son flacon.

– Tout le monde est contre moi, fit-elle ; on n'a d'égards pour rien… Je n'aurais pas cru que vous m'eussiez rappelé ainsi le souvenir de mes infortunes… c'est un manque d'égards… Des égards ! on n'en a pas pour moi. Ah ! j'ai bien du malheur ! Je n'avais qu'une fille unique… je l'ai perdue ! J'avais le mari qui me convenait… et tout le monde ne pouvait me convenir, à moi ! Mon mari m'est enlevé aussi, et vous avez assez peu de tendresse pour me rappeler ces souvenirs… quand vous voyez si bien qu'ils m'accablent… Ah ! vous avez de bonnes intentions… mais vous êtes bien imprudente… bien imprudente !

Et Marie sanglota à perdre haleine et appela Mammy pour ouvrir la fenêtre, lui donner son flacon de camphre, baigner sa tête, ouvrir sa robe… Ce fut un moment de confusion dont miss Ophélia profita pour regagner son appartement.

Miss Ophélia vit bien que tout était inutile ; Mme Saint-Clare trouvait des ressources inépuisables d'arguments dans ses attaques de nerfs : c'était sa réponse dès qu'on lui rappelait les vœux de sa fille et de son mari. Miss Ophélia prit le meilleur parti qui lui restât : elle écrivit à Mme Shelby, exposant les malheurs de Tom et réclamant une prompte assistance.

Le lendemain, Tom, Adolphe et une demi-douzaine d'autres furent conduits au magasin des esclaves, pour y attendre le bon plaisir du marchand qui devait en faire un lot.

XXVI
Un magasin d'esclaves

Un magasin d'esclaves ! Peut-être ce mot seul évoque-t-il, devant quelques-uns de mes lecteurs, des visions horribles ; ils se figurent quelque horrible Tartare[1], bien noir et bien affreux.

... *Informe, ingens, cui lumen ademptum*[2] !

Eh non, innocent lecteur ! Les hommes d'aujourd'hui ont trouvé le moyen de pécher habilement, doucement, de façon à ne pas blesser les yeux et la sensibilité de la bonne compagnie. La marchandise humaine est avantageuse sur la place ; on a donc soin qu'elle soit bien nourrie, bien vêtue, bien soignée, bien traitée, pour qu'elle arrive au marché forte, grasse et brillante ! Un

1. Tartare : les enfers, dans la mythologie grecque.
2. *Informe, ingens, cui lumen ademptum !* : en latin, « affreux, énorme, privé de lumière ! », extrait de l'*Énéide* de Virgile, décrivant ainsi le monstre cyclope dont Ulysse vient de crever l'œil unique.

magasin d'esclaves, à La Nouvelle-Orléans, ressemble, extérieurement du moins, à toutes les autres maisons; il est tenu fort proprement; mais chaque jour, sous une espèce d'auvent, dans la rue, vous voyez étalées des rangées d'hommes et de femmes, comme échantillon de ce que l'on vend à l'intérieur.

On vous invite courtoisement à entrer et à examiner. On vous annonce que vous trouverez là une grande quantité de maris, de femmes, de frères, de sœurs, de pères, de mères de jeunes enfants, à vendre ensemble ou séparément, à la volonté de l'acquéreur; et cette âme immortelle est vendue, louée, engagée, échangée, pour de l'épicerie ou toute autre denrée, selon que l'aura voulu le caprice du marchand ou la nécessité présente du commerce.

Un jour ou deux après la conversation que nous avons rapportée entre Marie et miss Ophélia, Tom, Adolphe et une demi-douzaine d'autres esclaves ayant appartenu à Saint-Clare étaient confiés aux aimables soins de M. Skeggs, qui tenait un dépôt rue de ***, pour passer aux enchères le lendemain.

Tom avait, comme plusieurs autres, une malle pleine d'effets à lui.

Les esclaves furent mis, pour la nuit, dans une longue pièce où se trouvaient rassemblés beaucoup d'autres hommes de tout âge, de toute taille et de toute couleur, et d'où partaient les éclats de rire d'une gaieté hébétée.

– Ah! ah! très bien! continuez, garçons, continuez! fit M. Skeggs. Mes gens sont toujours si gais!... Ah! ciel! Sambo, qui fait tout ce bruit?

Sambo était un grand nègre, qui se livrait à toutes sortes de plates bouffonneries qui réjouissaient fort ses compagnons.

Tom, on se l'imagine aisément, n'était pas d'humeur à partager cette gaieté ; il plaça sa malle aussi loin que possible du groupe turbulent, s'assit dessus et appuya son visage contre le mur.

Ceux qui trafiquent de la marchandise humaine s'efforcent, avec une persévérance systématique, d'entretenir parmi les esclaves une gaieté bruyante ; c'est le moyen de noyer chez eux la réflexion et de les rendre insensibles à leurs maux. Le but du commerçant, depuis le premier moment où il a pris le nègre dans les marchés du Nord pour le vendre dans les marchés du Sud, c'est de le rendre insensible, indifférent, brutal. Le trafiquant complète sa cargaison dans la Virginie et dans le Kentucky ; il la conduit ensuite dans quelque endroit convenable et salubre, souvent aux eaux, dans le dessein de l'engraisser. On les fait manger à discrétion[1], et, comme quelques-uns peuvent prendre de la mélancolie, le marchand a soin de se procurer un violon, et on les fait danser… Et celui qui ne veut pas s'amuser, celui dont les pensées se reportent trop vivement sur sa femme, sur ses enfants, sur sa maison… et qui ne peut pas être gai… on le regarde comme un sournois dangereux, et l'on fait retomber sur lui toutes les vexations que peut inventer le mauvais vouloir d'un maître cruel et sans contrôle. L'insouciance, la pétulance, la gaieté… surtout quand il

1. À discrétion : à volonté, autant qu'on le souhaite.

y a des témoins, voilà ce que l'on veut des esclaves… On espère ainsi trouver un bon acheteur, et l'on ne craint pas d'éprouver des pertes sérieuses.

– Qu'est-ce que ce nègre fait donc là ? dit Sambo, marchant à Tom, quand M. Skeggs eut quitté la chambre.

Sambo était noir comme l'ébène, grand, gai, parlait avec volubilité et faisait force tours et grimaces.

– Que faites-vous là ? dit-il en s'adressant à Tom et lui donnant un coup de poing dans le côté, en manière de plaisanterie… Vous méditez ?… hein !

– Je serai vendu demain aux enchères ! dit Tom tranquillement.

– Vendu aux enchères !… Ah ! ah ! garçon… en voilà une plaisanterie !… Je voudrais bien être de la partie… Eh bien, vous autres, n'est-il pas risible, celui-là ?… Eh mais, votre compagnon, celui-ci, doit-il être vendu aussi demain ? dit Sambo en posant familièrement sa main sur l'épaule d'Adolphe.

– Laissez-moi, je vous prie, dit Adolphe fièrement et en se reculant avec un extrême dégoût.

– Ah ! ah ! garçons, voilà un vrai modèle de nègre blanc… blanc comme lait et qui sent ! fit-il en s'avançant encore et en flairant. Oh ! Dieu, comme il ferait bien l'affaire chez un débitant de tabac !… Il parfumerait la marchandise… oui… il embaumerait la boutique, parole !

– Je vous dis de me laisser, entendez-vous ! s'écria Adolphe furieux.

– Ah ! comme vous êtes délicats, vous autres nègres blancs ! On ne peut pas vous toucher, voyez-vous ça !

Et Sambo parodia grotesquement les façons d'Adolphe.

– En voilà, fit-il, des airs et des grâces ! On voit bien que nous avons été dans une bonne maison.

– Oui ! oui, j'avais un maître qui vous aurait bien achetés… tout ce que vous êtes là !

– Voyez-vous ça ! Quel gentleman ça devait être !

– J'appartenais à la famille Saint-Clare, dit Adolphe d'un ton fier.

– En vérité !… Eh bien, il doit être fort heureux de se débarrasser de toi, ton maître… Il va sans doute te vendre avec un lot de porcelaines fêlées, dit Sambo ajoutant à ses paroles une grimace narquoise…

Adolphe, exaspéré de cette insulte, s'élança sur son adversaire, jurant et frappant à droite et à gauche… La troupe riait et applaudissait… Le bruit fit venir le maître.

– Qu'est-ce donc, garçons ? La paix, la paix ! dit-il en brandissant un long fouet.

Les esclaves s'enfuirent dans toutes les directions, à l'exception de Sambo, qui, comptant sur ses privilèges de bouffon reconnu, resta ferme, enfonçant sa tête dans ses épaules chaque fois que son maître le menaçait.

– C'est pas nous, maître, c'est pas nous !… Nous sommes bien tranquilles ! c'est les nouveaux. Ils nous tracassent… ils sont toujours après nous.

Le maître se tourna du côté de Tom et d'Adolphe, distribua, sans plus ample information, quelques coups de pied et quelques gourmades[1], et, après avoir ordonné

1. Gourmade : coup sur la figure.

à tout le monde d'être sage et de s'aller coucher, lui-même se retira.

Mais le voici déjà, le matin ! tout le monde est sur pied. Le digne M. Skeggs est affairé, il est vif… Il faut qu'il arrange un beau lot pour les enchères… Il faut qu'il surveille la toilette, il faut que chacun prenne son beau visage et fasse bonne contenance… On les fait mettre en cercle pour la dernière revue, avant qu'ils aillent au marché.

M. Skeggs, le bambou à la main, le cigare aux lèvres, se promène entre eux ; il donne la dernière touche.

Sous un dôme splendide, sur un pavé de marbre, se promènent des hommes de toutes les nations ; de tous les côtés de l'enceinte circulaire on a placé des tribunes pour les crieurs et les commissaires-priseurs. Deux de ces tribunes, aux extrémités opposées de l'enceinte, sont occupées par de beaux et brillants parleurs qui, avec une éloquence mélangée de français et d'anglais, s'efforcent de faire monter les enchères des connaisseurs ; un troisième, encore inoccupé, était au milieu d'un groupe qui attendait l'ouverture de la vente. Nous reconnaissons là les esclaves de Saint-Clare, Tom, Adolphe et les autres… Différents spectateurs, qui vont acheter ou ne pas acheter… comme il leur plaira… se pressent autour du groupe… ils touchent… ils regardent… ils discutent… comme des jockeys feraient autour d'un cheval.

Cependant Tom était là, tout pensif, regardant tous ces visages qui se pressaient autour de lui et se demandant lequel il voudrait appeler son maître. Ah ! lecteurs, si jamais vous vous trouviez dans la nécessité de choisir entre deux cents hommes celui qui devrait être votre souverain absolu, peut-être penseriez-vous, comme Tom, que le choix est toujours difficile et fort peu rassurant… Tom vit bien des gens, grands, petits, gras, maigres, ronds, efflanqués[1], carrés, de toute sorte et de toute espèce… il vit surtout des hommes communs et grossiers, de ces hommes qui ramassent leurs semblables comme on ramasse des copeaux[2] pour les mettre dans un panier ou les jeter au feu… sans y prendre garde ! il ne vit pas un second Saint-Clare.

Quelques instants avant la vente, un homme court, large et trapu[3], dont la chemise déchiquetée bâillait sur sa poitrine, portant un pantalon sale et usé, se fraya un passage à travers la foule, en jouant des coudes, comme un homme qui va vite en besogne. Il approcha du groupe et se livra à un minutieux examen.

Tom ne l'eut pas plus tôt aperçu, qu'il éprouva pour lui une invincible horreur. Ce sentiment augmentait à mesure que l'homme s'approchait de lui… Quoiqu'il fût petit, on devinait en lui une force d'athlète. Il avait la tête ronde comme une boule, de grands yeux gris-vert, ombragés de sourcils jaunâtres et touffus, des cheveux raides et rouges. Tout cela, comme on voit, n'était guère attrayant… Il avait les joues gonflées d'une chique de tabac, dont il rejetait le jus avec autant d'énergie que de

1. Efflanqués : dont les flancs sont creusés par la maigreur.
2. Copeau : éclat de bois.
3. Trapu : petit et fort à la fois.

décision. Ses mains étaient d'une grosseur démesurée, calleuses, poilues, brûlées du soleil, et garnies d'ongles fort mal tenus.

Cet homme examina notre lot d'esclaves avec beaucoup de sans-façon. Il prit Tom par le menton, lui fit ouvrir la bouche pour regarder ses dents, étendre les bras pour montrer ses muscles… Il tourna autour de lui, et le fit sauter en hauteur et en largeur, pour connaître la force de ses jambes.

– Où avez-vous été élevé ? demanda-t-il d'un ton bref.

– Dans le Kentucky, répondit Tom, qui regardait autour de lui comme pour implorer du secours.

– Que faisiez-vous ?

– Je soignais la ferme.

– En voilà une histoire !

Et il passa outre.

– À vous, garçon ! dit le vendeur à Tom. Allons ! entendez-vous ?…

Tom monta sur le tréteau, jetant autour de lui des regards inquiets. On entendait un bruit confus, sourd, où l'on ne pouvait plus rien distinguer. Le glapissement[1] du crieur, qui hurlait ses qualités en anglais et en français, se mêlait au tumulte des enchères des deux nations. Enfin, le marteau retentit ; on entendit sonner nette et claire la dernière syllabe du mot « dollar » ! C'en était fait, Tom était adjugé, il avait un maître.

On le vit descendre de dessus le tréteau. Le petit

1. Glapissement : cri aigu, comme celui du renard.

homme à tête ronde le saisit brutalement par une épaule, le poussa dans un coin, en lui disant d'une voix rude :

– Restez là, vous !

Le nouveau maître s'appelle M. Legree, il possède une plantation sur les bords de la rivière Rouge.

XXVII

La traversée

> « Tes yeux sont trop purs pour contempler le mal, et tu ne peux pas regarder l'iniquité : prends donc garde à ceux qui agissent cruellement, et retiens ta langue pendant que les méchants dévorent celui qui est plus juste que toi[1]. »

Au fond d'un bateau qui remontait la rivière Rouge[2], Tom était assis, les chaînes aux mains, les chaînes aux pieds… et sur le cœur un froid plus pesant que ses chaînes ! Pour lui toutes les clartés étaient éteintes dans les cieux, et la lune et les étoiles ; et devant son regard, pareils aux arbres de la rive, tous ses rêves s'étaient enfuis à jamais… et la ferme du Kentucky, et sa femme, et ses enfants, et ses bons maîtres, et la maison Saint-Clare,

1. « Tes yeux sont trop purs [...] plus juste que toi. » : extrait de la Bible (Habacuc).
2. Rivière rouge : rivière des États-Unis, l'un des principaux affluents du Mississippi.

avec ses splendeurs et son opulence[1], et la blonde tête d'Éva, et son regard angélique, et Saint-Clare, fier, superbe, triomphant, beau, insouciant parfois, mais toujours bon, et ces heures paresseuses, et ce loisir indulgent… tout cela était parti, parti pour toujours ; et, à la place, que restait-il ?

C'est là une des plus grandes misères de l'esclavage. Un nègre au caractère sympathique et liant rencontre une famille distinguée, il y acquiert les sentiments et les goûts qui forment en quelque sorte l'atmosphère du luxe ; puis il tombe entre des mains grossières et brutales, comme le meuble qui décorait jadis un salon superbe, avili et souillé, tombe au comptoir d'une taverne… ou plus bas encore ! Il y a une différence pourtant : la chaise ou la table avilie ne peut pas sentir, et l'homme le peut. La fiction légale a beau dire qu'il sera réputé[2], pris et adjugé comme un meuble, on n'a cependant pas pu chasser son âme ni étouffer ce monde de souvenirs, d'espérances, d'amour, de crainte et de désirs qu'elle porte en elle…

Quand M. Simon Legree, le nouveau maître de Tom, eut acheté çà et là, à La Nouvelle-Orléans, huit esclaves, il les conduisit, les menottes aux mains, et enchaînés deux à deux, à bord du steamer le *Pirate*, qui stationnait dans le port, tout prêt à remonter la rivière Rouge.

Legree les embarqua, le navire partit.

Alors, maître Legree, avec l'air que nous lui connaissons,

1. Opulence : abondance de biens.
2. Réputé : désigné, reconnu tel.

voulut les passer en revue. Il s'arrêta en face de Tom. On avait fait prendre à Tom son meilleur vêtement pour la vente publique. Il avait une belle chemise empesée et des bottes cirées. Legree lui adressa la parole en ces termes :

– Levez-vous !

Tom se leva.

– Ôtez cela !

Et, comme le père Tom, embarrassé par les menottes, n'allait pas assez vite à son gré, il l'aida, en arrachant brutalement le col, qu'il mit dans sa poche.

Il se dirigea ensuite vers la malle de Tom, qu'il avait d'abord eu soin de visiter ; il en tira un pantalon et une veste délabrée, que Tom ne mettait que quand il descendait aux écuries… Le maître débarrassa l'esclave de ses fers, et, lui montrant une sorte de niche entre les colis :

– Allez là, et mettez ceci !

Tom obéit et revint au bout d'un instant.

– Retirez vos bottes !

Tom les retira.

– Tenez ! fit Legree en lui jetant une grosse paire de mauvais souliers… mettez cette chaussure !

M. Legree, après lui avoir remis les menottes, commença l'inspection du contenu des poches. Il en retira un mouchoir de soie, qu'il prit pour lui ; différentes bagatelles, trésor recueilli par Tom parce qu'il avait fait la joie d'Éva, devinrent l'objet des dédains du marchand, qui les jeta à l'eau par-dessus son épaule.

Il regarda un instant la physionomie attristée de Tom et s'éloigna. Il prit la malle de Tom, qui contenait une provision abondante de vêtements propres, et alla sur l'avant du bateau, où il fut bientôt entouré des ouvriers et employés du bord. Alors, riant beaucoup des nègres qui veulent faire les messieurs, il vendit tout ce qu'il y avait dans la malle, et la malle elle-même ; et ils pensaient tous que c'était là un très bon tour, et ils se divertissaient à voir de quel œil Tom suivait ses effets, que l'on dispersait à droite et à gauche. La mise aux enchères de la malle fut regardée comme la meilleure farce du monde, et donna lieu à une foule de mots spirituels.

Quand ce fut une affaire terminée, Simon revint à sa marchandise.

– Maintenant, Tom, vous voyez que je vous ai délivré de tout bagage inutile. Prenez soin de ces habits-là, vous n'êtes pas près d'en avoir d'autres. J'aime que les nègres fassent attention à leurs effets. Chez moi l'habillement dure une année.

– Allons ! vous tous, fit-il en se reculant d'un pas ou deux en arrière, regardez-moi ! regardez-moi dans l'œil ! bien droit !... là !

Et il frappait du pied à chaque mot. Comme s'il les eût fascinés, tous les yeux se fixèrent sur son œil gris étincelant.

– Maintenant, dit-il en grossissant son énorme poing pesant, qui ressemblait assez au marteau d'un forgeron, vous voyez ce poing !... pesez-le !...

Et il l'abattit sur la main de Tom.

– Voyez-moi ces os-là ! Je vous préviens que ce poing-là vaut un marteau de fer pour abattre les nègres. Je n'ai jamais rencontré un nègre que je n'aie pu abattre d'un seul coup.

Et il brandit son poing si près du visage de Tom, que celui-ci se rejeta en arrière en fermant les yeux.

– Moi, reprit-il, je n'ai aucun de ces maudits surveillants… je suis mon propre surveillant… et je vous préviens que je vois tout… Il faut emboîter le pas… droit et prompt… du moment que je parle. Avec moi il n'y a que ce moyen-là ! Vous ne trouverez jamais chez moi la moindre douceur… je suis sans pitié.

Les pauvres femmes n'osaient plus respirer ; toute la troupe des esclaves s'assit par terre, saisie d'effroi et les traits bouleversés. Le maître tourna sur ses talons… et alla boire un petit verre !

– Voilà comment je m'y prends avec mes nègres, dit-il à un homme d'une tournure distinguée, qui s'était tenu à côté de lui pendant tout ce discours. C'est mon système… mes commencements sont énergiques… il faut qu'ils sachent ce qui les attend…

– En vérité ! dit l'étranger, qui le regardait avec la curiosité d'un naturaliste examinant quelque phénomène étrange.

– Oui, en vérité, reprit Simon. Je ne suis pas, moi, un de vos gentilshommes planteurs aux doigts blancs comme le lis, qui se laissent duper et voler par les damnés gérants. Voyez mes articulations ! hein ? Voyez mon poing ! Voyez-vous ça ? Là-dessus la chair est devenue dure comme la pierre, elle a durci sur les nègres… tâtez !

L'étranger mit son doigt à la place indiquée et dit simplement :

– C'est assez dur !…

Puis il ajouta :

– L'exercice vous a sans doute fait le cœur aussi dur…

– Mon Dieu ! oui… je puis m'en vanter, fit Simon en riant aux éclats… Je ne connais personne plus dur que moi… non, personne ! Personne ne me fait aller ni avec des cris, ni avec du savon doux : c'est un fait.

– Vous avez là un très joli assortiment !

– C'est vrai ! dit Simon. Il y a ce Tom, là-bas : il paraît que c'est un sujet rare, je l'ai payé un peu cher, pour en faire un cocher ou un directeur de travaux. Son défaut, c'est de ne pas vouloir être traité comme il faut que les nègres soient traités… mais ça lui passera… La femme jaune… dame ! elle est un peu malade, je l'ai prise pour ce qu'elle vaut… elle peut durer un an ou deux, je ne m'attache pas à épargner les nègres… Non, ma foi ! Je les use et j'en achète d'autres, c'est moins de soin et moins de dépense.

– En général, combien de temps durent-ils ? demanda l'étranger.

– Mon Dieu ! je ne sais pas trop… ça dépend de leur constitution ! Les individus robustes durent six ou sept ans, les faibles sont ruinés[1] en deux ou trois. Dans les premiers temps je me donnais toutes les peines du monde pour les conserver. Quand ils étaient malades, je les soignais, je leur donnais des vêtements, des couvertures, enfin tout ! Maintenant, malades ou bien portants, c'est toujours le même régime… Ça ne servait

1. Ruinés : physiquement très délabrés.

à rien… Je me donnais bien du mal et je perdais de l'argent. Maintenant, quand un nègre meurt, j'en achète un autre… je trouve que c'est meilleur marché… et, en tout cas, bien plus commode !

– À qui apparteniez-vous ? disait Tom à la mulâtresse près de qui il était enchaîné.

– Mon maître s'appelait M. Ellis. Il demeurait Levee-Street, vous devez avoir vu la maison.

– Était-il bon pour vous ?

– Assez, jusqu'au moment où il tomba malade ; mais il a été malade plus de six mois, et il était devenu bien difficile. Il ne voulait pas qu'on dormît… ni jour ni nuit. Personne ne lui convenait : il devenait plus difficile de jour en jour. Il me garda je ne sais combien de nuits… Je tombais d'épuisement… Un matin il me trouva endormie : il entra dans une si grande colère, qu'il résolut de me vendre au plus dur maître qu'il pourrait trouver ; et pourtant il m'avait promis qu'à sa mort j'aurais la liberté.

– Aviez-vous des amis ?

– J'avais mon mari, qui est forgeron. Mon maître le louait dehors… J'ai été emmenée si vite que je n'ai pas eu même le temps de le voir. J'ai aussi quatre enfants… Oh ! mon Dieu !…

Ici la femme couvrit son visage de ses mains.

Le bateau s'avançait, portant son fret[1] de douleurs ! Il remontait le courant fangeux et agité, à travers les sinuosités abruptes et capricieuses de la rivière Rouge. Les yeux attristés rencontraient partout devant eux ses

1. Fret : chargement du bateau.

bords escarpés, rouges comme ses ondes, qui les éblouissaient de leur éternelle et terrible uniformité.

Enfin le steamer s'arrêta devant une petite ville, et Legree descendit avec sa troupe.

XXVIII

Lieux sombres

« La terre est couverte de ténèbres
et pleine de cruauté[1]. »

Tom et ses compagnons se rangèrent derrière une lourde voiture et s'avancèrent péniblement par une route malaisée.

Dans le chariot se trouvait Simon Legree. Les deux femmes, encore enchaînées, avaient été jetées au fond avec les bagages. On se dirigeait vers la plantation de Legree, située à quelque distance.

C'était une route déserte et sauvage, qui se glissait, avec mille détours, à travers un bois de sapins ; le vent gémissait dans leurs rameaux ; de chaque côté d'une chaussée garnie de troncs d'arbres, les cyprès, s'élançant d'un sol humide et visqueux, laissaient retomber

1. « La terre est couverte de ténèbres et pleine de cruauté. » : extrait de la Bible (Psaumes).

leurs funèbres guirlandes de mousses noirâtres. Çà et là quelques serpents aux formes hideuses se glissaient à travers les souches renversées et les branches éparses, qui pourrissaient dans l'eau.

C'était une affreuse route vraiment ; triste même pour l'homme qui, monté sur un bon cheval et le gousset garni, la suivait pour aller à ses affaires. Combien plus terrible et plus triste pour ces infortunés que chacun de leurs pas pénibles éloigne, éloigne pour toujours de tout ce que l'homme regrette, de tout ce que l'homme désire !

Telle eût été la pensée de tous ceux qui eussent pu voir l'expression d'abattement désolé, la profonde et morne tristesse des malheureux esclaves, en apercevant cette route fatale qui se déroulait devant eux.

Seul Legree semblait enchanté ; de temps en temps il tirait de sa poche un flacon d'eau-de-vie.

– Allons ! dit-il en se retournant et en jetant les yeux sur les mornes visages qu'il pouvait voir derrière lui. Allons ! garçons, une chanson maintenant !

Les esclaves s'entre-regardèrent…

Un autre esclave entonna une de ces stupides chansons qui sont assez répandues parmi les nègres :

Hier, moussu, sur un chemin,
À la brune[1],
M'a vu prendre un lapin,
Au clair de la lune.

1. Brune : début de soirée, moment où la lumière baisse d'intensité.

Il a ri,
Oh ! oh ! hi ! hi !
Il a ri,
Oh ! oh ! hi ! hi !

Le chanteur avait arrangé la chanson à sa guise, consultant la rime bien plus que la raison. Toute la compagnie reprenait en chœur le refrain :

Il a ri,
Oh ! oh ! hi ! hi !
Il a ri,
Oh ! oh ! hi ! hi !

Tout cela était chanté à pleins poumons. Ils voulaient être gais ! mais ni les soupirs du désespoir, ni les paroles les plus passionnées de la prière n'auraient pu exprimer une plus profonde douleur que ces notes sauvages reprises à l'unisson. Pauvre cœur torturé, menacé, enchaîné, et qui s'élance dans la musique comme dans une invocation… oui ! dans ces chants il y avait une invocation que Simon ne pouvait entendre. Il n'entendait, lui, qu'une chanson retentissante qui lui plaisait, parce qu'elle mettait, disait-il, ses nègres en belle humeur.

On arrivait en vue de la plantation.

Elle avait appartenu d'abord à un gentleman riche et plein de goût, qui l'avait singulièrement embellie… Il était mort insolvable[1]. Legree s'en était rendu acqué-

1. Insolvable : sans argent et incapable de rembourser ses dettes.

reur, et il se servait de cette propriété, comme il se servait de tout, pour gagner de l'argent. La plantation avait donc cet air dévasté et désolé que prend si vite la terre qui passe des mains soigneuses aux mains négligentes.

Devant la maison, ce qui jadis avait été une pelouse au gazon ras, toute pleine d'arbres d'agrément, n'était plus maintenant qu'une pièce d'herbe touffue, parsemée de paille, de tessons de bouteilles et de toutes sortes d'immondices. Çà et là l'herbe était enlevée et la terre écorchée au vif. Les jasmins éplorés[1], les beaux chèvrefeuilles retombaient des colonnes à demi renversées sous l'effort des chevaux qu'on y attachait maintenant sans plus de cérémonie. Le vaste jardin était envahi par les mauvaises herbes, au milieu desquelles, çà et là, quelque plante exotique élevait sa tête solitaire et négligée… Les serres n'avaient plus de vitres à leurs châssis ; sur leurs tablettes moisies on voyait encore quelques pots de fleurs desséchées, oubliées… des tiges flétries, des feuilles mortes, prouvaient que jadis cela avait été une plante !

La voiture roula sur une allée, sablée autrefois, envahie maintenant par toutes sortes d'herbes, entre deux superbes rangées d'arbres de la Chine, dont les formes gracieuses et le feuillage toujours vert semblaient être la seule chose que l'insouciance du maître n'avait pu abattre ou dompter : tels ces nobles esprits, si profondément enracinés dans le bien, qu'ils s'épanouissent et se

1. Éplorés : tombants, comme accablés de chagrin.

développent plus puissants et plus beaux au milieu des épreuves et du malheur.

La maison avait été grande et belle. Elle était bâtie dans un style que l'on rencontre assez souvent dans cette partie de l'Amérique. Elle était, de toutes parts, entourée d'une véranda de deux étages, sur laquelle s'ouvraient toutes les portes de la maison. La partie inférieure s'appuyait sur des assises de briques.

Cette maison n'en avait pas moins un air de profonde désolation. Les fenêtres étaient bouchées avec des planches ; quelques-unes n'avaient plus qu'un volet, d'autres remplaçaient les vitres par des chiffons d'étoffes… Tout cela était plein d'affreuses révélations.

Le sol était jonché de paille, de morceaux de bois, de débris de caisses et de barils. Trois ou quatre chiens à l'air féroce, réveillés par le bruit des roues, accouraient tout prêts à déchirer… il fallut tout l'effort des esclaves du logis pour les empêcher de mettre en pièces Tom et ses compagnons.

– Vous voyez ce qui vous attend, dit Legree en caressant les chiens avec une satisfaction qui faisait mal à voir, et se retournant vers les esclaves… Vous voyez ce qui vous attend si vous voulez vous enfuir… Ces chiens ont été dressés à la chasse des nègres ; ils vous avaleraient aussi aisément que leur souper… Prenez donc garde à vous ! Eh bien, Sambo, dit-il à son Noir en haillons, dont le chapeau n'avait plus de bords, et qui s'empressait autour de lui, comment les choses ont-elles été ?

– Très bien, maître.

– Quimbo, fit-il à un autre nègre, qui s'efforçait

d'attirer son attention, vous vous êtes rappelé ce que je vous ai dit ?

– Je crois bien !

Ces deux Noirs étaient les principaux personnages de l'habitation ; ils avaient été *entraînés* systématiquement par Legree… Il avait voulu les rendre aussi cruels et aussi sauvages que ses bouledogues. À force de soins et d'exercices il y était parvenu. C'était la férocité même.

On a remarqué que les surveillants noirs sont beaucoup plus cruels que les Blancs. On tire de ce fait une conclusion fâcheuse contre la race nègre. Cela ne prouve qu'une chose, à savoir que la race nègre est plus avilie et plus dégradée que la race blanche, et voici ce qui est également vrai de cette race comme de toute autre : l'esclave est un tyran dès qu'il peut !

Legree, comme beaucoup de potentats[1] dont parle l'histoire, gouvernait ses États par l'antagonisme des puissances. Sambo et Quimbo se détestaient cordialement, et dans la plantation on les détestait également tous les deux… Ainsi, celui-ci par celui-là, et tous les autres par eux deux, et ces deux-là par tous les autres, c'était une surveillance générale et complète, établie au profit de Legree. Rien ne lui échappait.

Personne ne peut vivre sans relations amicales. Legree permettait à ses deux satellites[2] une certaine familiarité avec lui, familiarité qui pouvait être dangereuse pour

1. Potentat : tyran.
2. Satellite : ici, personne au service d'un maître.

eux ; car, sur la moindre provocation, au moindre signe du maître, l'un des deux était toujours prêt à égorger l'autre. À les voir tous deux auprès de Legree, ils ne prouvaient que trop combien l'homme brutal est au-dessous de la bête. Leurs traits noirs, lourds et durs, leurs grands yeux, qui s'épiaient, pleins d'envie, leurs voix rauques et bestiales, leurs vêtements en lambeaux et flottant au vent... tout cela était en harmonie parfaite avec l'aspect général de la scène sur laquelle ils se trouvaient.

– Tenez, vous, Sambo, fit Legree, conduisez ces garçons aux quartiers. Voilà une femme que j'ai achetée pour vous, ajouta-t-il en poussant la mulâtresse vers lui. Je vous avais promis de vous en rapporter une, vous savez.

La femme bondit et se rejeta vivement en arrière.

– Oh ! maître, j'ai laissé mon pauvre mari à La Nouvelle-Orléans.

– Eh bien quoi ? ne vous en faut-il pas un autre, maintenant ? Taisez-vous, et filez !

Legree prit son fouet.

Tom ne put en entendre davantage ; il dut suivre Sambo et se rendre aux quartiers.

Les quartiers formaient une sorte de rue bordée de huttes grossières, à une certaine distance de l'habitation. C'était d'un aspect sombre, triste et dégoûtant. Tom se sentait défaillir. Il se réjouissait déjà à la pensée d'une petite case, bien simple sans doute, mais qu'il aurait pu rendre tranquille et calme, une petite retraite où venir penser, après les rudes heures du travail ; il entra dans plusieurs huttes. Ce n'étaient que des abris… Pour tout meuble, un monceau de paille, pleine d'ordures, jetée sur l'aire ; l'aire, c'était la terre nue, battue par mille pieds !

– Laquelle de ces cases sera à moi ? dit-il à Sambo d'un ton soumis.

– Je ne sais pas… peut-être celle-ci… je crois qu'il y a encore de la place pour un. Il y a des tas de nègres dans toutes, je ne sais comment faire pour y en fourrer d'autres.

Il était déjà tard quand le troupeau des travailleurs regagna ses misérables huttes, hommes et femmes, vêtus de haillons souillés et misérables ! fort peu disposés sans doute à voir d'un bon œil les nouveaux arrivants. Les bruits qui partaient du hameau n'avaient rien de bien attrayant ; des voix gutturales et rauques se querellaient autour des moulins à main où il fallait moudre le mauvais grain destiné au gâteau du soir, triste et maigre souper ! Ils étaient dans les champs, depuis l'aube, courbés vers la rude tâche sous le fouet vigilant du gardien. C'était le moment le plus terrible de la saison… l'ouvrage pressait… et l'on voulait tirer de chacun tout ce que chacun pouvait donner… Mon Dieu ! dira quelque oisif[1], il n'est déjà pas si pénible d'éplucher du coton ! En vérité ! mais il n'est pas non plus si pénible de recevoir une goutte d'eau sur la tête… Eh bien, l'Inquisition[2] elle-même

1. Oisif : qui ne travaille pas.
2. Inquisition : tribunal réputé pour sa cruauté, créé par l'Église catholique au Moyen Âge.

n'a pu trouver de supplice plus atroce qu'un peu d'eau tombant goutte à goutte, incessamment, avec une succession monotone, à la même place !… Un travail assez doux par lui-même devient insupportable par la continuité des heures, par la monotonie de l'occupation… et par cette affreuse pensée que, ce travail, on est obligé de le faire.

Pendant que la troupe défilait, Tom cherchait des yeux s'il n'apercevait pas quelque visage sociable. Les hommes étaient sombres, misérables, abrutis ; les femmes faibles, tristes, découragées… il y en avait qui n'étaient même pas des femmes ! Les forts tyrannisaient les faibles. C'était l'égoïsme brutal et grossier, dont on ne peut plus rien attendre de bon. Traités comme des bêtes, ces malheureux étaient descendus aussi bas que la nature humaine puisse tomber ! Le grincement de la roue se prolongea fort avant dans la nuit. Il y avait peu de moulins, et, comme les grands chassaient les petits, le tour de ceux-ci ne vint que bien tard.

– Or çà ! dit Sambo allant vers la mulâtresse et jetant devant elle un sac de maïs, quel diable de nom avez-vous ?

– Lucy.

– Eh bien, Lucy, vous voilà maintenant ma femme ; faut moudre ce grain-là et me faire mon souper : vous entendez ?

– Je ne suis pas votre femme et ne veux pas l'être, dit Lucy avec le soudain et brûlant courage du désespoir. Allez-vous-en !

– Des coups de pied, alors ! fit Sambo avec un geste de menace.

– Tuez-moi, si vous voulez… le plus tôt sera le mieux… Je voudrais être morte.

– Eh bien, Sambo, voilà comment vous tourmentez les gens !… Je le dirai à votre maître, fit Quimbo, occupé autour d'un moulin d'où il avait chassé deux ou trois malheureuses femmes qui attendaient leur tour.

– Et moi, vieux nègre, répliqua Sambo, je vais lui dire que vous ne voulez pas laisser approcher les femmes du moulin. Vous devez garder votre rang.

Tom mourait de fatigue et de faim, et tombait d'épuisement.

– Tenez ! vous, dit Quimbo en lui jetant un mauvais sac de maïs ; prenez ça, nègre, et tâchez d'en avoir soin, car on ne vous en donnera pas d'autre cette semaine.

Tom attendit longtemps avant d'avoir sa place au moulin. Touché de la faiblesse de deux pauvres femmes qui essayaient en vain de faire tourner la roue, il se mit à moudre pour elles… il raviva le feu, où tant de gâteaux avaient déjà cuit, et il prépara son maigre souper. Tom avait fait bien peu pour ces femmes : mais une œuvre de charité… si peu que ce fût… était chose nouvelle pour elles… et cette charité fit résonner dans leur cœur une corde sensible ; une expression de tendresse rayonna sur leur visage : la femme renaissait… Elles-mêmes, elles voulurent préparer son gâteau et le faire cuire.

XXIX
Cassy

« J'ai vu les larmes des opprimés, et ils n'avaient point de soutien, et du côté des oppresseurs était la puissance[1]. »

Il ne fallut pas beaucoup de temps à Tom pour savoir ce qu'il avait à craindre ou à espérer de son genre de vie ; dans tout ce qu'il entreprenait, c'était un homme habile et capable. Par principe et par habitude il était laborieux[2] et fidèle. Tranquille et rangé, il comptait, à force de diligence[3], éloigner de lui, du moins en partie, les maux ordinaires de sa position. Il voyait assez de vexations et d'injustices pour être triste et malheureux, mais il avait pris la résolution de tout supporter avec une religieuse patience, s'en remettant à Celui dont les jugements sont conformes à la justice[4]. Il se disait aussi que peut-être une chance de salut s'offrirait à lui.

Legree prit note des bonnes qualités de Tom ; il le

1. « J'ai vu les larmes des opprimés, [...] la puissance. » : extrait de la Bible (Ecclésiaste).
2. Laborieux : travailleur.
3. Diligence : soin apporté à son travail.
4. Celui dont les jugements sont conformes à la justice : Dieu, selon la Bible (Psaumes).

rangea tout de suite parmi les esclaves du premier choix, et pourtant il ressentait une sorte d'aversion[1] contre lui : l'antipathie naturelle des méchants contre les bons; il s'irrita de voir que sa violence et sa brutalité ne tombaient jamais sur le faible et le malheureux sans que Tom le remarquât. L'opinion des autres nous pénètre sans paroles, subtile comme l'atmosphère, et l'opinion d'un esclave peut gêner son maître. Legree, de son côté, était jaloux de cette tendresse d'âme et de cette commisération[2] pour le malheur, si inconnue aux esclaves, et que ceux-ci devinaient dans Tom. En achetant Tom, il avait songé que plus tard il en pourrait faire une sorte de surveillant, auquel, pendant ses absences, il confierait ses affaires. Mais, selon lui, pour ce poste, la première, la deuxième et la troisième condition, c'était la dureté. Tom n'était pas dur : Legree se mit dans la tête de l'endurcir. Au bout de quelques semaines il voulut commencer son éducation.

Un matin, comme on allait partir pour les champs, l'attention de Tom fut attirée par une nouvelle venue, dont la tournure et les façons le frappèrent.

La femme ne lui adressa ni un regard ni une parole, bien qu'elle fît à côté de lui toute la route du village aux champs.

Tom se mit activement à l'œuvre; mais, comme la femme ne s'était pas fort éloignée, il put la regarder de

1. Aversion : profond dégoût.
2. Commisération : compassion, pitié.

temps en temps à la dérobée. Il vit que son habileté et sa dextérité naturelles lui rendaient la tâche plus aisée qu'à beaucoup d'autres. Elle faisait vite et bien, mais dédaigneusement et comme si elle eût également méprisé et son travail et sa condition présente.

Tom, ce jour-là, travailla à côté de la mulâtresse achetée avec lui. On voyait qu'elle souffrait beaucoup : elle tremblait et semblait à chaque instant prête à défaillir. Il s'approcha d'elle sans dire une parole, et, tirant de son propre sac quelques poignées de coton, il les fit passer dans le sac de la pauvre femme.

– Non ! non ! ne faites pas cela, disait la femme… cela vous attirera quelque désagrément.

Au même moment Sambo arrivait.

Il détestait cette femme. Il brandit son fouet, et d'une voix rauque :

– Eh bien, Lucy, je vous y prends… vous fraudez !

Et il lui donna un coup de pied ; il avait de gros souliers de cuir de vache. Quant au pauvre Tom, il lui cingla le visage d'un coup de fouet.

Tom reprit sa tâche sans rien dire ; mais la femme, épuisée, émue, s'évanouit.

– Je vais bien la faire revenir, dit brutalement Sambo… j'ai quelque chose qui vaut mieux pour cela que le camphre…

Et, prenant une épingle sur la manche de sa veste, il l'enfonça jusqu'à la tête dans la chair de cette malheureuse… Elle poussa un gémissement et se leva à moitié…

– Debout, sotte bête ! et travaillez !… entendez-vous ?… ou je recommence !

La femme parut un instant aiguillonnée par une énergie nouvelle… elle avait une force surnaturelle… elle travaillait avec l'ardeur du désespoir…

– Tâchez de ne pas vous interrompre, fit Sambo, ou je vous traite de telle sorte que vous aimerez mieux mourir !

– Je le sais bien ! murmura-t-elle.

Tom l'entendit…

Il brava encore une fois le danger, et mit tout son coton dans le sac de la femme.

– Non, non ! il ne faut pas, disait celle-ci ; vous ne savez pas ce qu'ils vont vous faire.

– Je suis plus capable que vous de le supporter.

Tom retourna à sa place. Ce fut l'affaire d'un instant.

Tout à coup l'étrangère, que son travail avait rapprochée de Tom, et qui avait entendu les derniers mots, leva sur lui ses grands yeux noirs, et, pendant une seconde, les tint fixés sur Tom ; puis elle-même passa à Tom quelques poignées de son coton.

– Vous ne savez pas où vous êtes, lui dit-elle, ou vous ne feriez pas cela. Quand vous aurez été un mois ici, vous ne songerez plus à soulager personne ; ce sera assez pour vous que de prendre soin de votre peau.

La femme se remit à l'ouvrage ; elle travaillait avec une rapidité prodigieuse. Tom était ébloui ; l'ouvrage se faisait comme par enchantement. Avant la fin du jour elle avait rempli son panier jusqu'au bord. C'était tassé et empilé. Plusieurs fois cependant elle était venue au secours de Tom. Longtemps après le coucher du soleil, les esclaves, fatigués, le panier sur la tête et marchant à la file, se rendirent aux bâtiments où le coton était pesé et emmagasiné.

Legree se livrait à une conversation fort animée avec ses deux surveillants.

– Tom va mettre le trouble ici. Je l'ai pris mettant du coton dans le panier de Lucy. Un de ces jours il persuadera aux nègres qu'ils sont maltraités, si le maître ne le surveille pas.

Ainsi parlait Sambo.

– Au diable le maudit Noir ! fit Legree. Il aura sa leçon, n'est-ce pas, garçon ?

Les deux nègres firent une épouvantable grimace.

– Ah ! ah ! il n'y a que m'sieu Legree pour cela, fit Quimbo. Le diable lui-même ne pourrait lui en remontrer.

– Eh bien, garçons, le meilleur moyen de lui ôter ses mauvaises idées, c'est de le forcer à donner le fouet lui-même. Amenez-le-moi.

– Ah ! maître aura bien du mal à lui faire faire cela.

– On le lui fera bien faire cependant, dit Legree en roulant sa chique d'une joue à l'autre.

– Ah ! voici maintenant Lucy, la plus scélérate[1], la plus misérable coquine, poursuivit Sambo.

– Prenez garde, Sambo, je commence à savoir le motif de votre rancune contre Lucy.

– Eh bien alors, maître sait qu'elle n'a pas voulu lui obéir et me prendre quand il le lui a dit.

– Le fouet la fera obéir, dit Legree en crachant ;

1. Scélérate : criminelle.

mais l'ouvrage est si pressé que ce n'est pas la peine de l'assommer maintenant !... Elle est maigre ; mais ces femmes maigres, ça se fait à moitié tuer pour agir à leur guise.

– Lucy est vraiment une mauvaise coquine, reprit Sambo, une paresseuse qui ne veut rien faire... C'est Tom qui a travaillé pour elle.

– En vérité !... Eh bien, il va donc aussi avoir le plaisir de la fouetter. Ce sera une bonne leçon pour lui, et puis il la ménagera plus que vous ne feriez, vous autres, maudits démons !

Les misérables firent entendre un rire vraiment diabolique. Legree avait bien choisi sa qualification.

– Le poids peut bien y être, dit Sambo ; Tom et miss Cassy ont rempli son panier.

– C'est moi qui pèse ! dit Legree avec emphase.

Les deux surveillants firent entendre leur rire diabolique.

– Ainsi, reprit le maître, miss Cassy a fait sa journée ?

– Elle épluche comme le diable et toutes ses légions.

– Elle les a tous dans le corps ! fit Legree ; et, après un juron grossier, il passa dans la salle du pesage.

Lentement, un à un, accablés de fatigue, les travailleurs arrivaient et, avec une hésitation craintive, présentaient leurs paniers.

Legree tenait une ardoise sur laquelle était collée une liste de noms ; après chaque nom il ajoutait le poids.

Le panier de Tom avait le poids ; Tom jeta un regard inquiet sur la pauvre femme qu'il avait assistée.

Faible et chancelante, Lucy s'approcha et présenta son panier. Le poids y était ; Legree le vit bien, mais, feignant la colère :

– Eh bien ! dit-il, paresseuse bête ! pas encore le poids !... Mettez-vous là, on s'occupera de vous tout à l'heure.

La femme poussa un long gémissement et se laissa tomber sur un banc.

– Maintenant, Tom, venez ici, fit Legree.

Tom s'approcha.

– Vous savez, Tom, que je ne vous ai pas acheté pour faire un travail grossier : je vous l'ai dit. Je vais vous donner de l'avancement, vous conduirez les travaux ; ce soir vous commencerez à vous faire la main. Prenez cette femme et donnez-lui le fouet ; vous savez ce que c'est ; vous en avez assez vu !

– Pardon, maître. J'espère que mon maître ne va pas me mettre à cette besogne-là. Je n'ai jamais fait cela... jamais... jamais... Je ne le ferai pas... C'est impossible... tout à fait !

– Vous apprendrez bien des choses que vous ne savez pas, avant d'en avoir fini avec moi, dit Legree en prenant un nerf de bœuf dont il frappa violemment Tom en plein visage.

Ce fut une grêle de coups.

– Eh bien ! fit-il quand il fut las de frapper, me direz-vous encore que vous ne pouvez pas ?

– Oui, maître, dit Tom en essuyant avec sa main le sang qui ruisselait sur son visage. Oui, je travaillerai jour et nuit, tant qu'il y aura en moi un souffle de vie ; mais cela, je ne crois pas que ce soit juste, et jamais je ne le ferai, non… jamais !

Tom avait une voix d'une extrême douceur ; ses manières étaient respectueuses. Legree s'était imaginé qu'on en viendrait facilement à bout. Quand l'esclave prononça ces dernières paroles, un frémissement courut dans la foule étonnée ; la pauvre femme joignit les mains en disant : « Seigneur !… » et involontairement tous ces malheureux se regardaient les uns les autres, et retenaient leur souffle, comme à l'approche d'une tempête.

Legree parut tout d'abord stupéfait, confondu ; enfin il éclata.

– Comment, misérable bête noire, vous ne trouvez pas juste de faire ce que je dis ! Est-ce qu'un misérable troupeau d'animaux comme vous sait ce qui est juste ou non ?… Je mettrai bien un terme à tout cela !… Que croyez-vous donc être ?… Vous vous prenez, sans doute, pour un gentleman, monsieur Tom… Ah ! vous dites à votre maître ce qui est juste et ce qui ne l'est pas… Vous prétendez donc qu'on ne doit pas fouetter cette femme ?

– Oui, maître. La pauvre créature est faible et malade… il serait cruel de la fouetter… et c'est ce que je ne ferai jamais… Si vous voulez me tuer, tuez-moi ; mais, quant à ce qui est de lever la main sur personne ici… non !… on me tuera plutôt !

Tom parlait toujours de sa bonne et douce voix, mais il était facile de voir à quel point sa résolution était inébranlable. Legree tremblait de colère ; ses yeux verts étincelaient ; les poils de ses favoris se tordaient… Mais, comme certains animaux féroces qui jouent avec leur victime avant de la dévorer, il contint d'abord sa violence et railla Tom avec amertume.

– Enfin, disait-il, voilà un chien dévot[1] qui tombe parmi nous autres pécheurs… Un saint… un gentleman qui va vouloir nous convertir !… Ah ! ce doit être un homme fièrement puissant… Ici, misérable ! Ah ! vous voulez vous faire passer pour un homme pieux… Vous ne connaissez donc pas la Bible, qui dit : « Serviteurs, obéissez à vos maîtres ! » Ne suis-je pas votre maître ? N'ai-je pas payé douze cents dollars pour tout ce qu'il y a dans ta maudite carcasse noire ?… N'es-tu pas mien à présent, corps et âme ?…

Et de sa botte pesante il donna à Tom un grand coup de pied.

– Réponds-moi !

Tom était brisé par la souffrance physique : l'oppression tyrannique le courbait jusqu'à terre, et pourtant cette question fit passer dans son âme comme un rayon de joie. Il se redressa de toute sa hauteur, il regarda le ciel avec un noble enthousiasme, et, pendant que sur son visage coulaient et le sang et les larmes :

– Non ! non, mon âme n'est pas à vous, maître… vous ne l'avez pas achetée… vous ne pourriez pas la payer… Elle a été achetée et payée par quelqu'un qui est bien capable de la garder… Qu'importe ? qu'importe ? vous ne pouvez me faire de mal.

– Ah ! je ne puis ! dit Legree avec une infernale ironie… Nous allons voir… Sambo, Quimbo, ici !…

1. Dévot : croyant, très religieux.

Donnez à ce chien une telle volée de coups, qu'il ne s'en relève d'ici un mois.

Les deux gigantesques Noirs s'emparèrent de Tom. On voyait sur leur visage le triomphe de la férocité. C'était la personnification de la puissance des ténèbres. La pauvre mulâtresse jeta un cri de douleur ; tous les esclaves se levèrent d'un même élan ; Quimbo et Sambo emmenèrent Tom, qui ne résistait pas.

XXX
La quarteronne

La nuit était fort avancée déjà. Tom, sanglant et gémissant, est étendu dans une pièce abandonnée, qui avait fait partie du magasin, au milieu des instruments brisés, du coton gâté, enfin de tout le rebut[1] de la maison.

L'obscurité est profonde : dans l'atmosphère épaisse bourdonnent par essaims des myriades de moustiques ; une soif brûlante, le plus cruel des supplices, met la dernière mesure aux angoisses de Tom.

Il entendit un bruit de pas derrière lui… une lumière brilla devant ses yeux…

1. Rebut : élément mauvais, qu'on laisse de côté.

– Qui est là ?… Oh ! pour l'amour de Dieu, à boire ! un peu d'eau… s'il vous plaît !

Cassy, c'était elle, posa sa lanterne par terre, versa de l'eau d'une bouteille, souleva la tête de Tom et lui donna à boire. Dans sa fièvre embrasée il épuisa plus d'une coupe.

Quand il eut fini de boire :

– Merci ! madame, dit-il.

– Ne m'appelez pas madame ; je ne suis comme vous qu'une misérable esclave… plus misérable encore que vous ne pourrez l'être jamais… Et sa voix devint amère… Mais que sont donc ces misérables chiens, vos compagnons, pour que vous vouliez souffrir à cause d'eux ? Pas un qui, à la première occasion, ne se tourne contre vous ! Ils sont aussi bas et aussi cruels que possible les uns envers les autres. Souffrir, comme vous faites, pour ne pas leur faire du mal… c'est bien inutile, allez !

– Pauvres créatures, dit Tom, qui est-ce qui les a rendues cruelles ?… Si je cède, moi aussi, petit à petit, comme eux-mêmes, je vais devenir cruel… Non ! non ! madame, j'ai tout perdu… femme, enfants, maison, un bon maître qui m'eût affranchi s'il eût vécu huit jours de plus. J'ai perdu, perdu sans espérance tout ce que j'avais dans ce monde… Il ne me reste que ma conscience d'honnête homme, et, si je deviens cruel comme Sambo… qu'importe comment je serai devenu tel ?… C'est d'être tel que j'ai peur.

La femme jeta sur Tom un regard effaré… on eût dit qu'elle venait d'être frappée d'une idée toute nouvelle… Elle poussa un long gémissement et elle s'écria :

– Miséricorde ! vous venez de dire la vérité… hélas ! hélas !

Elle se laissa tomber sur le plancher, comme brisée par la souffrance, et se tordit sous l'angoisse d'une mortelle douleur…

Ce ne fut qu'un instant : elle se releva lentement et parut se recueillir.

– Puis-je faire quelque chose pour vous, mon pauvre homme ? dit-elle en s'approchant de Tom, toujours gisant. Voulez-vous encore de l'eau ?

Tom voulut parler, mais elle lui imposa silence par un geste impérieux.

– Ne parlez plus, mon pauvre homme… tâchez de dormir, si vous pouvez…

Elle mit de l'eau tout près de lui, fit tous les petits arrangements nécessaires à la nuit d'un malade… et elle sortit.

XXXI
Les gages[1] de tendresse

> « Et souvent ce sont de bien petites choses qui font retomber sur le cœur ce poids qu'il voulait rejeter pour toujours ; c'est un son, une fleur… le vent, l'Océan… qui rouvrent la blessure, en donnant un choc à cette chaîne électrique qui nous enserre dans ses noirs anneaux. »
>
> (BYRON[2], *Childe Harold*[3], chant IV)

Le salon de Simon Legree était une longue et large pièce, garnie d'une ample et vaste cheminée ; il avait été jadis tendu d'un riche et splendide papier. Ce papier, moisi, déchiré, décoloré, pendait des murs par lambeaux. On y respirait cette odeur nauséabonde et malsaine qui vient de l'abandon, de l'humidité, de la ruine, et que l'on trouve souvent dans les vieilles maisons depuis longtemps fermées. Ce papier était souillé de taches de bière et de vin. En plusieurs endroits il

1. Gage : ici, témoignage.
2. Byron : George Byron (1788-1824), dit Lord Byron, poète romantique britannique.
3. *Childe Harold* : *Le Pèlerinage de Childe Harold*, poème narratif de Lord Byron, paru entre 1812 et 1818.

portait des inscriptions à la craie. Il y avait dans la cheminée un brasier de charbon. Le temps n'était pas précisément froid, mais dans cette vaste salle les soirées étaient toujours d'une humidité pénétrante, et puis il fallait bien à Legree du feu pour allumer son cigare et faire chauffer l'eau de son punch. La lueur rougeâtre du charbon embrasé permettait à l'œil de découvrir le spectacle très peu gracieux des selles, des brosses, des harnais, des fouets, des pardessus et de tout l'attirail de la toilette répandu et semé dans un désordre confus. Les énormes chiens dont nous avons déjà parlé avaient choisi là un gîte à leur convenance.

Legree se préparait un grog[1] et versait dans sa tasse l'eau d'une bouilloire ébréchée et fêlée, en murmurant :

– Ce gueux de Sambo !... faire naître cette dispute entre moi et mes nouveaux esclaves !... Voilà maintenant Tom incapable de travailler pendant une semaine... quand l'ouvrage presse !

À ce moment la porte s'ouvrit. Sambo entra. Il s'avança en faisant des saluts et en présentant quelque chose enveloppé dans un papier.

– Qu'est-ce encore, chien ?

– Un sortilège, maître.

– Un quoi ?

– Quelque chose que les nègres se procurent auprès des sorcières. Ça les empêche de sentir les coups quand ils sont fouettés... Tom avait cela attaché autour du cou, avec un ruban noir.

1. Grog : boisson chaude à base de rhum, de sucre et de citron.

Legree était superstitieux, comme la plupart des hommes cruels et impies[1]. Il prit le papier et l'ouvrit avec quelque peine.

Il en sortit un dollar d'argent et une longue et brillante boucle de cheveux blonds. Ces cheveux, comme une chose vivante, s'enroulèrent d'eux-mêmes aux doigts de Legree.

– Damnation ! s'écria-t-il tout en fureur, frappant le sol du pied, et arrachant les cheveux de ses doigts, comme s'ils l'eussent brûlé… D'où cela vient-il ? Enlevez… emportez… Au feu ! au feu !… (Et il jeta la boucle dans le foyer.) Pourquoi m'avez-vous apporté cela ?

Sambo restait là, bouche béante, immobile d'étonnement…

– Ne m'apportez plus jamais de ces choses du diable ! s'écria-t-il en montrant le poing à Sambo, qui fit une prompte retraite ; il jeta ensuite le dollar par la fenêtre.

Sambo fut enchanté de s'en aller ; quand il fut parti, Legree parut quelque peu honteux de cet accès de peur ; il s'assit avec une grâce de bouledogue en colère et commença de humer son punch sans mot dire.

Qu'avait donc eu Legree ? et qu'y avait-il dans cette simple boucle de cheveux blonds, pour faire ainsi pâlir un homme familiarisé avec toutes les formes de la cruauté ?

Pour répondre à cette question, il nous faut ramener le lecteur en arrière.

1. Impies : qui ne respectent pas leur religion.

Si dur, si réprouvé[1], si impie que soit maintenant cet homme, il y a eu un temps où il était bercé sur le sein d'une mère… Là-bas, bien loin, dans la Nouvelle-Angleterre, cette mère avait élevé son fils unique avec un amour que rien ne put lasser, avec des soins que rien n'avait interrompus ; mais, fils d'un père au cœur dur, sur lequel cette tendre femme avait en vain répandu tous les trésors de son amour, il avait suivi ses traces maudites… Tapageur, déréglé, tyrannique, il méprisa les conseils de sa mère et ne supporta point ses reproches. Bien jeune encore, il s'éloigna d'elle pour chercher fortune sur mer. Il n'était revenu qu'une fois au logis ; sa mère, avec les aspirations d'un cœur qui veut aimer quelque chose, et qui n'a rien à aimer, s'attacha à lui et s'efforça, par ses exhortations et ses supplications, de l'arracher à cette vie de péché, mort de son âme !

Pour Legree ce furent là les jours de grâce !

Il fut presque touché…

Mais son cœur résista… il y eut comme une lutte… le mal fut vainqueur, et il tourna toutes les forces de cette nature violente contre les convictions de sa conscience. Il but, il jura, il devint plus brutal que jamais.

Une nuit, dans la suprême agonie du désespoir, sa mère s'agenouilla à ses pieds ; mais il la repoussa loin de lui, il la rejeta évanouie sur le sol, et, avec des malédictions impies, il s'élança vers son navire.

La dernière fois que Legree entendit parler de sa mère, ce fut dans l'orgie d'une nuit de débauche… Il

1. Réprouvé : rejeté par Dieu.

était au milieu de ses compagnons abrutis ; on lui remit une lettre dans la main… Il l'ouvrit… et il en tomba une longue boucle de cheveux, qui s'enroulèrent, eux aussi, autour de ses doigts.

La lettre disait que sa mère était morte, et qu'en mourant elle lui avait pardonné et l'avait béni.

Le mal a sa fatale et sombre nécromancie[1], qui, des choses les plus charmantes et les plus simples, crée des fantômes pleins d'horreur et d'effroi. Cette pauvre mère si aimante, ses dernières prières, son amour qui pardonnait, ne furent pour ce cœur de démon… qu'un cauchemar. Legree brûla la lettre, il brûla les cheveux ; mais, quand il les vit se tordre et pétiller sur la flamme, il frissonna… Alors il voulut boire, s'étourdir et chasser à jamais ce souvenir importun… Mais souvent, dans la nuit profonde, quand le silence solennel condamne l'esprit des méchants à s'entretenir avec lui-même, il voyait sa mère se dresser toute pâle au chevet de son lit, et autour de ses doigts il sentait s'enrouler ses cheveux… et la sueur froide coulait sur son visage… et il bondissait hors de son lit… plein d'horreur ! Des gouttes de sueur perlaient sur son front, et la crainte faisait battre son cœur à coups pressés… Il crut voir quelque chose de blanc qui se levait et glissait devant lui dans la chambre, et il frissonna en se disant que peut-être l'ombre de sa mère allait paraître devant ses yeux.

– Allons ! je sais bien une chose, dit-il en rentrant dans le salon, où il s'assit ; maintenant il faut laisser ce

1. Nécromancie : évocation magique des morts.

garçon tranquille… Qu'avais-je besoin de ce maudit papier ? Je crois que je suis ensorcelé… en vérité ! J'ai eu le frisson et la sueur depuis ce moment-là… Où a-t-il eu cette boucle de cheveux ?… Ce ne peut pas être celle… oh non !… je l'ai brûlée… je suis sûr que je l'ai brûlée… Ce serait trop drôle si les cheveux pouvaient quitter d'eux-mêmes la tête des morts.

Oui, Legree, cette tresse avait un charme[1] ! chacun de ses cheveux murmurait une syllabe de terreur et de remords à ton oreille…

– Eh bien ! fit Legree en frappant du pied et en sifflant ses chiens, réveillez-vous, quelques-uns, et faites-moi compagnie !

Mais les chiens n'ouvrirent qu'un œil endormi et le refermèrent bientôt…

– Allons ! je vais faire venir Sambo et Quimbo, pour qu'ils chantent et qu'ils exécutent quelques-unes de leurs danses… cela va chasser ces horribles idées.

Il mit son chapeau, se rendit sous la véranda et sonna d'une trompe dont il se servait pour appeler ses Noirs acolytes.

Legree, quand il était en belle humeur, admettait assez volontiers ces deux drôles dans son salon, et, quand il les avait échauffés par le whisky, il les faisait danser, chanter ou se battre, suivant le caprice du moment.

Il pouvait être entre une et deux heures du matin ; Cassy, qui revenait de soigner le pauvre Tom, entendit ces cris, ces hurlements, ces trépignements, mêlés aux

1. Charme : pouvoir magique.

aboiements des chiens : en un mot, tous les indices d'un sabbat[1] d'enfer.

Elle s'approcha et regarda.

Legree et les deux surveillants, dans un état d'ivresse furieuse, chantaient, hurlaient, renversaient les chaises et se faisaient les uns aux autres les plus affreuses grimaces.

Cassy appuya sa petite main fine sur le rebord de la fenêtre… On pouvait lire dans ses yeux de l'angoisse, de la colère et du mépris, et elle se dit : « Serait-ce vraiment un péché que de délivrer le monde de ces misérables ? »

– Eh bien ! garçon, dit Legree en touchant Tom dédaigneusement du pied, comment vous trouvez-vous ?… Ne vous avais-je pas bien dit que je vous apprendrais une chose ou deux ?… Comment trouvez-vous cela… hein ? La leçon vous convient-elle ? Êtes-vous aussi crâne[2] qu'hier soir ? Êtes-vous disposé à régaler le pauvre pécheur d'un bout de sermon… hein ?

Tom ne répondit rien.

– Allons ! levez-vous, animal, dit Simon en lui donnant un second coup de pied.

Se lever, c'était là une opération assez difficile pour un homme moulu et brisé. Tom s'efforça vainement de se lever… Legree fit entendre un rire brutal.

– Tiens ! vous n'êtes pas vif, ce matin, Tom ; vous avez pris froid hier soir, peut-être ?

1. Sabbat : assemblée de sorciers ; réunion bruyante de débauchés.
2. Crâne : brave et fier.

Tom cependant s'était levé et il s'était mis en face de son maître, le front calme et serein.

– Eh ! que diable ! vous voilà debout ! Allons ! je vois bien que vous n'en avez pas eu assez... Voyons, Tom, à genoux maintenant, et demandez-moi pardon pour vos réponses d'hier soir.

Tom ne fit pas un mouvement.

– Par terre, chien ! fit Legree en lui donnant un coup de fouet.

– Monsieur Legree, dit Tom, je ne puis pas faire cela ! J'ai fait ce que j'ai cru juste ; j'agirai toujours ainsi à l'avenir. Je ne ferai jamais rien de mal... advienne que pourra !

– Ah ! vous ne savez pas ce qui adviendra, maître Tom !... Vous croyez que c'est quelque chose, ce que l'on vous a fait. Ce n'est rien ! rien du tout... Aimeriez-vous à être attaché à un arbre et à voir allumer un petit feu autour de vous ? Ne serait-ce pas agréable, Tom... hein ?

– Maître, je sais que vous pouvez faire de terribles choses ; mais...

Il se redressa et joignit les mains.

– Mais, quand vous aurez tué le corps, vous ne pourrez plus rien ; et, après cela, il y aura l'Éternité !

Éternité ! ce seul mot remplit de force et de lumière l'âme du pauvre esclave... et le misérable se sentit au cœur comme une morsure de scorpion... Legree grinça des dents, mais sa rage même le fit taire ; et Tom, comme un homme délivré de toute contrainte, parla d'une voix claire et joyeuse :

– Monsieur Legree, vous m'avez acheté, je vous serai

un bon et fidèle esclave; je vous donnerai tout le travail de mes mains, tout mon temps, toute ma force… Mais, mon âme, je ne veux pas la donner à un homme mortel… je la garde pour Dieu : ses commandements, à lui, je les mets avant tout, avant la vie, avant la mort… Vous pouvez en être sûr, monsieur Legree, je n'ai pas le moins du monde peur de la mort… je l'attends… dès qu'on voudra ! Vous pouvez me fouetter… me faire mourir de faim… me brûler… ce sera m'envoyer plus tôt où je dois aller !

– Vous céderez auparavant, dit Legree furieux.

– Vous ne réussirez pas, dit Tom : j'aurai du secours.

– Qui diable viendra vous secourir ?

– Dieu lui-même.

– Damnation !

Et d'un seul coup de poing Legree renversa Tom.

– Prenez garde, dit-il à Tom; je vous laisse en repos parce que la besogne presse et que j'ai besoin de tout mon monde, mais je n'oublie jamais… j'inscris cela à votre compte, pour me payer sur votre vieille peau noire ! Souvenez-vous-en !

XXXII
Liberté

> « Peu importe avec quelle solennité on l'ait dévoué sur l'autel de l'esclavage, du moment où il touche le sol sacré de l'Angleterre, l'autel et le dieu tombent dans la poussière, et l'esclave est racheté, régénéré, sauvé par l'invincible génie de la liberté. »
>
> CURRAN[1]

Laissons, pour quelque temps du moins, le pauvre Tom aux mains de ses persécuteurs, et voyons ce que deviennent George et sa femme, que nous avons abandonnés au milieu de leur fuite.

Quand nous avons quitté Jack Loker, il soupirait et s'agitait sur la couche immaculée d'un quaker, entouré des soins maternels de la vieille Dorcas, qui le trouvait aussi patient et aussi traitable qu'un buffle malade.

Imaginez-vous une grande femme, aimable, digne et réservée. Un bonnet de mousseline cache à moitié ses cheveux blancs et bouclés, partagés sur un front large et lumineux ; ses yeux sont gris, pleins de pensées. Un

1. Curran : John Philpot Curran (1750-1817), avocat irlandais, célèbre défenseur des minorités.

mouchoir de crêpe lisse, blanc comme la neige, se croise chastement sur sa poitrine. Sa robe de soie, brune et brillante, fait entendre son frôlement pacifique chaque fois qu'elle traverse la chambre.

Telle est la mère Dorcas.

– Au diable ! s'écria Jack Loker en donnant un grand coup de poing sur ses couvertures.

– Jack, je dois te prier de ne pas employer de telles expressions, dit Dorcas en rangeant tranquillement les couvertures.

– Eh bien, vieille, je ne vais plus recommencer… si je puis m'en empêcher ; mais il fait si chaud que c'est bien capable de me faire jurer !

Dorcas enlève un couvre-pied, redresse la couverture et la dispose de telle façon que Jack a l'air d'une chrysalide. Et, tout en se livrant à ces petits soins :

– Je voudrais bien, ami, que tu cessasses un peu de jurer et de maugréer comme tu fais… veille donc un peu sur ta conduite…

– Ah ! ah ! ma conduite, c'est bien la dernière chose dont je m'occupe… tonnerre !

Et Jack Loker fit un soubresaut, bouleversant les couvertures et mettant le lit dans un désordre effroyable.

– Cet homme et cette femme sont ici ? demanda-t-il tout à coup, après un moment de silence.

– Oui, répondit Dorcas.

– Ils feraient mieux de passer le bac, et le plus tôt possible.

– C'est sans doute ce qu'ils vont faire, dit à part la tante Dorcas en continuant à tricoter paisiblement…

– Eh bien, dit Loker, nous avons dans le Sandusky[1] des correspondants qui surveillent les bateaux pour nous… Qu'est-ce que ça me fait de le dire à présent ? J'espère bien qu'ils se sauveront… ne fût-ce que pour faire pester Marks, le s… lâche !

– Eh bien, Jack !

– Eh bien ! la vieille, quand les bouteilles sont trop bouchées, elles éclatent… Mais, à propos de la femme, dites-lui de changer de toilette… son signalement est donné dans le Sandusky.

– Nous y veillerons, reprit Dorcas avec son flegme[2] habituel.

Jack Loker, que nous ne devons plus revoir, resta trois semaines malade chez les quakers. Il eut une fièvre rhumatismale qui s'ajouta à toutes ses autres incommodités. Il quitta le lit un peu plus triste, mais un peu plus sage. Au lieu de se livrer à la chasse des esclaves, il s'établit dans une contrée de défrichements, et il appliqua ses talents avec plus de bonheur à la chasse des ours, des loups et autres habitants des forêts. Il s'acquit par ses exploits une certaine renommée. Il parla toujours des quakers avec respect :

– De braves gens, disait-il, de braves gens ; ils ont voulu me convertir ; ils n'ont pas réussi tout à fait. Mais dites-vous bien, étranger, qu'ils s'entendent à soigner un malade… Oh ! très bien, et personne ne fait mieux qu'eux la pâtisserie et un tas de petits bric-à-brac !

1. Sandusky : comté de l'Ohio, au bord du lac Érié, près du Canada.
2. Flegme : calme.

Nos fugitifs savaient qu'on allait les épier dans le Sandusky ; ils se divisèrent. Jim et sa vieille mère se détachèrent en avant-garde. Une ou deux nuits après, George, Élisa et l'enfant furent conduits à leur tour dans le Sandusky, et trouvèrent asile sous un toit hospitalier, avant de s'embarquer sur le lac.

La nuit achevait son cours ; l'étoile du matin qui devait éclairer leur liberté se levait toute radieuse devant eux. Liberté ! mot magique, qu'es-tu donc ? N'es-tu qu'un mot, une fleur de rhétorique[1] ? Pourquoi donc, hommes et femmes de l'Amérique, à ce seul mot le sang de vos cœurs coule-t-il plus vite ?

Ah ! pour ce mot, vos pères ont versé leur sang, et, plus courageuses encore, vos mères envoyaient à la mort les meilleurs et les plus nobles d'entre leurs fils !

Y a-t-il dans ce mot quelque chose qui le rende plus glorieux et plus cher à une nation qu'à un homme ? La liberté serait-elle donc autre chose pour un peuple que pour les hommes qui le composent ? Qu'est-ce que la liberté pour George que voici, les bras croisés sur sa large poitrine, la teinte du sang africain sur ses joues, et tous les feux de l'Afrique dans ses yeux noirs ?… Oui, qu'est-ce que la liberté pour George Harris ? Pour vos pères, la liberté, c'était le droit qu'a toute nation d'être une nation ; pour lui, c'est le droit qu'a tout homme d'être un homme, et non une brute ! Le droit d'appeler la femme de son cœur sa femme, de la protéger contre toute violence illégale, le droit de protéger

1. Rhétorique : façon de s'exprimer qui vise à convaincre son interlocuteur.

et d'élever ses enfants, le droit d'avoir à lui sa maison, sa religion, ses principes, sans dépendre de la volonté d'un autre.

Telles étaient les pensées qui s'agitaient et qui fermentaient dans la poitrine de George, et il appuyait sa tête rêveuse dans sa main, tout en regardant sa femme, qui s'efforçait d'accommoder des habits d'homme à sa taille élégante et fine. On croyait que sous ce déguisement il lui serait plus facile d'échapper.

– À leur tour maintenant, dit-elle debout devant son miroir et déroulant ses cheveux noirs, longs, soyeux, abondants… C'est dommage, ajouta-t-elle en en prenant quelques-uns ; c'est dommage, n'est-ce pas, de les voir tous tomber ?

George eut un sourire amer, mais il ne répondit pas.

Élisa se retourna vers la glace, les ciseaux brillèrent, et, une à une, tombèrent les longues boucles opulentes.

– L'affaire est faite, dit-elle en prenant une brosse ; encore quelques coups… Eh bien, ne suis-je pas un gentil petit garçon ? dit-elle, souriante et rougissante, en se tournant vers son mari.

– Vous serez toujours charmante, de toute façon, dit George.

– Qui vous rend donc si triste ? dit Élisa en fléchissant un genou et en mettant sa main sur les mains de son mari. On dit que nous ne sommes plus qu'à vingt-quatre heures du Canada. Un jour et une nuit sur le lac… et alors ! et alors !…

– Eh bien, c'est cela ! dit George en l'attirant vers lui, c'est cela même ! Voilà que mon sort se décide. Être si près de la liberté, la voir presque, puis tout perdre ! Oh ! je n'y survivrais pas.

– Ne craignez rien, disait la femme, toute pleine d'espérances.

– Je veux vous croire, Élisa, dit George en se levant d'un bond, oui, je veux vous croire… Partons… Oui, dit-il en la tenant à distance, à la longueur du bras, oui, vous êtes un charmant petit garçon ; cette masse de petites boucles courtes vous va vraiment à ravir. Voyons ! votre casquette… bien… un peu plus sur le côté. Vous ne m'avez jamais paru si charmante. Mais voici l'heure de la voiture… Je me demande si Mme Smyth s'est occupée du costume de Henry.

La porte s'ouvrit ; une respectable dame entre deux âges entra, conduisant Henry déguisé en petite fille.

– Quelle délicieuse fille ! dit Élisa en tournant autour de lui. Nous l'appellerons Henriette. Est-ce que ce nom-là ne fait pas très bien ?

L'enfant était muet et intimidé. Il regardait sa mère sous son nouveau costume. De temps en temps il poussait un gros soupir ; il la regardait à travers ses longues boucles.

– Henry reconnaît-il maman ? dit-elle en lui tendant les bras.

L'enfant s'attacha timidement aux vêtements de la femme qui l'avait amené.

– Voyons, Élisa, pourquoi vouloir le caresser, quand vous savez qu'il ne doit point rester à côté de nous ?

– Mon Dieu, c'est une folie, dit Élisa, et pourtant je ne puis supporter l'idée de le voir près d'une autre ; mais venons ! Où est mon manteau ? Ah ! dites-moi, George, comment les hommes portent-ils leurs manteaux ?

– Comme cela, répondit George en jetant le manteau sur ses épaules.

– Comme cela, dit Élisa en imitant le mouvement… et je dois frapper du pied, faire de grands pas et avoir l'air tapageur…

– Non… c'est inutile, ce dernier point ; on rencontre encore de temps en temps un jeune homme modeste, et je crois que ce rôle-là vous sera plus facile à jouer.

– Et ces gants ! miséricorde !… mes mains s'y perdent.

– Je vous conseille pourtant de les garder. Ces petites pattes fines suffiraient pour nous trahir tous… Madame Smyth, vous nous êtes confiée… vous êtes notre cousine, vous savez !

– J'ai entendu dire, fit Mme Smyth, qu'il y a là-bas des hommes qui ont signalé à tous les capitaines un homme, une femme et un petit garçon.

– En vérité ! dit George ; eh bien ! je leur en donnerai des nouvelles… si je les rencontre.

Une voiture s'arrêta à la porte, et l'aimable famille qui avait reçu les fugitifs se groupa autour d'eux, pour leur adresser les doux souhaits du départ.

Les déguisements avaient été pris d'après le conseil de Loker. Mme Smyth, respectable femme du Canada, y retournait à ce moment ; elle avait consenti à passer pour la tante du petit Henry ; elle seule en avait pris soin pendant ces deux derniers jours ; un extra de gâteaux, de galettes et de sucre candi avait cimenté une alliance intime entre elle et ce jeune monsieur.

La voiture s'arrêta sur le quai. Les deux jeunes hommes franchirent la planche. Élisa donnait galamment le bras à Mme Smyth. George surveillait les bagages.

Pendant que George était dans la cabine du capitaine, réglant le passage de sa compagnie, il entendit la conversation de deux hommes qui se tenaient tout près de lui :

– J'ai fait attention à tous ceux qui sont montés à bord, disait l'un, je suis sûr qu'ils n'y sont pas.

Celui qui parlait ainsi était le comptable du bord ; celui auquel il s'adressait était notre ami Marks, qui, avec sa persévérance habituelle, était venu jusque dans le Sandusky pour chercher sa proie.

– C'est à peine, disait-il, si l'on peut distinguer la femme d'avec une Blanche : l'homme est légèrement bistré[1], il a une marque de feu sur la main.

La main que George avançait pour prendre ses billets et recevoir sa monnaie trembla bien un peu ; mais il se retourna lentement et jeta un regard calme et indifférent sur l'homme qui venait de parler, puis il alla retrouver Élisa, qui l'attendait à l'autre bout du bateau.

Mme Smyth et le petit Henry s'étaient retirés dans le cabinet des dames, où la beauté brune de l'enfant lui attira les caresses et les compliments des voyageuses.

La cloche sonna le départ. George eut la satisfaction de voir Marks quitter le bateau et regagner la terre. Il poussa un soupir de soulagement quand les premiers

1. Bistré : de couleur brune, comme la suie.

tours de roue eurent mis entre eux une distance désormais infranchissable.

C'était une magnifique journée. Les vagues azurées du lac Érié[1] bondissaient lumineuses, étincelantes, sous les rayons d'or. Une fraîche brise soufflait du rivage, et le noble vaisseau traçait fièrement son sillon à travers les flots.

Oh ! quel monde mystérieux le cœur de l'homme renferme dans ses profondeurs !… Qui donc, en voyant George se promener tranquillement avec son timide compagnon sur le pont du vaisseau, qui donc eût deviné les pensées brûlantes qui dévoraient son sein ? Ce bonheur dont il approchait lui semblait trop doux et trop beau pour devenir jamais une réalité. Il éprouvait comme une inquiétude jalouse ; il craignait à chaque instant de se voir arracher sa dernière espérance.

Mais le vaisseau marchait toujours, les heures s'écoulaient, et enfin, visible et rapproché, s'éleva le rivage anglais… rivage qu'enchante une syllabe magique, et dont le seul contact fait évanouir toute la conjuration[2] de l'esclavage, en quelque langue qu'on ait prononcé ses paroles fatales, quel que soit le pouvoir qui ait voulu la protéger…

On approchait de la petite ville d'Amherstberg, dans le Canada, George prit le bras de sa femme… sa respiration devint courte et embarrassée… un brouillard passa devant ses yeux ; il pressa silencieusement la

1. Lac Érié : l'un des plus grands lacs des États-Unis, touchant le Canada.
2. Conjuration : action commune pour nuire à quelqu'un ou à quelque chose.

petite main qui tremblait sur son bras ; la cloche sonna, le bateau s'arrêta… George ne savait plus trop ce qu'il faisait… il rassembla ses bagages, il réunit son monde, on le débarqua.

Qui pourra jamais dire les ravissements de ce premier jour de liberté ?

Oh ! il y a un sixième sens, le sens de la liberté, plus noble et plus élevé cent fois que les autres sens ! Se mouvoir, parler, respirer, aller, venir, sans contrôle et sans danger ! Qui pourra jamais dire ce repos béni qui descend sur l'oreiller d'un homme libre, à qui les lois assurent la jouissance de ses droits naturels ? Qu'il était charmant et beau pour sa mère, ce visage endormi d'un enfant que le souvenir de mille dangers rendait plus cher !… Oh ! pour eux, dans l'exubérance[1] de leur félicité[2], le sommeil ne leur était pas possible : et cependant ils n'avaient pas un pouce de terre à eux, pas un toit qui leur appartînt ; ils avaient dépensé jusqu'à leur dernier dollar… Ils avaient ce qu'a l'oiseau dans les airs, la fleur dans les champs… et ils ne pouvaient pas dormir à force de bonheur !

1. Exubérance : abondance.
2. Félicité : bonheur immense.

XXXIII
La victoire

Combien parmi nous, dans ce chemin pénible de la vie, n'ont pas trop souvent éprouvé qu'il est bien plus aisé de mourir que de vivre ?

Le martyr, en face de la mort pleine d'horreurs, de tourments et d'angoisses, trouve dans les terreurs mêmes de son destin un aiguillon et un soutien : il y a comme une excitation vive, une fièvre, une ardeur qui nous fait bravement traverser cette crise de souffrance : le sentiment de l'éternelle gloire.

Mais vivre, mais porter jour après jour le poids, l'amertume, la honte de la servitude… sentir chacun de ses nerfs torturé, toutes les fibres de la sensibilité l'une après l'autre émoussées… souffrir ce long martyre du cœur… voir s'écouler lentement, goutte à goutte, le sang, le meilleur sang de la vie… ah ! voilà la pierre de touche[1] qui fait voir ce qu'il y a vraiment dans un homme ou dans une femme.

Quand Tom se trouva face à face avec son persécuteur, quand il entendit ses menaces, quand il crut que son heure était venue, son cœur battit brave et joyeux

1. Pierre de touche : ce qui permet d'évaluer la qualité de quelque chose.

dans sa poitrine, il sentit qu'il pouvait supporter les tortures et le feu… tout, en un mot. Mais, quand le bourreau fut parti, quand l'excitation présente se fut calmée, alors revint le sentiment de la douleur, alors il s'aperçut que ses membres étaient brisés et moulus, alors il comprit à quel point il était abandonné, dégradé, avili, et sans espoir.

Ce fut une pénible et longue journée.

Longtemps avant qu'il fût guéri de sa blessure, Legree exigea qu'il reprît le travail des champs. Ce furent des tyrannies, des vexations, des injustices de toutes sortes… tout ce que pouvait inventer l'esprit d'un homme aussi vil que méchant. Celui de nous qui a fait vraiment l'épreuve du malheur, même avec tous les allégements que notre position nous accorde, sait à quel point nous devenons irritables et nerveux. Tom ne s'étonna plus de la sombre tristesse de ses compagnons… il voyait s'enfuir cette sereine et douce résignation de sa vie, chassée enfin par l'invasion de ce même désespoir dont il était le témoin. Il y avait des semaines, des mois, où son âme douloureuse était remplie de ténèbres et d'amertume. Il pensait à la lettre que miss Ophélia avait écrite à ses amis du Kentucky, et il priait Dieu ardemment d'envoyer quelqu'un pour le délivrer… Chaque jour il avait le vague espoir de voir arriver quelqu'un pour le racheter… Personne ne venait, et dans son cœur sa pensée retombait plus désolée encore et plus navrante ! Mais, en allant aux champs, en revenant aux quartiers, pendant les heures de travail, il trouvait encore le moyen de réconforter et de soulager les faibles et les découragés. Ces pauvres créatures, épuisées, abruties, ne pouvaient pas comprendre une pareille conduite ; et pourtant, quand ils virent pendant de longues semaines et de longs mois la persévérance de cette bonté, ils sentirent se remuer et vibrer les cordes les plus intimes de leur cœur ! Graduellement, insensiblement, cet homme étrange, silencieux, patient, toujours prêt à porter le fardeau de chacun sans réclamer pour lui l'assistance de personne ; qui se tenait à part de tout, se montrait le dernier partout, prenait moins que personne et partageait encore avec les autres ; qui, dans les nuits glacées, abandonnait sa misérable couverture à quelque pauvre femme tremblante de fièvre ; qui dans les champs remplissait le panier des plus faibles, au risque, terrible risque ! de ne pas avoir son poids lui-même ; qui, sans cesse poursuivi par ce cruel et implacable tyran, leur tyran à tous, ne se permettait jamais cependant une parole de blâme, une injure, une malédiction : cet homme acquit sur eux un étrange pouvoir !

Un soir, auprès de quelques maigres tisons[1] qui faisaient cuire son souper, il était assis dans un état de prostration et d'accablement complet.

Un gros éclat de rire retentit tout près de lui.

Tom releva les yeux ; il aperçut Legree.

– Eh bien ! vieux, vous trouvez à la fin que la religion ne sert pas à grand-chose… Je savais bien que je fourrerais cela dans votre tête de laine !

1. Tison : morceau de bois partiellement brûlé.

Ce sarcasme fut plus cruel pour Tom que la faim, que le froid, que la nudité !

Il ne répondit rien.

– Vous êtes une bête ! reprit Legree : quand je vous achetai, j'avais de bonnes intentions pour vous. Vous auriez été ici beaucoup mieux que Sambo et Quimbo, vous auriez eu du bon temps : au lieu d'être fouetté tous les jours ou tous les deux jours, c'est vous qui auriez fouetté les autres ; vous vous seriez promené partout, et, de temps en temps, pour vous réchauffer, on vous aurait donné un verre de punch ou de whisky… Allons ! est-ce que cela n'eût pas été bien plus raisonnable ? Voyons, jetez-moi au feu ce paquet de bêtises, et entrez dans mon Église.

– Dieu m'en garde ! s'écria Tom avec ferveur.

– Vous voyez bien que Dieu ne vous protège pas : s'il vous protégeait, il n'aurait pas permis que je vous achetasse ! Votre religion, c'est un tas de mensonges !… je le sais bien, allez ! Vous feriez mieux de vous attacher à moi… je suis quelqu'un et je puis quelque chose !

– Non, maître, dit Tom, non ! Que le Seigneur m'assiste ou qu'il m'abandonne, je m'attacherai à lui, je croirai en lui jusqu'à la fin.

– Vous n'en êtes que plus stupide, fit Legree en crachant dédaigneusement sur lui et en le repoussant du pied ; n'importe, je vous abattrai, je vous réduirai… vous verrez !

Et Legree s'éloigna.

Une nuit, tout le monde dormait dans la case de Tom : Tom fut tout à coup réveillé. Il aperçut le visage de

Cassy qui se montrait par le trou qui servait de fenêtre. Elle fit un geste silencieux pour l'engager à sortir.

Tom sortit.

Il pouvait être une ou deux heures du matin. Il faisait un magnifique clair de lune. Autour d'eux tout était silence et calme. Un rayon de lumière tombant sur le visage de Cassy, Tom vit passer comme une flamme ardente dans ses yeux noirs et sauvages : ce n'était plus son morne désespoir.

– Venez ici, père Tom, dit-elle en lui mettant sa petite main sur le bras et en l'attirant à elle avec une telle force, qu'on eût dit que cette petite main était d'acier ; venez ici ; j'ai des nouvelles à vous donner !

– Qu'est-ce donc, miss Cassy ? demanda Tom tout ému.

– Tom, voudriez-vous être libre ?

– Je le serai, madame, quand il plaira à Dieu !

– Vous pourrez l'être cette nuit !...

Et il y eut encore un éclair sur le visage de Cassy...

– Venez !

Tom hésita.

– Venez ! reprit-elle à voix basse et en fixant sur lui ses grands yeux, venez ! il dort profondément... J'en ai mis assez dans son eau-de-vie pour qu'il dorme longtemps ; si j'en avais eu davantage, je n'aurais pas eu besoin de vous... mais venez... la porte de derrière est ouverte ; il y a une hache auprès, c'est moi qui l'y ai mise. La porte de sa chambre est ouverte, je vais vous montrer le chemin. J'aurais tout fait moi-même, mais je n'ai plus de force ! Allons, venez donc !

– Non, madame, pas pour dix mille mondes ! dit Tom avec fermeté et en reculant, malgré tous les efforts de Cassy pour le faire avancer.

– Mais pensez donc à tous ces pauvres malheureux ! nous allons les mettre tous en liberté. Nous irons quelque part dans les savanes. Nous trouverons une île, nous y vivrons indépendants. Ces choses-là se font, dit-on, quelquefois… Toute vie sera meilleure que celle-ci.

– Non ! dit Tom, non ! Le bien ne peut jamais venir du mal ; j'aimerais mieux me couper la main ! Il faut patienter et attendre.

– Attendre ! dit Cassy ; attendre ! mais n'ai-je pas tant attendu déjà que mon cœur en est malade et ma raison obscurcie ? Que ne m'a-t-il pas fait souffrir… à moi… et à toutes ces misérables créatures ?… Et vous-même, n'épuise-t-il pas goutte à goutte le sang de votre vie ?… Oui… je suis appelée… oui ! on m'appelle à la vengeance !… Son tour est venu ! je veux avoir le sang de son cœur !

– Non ! non ! dit Tom en s'emparant de ses mains qui se tordaient avec des mouvements convulsifs. Non ! pauvre âme perdue, il ne faut pas, il ne faut pas !… Si vous pouviez vous en aller d'ici, si la chose était possible, je vous conseillerais de partir avec Lucy, c'est-à-dire si vous le pouviez sans vous rendre coupable du sang versé… Oh ! pas autrement !

– Tenterez-vous la chance avec nous, père Tom ?

– Non. Il y a un temps où je l'aurais fait… mais Dieu m'a confié une tâche à remplir auprès de ces malheureux… Je resterai avec eux ; avec eux je porterai ma croix[1] jusqu'à la fin ! Il n'en est pas de même pour vous… vous êtes trop tentée… vous ne pourriez peut-être pas résister… il vaut mieux que vous vous en alliez… si vous pouvez.

– Père Tom, j'essayerai !

– *Amen* ! dit Tom ; que Dieu vous aide !

XXXIV

Le martyr

La fuite de Lucy et de Cassy irrita au dernier point le caractère déjà si terrible de Legree. Ainsi qu'on devait bien s'y attendre, sa colère retomba sur la tête de Tom, innocent et sans défense. Quand Legree annonça cette fuite aux esclaves, il y eut chez Tom un éclair des yeux, un geste des mains, qui se tendirent vers le ciel. Legree vit tout. Il remarqua que Tom ne se joignait point à la meute des persécuteurs. Il songea bien à l'y contraindre, mais il connaissait l'inflexibilité des principes de Tom ; il était trop pressé pour entrer maintenant en lutte avec lui.

Quand Legree revint, furieux et désappointé, la colère depuis longtemps amassée contre son esclave

1. Je porterai ma croix : je souffrirai la torture, comme Jésus porta lui-même la croix sur laquelle il allait ensuite mourir, selon la Bible.

prit une expression de rage folle. Cet homme ne l'avait-il pas bravé avec ses résolutions inébranlables ? bravé depuis le premier moment où il l'avait acheté ? Et ne sentait-on pas en lui un esprit, silencieux peut-être, mais indomptable ?

– Je le hais ! dit Legree en s'asseyant sur le bord de son lit… Je le hais et il m'appartient ! Ne puis-je pas en faire ce qu'il me plaira ? Je voudrais bien voir qui m'en empêcherait !

Et Legree serra le poing comme s'il eût eu dans les mains quelque chose qu'il voulait briser.

– Maintenant, Quimbo, dit-il en s'étendant tout de son long dans le salon, allez et amenez-moi ce Tom ici, vite !… Le vieux drôle est au fait de tout ceci… je ferai sortir le secret de sa vieille peau noire, ou je saurai pourquoi !

Sambo et Quimbo, qui se détestaient l'un l'autre, n'étaient d'accord que dans leur haine contre Tom… Legree leur avait dit tout d'abord qu'il avait acheté Tom pour en faire un surveillant général pendant son absence. Ce fut l'origine de leur mauvais vouloir. Ce mauvais vouloir s'accrut encore chez ces natures basses et viles, dès qu'ils surent l'esclave dans la disgrâce du maître. On comprendra l'empressement que Quimbo dut mettre à exécuter les ordres de Simon.

Tom, en recevant le message, eut comme un pressentiment dans l'âme : il connaissait le plan des fugitives ; il savait où elles se trouvaient maintenant. Il connaissait le terrible caractère de l'homme avec lequel il avait à lutter ; il connaissait son pouvoir despotique ;

mais il savait aussi que Dieu lui donnerait la force de braver la mort plutôt que de trahir la faiblesse et le malheur.

Il déposa son panier à terre et il se livra sans résistance aux mains brutales de Quimbo.

– Ah ! ah ! dit le géant en l'entraînant, on va faire le compte maintenant ! Maître est bien en arrière… plus reculer maintenant !… faut régler ! pas d'erreur ! Ah ! ah ! aider les nègres au maître à s'en aller ! Nous allons voir… nous allons voir !

Legree marcha vers lui, et, le saisissant brusquement par le col de sa veste, les dents serrées, dans le paroxysme[1] de la colère :

– Eh bien ! Tom, lui dit-il, savez-vous que j'ai résolu de vous tuer !

– C'est très possible, maître, répondit Tom avec le plus grand calme.

– Oui… j'ai… résolu… de… vous… tuer… reprit Legree en appuyant sur chaque mot, si vous ne me dites pas ce que vous savez… Ces femmes ?…

Tom se tut.

– Entendez-vous ? fit Legree en trépignant et avec un rugissement de lion en fureur ; parlez !

– Je n'ai rien à vous dire, maître, reprit Tom d'une voix lente, ferme et résolue.

– Osez-vous bien me parler ainsi, vieux chrétien noir ? Ainsi vous ne savez pas ?

Tom resta silencieux.

1. Paroxysme : sommet, point le plus haut.

– Parlez ! s'écria Legree, éclatant comme un tonnerre et le frappant avec violence. Savez-vous quelque chose ?

– Je sais, mais je ne peux pas dire… Je puis mourir !

Legree respira avec effort ; il contint sa rage, prit Tom par le bras, et, s'approchant, visage contre visage, il lui dit d'une voix terrible :

– Écoutez bien : si vous croyez que, parce qu'une fois déjà je vous ai laissé là, je ne sais pas ce que je dis… Mais cette fois mon parti est pris. J'ai calculé la dépense ! Vous m'avez toujours résisté… Eh bien ! je vais vous dompter ou vous tuer ! L'un ou l'autre ! Je compterai les gouttes de sang qu'il y a dans vos veines… et je les prendrai une à une jusqu'à ce que vous cédiez !

Tom releva les yeux sur son maître et répondit :

– Maître, si vous étiez dans la peine, malade, mourant, et que je pusse vous sauver… oh ! je donnerais tout le sang de mon cœur. Oui ! si tout ce qu'il y a de sang dans ce pauvre vieux corps pouvait sauver votre âme précieuse, je le donnerais volontiers. Mais pourquoi me demander ce que ma conscience m'ordonne de taire ? Vous pourrez me faire souffrir : vous vous ferez plus de mal qu'à moi. Quoi que vous puissiez faire, mes souffrances seront bientôt passées ; mais, si vous ne vous repentez pas, les vôtres n'auront jamais de fin !

Les paroles de Tom, au milieu des violences de Legree, étaient comme une bouffée de musique céleste entre deux rafales de tempête ! Cette expansion[1] de tendresse fut suivie d'un moment de silence. Legree

1. Expansion : développement.

s'arrêta, immobile, hagard. Le calme devint si profond, qu'on entendait le tic-tac de la vieille horloge, dont l'aiguille silencieuse et vigilante mesurait les derniers instants de miséricorde et d'épreuve accordés à ce cœur endurci !

Ce ne fut qu'un moment.

Il y eut de l'hésitation, de l'irrésolution, de l'incertitude ; mais l'esprit du mal revint sept fois plus fort, et Legree, écumant de rage, terrassa sa victime.

Il le tortura, mais ne put lui arracher son secret.

– Il va passer[1], maître, dit Sambo, touché malgré lui de la patience de sa victime.

– Encore ! toujours ! encore ! jusqu'à ce qu'il cède, hurla Legree. J'aurai les dernières gouttes de son sang, ou il avouera !

Tom ouvrit les yeux et regarda son maître.

– Pauvre malheureux ! dit-il, vous n'en pouvez faire davantage.

Et il s'évanouit.

– Je crois, sur mon âme, qu'il est fini, dit Legree en s'approchant pour le regarder. Oui ! mort ! Allons ! voilà enfin sa bouche fermée… c'est toujours cela de gagné.

Oui. Legree, cette bouche se tait ! mais qui fera taire aussi cette voix qui parle dans ton âme ?

Tom n'était pas tout à fait mort. Sa douceur, ses étranges paroles firent une profonde impression sur les deux misérables dont on avait fait les instruments de son supplice. Quand Legree fut parti, ils le relevèrent

1. Passer : mourir.

et s'efforcèrent de le rappeler à la vie… Quelle faveur pour lui !

– Certainement nous avons fait là une bien mauvaise chose, dit Sambo ; mais j'espère que c'est sur le compte du maître, et pas sur le nôtre !

Ils lavèrent ses blessures et lui firent un lit avec le coton jeté au rebut. L'un d'eux courut au logis et demanda, comme pour lui, un verre d'eau-de-vie, qu'il rapporta. Il en versa quelques gouttes dans la bouche de Tom.

– Tom ! nous avons été bien méchants pour vous ! dit Quimbo.

– Je vous pardonne de tout mon cœur, répondit Tom d'une voix mourante.

XXXV

Le jeune maître

Deux jours plus tard, un jeune homme, conduisant une légère voiture, traversait l'avenue bordée des arbres de Chine. Il jeta vivement les rênes sur le cou des chevaux et demanda où était le maître du logis.

Ce jeune homme était George Shelby.

Il est nécessaire, pour savoir comment il se trouvait là, de remonter un peu le cours de notre histoire.

La lettre de miss Ophélia à Mme Shelby se trouva

oubliée un mois ou deux dans un bureau de poste. Pendant ce temps, Tom fut vendu et amené, comme nous l'avons vu, sur les bords de la rivière Rouge.

Cette nouvelle affligea vivement Mme Shelby ; pour le moment il n'y avait rien à faire. Elle veillait au chevet de son mari, dangereusement malade et souvent en proie au délire de la fièvre. George Shelby était devenu un grand jeune homme, il aidait sa mère et surveillait l'administration générale des affaires de la famille. Miss Ophélia avait eu soin d'indiquer l'adresse de l'homme d'affaires de Saint-Clare. On lui écrivit pour avoir des renseignements ; la position de la famille ne permettait pas de faire davantage. La mort de M. Shelby vint apporter d'autres préoccupations.

M. Shelby prouva sa confiance dans l'habileté de sa femme en lui laissant l'administration générale de sa fortune : c'était lui mettre de nouvelles affaires sur les bras.

Mme Shelby, avec son énergie habituelle, entreprit de démêler l'écheveau[1] embrouillé. Elle et George s'occupèrent tout d'abord d'examiner et de vérifier les comptes, de vendre et de payer. Mme Shelby voulait liquider et purger[2], quoi qu'il advînt. C'est à cette époque que Mme Shelby reçut une réponse de l'homme d'affaires : il ne savait rien. Il avait vendu Tom aux enchères, il avait touché le prix pour M. Saint-Clare : il ne fallait pas lui en demander davantage.

1. Écheveau : assemblage d'éléments mélangés.
2. Purger : assainir sa situation financière en remboursant ses dettes.

Ni George ni Mme Shelby ne pouvaient se contenter d'une telle réponse. Au bout de six mois, les affaires de Mme Shelby appelèrent George au bas de l'Ohio ; il résolut de visiter La Nouvelle-Orléans et de prendre des renseignements sur le pauvre Tom.

Après de longues et infructueuses recherches, George rencontra un homme de La Nouvelle-Orléans qui lui donna tous les détails désirables. Il partit, argent en poche, pour la rivière Rouge, bien décidé à racheter son vieil ami.

On l'introduisit. Legree était au salon.

Legree reçut le jeune étranger avec une politesse assez brusque.

– J'ai appris, dit George, que vous avez acheté à La Nouvelle-Orléans un esclave du nom de Tom. Il partait de chez mon père, et je viens voir s'il ne me serait pas possible de le racheter.

Le front de Legree se rembrunit, et sa colère éclata de nouveau.

– Oui, dit-il, en effet j'ai acheté un individu de ce nom… C'est un marché du diable que j'ai fait là ! Un chien impudent ! un mauvais drôle toujours en révolte ! Il poussait mes nègres à fuir… Il a fait partir d'ici deux filles qui valaient mille dollars pièce. Il en est convenu, et, quand je lui ai ordonné de me dire où elles étaient, il a fièrement répondu qu'il le savait bien, mais qu'il ne voulait pas le dire… et il s'est obstiné, quoique je l'aie fait fouetter d'importance[1] et à plusieurs reprises.

1. D'importance : avec force.

Je crois qu'il est en train d'essayer de mourir, mais je ne sais s'il y réussira…

– Où est-il ? s'écria George ; où est-il ? je veux le voir !

Et les joues du jeune homme s'empourprèrent[1], et ses yeux lancèrent des flammes. Cependant il ne dit rien encore.

– Il est dans ce magasin, dit un petit bonhomme qui tenait le cheval de George.

Legree jura après l'enfant et lui envoya un coup de pied. George, sans ajouter une parole, s'élança vers le magasin…

Tom était resté couché deux jours depuis cette fatale nuit. Il ne souffrait plus… tous les nerfs qui font sentir la souffrance étaient brisés ou émoussés… il était dans une sorte de stupeur tranquille. Une organisation robuste et vaillante ne relâche pas tout d'un coup l'âme qu'elle emprisonnait ; de temps en temps, pendant la nuit, les esclaves prenaient, sur les heures de leur repos, au moins quelques instants pour lui rendre ces consolations de l'affection dont il avait été si prodigue envers eux… Pauvres gens ! ils avaient bien peu à donner – le verre d'eau de l'Évangile[2] ! – mais ils le donnaient avec le cœur.

Sur ce visage, insensible déjà, leurs larmes étaient tombées… larmes d'un repentir tardif éveillé dans ces âmes par sa bonté.

1. S'empourprèrent : devinrent rouges sous la colère.
2. Le verre d'eau de l'Évangile : rafraîchissement offert aux chrétiens, geste modeste mais dont Jésus nous récompensera, selon la Bible (Évangile selon saint Matthieu et saint Marc).

Quand George entra dans le vieux magasin, il sentit que la tête lui tournait… Il faillit se trouver mal.

– Est-ce possible ? est-il possible, père Tom ? Mon pauvre vieil ami !

Et il s'agenouilla par terre à côté de Tom.

Il y eut dans cette voix quelque chose qui pénétra jusqu'à l'âme du mourant… Il remua doucement la tête et dit :

– Dieu fait mon lit de mort plus doux que le duvet !

George se pencha vers le pauvre esclave, et il laissa tomber de belles larmes, qui faisaient honneur à son cœur viril.

– Père Tom ! mon cher ami, réveillez-vous ! parlez encore un peu… regardez-moi ! C'est M. George, votre petit M. George… ne me connaissez-vous pas ?

– Monsieur George ! fit Tom, ouvrant les yeux et parlant d'une voix presque éteinte… Et il parut comme hors de lui.

Puis lentement et peu à peu les idées revenaient dans son esprit… l'œil errant devenait fixe et brillait ! tout le visage s'éclaira, ses mains calleuses se joignirent et, le long de ses joues, les larmes coulèrent.

– C'est tout… oui, c'est tout ce que je souhaitais ! ils ne m'ont pas oublié… cela me réchauffe l'âme ! cela fait du bien à mon pauvre cœur ! je vais maintenant mourir content !

– Non ! vous n'allez pas mourir… il ne faut pas que vous mouriez… ne pensez pas à cela ! Je viens pour vous racheter et vous emmener chez nous ! s'écria George avec une impétuosité entraînante.

– Ah ! monsieur George, vous êtes venu trop tard !

– Ne mourez pas, Tom ; votre mort me tuerait ! Tenez, seulement de penser à ce que vous avez souffert, cela me brise le cœur ! Et vous voir couché dans cet affreux trou ! Pauvre, pauvre cher Tom !

Tom prit la main de son jeune maître, et, la serrant dans la sienne :

– Il ne faut pas dire à Chloé dans quel état vous m'avez trouvé… Pauvre chère âme, ce serait pour elle un coup trop affreux… Et mes pauvres enfants, et le tout-petit… la petite fille… Oh ! mon pauvre vieux cœur a été bien brisé en pensant à eux ! Dites-leur à tous de me suivre… de me suivre ! Assurez de mes bons sentiments mon maître et ma bonne maîtresse, enfin tout le monde là-bas ! Vous ne savez pas, monsieur George, il me semble que j'aime tout, toutes les créatures partout… Aimer, il n'y a que cela au monde !

En ce moment Legree vint rôder à la porte du vieux magasin ; il regarda d'un air maussade et avec une indifférence affectée, puis il s'éloigna.

– Le vieux scélérat ! dit George avec indignation, cela me fait du bien de penser qu'un jour le diable lui rendra tout cela !

– Oh non !… il ne faut pas, reprit Tom en serrant la main du jeune homme… C'est une pauvre malheureuse créature, et c'est effrayant de penser à cela ! S'il pouvait seulement se repentir… mais j'ai bien peur qu'il ne se repente pas…

– Et moi, je l'espère bien, fit George.

À ce moment la force fiévreuse que la joie de revoir

son jeune maître avait rendue au mourant s'évanouit pour ne plus revenir… Une soudaine faiblesse s'empara de lui… ses yeux se fermèrent.

La respiration s'embarrassa, elle devint courte et pénible ; la vaste poitrine se soulevait et s'abaissait péniblement.

George s'assit, immobile et respectueux… Pour lui cette place était sainte… Il ferma ces yeux éteints pour toujours…

Il se retourna. Legree était debout derrière lui, la mine renfrognée…

L'influence de cette scène de mort avait calmé la fougue impétueuse du jeune homme. La présence de Legree lui était cependant toujours pénible. Il voulait s'éloigner de lui, en échangeant aussi peu de paroles qu'il serait possible.

Il fixa sur le planteur son œil noir et perçant, et, montrant le cadavre :

– Vous avez eu de lui tout ce que vous avez pu en tirer. Combien pour le corps ? Je veux l'emporter et lui donner une honnête sépulture…

– Je ne vends pas les nègres morts, dit Legree d'un ton rogue[1] ; libre à vous de l'enterrer où vous voudrez et quand vous voudrez.

– Enfants, dit George d'un ton d'autorité à deux ou trois nègres qui se trouvaient là et qui regardaient le corps, aidez-moi à le soulever et à le mettre dans ma voiture ; ensuite vous me donnerez une bêche !

1. Rogue : arrogant et désagréable.

Un des esclaves courut chercher une bêche. Les deux autres avec George portèrent le corps dans la voiture.

George n'adressa à Legree ni une parole ni un regard. Legree le laissa commander sans mot dire ; il sifflait avec une sorte d'indifférence qui n'était qu'apparente… il suivit la voiture jusqu'à la porte.

George étendit son manteau dans la voiture, et dessus il coucha le mort, reculant le siège pour lui faire place. Puis il se retourna, regarda Legree fixement et lui dit avec un calme forcé :

– Je ne vous ai pas encore dit ce que je pense de cette atroce affaire : ce n'est ni le lieu ni le moment. Mais, monsieur, ce sang innocent sera vengé. Je proclamerai ce meurtre… J'irai trouver le magistrat et je vous dénoncerai !

– Allez ! dit Legree en faisant claquer ses doigts d'un air de mépris. Allez ! je voudrais bien voir comment vous vous y prendrez ! et les témoins ? et la preuve ? allez !

George ne sentit que trop la force de ce défi ! Il n'y avait pas un Blanc dans l'habitation, et dans les cours du Sud le témoignage du sang-mêlé n'est rien !…

– Après tout, fit Legree, voilà bien du tapage pour un nègre mort !

Ce mot-là fut une étincelle sur un baril de poudre. La prudence n'était pas une des vertus cardinales[1] de ce jeune enfant du Kentucky. George se retourna sur lui, et d'un coup terrible, frappé en plein visage, il le renversa. Et alors, le foulant aux pieds, brûlant de colère, le défi

1. Vertus cardinales : valeurs morales fondamentales dans le christianisme.

dans l'œil, il ressemblait assez à son glorieux homonyme triomphant du dragon[1].

Décidément il y a des gens qui gagnent à être battus ; couchez-les dans la poussière, ils vont être remplis de respect pour vous… Legree était de ces gens-là. Il se releva, secoua ses vêtements poudreux et suivit de l'œil la voiture, qui s'éloigna lentement… On voyait qu'il respectait George ; il n'ouvrit pas la bouche avant que tout eût disparu.

Au-delà des limites de la plantation, George avait remarqué un petit monticule, sec, sablonneux et ombragé de quelques arbres.

C'est là qu'il creusa le tombeau.

Quand tout fut prêt :

– Maître, dirent les nègres, faut-il reprendre le manteau ?

– Non, non, ensevelissez-le avec ! Pauvre Tom, c'est tout ce que je puis te donner maintenant ; mais cela, du moins, tu l'auras !

Tom fut descendu dans la fosse ; les esclaves la remplirent en silence ; ils dressèrent la modeste tombe et la recouvrirent de gazon vert.

– Maintenant, mes enfants, allez-vous-en, dit George en leur glissant quelques pièces dans la main.

Et George s'agenouilla sur la tombe de son humble ami.

1. Son glorieux homonyme triomphant du dragon : au IVe siècle, selon la légende, saint Georges terrassa un dragon, symbolisant la victoire du bien sur le mal.

Dès lors Legree but plus d'eau-de-vie que jamais, eut la tête toujours échauffée et jura un peu plus fort qu'auparavant… pendant le jour. La nuit, il rêvait, et ses visions prenaient un caractère de moins en moins agréable. La nuit qui suivit l'enterrement de Tom, il se rendit à la ville voisine pour faire une orgie. Elle fut complète. Il revint tard, fatigué, ferma sa porte, retira la clef et se mit au lit.

On a beau dire, quelque peine qu'il se donne pour la soumettre, l'âme d'un méchant homme est pour lui une hôtesse inquiète et terrible ! Qui peut comprendre ses doutes et ses terreurs ? Qui pourra sonder ses formidables *peut-être* ? ces frissons et ces tremblements, qu'il ne peut pas plus réprimer qu'il ne peut anéantir l'éternité qui l'attend ? Oh ! le fou qui ferme sa porte pour empêcher les fantômes d'entrer, et qui renferme dans sa poitrine un fantôme qu'il n'ose pas affronter seul, et dont la voix étouffée, et comme accablée par la montagne que le monde jette dessus, retentit pourtant, comme une trompette éclatante !

Ceci n'empêcha pas Legree de fermer sa porte à clef et de mettre une chaise contre la porte. Il plaça une veilleuse à la tête de son lit et ses pistolets à côté. Il examina les espagnolettes[1] et la ferrure des fenêtres.

Il s'endormit.

Il dormit, car il était fatigué ; il dormit profondément mais il passa bientôt comme une ombre sur son

1. Espagnolette : poignée actionnant une tige métallique pour ouvrir ou fermer une fenêtre.

sommeil, une terreur, la crainte vague de quelque chose d'affreux ; il crut reconnaître le linceul de sa mère ; mais c'était Cassy qui le portait ; elle le tenait, elle le montrait à Legree… Il entendit un bruit confus de cris et de gémissements, et au milieu de tout cela il sentait qu'il dormait et il faisait mille efforts pour se réveiller. Il se réveilla à moitié… Il était bien sûr que quelque chose venait dans sa chambre. Il s'apercevait que la porte était ouverte… mais il ne pouvait remuer ni les pieds ni les mains… Enfin il se retourna d'une pièce… La porte était ouverte ; il vit une main qui éteignait la lampe.

La lune était voilée de nuages et de brouillards, et il vit pourtant, il vit quelque chose de blanc qui glissait… Il entendit le petit frôlement des vêtements du fantôme… Le fantôme se tint immobile auprès de son lit… Une forte main toucha sa main trois fois, et une voix qui parlait tout bas, mais avec un accent terrible, répéta par trois fois : « Viens ! viens ! viens !… » Il suait de peur ; mais, sans qu'il sût quand ni comment, la chose avait disparu. Legree sauta du lit, il courut à la porte ; elle était fermée et verrouillée… Legree perdit connaissance.

À partir de ce moment, Legree fut plus intrépide buveur que jamais : il ne buvait plus, comme auparavant, avec prudence et réserve ; il buvait avec fureur… encore… encore… toujours !

Le bruit se répandit bientôt dans le pays que Legree était malade, puis qu'il se mourait. Il était puni de ses excès par cette affreuse maladie qui semble projeter sur la vie présente comme l'ombre des châtiments de l'autre vie. Personne ne pouvait supporter les horreurs de son agonie : il criait, il sanglotait, il jurait… et le seul récit des visions qui passaient devant ses yeux glaçait le sang dans les veines. À son lit de mort, immobile, sombre, inexorable, une grande figure de femme se tenait debout et disait :

– Viens !… viens !… viens !…

XXXVI

Résultats

Le reste de l'histoire sera bientôt dit.

Depuis cinq ans George et Élisa sont libres. George, constamment occupé chez un mécanicien, gagne largement de quoi subvenir aux besoins de sa famille, qui s'est accrue d'une fille.

Les voici réunis dans une charmante petite maison du faubourg de Montréal[1]. C'est le soir. Le feu pétille dans l'âtre[2]. La table est mise pour le thé. La nappe étincelle dans sa blancheur de neige. Dans un coin de la chambre on voit une autre table, couverte d'un tapis vert et garnie d'un petit pupitre… Voici des plumes et du papier ; au-dessus, des rayons de livres.

Ce petit coin, c'est le cabinet de George.

1. Montréal : ville importante du Canada, très proche des États-Unis.
2. Âtre : partie de la cheminée où l'on fait le feu.

Ce zèle du progrès, qui lui fit dérober le secret de la lecture et de l'écriture au milieu des fatigues et des découragements de son enfance, ce zèle le pousse encore à travailler toujours et à toujours apprendre.

– Allons ! George, dit Élisa, vous avez été dehors toute la journée. À bas les livres ! Causez avec moi pendant que je prépare le thé… Eh bien ?

Et la petite Élisa, secondant les efforts de sa maman, accourut vers son père, essaya de lui arracher le livre et de grimper sur ses genoux.

– Petite sorcière ! dit George.

Et il céda… C'est ce qu'un homme peut faire de mieux en pareil cas.

– Voilà qui est bien, dit Élisa en coupant une tartine.

Élisa n'a plus l'air tout à fait aussi jeune. Elle a pris un peu d'embonpoint. Sa coiffure est plus sévère… Mais elle paraît aussi contente, aussi heureuse qu'une femme puisse l'être.

– Henry, mon enfant, comment avez-vous fait cette addition aujourd'hui ? dit George en posant la main sur la tête de son fils.

– Je l'ai faite moi-même, père, tout entière ; personne ne m'a aidé.

Henry n'a plus ses longues boucles, mais il a toujours ses grands yeux, ses longs cils et ce noble front, plein de fierté, où se voit le jeune orgueil du triomphe pendant qu'il répond à son père.

– Allons ! c'est bien, dit George. Travaillez toujours, mon fils. Vous êtes plus heureux que votre pauvre père ne l'était à votre âge.

XXXVII
Le libérateur

George Shelby n'avait écrit qu'une seule ligne à sa mère pour lui apprendre le moment de son retour. Il n'avait pas eu le cœur de raconter la scène de mort à laquelle il avait assisté ; il avait essayé plusieurs fois… ses souvenirs l'avaient comme suffoqué. Il finissait toujours par déchirer son papier, essuyait ses yeux et sortait pour retrouver un peu de calme.

Toute la maison fut en rumeur joyeuse le jour où l'on attendait l'arrivée du jeune maître.

Mme Shelby était assise dans son salon. Un bon feu chassait l'humidité des derniers soirs d'automne. Sur la table du souper brillaient la riche vaisselle et les cristaux à facettes.

La mère Chloé présidait à tout l'arrangement.

Elle avait une robe neuve de calicot[1] avec un beau tablier blanc et un superbe turban. Sa face noire et polie brillait de plaisir… Elle s'attardait, avec toutes sortes de ponctualités minutieuses, autour de la table, pour avoir le prétexte de causer encore un peu avec sa maîtresse.

1. Calicot : toile de coton.

– Oh ! là ! comme il va se trouver bien, dit-elle. Là ! je mets son couvert à la place qu'il aime, du côté du feu. M. George veut toujours une place chaude. Eh bien ! pourquoi Sally n'a-t-elle point sorti la meilleure théière ? La petite neuve que M. George a achetée pour madame à la Noël… Je vais la prendre. Madame a reçu des nouvelles de M. George ? ajouta-t-elle d'un ton assez inquiet…

– Oui, Chloé. Une seule ligne pour me dire qu'il compte venir aujourd'hui. Pas un mot de plus.

– Et pas un mot de mon pauvre vieil homme ? dit Chloé en retournant les tasses.

– Non, rien, Chloé ; il dit qu'il nous apprendra tout ici.

– C'est bien là M. George… il aime toujours à dire tout lui-même. C'est toujours comme ça avec lui. Je ne sais pas, pour ma part, comment les Blancs s'y prennent pour écrire tant… comme ils font… C'est si long et si difficile d'écrire !

Mme Shelby sourit.

– Je crois bien que mon pauvre vieil homme ne reconnaîtra pas les enfants… Et la petite ? Dame ! est-elle forte maintenant ! Elle est bonne aussi, et jolie, jolie ! Elle est maintenant à la maison pour surveiller le gâteau… Je lui ai fait un gâteau juste comme il les aime… et la cuisson à point pour lui. Il est comme celui… le matin… quand il partit ! Dieu ! comme j'étais, moi, ce matin-là !

Mme Shelby soupira. Elle avait un poids sur le cœur… Elle était tourmentée depuis qu'elle avait reçu la lettre de son fils… Elle pressentait quelque malheur derrière ce voile du silence.

– Madame a les billets ? dit Chloé d'un air inquiet.

– Oui, Chloé.

– C'est que je veux montrer les mêmes billets à mon pauvre homme, les mêmes que le *chabricant* m'a donnés… « Chloé ! me dit-il, je voudrais vous garder plus longtemps ! — Merci ! maître, lui dis-je, mais mon pauvre homme revient, et madame ne peut se passer de moi plus longtemps… » Voilà juste ce que je lui dis… Un très joli homme, ce M. Jones !

Chloé avait insisté pour que l'on gardât les billets avec lesquels on avait payé ses gages[1], afin de les montrer à son mari comme preuve de ses talents. Mme Shelby avait consenti de bonne grâce à lui faire ce petit plaisir.

– Il ne connaît pas Polly, mon vieil homme… non ! il ne la connaît pas !… oh ! voilà cinq ans qu'ils l'ont pris !… elle n'était qu'un baby… elle ne pouvait pas se tenir debout. Vous souvenez-vous, madame, comme il avait peur qu'elle ne tombât quand elle essayait de marcher… pauvre cher homme !

On entendit un bruit de roues.

– Monsieur George !

Et Chloé bondit vers la fenêtre.

Mme Shelby courut à la porte du vestibule ; elle serra son fils dans ses bras. Chloé, immobile, voulait de ses regards percer l'obscurité de la nuit.

– Pauvre mère Chloé ! dit George tout ému.

1. Gage : ici, contrat donné en garantie d'une dette.

Et il prit la main noire entre ses deux mains.

– J'aurais donné toute ma fortune pour le ramener avec moi : mais il est parti vers un monde meilleur.

Mme Shelby laissa échapper un cri de douleur.

Chloé ne dit rien.

On entra dans la salle à manger.

L'argent de Chloé était encore sur la table.

– Là ! dit-elle en rassemblant les billets, qu'elle tendit à sa maîtresse d'une main tremblante... il n'y a plus besoin de les regarder ni d'en parler maintenant... je savais bien que cela serait ainsi... vendu et tué sur ces vieilles plantations !

Chloé se retourna et sortit fièrement de la chambre... Mme Shelby la suivit, prit une de ses mains, la fit asseoir sur une chaise et s'assit à côté d'elle.

– Ma pauvre bonne Chloé !

Chloé appuya sa tête sur l'épaule de sa maîtresse et sanglota.

– Oh ! madame, excusez-moi ! mon cœur se brise... voilà tout !

– Je comprends, Chloé, dit Mme Shelby en versant des larmes abondantes. Je ne puis vous consoler...

Il y eut quelques instants de silence, et ils pleurèrent tous ensemble.

Enfin, George s'assit auprès de l'affligée et, avec une éloquence pleine de simplicité, il lui dépeignit cette scène de mort, glorieuse comme un triomphe, et répéta les paroles d'amour et de tendresse de son dernier message.

Un mois après, tous les esclaves de l'habitation Shelby

étaient réunis dans le grand salon, pour entendre une communication de leur jeune maître.

Quelle fut leur surprise quand ils le virent paraître avec une liasse de papiers ! c'étaient leurs actes d'affranchissement, il les lut tous successivement et les leur présenta à chacun : c'étaient des larmes, des sanglots et des acclamations !

Beaucoup cependant le supplièrent de ne pas les renvoyer ; ils se pressaient autour de lui et voulaient le forcer de reprendre ses billets.

– Nous n'avons pas besoin d'être plus libres que nous ne le sommes ; nous ne voulons pas quitter notre vieille maison, ni monsieur, ni madame, ni le reste…

– Mes bons amis, dit George dès qu'il put obtenir un instant de silence, vous n'avez pas besoin de me quitter : la ferme veut autant de mains que par le passé ; mais, hommes et femmes, vous êtes tous libres… Je vous payerai pour votre travail des gages dont nous conviendrons. Si je meurs ou si je me ruine, choses qui, après tout, peuvent arriver, vous aurez du moins l'avantage de ne pas être saisis et vendus. Je resterai sur la ferme, et je vous apprendrai – il faudra peut-être un peu de temps pour cela – à user de vos droits d'hommes libres. J'espère que vous serez bons et tout disposés à apprendre.

– Encore un mot. Vous vous rappelez, leur dit-il, notre bon père Tom ?

Il leur fit alors un récit rapide de sa mort, et leur redit les adieux dont il s'était chargé pour tous les habitants de la ferme. Il ajouta :

– C'est sur son tombeau, mes amis, que j'ai résolu que

je ne posséderais jamais un esclave, tant qu'il me serait possible de l'affranchir… et que personne, à cause de moi, ne courrait le risque d'être arraché à son foyer, à sa famille, pour aller mourir, comme il est mort, sur une plantation solitaire… Amis ! chaque fois que vous vous réjouirez d'être libres, songez que votre liberté, vous la devez à cette pauvre bonne âme, et payez votre dette en tendresse à sa femme et à ses enfants… Pensez à votre liberté chaque fois que vous verrez la case de l'oncle Tom ; qu'elle vous rappelle l'exemple qu'il vous a laissé, marchez sur ses traces, et, comme lui, soyez honnêtes, fidèles et généreux.

Carnet de lecture

Harriet Beecher-Stowe, une inconnue célèbre…

Le goût de l'écriture

Le monde entier se régale des aventures de Zorro, de Tarzan, de Pinocchio, de Frankenstein ou de Sherlock Holmes, ces personnages si facilement identifiables par tous. Mais peu de personnes peuvent citer leur auteur. La créatrice de l'oncle Tom n'échappe pas à cette « malédiction »…

Fille du révérend Beecher et de son épouse, Harriet naît en 1811, dernière enfant d'une famille très croyante qui lui donne une éducation morale et humaniste.

Destinée très tôt à l'enseignement, Harriet assiste sa sœur dans un pensionnat de jeunes filles de l'État du Connecticut où elle devient professeur de littérature biblique. Elle s'éprend d'un collègue, le révérend Calvin Stowe, qu'elle épouse à vingt et un ans. Ils rejoignent alors le père de Harriet à Cincinnati (Ohio), où il a fondé un séminaire : Stowe y donne des cours tandis que Harriet s'occupe de son foyer et de ses enfants. Depuis sa jeunesse, elle manifeste un goût affirmé pour l'écriture ; adhérant à un club littéraire, elle rédige des nouvelles pour les journaux, complétant ainsi les revenus du ménage. De cette époque datent quelques récits publiés en volume en 1843 : *The Mayflower* (La Fleur de mai), du nom du vaisseau anglais qui, en 1620, transporta vers l'Amérique les Pères pèlerins, ces protestants persécutés en Angleterre.

Un écrivain à succès

En 1850, le séminaire de son père est ravagé par un incendie criminel : on reproche à la famille ses prises de position contre l'esclavage. Harriet et son époux quittent la ville pour s'installer dans le Maine. Frappée par la situation des esclaves dans son pays, Harriet Beecher-Stowe se lance dans l'écriture d'un roman, *La Case de l'oncle Tom*, au succès très vite considérable.

Dès 1853, une première traduction française la fait connaître sur le continent européen, où elle se rend et reçoit un très bon accueil. Elle rencontre notamment Charles Dickens à Londres, l'auteur très populaire de *David Copperfield* et d'*Oliver Twist*, qui lutte lui aussi pour les plus faibles. En 1862, quelques mois après le début de la guerre de Sécession entre le Nord et le Sud, fondée en grande partie sur l'opposition entre partisans et détracteurs de l'esclavage, le président Abraham Lincoln la reçoit avec sympathie. Devenue la femme de lettres la plus célèbre des États-Unis, elle enrichit sa bibliographie de nouvelles, de romans, de récits de voyage, d'essais et d'articles.

Harriet Beecher-Stowe décède en 1896 à Hartford, dans le Connecticut. Depuis cette année-là, elle figure dans la liste du National Women's Hall of Fame, organisme célébrant les femmes les plus influentes des États-Unis – elles sont plus de deux cent cinquante actuellement. Le monde continue d'apprécier en elle la féministe et le soutien indéfectible aux esclaves noirs.

Les fondations de *La Case de l'oncle Tom*

L'esclavage aux États-Unis à l'époque de l'oncle Tom

Favorisée par les vastes territoires à cultiver, la traite des Noirs se met en place au XVIIe siècle, par le tristement célèbre « commerce triangulaire ». Ce trafic d'êtres humains est ainsi nommé parce que son parcours sur une carte forme un triangle : les bateaux partent d'Europe chargés de marchandises, vendues ou échangées en Afrique contre des esclaves noirs ; ces esclaves embarqués sont revendus en Amérique d'où les vaisseaux repartent vers l'Europe chargés de nouvelles marchandises, coton, sucre, tabac, café… Dès la fin du XVIIIe siècle pourtant, des États proclament l'abolition de cette infamie, qui reste légale dans les États du Sud. Les mouvements abolitionnistes se développent alors, galvanisés par l'abolition de l'esclavage dans les colonies britanniques (au Canada, donc) en 1833, puis en 1848 dans les colonies françaises. Quelques années plus tard, Harriet Beecher-Stowe relance le débat.

L'engagement de Harriet Beecher-Stowe

Plusieurs raisons expliquent l'engagement de l'auteur contre l'esclavagisme.

• Sa vie personnelle : depuis son enfance, Harriet côtoie des domestiques noirs, dont certains vivent des situations douloureuses ; le couple Stowe héberge des esclaves en fuite ; Harriet perd son fils Charley en 1849, emporté par le choléra, et perçoit davantage la douleur qu'une esclave peut ressentir lorsqu'on lui arrache un enfant.

• Ses rencontres : Thomas Magruder, un Noir surnommé « l'oncle Tom » bien avant l'écriture du roman et fréquenté par la famille Beecher à Cincinnati ; Phébé, une Noire très croyante, à Brunswick , dans l'Ohio, où résidait l'auteur et que toute la ville adorait.

• Ses lectures d'autobiographies d'anciens esclaves : *La Vie de Frederick Douglass* et *La Vie de Josiah Henson.* Le livre de Henson, abolitionniste, fera l'objet d'une édition augmentée d'une préface de Harriet et d'un chapitre sur leur rencontre. Aujourd'hui encore, la maison de Henson, que l'on peut visiter, est considérée comme « la vraie cabane de l'oncle Tom ».

• Sa conscience religieuse : élevée par un père pasteur protestant, mariée elle-même à un pasteur, Harriet vit sa foi intensément. Le roman abonde en citations de la Bible, en extraits de cantiques, en références chrétiennes prônant la fraternité et la charité envers les humbles.

• La promulgation d'une loi en 1850 : Harriet est choquée par cette obligation de dénoncer les esclaves fugitifs (voir chapitres VIII et X, par exemple).

Profondément marquée par ces événements, un dimanche de février 1851, à l'église, Harriet Beecher-

Stowe est frappée d'une vision, celle d'un homme noir battu à mort par son maître. De retour chez elle, elle s'empresse de transcrire cette scène édifiante, qui constituera la fin de son futur roman. Elle la raconte immédiatement à ses enfants, bouleversés par ce récit. Le roman paraît d'abord dans un journal antiesclavagiste de Washington, *The National Era*, puis en volume.

Un roman à message

Harriet Beecher-Stowe précise son objectif : « *Faire passer cette grande question de l'esclavage, envisagé sous ses aspects religieux et moraux, devant les yeux de tous ceux qui, dans son pays, déclarent suivre la loi du Christ.* » Elle veut alors montrer que l'esclavage constitue « *un régime mauvais, uniquement mauvais, mauvais en principe, éternellement mauvais* » (*La Clef de la Case de l'oncle Tom*).

Un succès mondial…

En quelques mois, *La Case de l'oncle Tom* se vend à des dizaines de milliers d'exemplaires. Des adaptations pour le théâtre finissent de populariser le personnage en le simplifiant. Des « suites », des pastiches, des chansons voient le jour… En 1858, un employé du British Museum signale que sont disponibles à la vente dans son établissement des exemplaires du roman en allemand, en français, en russe, en suédois, en italien, en portugais, en hongrois, en arménien, en différents dialectes slaves… *La Case de l'oncle Tom* devient le deuxième livre le plus vendu du XIXe siècle, juste après la Bible !

... mais aussi un livre critiqué

On reproche à Harriet Beecher-Stowe de « diaboliser » le Sud ? Mais on achète aussi des esclaves au centre des États-Unis, dans le Kentucky où vivent les Shelby. Au sud, où vivent les Saint-Clare et Legree, on est soit débonnaire, soit tortionnaire. Et si l'Ohio représente la limite des « États libres », où l'esclavage est interdit, l'on doit cependant y dénoncer les fugitifs. Seul le Canada représente le pays de la liberté, que doivent atteindre les esclaves pour échapper aux poursuites.

On l'accuse de « paternalisme », les Blancs traitant les Noirs comme des enfants ? Mais Harriet Beecher-Stowe explique qu'en leur donnant une éducation, ils deviennent rapidement nos égaux. L'épilogue de George Harris ayant réussi sa vie au Canada en est une démonstration claire. L'acte premier est donc l'émancipation, ce que réalise John Van Tromp en achetant une propriété dans l'Ohio pour l'offrir à ses esclaves affranchis (chapitre VIII).

On lui fait grief de présenter de manière caricaturale les Noirs, puérils et peu dignes de confiance ? Mais ces personnages comiques reflètent des stéréotypes (façons habituelles de voir les Noirs pour une majorité de la population) avant d'opérer un glissement : Topsy, d'abord définie comme un vrai petit démon avec ses répliques joyeusement insolentes et ses chapardages, devient meilleure grâce à la confiance d'Éva. Quant aux esclaves menteurs ou voleurs, c'est leur condition qui les y pousse, démontre l'auteur qui n'hésite pas à ridiculiser aussi Haley, le marchand d'esclaves, désarçonné par son cheval.

On la blâme d'avoir créé en Tom le modèle du « nègre docile » ? Mais cette vision est propagée par les « Tom Shows », spectacles populaires simplifiant à l'excès son roman. Dans l'esprit de son auteur, Tom est un martyr chrétien non violent, appliquant les principes de la Bible. Le surnom d'« oncle Tom » devient même une insulte pour désigner un Noir trop servile, ce qui n'est pas le cas du personnage de Harriet Beecher-Stowe.

Un roman marqué par son époque

Certains aspects du roman peuvent cependant susciter un malaise chez le lecteur moderne :

– L'utilisation du mot *nègre* : largement employé autrefois pour désigner un Noir, jusqu'à la moitié du XXe siècle, ce terme est désormais considéré comme raciste.

– La référence à une prétendue « race nègre » : Harriet Beecher-Stowe adopte la vision générale de son temps en attribuant des caractéristiques spécifiques aux Noirs, comme au chapitre XVI, lorsqu'elle décrit « *ce petit rire sec et bref particulier aux gens de la race nègre quand ils s'apprêtent à faire une proposition douteuse* ». À partir du XVIIIe siècle, les biologistes définissent cette notion de race pour classifier les hommes, à la manière des espèces de plantes ou d'animaux. Ils distinguent alors les groupes humains selon des critères physiques : couleur de la peau et des cheveux, forme du visage, des lèvres ou du nez, etc. Il est reconnu depuis le milieu du XXe siècle que les « races humaines » n'existent pas ; les scientifiques s'accordent à dire que, quelle que soit leur origine, les êtres humains sont génétiquement semblables à plus de 99,9 %.

L'abolition

Au États-Unis, les tensions autour de l'esclavage prennent une telle ampleur que les États du Sud décident de faire sécession : la guerre civile éclate en 1861. Dès 1862, le président Lincoln propose l'abolition de l'esclavage. Recevant Harriet Beecher-Stowe cette même année, il a pour elle ces paroles mémorables : « *Ainsi vous êtes la petite femme qui a écrit le livre déclencheur de cette grande guerre !* »

L'abolition générale est effective en janvier 1865, vers la fin de la guerre de Sécession. *La Case de l'oncle Tom* y contribue assurément !

La structure de *La Case de l'oncle Tom*

Le titre du roman

Le titre original du roman est *Uncle Tom's Cabin*, le mot *cabin* pouvant être traduit par « cabane » ou « hutte ». Dans son livre *La Clef de la Case de l'oncle Tom*, l'auteur évoque les habitations sommaires dans lesquelles nombre d'esclaves sont logés : des huttes de palmier sans cloison ni plancher, de simples abris qui protègent peu. La « case » de l'oncle Tom présente un certain confort, couverte et close, spacieuse, aménagée de plusieurs lits, d'une cuisinière, d'une table et de chaises… C'est la maison de la convivialité : George, le fils Shelby, vient y apprendre à écrire à Tom et y partager des repas (chapitre IV). À la fin du roman, chez l'infâme Legree, Tom vit désormais dans une hutte misérable : « *Pour tout meuble, un monceau de paille, pleine d'ordures, jetée sur l'aire ; l'aire, c'était la terre nue, battue par mille pieds !* » (chapitre XXVIII).

L'histoire

Le roman débute *in medias res* (au beau milieu de l'action) : dans une propriété du Kentucky, M. Shelby s'entretient avec M. Haley, à qui il doit de l'argent. Accablé de dettes, il se résigne à lui céder le meilleur de ses esclaves, surnommé affectueusement « l'oncle Tom », un homme dévoué et intelligent. Avant son départ prévu pour le lendemain matin, Haley lui demande d'ajouter le malicieux Henry, petit garçon d'Élisa, l'esclave de Mme Shelby. Désespérée après avoir surpris la conversation, Élisa court prévenir l'oncle Tom.

À partir de ce moment, deux récits se croisent, l'un descendant vers le sud, l'autre se dirigeant vers le nord.

• Le destin de l'oncle Tom, qui refuse de s'enfuir lorsqu'on lui rapporte sa vente prochaine.

Il ne veut pas compromettre son maître, pour ne pas provoquer la vente de tous les esclaves. Mme Shelby promet de le racheter dès que possible. Cédé au marchand Haley, Tom est vendu à la famille Saint-Clare, propriétaire dans le Sud. Son existence est douce auprès de la jeune Éva, fille de Saint-Clare, mais après la disparition de ses maîtres, il est racheté par M. Legree, un planteur de coton violent. Cinq ans après avoir quitté sa « case » chez les Shelby, Tom souffrira le martyre, apportant jusqu'à la fin son aide à ses compagnons d'esclavage.

• Le destin d'Élisa et de sa famille.

Alors que son mari George, persécuté par son propre maître, est déjà fugitif, Élisa s'enfuit pour ne pas perdre Henry, son unique enfant. Poursuivie par Haley et ses hommes, Élisa et Henry franchissent la rivière en sautant sur des blocs de glace. Recueillie par l'épouse d'un sénateur, elle est confiée à des quakers (membres d'une Église protestante), sincères et charitables, qui l'aident à retrouver son époux George et à rejoindre le Canada où les attend enfin la liberté.

Les personnages

Dans *La Clef de la Case de l'oncle Tom*, Harriet Beecher-Stowe a elle-même défini ses personnages, amalgames de personnes qu'elle a rencontrées ou dont on lui a parlé.

• La famille Shelby, désignée comme « les bons maîtres » : considérant ses esclaves comme des employés, M. Shelby se résout cependant à vendre Tom, à séparer un enfant de sa mère, tout en rejetant fermement les protestations douloureuses de son épouse. George, leur fils de treize ans, éprouve une grande affection pour les esclaves, il passe beaucoup de temps dans la « case » de ses amis. Devenu adulte, il affranchira les esclaves de la propriété.

• La famille Saint-Clare : Augustin Saint-Clare est « le bon maître », bienveillant envers ses esclaves, qu'il maintient cependant dans « une sorte de demi-enfance ». Il accepte d'émanciper Tom mais fait durer la procédure et meurt avant cet affranchissement. Marie Saint-Clare, son épouse, est « la maîtresse égoïste », sans considération pour les Noirs. Leur fille Évangéline, surnommée Éva, est un ange de pureté et de bonté ; sa mort bouleverse Topsy, jeune Noire qui ne pense qu'à s'amuser et qui devient pieuse. Miss Ophélia, « la chrétienne du Nord », cousine d'Augustin, vient l'aider à tenir sa maison et à reprendre en main les esclaves qui se laissent aller ; dépassant ses préjugés sévères après la mort d'Éva, elle décide de s'occuper de Topsy pour l'émanciper.

• M. Legree, « le mauvais maître », est un planteur de Louisiane cruel et sadique. Il frappe ses esclaves, les contraint au travail jusqu'à l'épuisement et la mort.

• M. Haley : « le trafiquant » représente tous les marchands, les chasseurs d'esclaves ; bien que refusant la brutalité à leur encontre, il n'éprouve aucun scrupule à faire commerce des Noirs, qu'il traite en « troupeau ».

• L'oncle Tom, « l'esclave selon l'Évangile » : c'est la figure centrale et éponyme (qui donne son nom au roman). L'« oncle » ou le « père » Tom (surnom affectueux) est un esclave chrétien, honnête, fidèle. Emmené par Haley pour être revendu, il sauve Éva Saint-Clare de la noyade alors que l'enfant est tombée du bateau. Il s'oppose pacifiquement à Legree en refusant de participer aux punitions contre les plus faibles. Tout comme Éva, c'est une figure du Christ mort sur la croix, selon la Bible, pour racheter les péchés des hommes.

• Élisa, « l'esclave mère » : elle symbolise la maternité, la lutte et le courage pour sauver son enfant. Son mari, George Harris, « l'esclave supérieur à sa destinée », battu et humilié pour son intelligence, décide de fuir pour retrouver sa liberté et sa dignité. George, Élisa et son enfant sont métissés : leur peau n'est pas noire, ce qui favorise leur fuite.

• Les quakers : ces membres d'une communauté religieuse vivent leur foi avec honnêteté, à la différence des prétendus chrétiens qui considèrent les Noirs comme des êtres inférieurs, des animaux ou des meubles. Ils désobéissent à la loi condamnant l'aide aux esclaves fugitifs. Les quakers furent les premiers abolitionnistes américains, dès la fin du XVIIe siècle.

L'esclavage selon les philosophes des Lumières

Articles de dictionnaire, essais, romans, contes, pièces de théâtre… Bien avant l'oncle Tom, les grands esprits des Lumières mettent en scène l'esclave noir pour dénoncer le sort réservé aux malheureux.

▪ *C'est à ce prix que vous mangez du sucre en Europe*

En approchant de la ville, ils rencontrèrent un nègre étendu par terre, n'ayant plus que la moitié de son habit, c'est-à-dire d'un caleçon de toile bleue ; il manquait à ce pauvre homme la jambe gauche et la main droite. « Eh, mon Dieu ! lui dit Candide en hollandais, que fais-tu là, mon ami, dans l'état horrible où je te vois ? – J'attends mon maître, M. Vanderdendur, le fameux négociant, répondit le nègre. – Est-ce M. Vanderdendur, dit Candide, qui t'a traité ainsi ? – Oui, monsieur, dit le nègre, c'est l'usage. On nous donne un caleçon de toile pour tout vêtement deux fois l'année. Quand nous travaillons aux sucreries, et que la meule nous attrape le doigt, on nous coupe la main ; quand nous voulons nous enfuir, on nous coupe la jambe : je me suis trouvé dans les deux cas. C'est à ce prix que vous mangez du sucre en Europe.

Cependant, lorsque ma mère me vendit dix écus patagons sur la côte de Guinée, elle me disait : « Mon cher enfant, bénis nos fétiches, adore-les toujours, ils te feront vivre heureux ; tu as l'honneur d'être esclave de nos seigneurs les blancs, et tu fais par là la fortune de ton père et de ta mère. » Hélas ! je ne sais pas si j'ai fait leur fortune, mais ils n'ont pas fait la mienne. Les chiens, les singes et les perroquets sont mille fois moins malheureux que nous. Les fétiches hollandais qui m'ont converti me disent tous les dimanches que nous sommes tous enfants d'Adam, blancs et noirs. Je ne suis pas généalogiste ; mais si ces prêcheurs disent vrai, nous sommes tous cousins issus de germains. Or vous m'avouerez qu'on ne peut pas en user avec ses parents d'une manière plus horrible.

– Ô Pangloss ! s'écria Candide, tu n'avais pas deviné cette abomination ; c'en est fait, il faudra qu'à la fin je renonce à ton optimisme. – Qu'est-ce qu'optimisme ? disait Cacambo. – Hélas ! dit Candide, c'est la rage de soutenir que tout est bien quand on est mal » ; et il versait des larmes en regardant son nègre ; et en pleurant, il entra dans Surinam.

Voltaire, *Candide*, 1759

▪ *Ces qualités sont de l'esclavage et non de la nature*

Mon séjour dans les Antilles et mes voyages en Afrique, m'ont confirmé dans une opinion que j'avais depuis longtemps. C'est que les peuples d'Europe sont comme beaucoup d'hommes en place qui commencent par être injustes, et finissent par calomnier les victimes de leur injustice. Les négociants qui font la traite des nègres, les colons qui les tiennent dans l'esclavage, ont de trop grands torts avec eux pour nous en parler vrai.

La première de nos injustices est de donner aux Africains un caractère général. Ils ont la même couleur ; ils ont beaucoup de sensibilité : voilà tout ce qu'ils ont de commun. Les nez écrasés même et les grosses lèvres, ne sont pas plus les attributs des noirs que des blancs. Il y a chez ceux-ci des Lapons, des Tartares, des Esquimaux, des Mogols, des Chinois, qui ont ces deux difformités. Il y a chez les Africains des nations entières où la taille et le visage ont les plus belles proportions. Il n'est pas plus vrai que les nègres en général soient paresseux, fripons, menteurs, dissimulés ; ces qualités sont de l'esclavage et non de la nature.

Jean-François de Saint-Lambert,
Ziméo, 1769

À lire aussi : Condorcet, Olympe de Gouges, des articles de l'*Encyclopédie* de Diderot et d'Alembert…

Table

Découvrez
d'autres grands romans américains

dans la collection

FOLIO JUNIOR

LES AVENTURES DE TOM SAWYER

Mark Twain

n° 449

Comme tous les garçons de son âge, Tom Sawyer adore manquer l'école. Il préfère jouer aux pirates sur le Mississippi et faire les quatre cents coups avec son ami Huckleberry, le petit vagabond… Une nuit, lors d'une expédition dans le cimetière du village, Tom et Huck assistent à un crime abominable. Dès lors, ils n'ont plus qu'une idée en tête : retrouver l'assassin et s'emparer de son trésor.
Un héros irrésistible, un chef-d'œuvre du roman d'aventures.

LES AVENTURES DE HUCKLEBERRY FINN

Mark Twain

n° 230

Pour échapper à un père toujours plus violent, Huckleberry Finn décide de disparaître. Se faisant passer pour mort, le jeune garçon croise la route du vieux Jim, un esclave évadé. Ensemble, les fugitifs vont descendre le Mississippi en radeau, affronter des bandits et un duo de redoutables escrocs. Mais un danger plus grand les menace : une prime est offerte pour la capture de Jim…
Après *Les Aventures de Tom Sawyer*, le retour de Huckleberry, un héros inoubliable.

L'APPEL DE LA FORÊT

Jack London

n° 1584

Enlevé à l'affection de son maître, Buck devient chien de traîneau dans le Grand Nord. Il découvre la cruauté des hommes et la rude loi de l'attelage. Sa vie n'est plus qu'une course interminable entrecoupée de combats de chiens. Un nouveau maître parvient alors à gagner sa confiance, mais son instinct sauvage se réveille... Buck pourra-t-il résister à l'appel de la forêt ?
Le chef-d'œuvre de Jack London, dans une nouvelle traduction.

Le papier de cet ouvrage est composé de fibres naturelles, renouvelables, recyclables et fabriquées à partir de bois provenant de forêts gérées durablement.

Mise en pages : Maryline Gatepaille

Loi n° 49-956 du 16 juillet 1949
sur les publications destinées à la jeunesse
ISBN : 978-2-07-507959-4
Numéro d'édition : 338356
Dépôt légal : mai 2018

Imprimé en Espagne par Novoprint (Barcelone)